MORRER JAMAIS

MORRER JAMAIS

**UM
ROMANCE
DE TÉCNICAS
MORTAIS**

TRADUÇÃO
FERNANDO SILVA

COPYRIGHT © 2018 ROB J HAYES
COPYRIGHT © FARO EDITORIAL, 2022

TODOS OS DIREITOS RESERVADOS.

Nenhuma parte deste livro pode ser reproduzida sob quaisquer meios existentes sem autorização por escrito do editor.

Diretor editorial: **PEDRO ALMEIDA**
Coordenação editorial: **CARLA SACRATO**
Assistente editorial: **JESSICA SILVA**
Preparação: **JOÃO PEDROSO**
Revisão: **CRIS NEGRÃO E OLÍVIA FRADE ZAMBONE**
Ilustração do miolo: **OLEG LYTVYNENKO | SHUTTERSTOCK**
Adaptação de capa e diagramação: **CRISTIANE | SAAVEDRA EDIÇÕES**

Dados Internacionais de Catalogação na Publicação (CIP)
Jéssica de Oliveira Molinari CRB-8/9852

Hayes, Rob J.
    Morrer jamais / Rob J. Hayes ; tradução de Fernando Silva. — 1. ed. — São Paulo: Faro Editorial, 2022.
    256 p.

    ISBN 978-65-5957-207-6
    Título original: Never die

1. Literatura inglesa 2. Literatura fantástica I. Título II. Silva, Fernando

22-3029   CDD 823

Índice para catálogo sistemático:
1. Literatura inglesa

1ª edição brasileira: 2022
Direitos de edição em língua portuguesa, para o Brasil, adquiridos por **FARO EDITORIAL**

Avenida Andrômeda, 885 – Sala 310
Alphaville – Barueri – SP – Brasil
CEP: 06473-000
WWW.FAROEDITORIAL.COM.BR

Alguns lutam por honra, outros por recompensa.
Alguns por glória, outros por uma causa.
Alguns lutam por liberdade da tirania e do ódio.
E alguns lutam por amor, não por uma pessoa, mas por um nome.

Com a morte como guia, companheira e meta.
Cruzam toda a Hosa, em espírito, carne e alma.
Perseguidos por demônios das páginas do folclore.
O que começa com um sussurro deve terminar com um rugido.

Prólogo

Itami Cho acordou com os gritos de sua própria morte. Ela lembrava de tudo.

1

As muralhas de Kaishi haviam caído antes que a primeira onda de bandidos chegasse aos portões. Ficou claro, desde o início, que Punho Flamejante havia enviado homens no dia anterior. Eles ficaram escondidos em lugares escuros, becos e esgotos e esperaram o sinal, para então escalar os muros por dentro e matar os defensores da cidade, antes de abrir os portões. Ninguém suspeitava que o ataque acontecesse tão cedo. Cho não esperava que viesse ataque algum. Punho Flamejante não passava de um bandido com seguidores que atacava pequenas aldeias e aqueles incapazes de se defender. Ele simplesmente não tinha os números para atacar uma cidade tão grande quanto Kaishi, não importa o que os relatórios recentes tivessem dito. Cho reavaliou essa opinião assim que os primeiros gritos começaram.

Eles correram da adega para uma rua escura, cheia de cidadãos em fuga. Ricos e pobres empurravam uns aos outros na tentativa de chegar ao santuário. Alguns carregavam suas posses mais valiosas; outros não carregavam nada além das próprias vidas. Eles fluíam em torno de Cho e de seus companheiros, como um rio diante de uma ilha.

Oong, o camarada de Cho, conhecido como Touro Vermelho de Fades, agarrou um dos cidadãos em fuga e puxou o sujeito em pânico da multidão.

— O que está acontecendo? — balbuciou Touro Vermelho.

Ele já estava na terceira jarra de vinho, e não era o único. Até Cho estava se sentindo um pouco tonta por causa da bebida.

— Os portões caíram — gritou o homem, aterrorizado. — Eles estão na cidade. Punho Flamejante veio buscar sua filha!

Touro Vermelho soltou o homem e se apoiou em seu grande cajado com ferraduras.

— Filha? Ninguém disse nada sobre uma filha.

Cho deu de ombros.

— Fomos pagos para defender Kaishi. O que importa o motivo do Punho Flamejante estar aqui?

Qing, muitas vezes chamada de Cem Cortes, fez bico.

— Para mim, importa — disse ela. — Gosto de saber de que lado da luta estou.

— O lado que está nos pagando — disse Oong.

— O lado da inocência e da justiça. Não o lado de bandidos escravizantes.

Não importa quais fossem suas razões para atacar: Punho Flamejante *estava* atacando, e Cho defenderia a cidade, e seu povo.

— Mas eles *estão* nos pagando, não estão? — perguntou Oong, sem resposta.

Os sons da batalha estavam próximos: o choque do aço, o crepitar do fogo, os gritos dos moribundos. Cho abriu caminho em meio à multidão, em direção a esses sons, forçando o povo de Kaishi a se mover ao redor dela. Um homem agarrou seu quimono e tentou puxá-la para longe da luta. Cho o afastou com um movimento do pulso, mas não antes de ouvir um rasgo. Olhou para baixo e viu um pequeno rasgo na bainha, dividindo um dos desenhos de girassol ao meio. Achou uma pena, pois era seu quimono favorito.

Kaishi era uma raridade, com prédios atarracados e ruas de paralelepípedos, estradas largas e casas distantes umas das outras, sem dúvida para impedir que o fogo se espalhasse. Naturalmente, isso não levava em consideração uma gangue de bandidos saqueadores, incendiando tudo propositalmente. Os primeiros soldados de Punho Flamejante que encontraram estavam ocupados matando os guardas da cidade à medida que esses tentavam intervir. Cho não perdeu tempo e correu para ajudá-los. Suas sandálias voavam pelas ruas de paralelepípedos, e seu quimono esvoaçava. Sua primeira espada, Paz, deslizou da bainha com apenas um assobio, cortando um arco silencioso e sangrento. Mais dois bandidos de Punho Flamejante caíram, antes de perceberem que estavam cercados; cada um morreu com um único ataque. Na batalha, precisão era tão importante quanto a força. Muitas vezes, até mais importante.

Touro Vermelho de Fades passou por Cho com um berro de raiva, agitando seu cajado para a esquerda e para a direita, sem se importar com precisão. Os anéis de ferro nas extremidades do cajado tornavam cada golpe mortal. Qing se conteve. Seus leques de aço estavam prontos, caso algum dos soldados conseguisse passar por Touro Vermelho e por Cho. Nenhum conseguiu.

Quando o último dos bandidos do Punho Flamejante caiu, Cho soltou um suspiro profundo e enxugou Paz, antes de colocá-la de volta em sua bainha, ao lado de sua parceira. Era um ritual de limpeza após a matança, tanto para a alma de Cho, quanto para as espadas. Ela sussurrou uma oração para aqueles que havia matado. Sabia muito bem que as estrelas eram surdas, e que aqueles homens, de um jeito ou de outro, nem mereciam esse gesto.

Os soldados sobreviventes gaguejavam em apreciação. Não estavam ansiosos para ficar, e fugiram para o santuário, junto com aqueles que haviam sido contratados para proteger. Não dava para culpá-los. Eram mal treinados, e, na maioria das vezes, atrapalhavam mais que ajudavam. Precisavam de tanta proteção quanto os habitantes da cidade.

— É melhor irmos — disse Cho, virando-se na direção dos soldados em fuga.

— E quanto a todo o povo que ficou na cidade? — Cem Cortes tinha reputação de gostar de causas perdidas. Cho agora entendia o porquê.

— Eles vão se esconder, fugir para o santuário ou morrer. Não podemos salvar a todos. Nossos esforços serão melhor gastos na proteção do santuário.

Era um bom argumento: não tinham como salvar a todos. Cho preferiu não acrescentar que eles ainda não haviam sido integralmente pagos, e que os homens com o dinheiro estariam encolhidos nos cantos escuros, onde era mais seguro. Os muros sempre deixaram muito mais evidente a diferença entre os ricos e os poderosos. Os ricos se escondiam atrás deles; os poderosos os destruíam.

Cem Cortes hesitou, ainda remoendo a ideia de deixar tantas pessoas à própria sorte. Cho sentiu um peso na consciência. Pouco tempo atrás, ela poderia ter se jogado na cidade, para proteger tantos quanto pudesse. Afinal, o lema de uma guerreira era proteger os fracos e honrar qualquer juramento feito, não importava o custo. Talvez desta vez fosse diferente. Talvez este fosse um juramento que finalmente cumpriria. O bom senso venceu, e Cho virou--se na direção do santuário. Touro Vermelho entrou na fila imediatamente, e Cem Cortes não ficou muito atrás. Alguns nasceram para seguir, não para liderar. Ignorando as brasas brilhantes que flutuavam no céu noturno, correram pelas ruas escuras enquanto a cidade queimava ao redor deles.

O santuário, como o povo de Kaishi o chamava, era, na verdade, um templo dedicado às estrelas. Do lado de fora, era um monumento alto de vários andares, com uma vista imponente da cidade ao seu redor. No interior, porém, havia um porão escondido. Ele guardava uma rede de túneis que levavam à encosta do penhasco mais próximo, emergindo atrás das Cataratas da Fúria. Uma passagem secreta, escondida atrás de uma cachoeira, parecia um pouco óbvia para Cho. No entanto, os funcionários da cidade alegavam que nunca fora descoberta.

Os degraus que levavam ao santuário da cidade já estavam cheios de corpos, alguns dos cidadãos de Kaishi, mas muitos outros de homens de Punho Flamejante. Em meio aos cadáveres estava Murai, o Lâmina Centenária, maior espadachim vivo de toda Hosa.

Apesar do corpo idoso, Lâmina Centenária se movia tão lenta e deliberadamente quanto óleo sobre pedra. Cho reconheceu um dos cadáveres; Lança Errante, um dos maiores capitães de Punho Flamejante, jazia morto, aos pés calçados de Lâmina Centenária. Este, mesmo após uma matança tão memorável, não tinha um arranhão sequer para mostrar.

Cho fez uma reverência, enquanto Lâmina Centenária descia os degraus em direção a ela. Ele não era seu mestre agora, nem nunca havia sido. Porém, merecia respeito, e ela o oferecia de bom grado.

— Você fez tudo isso sozinho, velho? — perguntou Touro Vermelho de Fades.

Cho estremeceu diante de tamanho desrespeito.

Lâmina Centenária sorriu e ignorou Touro Vermelho. A pele enrugada, e a barba branca e rala, faziam-no parecer benevolente, quase gentil. Porém, os corpos sangrando nas proximidades diziam o contrário. Cho se perguntava como ele poderia ter conseguido tal façanha sem ficar com uma única mancha de sangue nas vestes brancas.

Flocos de cinzas flutuavam para dentro da clareira em frente ao santuário. Kaishi estava em chamas. Punho Flamejante adorava queimar coisas, principalmente as próprias mãos. Lâmina Centenária parou diante de Cho e, sempre humilde, apesar de sua idade e experiência, curvou-se.

— Lâmina Sussurrante — disse ele, com uma voz que soava como couro rachado. — Você pode ficar aqui, enquanto eu escolto aqueles que estão lá dentro para uma área segura?

Cho concordou.

— Por que não me ajuda a lutar contra Punho Flamejante?

Lâmina Centenária se curvou novamente e se virou para o santuário.

— O mais verdadeiro dos testes é não fazer nada quando chamado para agir. Embora a recompensa seja, muitas vezes, ingrata. Protegerei os que precisam, e deixarei a glória para os mais adequados a ela. Boa sorte, Itami. — Ele parou ao pé do primeiro degrau e se virou por um momento. — Ele favorece mais o lado esquerdo. Uma lesão velha, causada por um adversário mais velho ainda.

Ainda havia um pequeno fluxo de cidadãos indo em direção ao santuário, e Cho os deixou passar. Cem Cortes até mesmo carregou um velho escada acima. À medida que as chamas ficavam mais altas e mais quentes, os sons da batalha diminuíam, finalmente desaparecendo por completo. Cho esperou no segundo degrau, sentada com a bainha puxada sobre o colo, e a mão no punho de Paz, sua espada principal.

Os primeiros soldados de Punho Flamejante correram para o pátio, e fizeram uma fracassada tentativa de tomar o primeiro degrau. Touro Vermelho jogou-os para trás com seu cajado, quebrando ossos e silenciando gritos de dor. Ainda assim, Cho esperou. Somente quando o próprio Punho Flamejante apareceu foi que ela se levantou do segundo degrau.

Ele era um homem grande, sem um único fio de cabelo na cabeça. Entrou na praça montado em um cavalo, aparentemente inadequado para carregar seu peso. Cada uma de suas mãos era uma confusão de cicatrizes enrugadas e feridas gotejantes. Esse é o preço pago por um homem que incendeia seus próprios punhos regularmente.

Bandidos emergiram de ruas e becos escuros, seguiram Punho em direção ao santuário, e cercaram os três defensores. Eram tantos fluindo para a clareira, que Cho tinha certeza de que seus olhos estavam lhe pregando peças. Cem Cortes praguejou e retrocedeu até o quarto degrau. Cho sorriu, e desceu para encontrá-los de frente. Até Touro Vermelho parecia estranhamente quieto.

— Onde está a minha filha? — A voz de Punho Flamejante soava como um trovão estrondoso.

Apesar da cidade queimando ao redor e de toda a matança realizada em seu nome, ele parecia entediado.

— Não sei. — Cho se recusava a levantar a voz.

Punho Flamejante respirou fundo e franziu o rosto, como se sentisse um cheiro desagradável.

— Matem eles.

Os soldados avançaram em uma onda, alguns com lanças, outros com espadas e se aproximaram de todas as direções. Não havia táticas para dar, nenhuma ordem especial que pudesse mudar o rumo da batalha. Então, Cho não deu nenhuma. Puxou Paz com ambas as mãos, e atacou a onda que se aproximava, colidindo contra eles e passando por dentro de suas fileiras. Cho se esquivava, se abaixava, girava e até pulava. Cada golpe de Paz era uma morte; cada contragolpe, igualmente mortal. Sem demora, um círculo de corpos se formou ao redor dela, e outros correram para tomar seus lugares. Ela não podia permitir que as lanças a golpeassem de longe, então continuou avançando enquanto ia se aproximando dos inimigos. Espadas caíam em sua direção, desajeitadas e cortantes; ela se afastava de algumas, e colocava outras de lado. As ruas de paralelepípedos ficaram vermelhas, encharcando suas sandálias, e manchando seu quimono.

Touro Vermelho de Fades se mantinha logo depois do primeiro degrau. Seu cajado era um cassetete giratório, que fazia cadáveres quase tão facilmente quanto Paz. Cem Cortes dançava nas bordas do enxame atacante, usando seus leques de aço para ferir, em vez de matar. Era comum que inimigos feridos fossem ainda mais úteis do que os mortos, mas não no bando de guerra de Punho Flamejante. Ali, reunidos por uma vontade forte e um propósito assassino, estavam mais para bandidos do que para soldados. Não paravam para ajudar os companheiros feridos, mas passavam por cima deles para se juntar à luta.

Cho sabia que Touro Vermelho tinha caído quando começou o primeiro grito de comemoração. Não havia como lutar para ajudá-lo; entre golpes de espada e corpos caídos, ela vislumbrou Cem Cortes morrer tentando. Em um momento, a mulher estava dançando ao redor das espadas, derrubando inimigos e deixando rostos cortados em seu rastro; no próximo, tinha uma lança irrompendo da garganta. Cho viu o olhar de horror no rosto de Cem Cortes. Essa visão ficaria com ela pelo resto da vida.

A horda de bandidos se aglomerando para matá-la parecia não ter fim, assim como a sede de sangue ensandecida do grupo, não importava quantos ela matasse. Em meio a tudo isso, Punho Flamejante estava sentado em seu cavalo, observando. Seu rosto era uma imagem de tédio, cheio de cicatrizes.

Cho trouxe Paz para perto dos lábios e falou com ela, sussurrando de maneira que ninguém mais podia ouvir. Em resposta, a lâmina zumbiu. Os próximos golpes cortaram espadas e armaduras, separando-as como se fossem papel de arroz. Homens morriam agarrados a feridas jorrando, perecendo sob uma espada cintilante e sussurrante, a qual não conseguiam bloquear, empunhada por uma mestra cuja habilidade eles não podiam igualar. Mesmo assim, Cho sabia que números contavam muito, e era inegável que ela estava em desvantagem. À medida que cada homem caía sob sua lâmina sibilante, outro corria para tomar seu lugar, escalando os cadáveres para chegar até ela.

Quando Cho levou um golpe de espada de raspão na perna, pareceu inevitável. Ela atacou o espadachim e partiu seu rosto em dois, mas o dano estava feito. Cho podia sentir que estava perdendo velocidade. Paz já não cortava carne com tanta facilidade, pois a lâmina estava cega com tanta matança. Ela recuou, esquivou e empurrou, enquanto cortava um caminho em direção ao santuário. Outro golpe a atingiu no flanco. A lâmina ficou emaranhada em seu quimono, mas cortou suas costelas e arrancou dela um grito de dor. Então, ficou livre da multidão e cambaleou em direção à escada do santuário. Seu pé bateu no primeiro degrau. Ela se virou, e descobriu que os soldados não a estavam seguindo. Eles esperavam como uma moita eriçada de aço afiado apontada em sua direção. Havia corpos espalhados pela clareira, chamas altas subindo pela noite da cidade atrás deles, e cinzas caindo ao redor, como neve negra.

Punho Flamejante desceu do cavalo, empurrou seus guerreiros para o lado e caminhou em direção a Cho até não haver nada entre eles além de ar carregado. Cada um de seus punhos estava envolto em uma corrente oleosa, mas ele ainda não tinha posto fogo neles.

— É assim que deseja morrer, Lâmina Sussurrante?

Cho se recompôs e, apesar da dor, endireitou-se novamente. Estava difícil respirar, e sua perna sangrava muito. Ela olhou para sua segunda espada, amarrada na bainha. Porém, não iria desembainhá-la, nem mesmo com a morte a encarando de frente. Ela havia feito um juramento de nunca desembainhar aquela espada, e pretendia mantê-lo. Talvez fosse o único que ela já tivesse mantido. Cho segurou Paz com mais firmeza e ajeitou sua postura, pronta para repelir um atacante mais forte.

Punho Flamejante bufou, e jogou as mãos acorrentadas para cima.

— Matem ela.

Seus homens fluíram ao redor dele como uma onda, e caíram sobre Cho. Ela derrubou dois deles, antes da primeira espada deslizar entre suas costelas. O espadachim atingiu o chão antes dela, com Paz alojada em seu pescoço. O segundo corte acabou com a luta: a dor da perfuração de algo vital era enlouquecedora. Depois de mais duas espadas cravadas no peito, Lâmina Sussurrante morreu com um grito.

2

Itami Cho — Lâmina Sussurrante

Algumas espadas golpeiam com um rosnado, outras com um rugido.
Algumas agitam a batalha, como um deslizamento de rochas;
algumas trazem a ruína, como uma chama selvagem.
Mas há uma espada que passa com apenas um sus-
surro, e você saberá, porque ela diz:
A morte esteve aqui.

Quando acordou, Cho não sabia dizer se ainda estava gritando, ou apenas se lembrando de seus últimos momentos. A dor de ter tanto aço a perfurando parecia um pesadelo, mas agora havia acabado. O sol ardia; era um novo dia, embora ela tivesse tido certeza de que não veria outro. Cho respirou o ar fresco da manhã, e o tossiu para fora, seco. Levou um momento para perceber que estava deitada no chão, do lado de fora do santuário de Kaishi. Um corpo vivo entre tantos mortos. Havia cadáveres por toda parte, e o cheiro de queimado deixava um gosto rançoso no fundo da boca. Uma leve brisa soprava pelo pátio, trazendo consigo o fedor de tantos mortos.

— Então não é um sonho — disse Cho para si mesma, quando a tosse parou.

— Você morreu.

A voz era baixa, pequena e pertencia a um menino, ajoelhado na rua de paralelepípedos, ao lado dela. Ele tinha cabelos cor de lama, e olhos pálidos e distantes como nuvens. Usava uma túnica preta desbotada, adequada a um funeral. Contrastava fortemente com um lenço vermelho em volta do pescoço.

Mais uma vez, Cho se lembrou da dor da morte, nítida, vívida, e que se recusava a desaparecer. Ela fez um grande esforço para se sentar. Então, olhou para baixo e viu seu *yukata* encharcado de sangue. Paz estava por perto, alojada no pescoço de um homem; a outra espada continuava em sua bainha. Cho deslizou uma mão para dentro do *yukata* e tocou o peito.

— Te esfaquearam. Muitas vezes — disse o menino. — E até mesmo depois que você morreu esfaquearam um pouco mais.

Cho contou uma dúzia de pequenas feridas dolorosas, cada uma delas costurada de um jeito meio desajeitado.

— Desculpe. Ainda estou aprendendo a usar a agulha. Carne é bem diferente de tecido. Fica tentando escapar, e aí tem que puxar. Tentei ser meticuloso.

O menino continuava ajoelhado nas pedras; uma pequena vida em meio a um mar de corpos. No entanto, ele não parecia deslocado. Era como se seu lugar fosse ao lado de cadáveres. Ele puxou o cachecol vermelho e ficou remexendo o tecido entre os dedos sem parar.

Cho puxou freneticamente as vestes, para desnudar a pele. Não confiava em seus dedos para dizer a verdade; precisava ver com os próprios olhos. Acontece que seus dedos não haviam mentido. O menino não havia mentido. Seu peito estava crivado de feridas mal suturadas, marcas vermelhas, e pele derretida pelo fogo.

— Como foi que sobrevivi a isso?

— Você não sobreviveu. Estava bem morta. — Havia um pedido de desculpas na voz do menino.

Cho puxou o *yukata* com força. Estava duro por causa do sangue seco, que, em maior parte, era dela mesma. Por um momento, ela apenas se abraçou. Tentava, desesperadamente, esquecer a sensação das espadas deslizando para dentro e rasgando a pele.

— Então, como é que estou viva? Estou... viva?

— Você está quase viva. Eu trouxe você de volta. Pelo visto, é algo que consigo fazer. Mas apenas uma vez. — Falou mais para si mesmo que para Cho. — É. Acho que só uma vez. Existem regras.

— Regras, é?

Cho respirou fundo e colocou os dedos no pescoço para sentir seu pulso. Era forte e rítmico; o pulso dos vivos.

— Você é a primeira pessoa com quem tentei. Você está ligada a mim agora. — O menino ainda não havia se mexido. Estava ajoelhado no calçamento, mexendo no cachecol. Cinzas borravam sua bochecha, mas ele não a limpou.

— Ligada a você? — Cho balançou a cabeça. — Agradeço por salvar minha vida...

— Eu trouxe você de volta. Não posso salvar o que está perdido, apenas trazê-la novamente por um tempo. Isso liga você a mim.

Cho lutava para entender as palavras do menino.

— A única coisa que me liga a uma pessoa é meu juramento como Shintei.

Uma carranca vincou o rosto do menino. Ele era jovem. Cho não era a melhor pessoa para avaliar idade, mas duvidava que ele tivesse mais de oito anos. Verdade seja dita: estava preocupada que ele pudesse começar a chorar ali na rua mesmo. Decidiu procurar os pais dele; o mistério de como ela ainda estava viva podia esperar. Mas não havia ninguém. Exceto pelos cadáveres e pelo menino, o pátio do lado de fora do santuário estava deserto.

A luz da manhã pintava a cena sangrenta em todo o seu horror. Quantos corpos será que foram obra dela? Seus últimos momentos pareciam um borrão de luta e sangue. E dor. O aço frio que lhe perfurou, o grito que rasgou de sua garganta dispersando os vivos e os cadáveres. Ela concentrou-se no presente.

Cho pegou Paz do chão e limpou a lâmina em seu próprio *yukata*. Havia pouco que pudesse ser feito agora. Precisaria encontrar outra coisa para vestir, e logo. Cho deslizou a espada de volta na bainha, ao lado de sua parceira, e se levantou, sentindo suas costas estalarem com o alongamento.

— Você está ligada a mim — repetiu o menino, com a voz quase suplicante. — Precisa me ajudar. Essas são as regras. Por favor.

— Ajudar com o quê?

O cabelo de Cho havia se soltado da trança, e se mexia com o vento. Os grossos fios castanhos a chicoteavam no rosto. Ela começou a amarrá-lo de volta com uma tira do roupão. Enquanto isso, buscava entre os mortos um corpo mais ou menos do seu tamanho.

— Preciso matar alguém. — O menino se levantou, e seguiu Cho como um cachorrinho enquanto ela procurava entre os mortos. — Não sou forte o suficiente para fazer isso sozinho. Então, me deram o poder de trazer as pessoas de volta. Eu trouxe você para me ajudar.

— Humm. — Cho encontrou um cadáver com apenas uma ferida brutal no pescoço. Começou a tirar a roupa do corpo até que ele ficasse somente com as peças íntimas. Cho preferia as vestes de sua terra natal às blusas e calças usadas pelo povo de Hosa. Porém, sentiu uma necessidade premente de se vestir com algo que não tivesse sangue empastado. — Por quanto tempo fiquei inconsciente?

— Você estava morta desde ontem à noite. Precisei esperar todos os bandidos saírem para costurar suas feridas. Você estava fria quando terminei.

— Metade de um dia — Cho afastou o cadáver quase nu, e recuou para os degraus do santuário. Havia menos sangue ali. O menino a seguiu. — A batalha já deve ter acabado há muito tempo. Eu devia ir atrás dos sobreviventes.

— Estão todos mortos — disse o menino. — Por que você se sacrificou aqui?

Cho virou-se para o menino com um olhar frustrado. Porém, ele continuou a encará-la.

— Vire-se

— Por quê?

— Porque preciso me trocar, e preferiria que você não estivesse olhando para mim.

— Ah. Mas eu já vi você por inteira quando costurei suas feridas. — O menino abaixou a cabeça e se arrastou, virando-se na direção da rua cheia de cadáveres. — Você deve ter desconfiado que não tinha como vencer, mas ficou aqui mesmo assim. Se sacrificou. Por quê?

Cho desembrulhou seu *yukata* e, apesar de estar arruinado, dobrou-o com cuidado. Em seguida, colocou-o no segundo degrau, puxou novas roupas de baixo de uma mochila próxima e amarrou o peito com força. Começou a vestir as calças, a blusa e a armadura desbotada, mas decidiu não usar a última. Não estava acostumada a lutar com armaduras pesadas, e duvidava que fosse lhe servir bem. Cho decidiu manter as sandálias, mesmo estando crocantes com o sangue seco. Ela nunca havia gostado das botas usadas pelo povo de Hosa; preferia panos e sandálias.

— Há muito tempo, fiz um juramento para proteger os inocentes. Parte do meu treinamento como guerreira. — Cho fez uma pausa, e afastou um pensamento: era um juramento que ela raramente mantinha. — Realmente não esperava morrer. — Ela olhou para onde estavam Touro Vermelho e Cem Cortes, quase perdidos entre os outros corpos. Punho Flamejante e seus homens pouco se importaram com os próprios mortos, além de tomar o conteúdo de seus bolsos. — Você pode trazê-los de volta também?

O menino ainda estava olhando para longe dela.

— Eles não são fortes o suficiente. Preciso de heróis para me ajudar. — Ele se virou, e novamente a encarou, com seus olhos pálidos, e um sorriso esperançoso nos lábios. — Como você, Itami Cho. Você é a Lâmina Sussurrante.

Cho sentiu uma pontada de culpa por isso.

— Não sou nenhuma heroína.

— Você é. É o que todas as histórias dizem. Eu as li. Você matou mil lobos no Santuário de Saicomb...

Cho começou a amarrar as espadas na cintura.

— Era cerca de uma centena.

— Incluindo Aeva, a grande loba, a mãe da alcateia, amaldiçoada com forma humana à luz do sol. Você resgatou o Príncipe Ying Sung das Minas Ardentes...

— As histórias definitivamente exageraram essa parte.

— Mas você o resgatou, sim, e antes que os membros da seita pudessem usar a pele dele para invocar seu deus demônio.

Cada vez que listava uma de suas ações, o menino parecia mais animado. Cho suspirou, e concordou.

— Resgatei. Mas não estava sozinha. Tive ajuda.

— Seu duelo com os Irmãos Veneno, no topo da Montanha do Olho Silencioso...

Cho levantou a mão para calar o menino.

— Minha morte nas mãos de Punho Flamejante e seus bandidos.

O sorriso do menino esmaeceu.

— Agora você está viva novamente.

— Quase viva.

— Quase viva.

Cho olhou de volta para o santuário. Precisava ver se o povo de Kaishi havia sobrevivido. Precisava encontrar Lâmina Centenária.

— Qual o seu nome?

Com um sorriso puxando seus lábios, o garoto se aproximou um passo.

— Ein.

Cho ajoelhou-se na frente dele. Encarar seu olhar pálido era enervante, mas ela conseguiu.

— Ein. Preciso que você me diga a verdade. Eu morri mesmo aqui? Você realmente me trouxe de volta?

— Trouxe. O *shinigami* me deu o poder de trazer heróis de volta para me ajudar.

— Por quê?

Ein ficou em silêncio. Seu olhar era tão pálido e antinatural, que Cho fazia um grande esforço para encará-lo. Ela se virou, e se ajoelhou ao lado de Cem Cortes. As orações de Hosa eram estranhas a Cho. Então, ela pronunciou uma oração em Ipian. A língua era diferente, mas as estrelas eram as mesmas. Depois, ofereceu a mesma oração a Touro Vermelho, na esperança de que suas almas encontrassem paz na escuridão entre as estrelas.

— Um homem? — perguntou Cho, enquanto se levantava do cadáver de Touro Vermelho e olhava para o menino.

Ein concordou com entusiasmo.

— Ele é um homem mau?

Novamente aquele aceno entusiasmado com a cabeça.

— Ele irá destruir toda a Hosa, a menos que eu o impeça.

— Certo. Devido à dívida que tenho, juro que farei isso por você, Ein. — Cho puxou Paz com a mão direita e usou a lâmina para cortar uma mecha de seu cabelo. Então, deslizou a espada de volta para a bainha, repetiu o juramento para o menino, amarrou a mecha de cabelo em um nó, e o entregou a ele. — Prova do meu juramento. Quando for cumprido, você queima isso, para dizer às estrelas que mantive minha palavra.

Ein enfiou a mecha de cabelo em um bolso.

Cho baixou a cabeça, em uma leve reverência. Mal sabia o menino o quanto seus juramentos não significavam nada.

— Mas antes...

O garoto passou por ela, e Cho sentiu um calafrio. Ele começou a subir os degraus do santuário.

— Você precisa ver com seus próprios olhos que todo mundo morreu.

3

Ignorando os cadáveres dos habitantes da cidade a seus pés, eles se moveram rapidamente pelo santuário. A porta para os túneis secretos estava aberta e a pintura, que uma vez a escondera, estava rasgada e desfigurada. Cho correu pelos túneis, desesperada para descobrir o que havia acontecido com os habitantes da cidade. Mais um juramento que ela havia feito. Precisava saber se era também mais um juramento que falhara em manter.

A cachoeira impetuosa bloqueava tanto a visão quanto o som do horror que os aguardava. Com as costas contra a pedra fria e sentindo os respingos em seu rosto, Cho a contornou enquanto ia apreciando o frescor. Ela estabeleceu um ritmo furioso, sem vontade de desacelerar. Mesmo assim, Ein a acompanhou. Ele não reclamou, nem tropeçou nenhuma vez, apesar de as rochas afiadas esculpirem feridas sangrentas em seus pés descalços. Cho decidiu que precisaria encontrar sapatos para o menino, e logo. Assim que passaram pela cachoeira, a cena completa da fúria de Punho Flamejante se espalhou diante deles. Cho parou, e um suspiro estrangulado veio de sua garganta espontaneamente.

O rio adiante estava repleto de corpos dos habitantes da cidade de Kaishi. Havia centenas deles obstruindo-o. Ocasionalmente, um corpo se libertava dos outros, se juntava à correnteza e rolava para longe de Kaishi, para dentro das agitadas corredeiras rosadas abaixo. Lágrimas borraram a visão de Cho, e ela enxugou os olhos. Aves de rapina esvoaçavam os cadáveres, tanto os do rio quanto os das margens, bicando carne inchada. Alguns cães sarnentos espreitavam entre os mortos, ocupando-se dos melhores pedaços com seus dentes afiados. Ela não tinha certeza se o povo de Kaishi tinha algo a ver com o desaparecimento da filha de Punho Flamejante. De qualquer forma, certamente havia pago o preço. Uma cidade inteira, reduzida a carne podre e fantasmas, em um único dia. Havia monstros no mundo, e Cho sabia disso muito bem. Porém, nenhum era tão monstruoso quanto o homem.

Ein puxou a blusa dela. Ele apontou para a margem do rio, onde parecia que o povo de Kaishi oferecera certa resistência. Ela contou dezenas de bandidos mortos lá embaixo, deixados junto às pessoas que tinham matado.

— Preciso descer lá — disse Ein, puxando a blusa dela novamente.

Cho não viu nenhum movimento entre os corpos além de alguns pássaros cavoucando a carne morta.

— Eles estão mortos — disse ela, gentilmente.

A extensão do massacre a deixou em choque. Ela não conseguia imaginar como alguém poderia fazer uma coisa daquela; estas pessoas eram civis inocentes, não guerreiros. E Cho foi incapaz de detê-lo. Ela falhara com o povo de Kaishi. Falhara com outro juramento.

— Você também estava.

Ein puxou a blusa dela novamente. Cho cedeu e permitiu que ele a arrastasse pelos últimos metros de rocha, até a lama macia abaixo. Ela

19

andava, atordoada. Com a lama sangrenta sugando suas sandálias, os pés dos dois emitiam sons molhados a cada passo. O choque da cena finalmente começou a passar, e Cho entrou na frente de Ein. Ela mantinha uma mão descansando no punho de Paz, caso algum dos bandidos do Punho Flamejante ainda estivesse vivo.

— Houve uma batalha aqui — disse Cho, ao passar pelo primeiro dos bandidos, cortado quase em dois, por um único golpe de espada.

— Lâmina Centenária tentou ganhar tempo suficiente para as pessoas escaparem — disse Ein, arrastando-se atrás de Cho, esforçando-se para atravessar a lama. — Mas havia muitos, até mesmo para ele.

— Você viu tudo?

— Assisti do topo da cachoeira. Eu precisava ter certeza de que todos tinham ido embora, antes de te trazer de volta.

Cho quase se engasgou com a pergunta que precisava fazer.

— Ele sobreviveu?

Ein pausou por um momento muito longo. Sufocando o peso do luto, Cho virou-se para ele. Havia respeito e amizade entre Lâmina Sussurrante e Lâmina Centenária; um sentimento mais profundo do que o tempo que haviam passado juntos. Ela o via como um mentor e um verdadeiro herói. Ela gostava de pensar que ele a via como uma igual, alguém digna de estar ao lado dele em batalha.

— Ele ainda estava vivo quando o arrastaram — disse Ein, por fim. — Tudo isso foi obra dele.

Dezenas de bandidos jaziam mortos a seus pés. Cho não esperaria nada menos do único homem que havia matado um dragão nos últimos cem anos.

— Em seu auge, ele teria matado todos eles — disse Cho. — Inclusive Punho Flamejante. — Eles andaram entre os corpos. Ein parecia estar procurando por algo, mas não deu nenhuma indicação do quê. Então, Cho continuou. — Vim para Hosa depois de ouvir a história da batalha dele contra as hordas de Ungan. Eu o havia encontrado uma vez antes, mas precisava vê-lo novamente, o único homem que vale por mil. E encontrei. Apesar de tantas realizações e fama, ele sempre foi muito humilde.

Ela sentiu lágrimas nos olhos novamente, e as enxugou. Se Lâmina Centenária ainda estivesse vivo, iria encontrá-lo.

— Aquele! — Ein passou correndo por Cho, em direção a um dos corpos deitados na lama. Era um jovem, alto e bonito em vida, com um bigode fino e pendente, e longos cabelos escuros, agora emaranhados com lama. Na morte, suas feições pareciam pálidas e cerosas; seu olhar, vago e enevoado. Ele usava couro manchado, e uma cota de malha verde desbotada. As escamas estavam rachadas e amassadas perto de seu coração, um golpe derradeiro que o teria matado antes mesmo dele perceber que sua armadura havia falhado. Ein começou a mexer na armadura, puxando as alças. — Por favor, me ajude.

Cho passou o olhar pelo rio de cadáveres mais uma vez, mas ninguém, exceto pássaros e cães, movia-se entre os corpos. Então, ela se ajoelhou ao lado de Ein, enlameando suas calças roubadas, e o ajudou a remover a parte frontal da malha do peito do morto.

— Por que estamos fazendo isso?

— Para trazê-lo de volta.

Cho ficou de pé em um instante.

— Você disse que precisava de heróis para esta sua missão. Este é um dos homens do Punho Flamejante. Um dos capitães. De herói ele não tem nada.

— Mas pode virar. — Ein puxou a armadura e a jogou na lama. Então, rasgou a camisa do homem, expondo um ferimento fino de facada. — Ah, este vai ser muito mais fácil do que você. Olha, tem apenas um ferimento.

Cho se abaixou e puxou o menino de volta para cima, estremecendo com a pontada dormente que sentiu fluir pelo braço.

— Ele é perigoso. Se o trouxer de volta, vou ter que matá-lo novamente.

Ein se soltou de Cho e a encarou. Seus olhos pálidos mostravam algo que ela não conseguia entender. Era um olhar de ancião, do tipo que ela vira em velhos soldados, que haviam testemunhado muito e aceitado muito pouco.

— Tudo acabará em breve — disse Ein, implorando. — Só consigo fazer isso durante um tempo. Preciso trazê-lo de volta, antes que o perca.

Cho podia ver a convicção em seus olhos, e sabia que Ein não se deixaria influenciar. Depois de alguns momentos, o menino rastejou de volta para o homem morto. Ele puxou uma agulha e um pouco de linha, e começou a fechar a ferida. Cho recuou alguns passos, abrindo caminho entre os corpos. Ela esperou com a mão em Paz, pronta para enviar o homem de volta para a sepultura lamacenta assim que ele acordasse.

4

Zhihao Cheng — O Vento Esmeralda

*Para onde quer que sopre, de leste a oeste ou de norte a
sul, o Vento Esmeralda carrega o fedor da morte.
Tal é o caminho daqueles que atacam os vivos e roubam dos mortos.*

A última coisa que Zhihao viu antes do fim foi o rosto enrugado de um espadachim muitas vezes melhor. Era um grande insulto que um homem velho daquele jeito pudesse derrotá-lo tão facilmente. Ele agora acordou vendo um rosto muito mais jovem, com olhos arregalados, manchado de lama e cinzas. Zhihao se levantou, mirou um soco no garoto, errou, e começou a se afastar pela lama grudenta. Seus pulmões queimavam com novo fôlego. Ele rastejou por não mais que alguns metros. Em seguida, desmoronou novamente, ofegando e imaginando quando havia ficado tão escuro. Ele podia jurar que era dia, apenas um momento atrás. Porém, o céu negro e as estrelas zombavam de sua memória.

— O… o que acon… — Zhihao pausou seu interrogatório, e se jogou para a frente, para esvaziar o estômago.

— Você realmente estava dizendo a verdade sobre trazer as pessoas de volta — disse uma mulher, que estava em pé atrás do menino. — Só que comigo não foi desse jeito.

A mão direita dela estava apoiada em uma das duas espadas acopladas na lateral do tronco.

— Você não ficou morta por tanto tempo que nem ele — disse o menino. — E algumas pessoas simplesmente são mais fortes.

Zhihao queria argumentar que tinha a força que qualquer homem desejava. Porém, estava difícil falar com toda a ânsia de vômito e tudo mais. Ele ainda estava na margem do rio onde o velho o havia executado, cercado pelos corpos daqueles que chamava de camaradas, mas nunca de amigos. Olhou rapidamente ao redor, em busca de suas espadas. Era um par duplo de lâminas finas, com ganchos na ponta e guardas em forma de meia-lua tão afiados e mortais quanto a própria lâmina. Elas estavam jogadas na lama, a poucos metros de distância. Zhihao correu para frente, pegou uma e se levantou. Ele estava cambaleante, tonto por causa da ânsia de vômito e do contato com a morte.

— Onde ele está? — Zhihao tentou se agachar em uma posição de prontidão, e lutou contra a vontade de desmoronar.

Ele se sentia mais do que um pouco bêbado.

— Onde está quem? — A voz da mulher era apenas um sussurro.

Ele precisou se concentrar para ouvi-la por cima do som da água corrente.

— O velho bastardo que me esfaqueou, ora. — Zhihao puxou a camisa e encontrou uma pequena ferida mal costurada muito próxima do coração.

— Os homens de Punho Flamejante dominaram Lâmina Centenária, depois que ele matou você — disse o menino, ainda ajoelhado na lama. Suas mãos esfregavam preguiçosamente seu cachecol vermelho, entre os dedinhos. Seus olhos estavam muito pálidos, e eram tão penetrantes que Zhihao achou desconfortável encará-los. Então, olhou para qualquer outro lugar e encontrou um rio entupido de corpos. — Eles arrastaram você e deixaram seu corpo aqui.

— Os bastardos nem se incomodaram em me acordar. — Zhihao deu uma risada. — Nunca confie na amizade de bandidos... Porra, me roubaram.

Seus anéis tinham sumido; estava com as mãos nuas. Ele tocou a orelha direita e percebeu que doía e sangrava. O brinco havia sumido.

A mulher suspirou.

— Na verdade, você estava morto. Então, tecnicamente, você foi saqueado.

Zhihao pegou a segunda espada do chão e apontou uma para o menino, outra para a mulher. Ela ainda precisava desembainhar qualquer uma das lâminas que tinha.

— É melhor um de vocês me dizer o que está acontecendo, antes que eu mate os dois.

— Por favor, tente. É toda a desculpa de que eu preciso.

Ela assumiu posição de combate sem esforço algum.

O menino se levantou e apertou o cachecol um pouco mais. Seu olhar era tão desconfortável que Zhihao deu um passo para trás quase tropeçando no corpo de outro dos homens de Punho Flamejante.

— Zhihao Cheng, o Vento Esmeralda, qual é a última coisa que você lembra?

— Saímos da cachoeira. — Zhihao franziu a testa. As memórias estavam embaçadas, mais evidências de que andava bebendo demais. — Centenas de pessoas amontoadas ao redor do rio. Aquele velho desgraçado na frente de todos eles. Punho Flamejante ordenou o ataque e... Ele matou dezenas. — Zhihao olhou em volta, para os corpos dos homens de Punho Flamejante. Havia facilmente cinquenta deles, esparramados ao longo das margens do rio. — Nós duelamos. Dei o sangue nessa luta; quase o matei duas vezes.

A mulher riu, e Zhihao cuspiu nela.

— Você não estava lá.

— Não — ela respondeu. — Eu estava morta.

— O quê? — Zhihao balançou a cabeça e recuou mais um passo. A mulher se parecia muito com alguém que ele tinha visto recentemente, esfaqueada muitas vezes. — Ele me esfaqueou. Atravessou bem aqui. — Ele bateu no peito. — Eu... eu...

— Você morreu — disse o menino. — Eu te trouxe de volta. É algo que posso fazer. Você está ligado a mim agora.

— Não estou ligando a ninguém, garoto. — Zhihao olhou para a mulher. A mão dela ainda descansava no punho da espada. — E por que é que parece que eu te conheço, hein?

O menino deu um passo à frente.

— Ela é a Lâmina Sussurrante.

— O quê? — bufou Zhihao. — Não! Nós matamos Lâmina Sussurrante. Eu sei. Eu mesmo esfaqueei você... ela.

A mulher apertou os olhos.

— Depois que eu já tinha morrido? — Ela estava calma demais.

— Que se foda! — Zhihao recuou alguns passos, virou-se, escorregou na lama, fez um grande esforço para ficar de pé, e fugiu pela margem do rio.

Ele estava determinado a colocar a maior distância possível daquelas pessoas, antes de voltar e pegar o rastro de Punho Flamejante. Já era ruim o suficiente que seus próprios homens, os quais serviam sob seu comando e haviam jurado obedecer às suas ordens, não apenas o haviam deixado para morrer, mas também o tinham roubado. Alguns desrespeitos eram demais, e esse certamente era um deles. Tudo o que Zhihao precisava fazer era encontrar o acampamento, matar os bastardos que estivessem usando seus anéis, e ajoelhar-se novamente diante de Punho Flamejante. A verdade honesta era que alguns homens eram mais fáceis de servir que enfrentar, e Punho Flamejante era um deles. Qualquer um disposto a colocar fogo nas próprias mãos toda vez que entrava em uma briga era um homem com o qual valia a pena ficar de bem. Não que Punho Flamejante tivesse um lado bom; apenas um pouco menos assassino.

Tropeçando na lama, ele seguiu o rio. De vez em quando parava para puxar um corpo das margens e procurar moedas. Quanto mais longe da cachoeira, menos corpos congestionavam as margens. Porém, mesmo após uma hora de caminhada, ainda era possível ver alguns espalhados. As moedas carregadas por eles eram escassas, mas seriam suficientes para uma refeição e bebida em uma pousada, caso conseguisse encontrar uma. Quando pensava em comida, seu estômago soltava rosnados capazes de assustar uma matilha de lobos, e sua boca estava seca como areia. Quanto mais demorava, mais tentador o rio parecia. Seria tão fácil entrar e beber até se saciar, mas Zhihao sabia o que havia rio acima: centenas de corpos, esvaziando-se na água. A doença começava exatamente assim, e ele já tinha visto homens se cagarem até a morte. Esse não seria o fim de um homem tão grandioso quanto Vento Esmeralda.

Quando acabou encontrando uma pousada, o amanhecer já lançava longas sombras na estrada de terra à frente. O estabelecimento ficava na extremidade de uma ponte, que cruzava o que havia se tornado um rio de fluxo rápido, perigoso para atravessar em qualquer outro lugar. Parecia uma localização privilegiada. Porém, era também perigosa, propícia para bandidos, pois estes poderiam ver uma estalagem solitária como presa fácil. Zhihao sabia disso, pois era exatamente esse tipo de lugar em que havia feito nome como ladrão. Ele atravessou a ponte de madeira aos tropeços, agarrando-se ao corrimão para se apoiar. Frequentemente, enxugava o rosto, imaginando quando é que havia ficado tão quente. A dor lancinante no peito não ajudava, e a enxaqueca latejante o deixava de mau humor.

Por fim, lutando para respirar, Zhihao chegou à estalagem. Mal teve força suficiente para empurrar a porta de madeira. Ela não se mexeu. Mesmo depois de apoiar todo o seu peso contra ela e cair no chão, a porta ainda permanecia fechada.

— Está trancada — disse um velho de cabelos grisalhos finos. Ele usava um avental sujo de terra, e segurava uma pequena espátula apontada para Zhihao, como se pudesse servir como uma arma. — Fechada. Há rumores de que Punho Flamejante está por perto novamente. A pousada está fechada até eles passarem. Não faz sentido colocar a família em perigo.

Zhihao fez um grande esforço para levantar e se apoiou na moldura da porta. Então se engasgou, em uma respiração que fez seu peito arder de dor novamente. O sol nascia ao leste, de onde ele tinha vindo, e brilhava de maneira ofuscante. Foi preciso muito esforço para se afastar da porta e voltar para a ponte. À medida que se afastava, o velho recuava, entrando em um jardim que brotava verdejante de um canto a outro. Um pensamento ocorreu a Zhihao: deveria deixar o homem inconsciente e roubar sua comida. Porém, isso exigiria parar e, a cada passo em direção a Kaishi, sentia um pouco menos de dor.

— Ei! — gritou o velho, depois que Zhihao havia dado mais do que alguns passos. — Você está sangrando.

Zhihao olhou para o peito e viu uma mancha de sangue vazando na túnica. Era exatamente onde Lâmina Centenária o havia esfaqueado.

5

Não era o silêncio que irritava Cho, pois ela gostava bastante da quietude. Nem era o caminho tomado, com Kaishi, o local de seu último fracasso total, ao sul, facilmente visível à sua direita. O que mais incomodava Cho era o ritmo. Ein era um menino de pernas pequenas e parecia não ter pressa. Caminhava calmamente pela estrada de terra com os pés descalços e os olhos fixos no sol nascente. Cho precisava desacelerar para acompanhá-lo. O que significava uma caminhada sinuosa que fazia seus pés doerem da jornada.

Eles mal haviam se falado desde que Vento Esmeralda havia retornado dos mortos e fugido. Cho dissera com bastante firmeza que estavam melhor sem ele, e manteve a opinião. Segundo Ein, o bandido logo voltaria, e já era hora de partirem. Ele escolheu um caminho que levava aos arredores de Kaishi; contornava a cidade, em vez de ziguezaguear através dela. Isso acrescentaria pelo menos um dia à jornada, imaginou Cho, mas não fazia diferença. Ela ainda sentia alguns efeitos colaterais de ter sido trazida de volta dos mortos. O mais preocupante de tudo era uma confusão na cabeça que fazia seus dentes parecerem que estavam vibrando. Era difícil avaliar se era normal ou não, pois ela nunca tinha ouvido falar de alguém voltando da morte.

No silêncio de pés se arrastando pela terra e da brisa fresca agitando a grama, Cho tentava se lembrar da sensação de estar morta. Havia dezenas de opiniões sobre o que acontecia após a morte, a maioria delas repassada por uma religião ou outra. Porém, as estrelas ensinavam que um vazio imensurável aguardava todos aqueles que morriam: uma eterna deriva, solitária, à parte de tudo e de todos. Se fosse verdade, parecia um bom incentivo para permanecer viva, não importava o custo. Porém, Cho não conseguia se lembrar de nada. Em um momento estava gritando, com lâminas de aço perfurando seu peito; no próximo, gritava silenciosamente com Ein. Não havia acontecido nada no meio. A menos que houvesse. Ela não podia deixar de sentir que estava perdendo alguma coisa, uma memória de... outro lugar.

Ein pisou em uma pedra afiada na estrada, perfurou a pele de seu calcanhar e foi deixando um rastro de sangue. O menino nem pareceu notar, pois estava focado no horizonte ao leste. Cho o puxou para parar, e eles se moveram para a grama. Ela o sentou e derramou um pouco de água em seu pé, que estava sangrando, mas não muito. Os pés do garoto eram uma confusão de cicatrizes recentes e mal curadas.

— Ai. — Ein fez uma careta, então pescou a agulha em sua pequena mochila.

— Você não pode simplesmente costurar.

Ein cutucou seu pé.

— Mas a ferida precisa ser fechada.

— Você pode até ter... consertado minhas feridas enquanto eu estava morta, mas vai doer. — suspirou Cho. — Tenho algumas bandagens sobrando. Vamos enfaixar seu pé e encontrar sapatos para você.

— Eu não posso usar sapatos — disse Ein. — Era parte do acordo com shinigami. Ganhei o poder de trazer as pessoas de volta, com a condição de que eu executasse sua sentença sobre um homem. E que eu não usasse sapatos. Não sei por que ele odeia tanto sapatos.

Cho puxou uma pequena faixa de curativo de sua própria mochila. Ao se virar, percebeu que Ein estava empurrando a pequena agulha através da pele. Não havia tanto sangue quanto ela esperava.

— Você não sente nada?

— Sinto — Ein concordou, mas manteve o olho na agulha. — Está doendo.

— A maioria das crianças gritaria de dor.

Então, ele olhou para ela, com um olhar aterrorizante, como metal aquecido a ponto de ficar branco.

— Não sou a maioria das crianças — disse ele, sombriamente.

Cho não pôde evitar o arrepio que sentiu nem conseguia dizer o motivo. Era quase como se o mundo ao redor do menino fosse um pouco mais escuro. Como se a vida parecesse menos vibrante. Ein alegava ter visto um shinigami, falado com ele e feito um acordo com a própria morte. De alguma maneira, Cho duvidava que a única condição imposta pelo deus fosse os pés descalços.

— Pelo menos me deixe passar uma faixa quando você terminar.

Ein falou:

— Preciso ficar descalço. — Ele olhou para cima e deu um sorriso de desculpas. — São as regras.

Ela desviou o olhar do menino, e olhou para a estrada lá atrás. Um homem alto cambaleava em direção à dupla. Ele estava claramente à beira do colapso, sem fôlego, e tropeçando a cada dois passos. Mesmo à distância, Cho o reconheceu com bastante facilidade.

— Há uma catinga imunda vindo até nós — disse ela.

Ein ergueu os olhos enquanto costurava seu ferimento.

— Falei que ele voltaria.

— E não neguei. Só falei que esperava que ele não o fizesse.

Vento Esmeralda cambaleou para mais perto, diminuindo sua corrida para um trote cambaleante. Seu rosto estava pálido e o cabelo escuro, escorrido de suor. Ele tinha um olhar faminto, como um lobo há muito tempo sem comer. Um olhar que Cho conhecia bem.

— O que foi que você fez comigo? — gritou Vento Esmeralda ao se aproximar.

— Eu te trouxe de volta. — Ein ainda estava enfiando a pequena agulha na carne do pé. — Olha, não é tão difícil de entender. Você estava morto. Agora não está.

Vento Esmeralda parou cambaleando e se dobrou, com as mãos nos joelhos, pingando suor na terra.

— Comecei a sangrar.

— Sim. — Ein sequer olhou para o homem. — Eu te trouxe de volta. Você está ligado a mim. Precisa ficar por perto. — Então, ele olhou para cima, com os olhos frios cravados em Vento Esmeralda. — Você está ligado a mim enquanto eu viver.

— Excelente. — Vento Esmeralda se endireitou e puxou uma das espadas em forma de gancho. Ele estava tão cansado que a estocada foi lenta. Paz sussurrou, enquanto deslizava para fora da bainha de Cho, que bloqueou o golpe preguiçoso. Ambas as lâminas vibraram quando se chocaram. Ein sequer vacilou.

— O quê? Por quê? — Vento Esmeralda tentou enganchar Paz e puxá-la para longe, enquanto sacava sua segunda lâmina e atacava novamente. Desta vez, Cho entrou no ataque, afastou-o e colocou o corpo entre o bandido e o garoto. — Ele fez isso com você também. Você também está *ligada* a ele.

Cho não disse nada, pois sabia que palavras não o convenceriam. Algumas pessoas precisavam de aço frio para ceder a outra opinião. Vento Esmeralda atacou novamente, fingindo ir para a direita. Em seguida, enganchou suas duas espadas, e balançou para a esquerda. Cho percebeu o truque, bloqueou o ataque e chutou o bandido bem no peito, colocando-o de bunda no chão.

— Esta é sua última chance. Saia do caminho! — gritou Vento Esmeralda.

Ele se esforçou para ficar de pé e, com as espadas em riste, encarou Cho. Ela sabia que acabaria assim. Tentou avisar Ein, mas ele ainda insistiu em trazer o bandido de volta. O garoto alegava que as pessoas só poderiam ser trazidas de volta uma vez, e Cho tinha certeza de que o mundo seria um lugar melhor sem Vento Esmeralda.

Eles se chocaram novamente e levantaram poeira da estrada enquanto dançavam um ao redor do outro. Cho se movia com uma graça fluida, ignorando as pontadas dolorosas em seu peito. Vento Esmeralda parecia mal treinado; seus ataques eram óbvios e facilmente evitados. Porém, ele era escorregadio como uma enguia, sempre dando voltas nas investidas de Cho ou rolando para longe de seu alcance.

Ela esperava que ele se cansasse conforme a luta prosseguia. Longe disso: o homem parecia ficar mais rápido, e seus golpes melhoravam a cada defesa.

— Já entendi seu estilo, Lâmina Sussurrante — disse ele, depois de outro confronto. — É um estilo muito bonito...

Cho correu e avançou a espada para cima em um golpe que deveria ter dividido o homem em dois. Porém, ele já não estava mais lá. De alguma forma, Vento Esmeralda desapareceu antes do ataque dela e respondeu tão rapidamente que Cho quase não puxou Paz a tempo de bloquear. Quase tarde demais, ela sentiu a segunda espada dele se enroscar em seu tornozelo. Em vez de deixá-lo derrubá-la puxando seus pés, Cho se jogou para trás com a mão estendida, usou o impulso para fluir de volta, ficou de pé e, mais uma vez, assumiu posição de ataque.

— Terminei — disse o menino, ainda sentado na grama alta, ao lado da estrada.

Ele se levantou e testou o peso no pé ferido. Então, caminhou para frente, de modo a ficar entre os dois combatentes.

Vento Esmeralda não sorria; estava de prontidão, atento. Cho precisou admitir que havia o subestimado. E não cometeria o erro uma segunda vez.

— Por favor, parem de tentar se matar. Preciso de vocês dois.

Cho percebeu a forma como o olhar de Vento Esmeralda saltou dela para o menino, e voltou. Ele estava calculando a velocidade com que poderia matar Ein, decidindo se poderia fazê-lo rápido o suficiente.

— Você precisa de nós para quê? — perguntou Vento Esmeralda.

— Preciso matar alguém. Um homem. E sozinho não consigo, não sou forte o suficiente. O shinigami me disse para encontrar heróis para lutar por mim. Li tudo sobre você. Zhihao Cheng, o Vento Esmeralda. Você lutou no Olho do Dragão, um homem contra cinquenta.

Vento Esmeralda se endireitou, e concordou.

— Pois é. Lutei mesmo.

— Você liderou a vanguarda no auge de Dangma. Emergiu sozinho da brecha, carregando a cabeça do Tigre Sentado.

Novamente, Vento Esmeralda concordou.

— Ele tentou me impedir. Lutou bastante. — Cho avaliou a distância entre ela e o bandido, e se aproximou um pouco mais. Vento Esmeralda mal a observava agora. Ela precisava se apressar, antes que ele conseguisse se recompor novamente.

Ein aproximou-se do bandido, como se o sujeito não representasse nenhum perigo.

— Preciso de você, Zhihao Cheng, para um feito que fará de todas essas outras façanhas nada mais do que uma nota de rodapé na sua história.

— Nota de quê?

— Pequenas conquistas. Que mal valem a pena mencionar. — Novamente, Ein estava esfregando o cachecol entre os dedos.

Até Cho ficou intrigada agora. Ela se endireitou, mas continuou se aproximando.

— Quem você quer que matemos, Ein?

Ein voltou seu olhar pálido e enigmático para Cho.

— Henan Wu Long.

Uma risada insana explodiu de Vento Esmeralda. Era tão vigorosa que ele desabou na grama ao lado da estrada, segurando as costelas. Cho não via graça nenhuma em loucura, e a proposta do garoto era, sem dúvida, exatamente isso.

— Você quer que matemos o Imperador dos Dez Reis? O homem ordenado pelas próprias estrelas? — perguntou ela.

— Quero. — Ein disse com entusiasmo. — Acontece que ele não foi ordenado pelas estrelas coisa nenhuma.

Vento Esmeralda bufou outra risada.

— E suponho que iremos caminhar até o palácio de Wu, bater nos portões e desafiá-lo para um duelo.

Ein falou:

— Ainda não sei como atacaremos o palácio. Porém, não estaremos sozinhos. Posso trazer outros de volta. O shinigami me disse para recrutar muitos heróis.

— O que acontece conosco se recusarmos? — perguntou Cho.

Ela já havia feito um juramento para o garoto, mas estava começando a soar como mais uma promessa impossível de cumprir.

Com uma carranca triste no rosto, Ein olhou para o cachecol entre os dedos.

— Vocês morrem. De novo. Só posso manter vivos um certo número de vocês. Se não me ajudarem, preciso deixá-los ir. Sinto muito.

Vento Esmeralda parou de rir, cutucou a grama e esmagou algo sob o polegar.

— Então, é algo do tipo *me ajude ou morra*.

— Você já estava morto. Sem mim ainda estaria. Só peço uma coisa em troca.

— Ah, claro. Tudo o que precisamos fazer para lhe agradecer, ó grande doador da vida, é matar o homem mais poderoso e com a maior proteção toda a Hosa.

Ein concordou.

— E se o matarmos? — perguntou Cho. Os outros dois não pareciam notar que ela continuava com a espada em punho. — O que acontece se ajudarmos?

Ein pareceu considerar a questão por um momento.

— Eu liberto vocês. — Ele olhou de Cho para Vento Esmeralda. — Pensem nisso como uma chance para a maior das glórias, e como uma maneira de salvar suas vidas.

E aí estava. Ein podia ser um menino, nem mesmo alto o suficiente para fingir ser um homem, mas tinha a vida deles nas mãos. Era como se fossem seus prisioneiros, como se ele os tivesse trancado e pendurado a chave na frente das grades.

— Bom, parece que não tenho escolha. — Vento Esmeralda se jogou na grama e se esticou. — Por você, meu rapaz, vou matar um imperador. E considero um pequeno preço a pagar por uma segunda vida.

Cho queria conseguir concordar, mas estava longe de ter certeza de que não era apenas uma maneira de desperdiçar aquela segunda chance de vida. Porém, pelo menos por enquanto, não via outra escolha. O juramento de uma guerreira, uma vez dado, não podia ser retirado. E ela ainda não estava pronta para desistir dessa promessa.

Ƭ

Depois de concordar com o que era, sem dúvida, uma missão suicida, parecia haver pouco mais a fazer, além de começar. Afinal, o Imperador dos Dez Reis nunca deixava o palácio de Wu, e ele ficava no extremo mais distante de Hosa, no coração da cidade de Jieshu. Eram semanas de distância a um bom ritmo, e as perninhas do menino eram capazes de tudo, menos de andar rápido. Ainda assim, Zhihao não iria reclamar do atraso, mesmo que isso significasse passar mais tempo com uma mulher insuportável e uma criança assustadora. E o garoto certamente era assustador. Seu olhar fantasma já não era qualquer coisa, e ele olhava bastante para Zhihao, mas não era nada comparado ao seu toque. O guerreiro pegou um odre de água do menino e, por um breve momento, seus dedos se tocaram. Parecia que seu braço inteiro havia sido incendiado. Quando chegou a hora de devolver o odre, jogou no garoto, e recuou o mais rápido que pôde.

Para desgosto de Zhihao, contornaram Kaishi. Ele havia perdido uma pequena fortuna em joias durante seu breve período como cadáver, e duvidava muito que Punho Flamejante e seus homens tivessem tido tempo para saquear a cidade adequadamente, principalmente porque o próprio Punho estava tão determinado a encontrar sua filha rebelde. Quando Zhihao pensava nisso, e ele tentava não pensar, era perfeitamente possível que todo o ataque à cidade tivesse sido culpa sua. Felizmente, a culpa estava sendo colocada inteiramente em Punho Flamejante, já que ele era um guerreiro violento e meio enlouquecido.

Após as chuvas recentes, a estrada se transformou em pequenas montanhas de lama, que secavam lentamente. O exército, e tinha sido um pequeno exército, havia passado por ali durante a noite. Zhihao não tinha visto, é claro. Já havia passado quase um dia inteiro em Kaishi, antes da chegada dos principais homens de Punho Flamejante. As ordens eram procurar sinais da filha e, por fim, abrir os portões para facilitar o saque. De certa forma, fora bem-sucedido em ambas as coisas. Porém, Punho Flamejante certamente não precisava saber que Zhihao, na verdade, havia passado o dia inteiro na cama, com a filha que deveria estar procurando. Considerando que era, em parte, o responsável pela carnificina ocorrida na cidade, decidiu que estava feliz por estarem abandonando-a.

O dia foi passando, e o meio-dia se transformou em fim de tarde.

— Há uma pousada não muito longe — disse Zhihao. O silêncio era opressivo, e apenas parte disso era porque, de alguma forma, ele fazia que os corvos circulando acima grasnassem ainda mais alto. — Parei lá uma ou duas vezes. Vinho excelente. Devíamos parar.

— Não. — A mulher parecia usar as palavras com moderação, e sempre falava com uma voz terrivelmente calma, que obrigava Zhihao a ouvir sua resposta.

— Estou com fome. — O espadachim não comia desde antes de morrer. Sem dúvida, ela agora pensou no próprio estômago vazio, que roncou e ajudou na argumentação de Zhihao.

— Ein? — perguntou a mulher.

O menino caminhava lentamente, observando a lama se espremer entre os dedos dos pés a cada passo.

— Comida me deixa enjoado. Mas preciso comer, eu acho.

— Você está parecendo meio sequelado, viu, garoto? — Zhihao ia bater no ombro do menino, mas parou ao lembrar do último toque que compartilharam. Em vez disso, puxou a mão para trás e sorriu. — Um jovem em fase de crescimento como você precisa comer. Ficar forte. Um braço forte é a marca de um homem de verdade.

— Você é meu braço forte. — O menino olhou para Zhihao, e seu rosto era dolorosamente gentil. O guerreiro não conseguia decidir se o rapaz estava zombando ou falando sério.

— Certo. Bom, eu preciso comer, então. Para manter minhas forças. — Era um argumento convincente, não importa o quanto tentassem evitá-lo. O único problema era que Zhihao não tinha ideia de com quem estava discutindo. Não parecia certo que o menino estivesse no comando. Porém, parecia ainda mais ridículo colocar uma mulher na liderança, mesmo que ela soubesse brandir uma espada.

— Vamos parar lá — disse a mulher. O comunicado soou muito com um decreto real. — A menos que seus amigos já o tenham reduzido a cinzas.

Zhihao riu.

— Sem chance. Punho Flamejante adora queimar coisas. — Ele apontou para a cidade atrás deles. — Mas nunca pousadas ou tavernas na estrada. Nunca se sabe quando podemos precisar de uma cama e uma refeição quente. Ele também não gosta de quem desobedece. — Zhihao estremeceu com a lembrança, e precisou admitir que estava feliz, em parte, por se ver livre do senhor da guerra.

Ao norte, havia terras agrícolas. Zhihao viu agricultores e trabalhadores cuidando dos arrozais. Alguns deles ergueram os olhos e observaram os três viajantes, com olhos desconfiados; outros simplesmente os ignoraram. Alguns bandidos pegavam tudo o que podiam, de quem podiam, e Zhihao tinha visto as consequências de tais ataques. Porém, Punho Flamejante tinha um controle rígido sobre seus homens, e as fazendas eram consideradas fora de cogitação. As cidades e os vilarejos abastecidos por estas fazendas eram um jogo justo. Porém, o mundo precisava de fazendas e fazendeiros, e Punho Flamejante entendia isso. Todos precisavam comer. Até garotinhos assustadores e mulheres meio mudas.

Coube a Zhihao manter a conversa, e ele o fez, embora fosse um pouco unilateral. De tempos em tempos o menino participava, com uma ou duas perguntas aleatórias. A mulher, porém, falava pouco, e vez ou outra bufava das mentiras mais descaradas de Zhihao. O menino parecia muito interessado nos contos de Vento Esmeralda, e ele ficava mais do que feliz em embelezar suas aventuras. Era um bandido por completo, mas sabia muito bem como se fazer soar como um herói. Isso parecia atrair o garoto. Zhihao os estava presenteando com sua versão da morte do General Tigre Sentado, uma história empolgante de ataques liderados e duelos épicos, quase inteiramente fictícios, quando o primeiro dos corpos apareceu.

Zhihao ficou em silêncio no meio da história. Um homem velho estava empalado ao lado da estrada de terra. Ele havia sido despido, e seu cabelo comprido estava agora emaranhado em tufos sangrentos ou caído na lama, onde fora arrancado de sua cabeça. Não havia dúvida de que estava morto. Uma estaca fora enfiada em seu rabo, prendendo-o de pé, como um espantalho mórbido. Claramente, porém, o espantalho não estava funcionando, pois havia dois corvos bicando o cadáver, e eles já haviam consumido os pedaços mais suculentos. Foi o suficiente para deixar Zhihao com ânsia de vômito, mas simplesmente não havia mais nada em seu estômago. Então, ele desviou os olhos e continuou andando. A mulher parou na frente do cadáver empalado e se ajoelhou por um momento. Em seguida, fez uma oração, em algum idioma que Zhihao não se deu ao trabalho de ouvir.

Cenas como essa eram raras. Hosa não tinha escassez de bandidos ou de bandos de guerra itinerantes à espreita dos indefesos. Porém, poucos despenderiam tempo e esforço para montar um espetáculo tão terrível. Punho Flamejante, por outro lado, levava muito a sério os assuntos envolvendo sua filha.

— O que são esses símbolos esculpidos no peito dele? — perguntou o menino. — São algum tipo de feitiço ou encanto?

A mulher puxou o menino para longe do corpo, antes que ele pudesse começar a cutucar o cadáver, ou tentar trazer o desgraçado de volta à vida. Zhihao duvidou muito que o homem os agradeceria por uma segunda chance, dado o estado em que se encontrava. Às vezes, a vida após a morte, seja lá como fosse, era simplesmente a melhor opção.

— Não sei — admitiu a mulher.

— É Hosan antigo — disse Zhihao, mantendo os olhos fixos na pousada à frente. — Significa sequestrador.

— Então é verdade? Sobre a filha dele? — perguntou a mulher.

Zhihao conseguia senti-la o encarando. Ele não respondeu. Acelerou o passo, passou pelos outros e manteve os olhos à frente. Algumas mentiras eram muito difíceis de contar, até mesmo para um homem como Vento Esmeralda, e ele, certamente, não estava disposto a lhes dizer a verdade.

O velho foi o primeiro de muitos empalamentos ao longo da estrada. Zhihao não se incomodou em contar, afinal, seria melhor nem saber a quantidade total. Mas havia dezenas de corpos ao longe, em direção à pousada. Alguns eram homens, outros mulheres, mas todos receberam tratamento semelhante. Estavam mortos, completamente despidos e empalados. Não era o primeiro espetáculo sombrio feito por Punho Flamejante, mas certamente foi um dos piores.

Havia movimento na pousada, e isso parecia um bom sinal. Sem dúvida, o que restava do exército de Punho Flamejante viera por esse caminho. O que significava que Zhihao estava seguindo pegadas profundas. Ele precisava admitir, pelo menos para si mesmo, que estava tentado a se juntar ao bando de guerra. Com eles, já fizera coisas terríveis, crueldades que fariam até os próprios pesadelos terem pesadelos. Porém, havia camaradagem entre assassinos, e honra entre ladrões. E nunca, nenhuma vez sequer, em todo o seu tempo a serviço de Punho Flamejante, Zhihao havia ficado sem a barriga cheia, ou sem um odre transbordando de vinho. Primeiro, porém, precisava encontrar uma maneira de se libertar do menino.

Os corpos empalados continuaram até a pousada, e parecia que ninguém havia tentado retirá-los. Talvez fosse porque ninguém se importava, ou talvez ninguém quisesse chegar muito perto. Talvez estivessem todos com muito medo de que alguns dos homens de Punho Flamejante ainda estivessem por perto, prontos para punir aqueles que pensassem em dar às pobres almas um enterro adequado. A mulher parava em frente a cada cadáver, ajoelhava-se, e repetia a oração aos mortos como se devesse algo a eles. As poucas pessoas pelas quais passavam na estrada acenavam um breve *olá*, mas se recusavam firmemente a olhar para os horríveis espetáculos. Talvez fosse apenas mais fácil não os ignorar.

Zhihao chegou à estalagem quando o sol já se punha abaixo do horizonte ocidental. Ele estava uma boa distância à frente da mulher e do menino. Era um edifício grande, com tábuas de madeira resistentes pregadas umas às outras, e apenas alguns pontos de podridão. Parecia ter mudado muito pouco desde que a havia visitado, exceto pelos espantalhos horríveis nos arredores, e por uma nova placa de papel, escrita na língua comum: *Socorro Seguro*. O nome fez Zhihao sorrir. Era tanto um apelo para pessoas como ele, quanto uma propaganda para viajantes cansados. No ar, um fedor familiar enrugava o nariz e fazia cócegas na parte de trás da garganta. O guerreiro fez o melhor para ignorá-lo, mas conhecia aquele cheiro muito bem. Corpos não lavados, vivos, contra o vento, azedos e rançosos.

O último aviso de Punho Flamejante antes da pousada era muito diferente dos outros. Havia muito menos corpo neste. Em vez de uma estaca, uma placa de madeira fora apressadamente martelada no chão do lado de fora da porta da pousada. Pregada no centro do aviso havia uma mão. A pele estava enrugada e cinzenta; a extremidade cortada era carne sangrenta, rasgada. A mão ainda segurava uma espada longa e fina, decorada com a gravura ornamentada de um dragão. Zhihao encarou aquilo por alguns momentos e sentiu um sorriso brotar nos cantos da boca. Então, olhou para a estrada, de onde a mulher e o menino se aproximavam rapidamente, após terem feito uma oração ao último dos cadáveres. Considerou chutar a placa e esconder a espada. Porém, estavam perto o suficiente para vê-lo, e isso só levaria a perguntas. Ele ainda estava lá quando o alcançaram, mas conseguiu tirar o sorriso do rosto antes que o vissem.

Ele esperava que a mulher chorasse com a visão, mas não foi o que aconteceu. Ela parou na frente do letreiro, com uma expressão sombria nos lábios, e inclinou a cabeça. Então, pegou a espada da mão sem vida, com um cuidado que se aproximava da reverência.

— De quem é essa mão? — perguntou o menino, desenrolando os dedos sem vida.

— Pertence ao homem que me matou — disse Zhihao, sem conseguir muito bem disfarçar o bom-humor da voz. — Desculpe, pertencia. Acho que agora pertence aos corvos e aos vermes.

A mulher se virou para Zhihao com um olhar hostil, e se ajoelhou na frente do aviso, segurando a espada com as duas mãos, como uma espécie de oferenda. Ela abaixou a cabeça e fechou os olhos.

— O que está fazendo? — perguntou o menino.

Ela não respondeu.

— Ignore-a. — Zhihao farejou o ar novamente e olhou em volta. — Provavelmente está oferecendo uma oração pela proteção dele, ou algo assim. Esse aí já não tem mais volta, certo? Com a mão cortada assim... Vi pessoas sangrarem até a morte por menos. Agora, então, vamos descobrir quem é o dono desse fedor?

O menino seguiu Zhihao de perto, enquanto passaram pela entrada da pousada, ignorando os rostos que os observavam das janelas, e se aproximaram do outro lado do prédio. Na verdade, o garoto estava um pouco perto demais para o gosto dele e, toda vez que ele tentava se afastar, o garoto diminuía a distância.

Quando viraram a esquina, um novo sorriso surgiu no rosto de Zhihao. A poucos passos da parede da estalagem, dois homens estavam sentados ao redor de uma fogueira de bom tamanho. Eles riam e bebiam vinho de algumas garrafas. Ocasionalmente, se revezavam para cuspir no fogo, para que ele rugisse em chamas. Havia um único corpo, não muito longe, caído contra a lateral da pousada. Um velho, com apenas uma mão, e sem espada.

Ele estava morto e com o manto azul-celeste manchado de vermelho em muitos lugares.

— Ringan, Hufeng — gritou Zhihao, enquanto se aproximava com os braços abertos. — Vocês não imaginam como estou feliz em vê-los.

Ringan pulou para longe do fogo e tateou a espada presa ao cinto. Hufeng apenas franziu a testa e tomou outro gole da garrafa em sua mão.

— Eu reconheço *você*! — sibilou Ringan, finalmente desembainhando a pequena espada e enxugando o suor brilhante de sua testa suja. Ajudou pouco: apenas espalhou o suor gorduroso por todo o rosto.

— Bom, espero que reconheça mesmo.

— Você está morto — disse Hufeng. Soou muito como uma acusação.

Zhihao balançou a cabeça e parou bem longe da pequena espada do homenzinho.

— Nem um pouco. Foi um golpe de raspão que me fez perder os sentidos por um tempinho, mas ainda estou muito vivo.

O menino agarrou a mão de Zhihao. Mais uma vez, sentiu aquela dormência horrível no braço. Zhihao se afastou rapidamente, tentando colocar alguma distância entre eles, mas o garoto o seguiu novamente.

— Não. Eu lembro muito bem. Você foi esfaqueado no coração — disse Hufeng.

Ele era muito maior que Ringan, tanto em altura quanto em massa, e tinha uma voz profunda que combinava com seu tamanho. Ele também carregava uma foice nojenta presa a uma corrente, mas ainda não a estava empunhando.

Zhihao ofereceu um sorriso caloroso que só foi até os lábios.

— Salvo pela minha confiável armadura de escamas. — Ele bateu um punho contra a armadura amassada, e estremeceu com a dor no peito.

— A lâmina passou direto — disse o homem gordo, com um aperto solene na garrafa de vinho. Era difícil argumentar com Hufeng, já que mais de uma dúzia de homens, incluindo Punho Flamejante, provavelmente o haviam visto morrer. — Kui disse que até ouviu um de seus dedos estalar quando roubou seus anéis, e você nem sequer piscou.

Zhihao levantou a mão esquerda e olhou para o dedo mindinho.

— Isso explica a dor. — Ele o mexeu um pouco, e estremeceu. A junta parecia estar cheia de vidro quebrado. — Mas, como você pode ver, eu definitivamente estou vivo. Sempre digo, confie em seus próprios olhos, e não nos de um duende ladrão de merda. Vai por mim, vou ter uma conversa bem série com Kui. Uma conversa afiada, apoiada por aço.

Zhihao decidiu que a melhor maneira de os impedir de perguntar coisas demais era ele mesmo fazer alguns questionamentos. Sentou-se em um dos troncos perto do fogo, e estendeu as mãos em direção às chamas. O menino pairava sobre seu ombro e brincava com a pequena echarpe vermelha.

— Então, onde estão todos?

— De volta à estrada há alguns dias — disse Hufeng, finalmente se levantando. — Já faz um tempo. Acampados no local de sempre. Punho nos mandou dar uma olhada na cidade, para ver se vale a pena atacar de novo. Não que tenhamos gente suficiente agora.

— De novo? — riu Zhihao. — Os incêndios mal esfriaram desde a última vez.

— Como é? — A mão de Hufeng foi até a foice que levava no cinto.

— Esse moleque, quem é? — perguntou Ringan, ainda sem se aproximar de Zhihao, como se ele tivesse algo contagioso.

Zhihao olhou de volta para o menino. Seu olhar pálido e ansioso passou de um homem para outro, enquanto ele esfregava o lenço vermelho entre os dedos. Havia medo ali, e deveria haver mesmo. Zhihao havia aprendido há muito tempo que era sábio temer homens como ele.

— Não faço ideia. Ele está me seguindo desde que acordei no rio. Sinta-se à vontade para matá-lo por mim.

7

Quando Cho dobrou a esquina da estalagem, dois homens estavam avançando sobre Ein. Enquanto isso, Vento Esmeralda estava sentado junto ao fogo olhando para as chamas. O menor dos dois segurava uma espada curta, e o alto e gordo tinha a mão em uma foice pendurada no cinto. Ein recuou um passo, tropeçou em uma garrafa de vinho descartada, e caiu de bunda. Cho se apressou.

O homem grande gritou para Ein.

— Quem é você? E por que você está vestindo... — Ele morreu no meio da frase quando Cho puxou Paz e cortou seu corpo de um lado a outro em um movimento fluido e praticado.

O homenzinho gritou, e ergueu a espada. Cho fez Paz cantarolar uma palavra sussurrada quando cortou tanto a espada do homem quanto seu corpo em dois. Foi tudo tão rápido e limpo; ambos os corpos atingiram o solo ao mesmo tempo. O sangue do homem menor espirrou no peito de Vento Esmeralda. Ele pulou, dançando para longe da fonte de sangue.

— Argh! Aqueles dois estavam prestes a nos fazer um favor.

Ele balançou as mãos, tentando, sem sucesso, se livrar do sangue.

— Você está bem? — perguntou Cho.

Ein concordou, enquanto levantava novamente. Havia algo próximo ao pânico em seu rosto jovem. Cho virou-se para Vento Esmeralda com um olhar severo. Porém, o homem apenas deu de ombros, e se afastou em direção à pousada, onde um cadáver descansava junto à parede. Ele se ajoelhou, enxugou as mãos no manto do morto, e arrancou a cabaça que estava em sua mão restante.

Vento Esmeralda cheirou o topo da cabaça.

— Agora sim! Não acredito que realmente deixaram as coisas mais fortes com ele. — Ele pressionou a cabaça em seus lábios e bebeu profundamente. — Argh. Tem um gosto ruim.

Cho se virou, ainda sem querer admitir a verdade do que viu até saber que Ein estava bem. Ela percebeu o menino a olhando.

— Obrigado. Eles iam me matar.

Cho sentiu a garganta apertar.

— Você está seguro agora.

Ela olhou para o cadáver deitado ao lado da pousada. De repente, o mundo parecia muito distante, como se ela o estivesse olhando através de um túnel. Lâmina Centenária, sempre tão forte e vibrante em vida, apesar da idade, parecia frágil e desgastado na morte. Seus olhos estavam fechados e a pele do rosto, cinza e flácida. Sangue manchava seu manto azul, e a mão com que empunhava a espada agora era apenas um toco sangrento e esfarrapado. Ele não parecia mais o maior espadachim de toda Hosa. Seu cabelo estava ensanguentado e emaranhado; sua carne, afundada e fina como papel.

— Já vai tarde. — Até a voz de Vento Esmeralda parecia distante. O comentário deveria tê-la irritado, mas tudo que Cho sentiu foi uma dormência vazia. Havia tristeza em algum lugar ali também, borbulhando sob a superfície.

— Você está chorando. — Ein estava ao lado dela e a encarava.

— Estou triste — sussurrou Cho. — Parece que parte da luz do mundo se foi.

— O sol está se pondo — disse Ein, olhando para o leste, em vez de oeste.

Vento Esmeralda riu e disse:

— O sol nasce sobre Wu e se põe sobre Long, abrangendo toda Hosa.

Ele estava sentado ao lado do cadáver de Lâmina Centenária e, pensou Cho, parecia estar no lugar certo.

— Você diz que conhece os heróis, não disse? — perguntou Cho a Ein, com a voz deixando transparecer um pouco da tristeza que sentia.

Ela deu alguns passos em direção a Lâmina Centenária e olhou para o corpo do amigo.

Ein a seguiu.

— Eu tinha livros sobre todos os heróis de nossa época. Lia tudo. Acho que esperava ser um herói um dia. Eu ficava pensando em qual seria o meu nome. Como meus feitos poderiam conquistar um título para mim. Imagino que agora tudo isso seja passado.

— Você leu sobre Lâmina Centenária? — Cho cutucou Vento Esmeralda com o pé, e ele se mexeu um pouco. Então, agarrou Lâmina Centenária pelos tornozelos, e o arrastou para longe da parede da pousada.

— Li.

— Gostaria que me falasse sobre ele. — Arrastar o cadáver era um trabalho árduo. Ele parecia tão leve e pequeno, agora que a vida o havia deixado, mas ainda era pesado. E o fogo atrás dela a fez suar.

— Qual história gostaria de ouvir? — perguntou Ein, sentando-se no peito do homem gordo que Cho matara. Ela achou estranho que ele se importasse tão pouco com o morto. — De como ele lutou contra a grande serpente do vento, Messimere? Ou como ele, Luz e Po quebraram o cerco em Laofen? Ou quando ele escalou os Mil Degraus do templo ShinWo e derrotou um mestre diferente em cada um deles? — O menino ficou bastante animado, enquanto contava os muitos feitos de Lâmina Centenária.

Cho fungou, lutando para encontrar sua voz. Suas bochechas estavam molhadas. Ela não sabia dizer se era suor ou lágrimas.

— Vou deixar você decidir. Escolha uma que o honre.

Ein pareceu pensar por um tempo enquanto mordia o lábio e encarava as chamas. Por mim, olhou para cima.

— Na Floresta das Espadas Cadentes — começou ele —, dizem que as árvores crescem tanto que chegam até as estrelas. — Ele falou como se estivesse recitando a história de memória, exatamente como foi escrita. — Algumas são tão grandes, que pode-se levar uma hora para dar a volta nelas, e têm galhos tão largos que uma dúzia de homens, lado a lado, poderia caminhar sob eles. Dizem que há pessoas vivendo nessas árvores, uma civilização inteira que nunca pisou no solo floresta. E eles não veem com bons olhos os habitantes da superfície. No entanto, os povos das árvores não são os únicos que chamam o dossel da floresta de lar. Há outras coisas lá em cima, mais velhas que Hosa, mais velhas que o homem, mais velhas que o próprio tempo. Pois há um problema em chegar tão alto. As estrelas ficam distantes por uma razão: os monstros se escondem na escuridão.

Vento Esmeralda grunhiu e fez um grande esforço para se levantar. Novamente, tomou um gole na cabaça, estremeceu com o gosto, e cambaleou em direção à entrada da pousada com uma carranca profunda no rosto. Cho não disse nada e deixou o homem ir em silêncio. Ela finalmente puxou o cadáver de Lâmina Centenária para a grama próxima, e colocou o corpo lá. Cho nunca conheceu um dia mais triste.

— Devo continuar? — perguntou Ein.

Cho reprimiu o pranto.

— Por favor.

— Lâmina Centenária, ainda jovem na época, desejava se encontrar com o povo das árvores e aprender os segredos de suas artes. Ele encontrou uma árvore menor e enrolou um pano em seu tronco antes de prendê-lo na cintura. Foi assim, subindo em uma árvore, que aprendeu a desafiar a gravidade. Quando alcançou o primeiro dos galhos, a subida ficou mais fácil. Ele atravessou as copas e foi subindo cada vez mais ao longo da rede de galhos.

Cho viu uma pá encostada na parte de trás da pousada e a pegou, com um lençol azul cheio de remendos, que estava secando entre uma carga de roupa suja. Enquanto Ein contava a história, ela cortou uma mecha de seu cabelo, amarrou-a em um nó e colocou-a na mão de Lâmina Centenária, fazendo, silenciosamente, um novo juramento. Depois, embrulhou o cadáver de Lâmina Centenária no lençol e começou a cavar uma cova. Mesmo com o solo amolecido pelas chuvas recentes, a escavação levou muito tempo. Porém, o esforço valeu a pena. Ela esperava que o velho mestre pudesse encontrar alguma paz em suas tentativas de honrá-lo.

— Ele procurou por dias, sozinho, exceto por macacos tagarelando e estrelas olhando para ele. Quando finalmente encontrou a cidade de Unyun no topo das árvores, Lâmina Centenária estava exausto, e certo de que havia coisas, criaturas sem forma, deslizando pelas árvores, observando-o de dentro das sombras. Porém, o povo de Unyun não o acolheu, nem mesmo quando implorou para que o ensinassem. Em vez disso, deram-lhe cinco tentativas, uma para cada uma das grandes constelações.

— A primeira prova foi a de paciência, em homenagem à constelação de Rymer, guardião do tempo. Porém, o povo de Unyun subestimou Lâmina Centenária, pois logo no início de seu treinamento no templo Yoshi, ele aprendeu a arte da verdadeira meditação. Durante cinco dias e cinco noites, Lâmina Centenária diminuiu a velocidade do corpo e, sem comida, água ou movimento, meditou sobre o que significava estar entre as árvores.

— A segunda prova foi a de resistência, em homenagem a Fenwong, o bêbado. Enviaram cinco garotos para ele, cada um menor e mais fraco que o anterior, e cada um atacou Lâmina Centenária. Novamente, porém, o povo de Unyun o havia subestimado. Derrotá-los teria sido tão fácil quanto respirar, mas ele resistiu às tempestades dos ataques e foi declarado derrotado a cada vez. Pois no topo de ShinWo, no final dos Mil Degraus, Lâmina Centenária havia aprendido a verdadeira humildade, e que às vezes só se pode ser vitorioso na derrota.

Cho parou brevemente para enxugar o suor do rosto. O sol estava se pondo de verdade agora. Logo, tirando o fogo e a luz que emanava da pousada, estariam praticamente cegos. Cho precisava admitir que seria muito mais fácil enterrar o homem em uma cova rasa. Porém, em algum lugar ao longe, ela ouviu um lobo uivar, e não iria enterrar Lâmina Centenária, apenas para que fosse desenterrado por necrófagos em busca de uma refeição fácil. Cho tirou a blusa ensopada de suor e, vestindo apenas roupas íntimas, continuou cavando.

— A terceira prova foi a contenção, em homenagem a Osh, mestre das feras. Cinco pratos de um banquete foram levados a Lâmina Centenária, agora faminto e fraco de exaustão. Colocaram cada um deles em sua frente e lhe ordenaram que não comesse durante um dia inteiro. Porém, mais uma vez, haviam subestimado Lâmina Centenária, pois nas montanhas de Osaara, os Mordedores de Pedra o haviam ensinado a se sustentar com sua própria energia vital interior, e passar semanas sem comida.

— A quarta prova foi compartilhar, em homenagem à Ryoko, aquela que é tudo. Pois antes que ensinassem seus hábitos a Lâmina Centenária, eles precisavam conhecer os dele, para ter certeza de que seria digno de confiança. Isso deixou Lâmina Centenária feliz, pois ele já havia ensinado as suas artes a muitos. Na Biblioteca de Todas as Coisas, aprendera que o conhecimento ajuda a melhorar o homem como um todo, e que poucas coisas não devem ser compartilhadas. Ele ensinou ao povo de Unyun sua segunda maior técnica: a Espada Cintilante.

Cho sorriu, enquanto cavava na terra.

— A Lâmina Sussurrante.

— O quê? — Ein olhou para Cho através do fogo moribundo, e ela balançou a cabeça para ele.

— Qual era a prova final?

— Após a quarta prova, levaram Lâmina Centenária para Unyun. Lá, ele foi presenteado com um banquete glorioso e uma cama quente, tão macia quanto as nuvens. No dia seguinte, começaram o treinamento e ensinaram-lhe as artes que haviam sido passadas de geração em geração, sem nunca sair das copas das árvores. Durante cinco meses, ele aprendeu os maiores segredos daquele povo, tanto de suas técnicas, quanto de seu modo de vida. Aprendeu a viver entre as árvores, a caçar entre as árvores e a amar entre as árvores. E quando havia aprendido tudo o que podia do povo de Unyun, eles o colocaram na prova final.

— Em meio às árvores mais altas do mundo, o povo de Unyun era assediado por monstros das estrelas, uma punição por viverem tão lá em cima. Ninguém podia dizer como eram as criaturas, nem como deveriam ser mortas, mas era tradição que os mestres de Unyun saíssem sozinhos para o dossel da floresta, para caçar e matar uma das feras. Uma prova em homenagem a Sen, o escudo.

Então, Ein ficou em silêncio. Cho olhou para cima, de dentro da cova cada vez mais profunda, e viu-o franzindo a testa para as chamas moribundas do fogo.

— Qual é o problema?

— A história terminava assim no meu livro. Não havia nada sobre como ele completou a quinta tentativa.

— Talvez um dia eu conte o fim da história. Soube diretamente de uma fonte segura.

Ein sorriu. De alguma forma, o jeito como o garoto esticou a boca de forma não natural o fez parecer menos normal, e o brilho do fogo fez seus olhos pálidos como a neve cintilarem de forma maníaca.

— Você deveria entrar — disse ela. — Coma alguma coisa e mantenha Vento Esmeralda longe de problemas.

— Mas você não terminou.

— Farei o resto sozinha. Tenho algumas palavras para dizer, sem ouvidos curiosos por perto.

Era verdade, uma verdade completa. O povo de Ipia acreditava que se podia contar um segredo aos mortos. Algo que nenhuma outra pessoa no mundo soubesse, para que os vivos e os mortos estivessem para sempre ligados um ao outro, não importasse quantos mundos os separassem.

Ein a encarou durante um tempo, antes de seu olhar passar, apenas por um momento, para o corpo enrolado no lençol.

— Ele já está longe demais.

Com isso, ele se levantou, passou por cima do cadáver no qual estava sentado, e entrou na pousada. Cho estremeceu, sentiu um vento frio passar, e voltou a cavar. Só mais um pouco, e ficaria satisfeita o bastante com a profundidade do buraco. Satisfeita com o fato de que ninguém jamais desenterraria Lâmina Centenária.

Zhihao enfiou a colher na tigela à sua frente, pegou algo verde e meteu na boca. Mastigou devagar e sem entusiasmo, depois engoliu com uma careta. Tinha um gosto, imaginou, muito parecido com o de um sapato velho de um homem que trabalhava nos esgotos. O problema era que o vinho não era nem um pouco melhor. Nunca tinha bebido algo que parecia deixá-lo mais sedento, em vez de matar a sede.

Ele estava sentado sozinho em uma mesa, o mais longe possível da porta. Todos os outros na pousada o observavam, com aquele olhar reservado para o lixo indesejado. O dono da estalagem, um homenzinho de pele pálida, estava na porta da cozinha. De vez em quando aparecia uma criança, do andar de cima ou de dentro da cozinha, e o dono mandava o pirralho embora. Se havia algo próximo a uma esposa e mãe aqui, Zhihao não tinha visto nenhum sinal.

Havia apenas duas outras pessoas na estalagem, um homem e uma mulher, que pareciam mercadores. Eles usavam longos mantos com capuz e se curvavam sobre a mesa, tentando ficar de olho em Zhihao, sem encará-lo. Normalmente, ele adorava esse tipo de atenção, mas havia algo de errado. Dessa vez, não encontrou alegria no desconforto dos outros, nenhuma alegria na comida, e nenhuma alegria no vinho. Felizmente, Zhihao ainda conseguia se lembrar da visão do corpo sem vida de Lâmina Centenária, e isso certamente lhe dava um pouco de contento. Poderia, mais uma vez, voltar a dizer que nenhum homem vivo jamais o havia derrotado.

Quando o menino entrou, trouxe o fedor da morte com ele, que flutuou pela porta aberta, e o seguiu até a mesa de Zhihao. O garoto não parecia cansado de um dia de caminhada, nem triste ou horrorizado com as coisas que tinha visto. Parecia uma evidência bastante contundente de que o menino não estava bem. Mesmo assim, alegava ter se encontrado com um shinigami, e o guerreiro duvidava que alguém saísse dessa sem ser mudado para pior.

— Devo evitar que você se meta em encrencas — disse o garoto, enquanto se jogava na cadeira em frente a Zhihao e o encarava com aqueles olhos fantasmagóricos.

— Em que encrenca eu poderia me meter? — O espadachim acenou com a colher para a sala quase vazia. O olhar do garoto não vacilou por um momento sequer. — De qualquer maneira, quem está no comando, você ou ela?

— E importa?

Zhihao respirou alto por entre os dentes e concordou.

— Todos os grupos, sem exceção, devem ter um líder. Alguém encarregado de tomar as decisões difíceis. Alguém para apontar o caminho. Alguém que vê o quadro geral, que conhece o verdadeiro objetivo.

O menino concordou com as palavras. Chegava a ser até fácil demais quando Zhihao se esforçava, ainda mais com alguém tão jovem quanto este menino. As crianças eram sempre tão impressionáveis.

— Eu tinha pensado que você seria o líder do nosso pequeno grupo. Você tem o poder, afinal. Foi você que nos trouxe de volta. Você pode nos libertar?

— Posso. Mas não até que eu termine minha jornada. E preciso de sua ajuda.

— Claro, claro. Então, certamente você deveria estar no comando. Tomando as decisões. Afinal, é na sua busca que estamos.

Mais uma vez o garoto concordou, e seu olhar finalmente se desviou para a mesa. Zhihao deu um suspiro de alívio com isso. Quanta distância será que conseguiria criar entre o menino e a mulher? O suficiente, ele esperava, para que ela parasse de protegê-lo.

Então, um pensamento lhe ocorreu. A mulher estava do lado de fora, cuidando de um cadáver em decomposição, como se ele merecesse algum tipo de respeito. O menino, por outro lado, estava dentro da pousada, sentado em frente a Zhihao. As outras pessoas na estalagem não conseguiriam detê-lo; mesmo que tentassem, ele poderia matá-los com facilidade. Então, o que o impedia de cortar a garganta do menino bem aqui e libertá-los dessa missão ridícula? Era uma pergunta que ainda estava remoendo quando a porta se abriu e a mulher entrou.

Ela carregava sua blusa saqueada em uma mão e a espada de Lâmina Centenária na outra. Pela primeira vez, Zhihao olhou direito para ela; era até que bonita, apesar da sujeira, da fuligem e do sangue seco. Com certeza era mais musculosa do que ele, mas um pouco de força nunca era algo para se lamentar. Com as bandagens em volta do peito, não conseguia ver muito do que havia por baixo, mas seus olhos foram atraídos para as feridas costuradas. Zhihao a vira morrer. Tinha visto seus próprios homens, aqueles que serviram sob seu comando no bando de guerra de Punho Flamejante, enfiando aço nela. Ele sabia de onde aquelas feridas tinham vindo e o quanto eram recentes. Ainda assim, pareciam quase velhas e curadas.

Zhihao ainda estava olhando para a mulher, quando ela largou a espada na mesa, colocou os braços pela blusa e amarrou-a para esconder o peito. Quando finalmente olhou para cima de seus seios, ele a encontrou encarando-o com um olhar fixo. Ela podia pensar o que quisesse; ele não queria nenhum pedaço dela sequer.

— Decidi que será a responsável pelo grupo — disse o menino, enquanto a mulher se sentava.

Zhihao grunhiu e se espalhou em sua cadeira.

Ela acenou para o menino e voltou a atenção para Zhihao.

— Você falou alguma coisa?

Zhihao deu de ombros.

— Não dá para colocar essa espada em outro lugar, não? Não era para tê-la enterrado com aquele velho desgraçado, ou algo assim?

A mulher balançou a cabeça.

— Eu tenho um plano para esta espada. Estou feliz com ela na mesa. Por quê?

— Porque ainda me lembro da sensação de tê-la dentro do meu coração. — Havia um tom amargo na voz de Zhihao, e ele estava bastante convencido de que tinha todo o direito para tal. A simples visão da lâmina fazia seu peito doer.

Ele esperava que ela zombasse dele, talvez o chamasse de algum insulto sinônimo de covarde. Certamente, era o que os homens do bando de guerra de Punho Flamejante teriam feito. Em vez disso, pegou a espada e a colocou no banco ao lado, fora de vista.

— Ah, obrigado. — Atos aleatórios de bondade confundiam Zhihao e o deixavam nervoso. Ele empurrou a tigela, que estava pela metade, para ela. — Aqui, experimente isso.

Ela olhou para a tigela.

— É só sopa de ovos. Acho que o cozinheiro colocou alguns legumes também. Espero que as coisas verdes sejam isso.

A mulher colocou um pouco na boca, fez uma careta e, rapidamente, cuspiu de volta. Então, voltou aquele olhar hostil para Zhihao. Ele ergueu as mãos, e apontou um dedo para o jarro de vinho à frente.

— Experimente isso agora.

— Não.

Zhihao suspirou.

— Só experimente. Nós dois já estamos mortos, então por que eu te envenenaria?

— Vocês não estão mortos — disse o menino. — Estão quase vivos.

— Apenas experimente. Por favor. — Então, ocorreu a Zhihao que ele não conseguia se lembrar da última vez que havia dito *por favor* a alguém.

Ela pegou o jarro, bebeu e novamente fez careta.

— Como alguém pode fazer vinho de arroz ter um gosto tão ruim? Deve estar estragado.

Zhihao disse:

— Pelo menos não sou só eu.

— Vocês estão apenas quase vivos — repetiu o menino.

Zhihao soltou um rosnado de completa frustração, sem palavras.

— Estou começando a desejar que você não tivesse me trazido de volta. Todos os alimentos e bebidas terão esse gosto?

— Sim.

A mulher deu de ombros, puxou a tigela de sopa de ovos para mais perto e consumiu vorazmente o líquido frio e poroso. A mesa recaiu em um silêncio taciturno. Isso quase convenceu Zhihao de que valia a pena deixar os dois, e sofrer as consequências de sua separação do menino. Então, ele se lembrou da sensação do coração se rasgando e do sangue lhe escorrendo pelo peito. Decidiu que poderia pelo menos tentar melhorar um pouco o clima, antes de se condenar a uma segunda morte dolorosa.

— Ele realmente matou um dragão? — Zhihao tomou um gole do vinho e fez uma careta com o gosto.

Da última vez que estivera na estalagem, o vinho era doce, com um calor único que, quando descia, lembrava canela. Agora, tinha gosto de cinza seca. Ainda assim, raramente bebia apenas pelo sabor; havia outros benefícios em uma garrafa de vinho.

— Matou — respondeu a mulher, entre colheradas de sopa. — Messimere, uma grande serpente, segundo todos os relatos.

— Como?

— Como é que alguém mata um dragão?

Zhihao deu de ombros. Ele só vira um dragão, Cormar, a Serpente Ônix, enquanto deslizava pelo céu em busca de caça. Era algo verdadeiramente monstruoso, mais longo que qualquer criatura tinha motivo para ser e, de alguma forma, voava sem o uso de asas. Zhihao não tinha vergonha de admitir, pelo menos não para si mesmo, que havia se escondido debaixo de um galinheiro, até ter certeza de que a criatura havia passado.

— Não faço ideia de como alguém poderia sequer tentar.

A mulher então sorriu para ele, com um puxão manhoso nos seus lábios que tentou suprimir.

— Exatamente.

Zhihao revirou os olhos.

— É por isso que não gosto de vocês. Respondem perguntas com enigmas.

Ela ergueu uma sobrancelha.

— Vocês? Então, não sou só eu. Você odeia todos os Ipianos, é isso?

— O quê? Não. Eu quis dizer mulheres. E eu não *odeio* mulheres, só não gosto delas. No geral.

Ela riu. Foi uma risadinha silenciosa, mas seus olhos nunca deixaram a sopa.

— Ele tinha uma técnica, que se recusava a compartilhar com qualquer pessoa. Poderia fazer chover uma centena de espadas do céu. Talvez tenha usado isso.

— Está aí algo que gostaria de ter visto. — Zhihao bebeu o vinho novamente, ainda odiando o sabor. — Como foi que fez isso?

— Como é que *você* desaparece e deixa no lugar apenas uma miragem sua para voar como pétalas ao vento?

— Não vou dizer. É um segredo comercial. — Zhihao disse.

A mulher estendeu as mãos sobre a mesa.

— E Lâmina Centenária levou os segredos dele para o túmulo.

— Espere. Ele era chamado de Lâmina Centenária por causa disso? — Zhihao riu e acabou derramando um pouco de seu vinho na mesa. — Achei que fosse por causa da idade.

Ela balançou a cabeça negativamente.

— Ele ganhou esse nome décadas atrás, muito antes de a velhice deixá-lo mais lento.

Zhihao disse:

— É uma boa explicação.

Ele estava se sentindo um pouco tonto, e feliz por descobrir que ainda podia ficar bêbado, apesar do gosto amaldiçoado que o vinho deixou em sua boca.

— Como vamos pagar por isso? — perguntou a mulher, ainda colocando a sopa na boca. — Pensei que seus amigos tivessem te *roubado* enquanto estava morto.

— E roubaram mesmo, mas não fizeram um trabalho completo. Ninguém nunca pensa em olhar no bolso da virilha.

A mulher lançou-lhe um olhar incrédulo.

— É verdade. Muitos homens fazem isso, escondem uma bolsinha dentro das calças, onde ninguém está disposto a olhar.

— Exceto você?

— Em tempos de desespero. Não se preocupe, há muito desisti de roubar pousadas. É ruim para os negócios.

A mulher empurrou a tigela de sopa vazia, tomou um gole da garrafa de vinho de Zhihao e arrotou, cobrindo a boca. Então, fixou o olhar no garoto do outro lado da mesa. Havia um brilho em seus olhos, algo severo e determinado.

— Você disse que estou no comando, não disse? — perguntou.

— Desde que nos movamos em direção ao meu objetivo. O imperador precisa morrer.

— Vamos. Mas tenho um dever a cumprir ao longo do caminho. — Ela se virou para Zhihao. — Você sabe onde Punho Flamejante está? Onde fica o acampamento dele?

— Sei.

Zhihao teve uma súbita sensação de que não estava gostando do rumo da conversa.

— Leve-nos até ele.

Ele riu.

— Vingança, é?

— Justiça.

— Não existe isso em Hosa. Justiça da espada é apenas outro nome para assassinato.

O olhar da mulher era tão severo quanto a linha de seus lábios.

— Não me importa o nome que você dá. Pelo juramento que fiz a Lâmina Centenária, matarei Punho Flamejante.

8

Algo que Cho gostava nas pousadas em Hosa era que as pessoas nunca se importavam se você dormia na sala comunal. Na verdade, era algo que até esperavam. Geralmente havia alguns quartos disponíveis, mas, contanto que você comprasse um pouco de comida e vinho, a maioria dos estalajadeiros ficava feliz em deixá-lo desmaiar lá mesmo, no meio dos outros clientes. Certamente, esses mesmos estalajadeiros não se responsabilizavam por qualquer perda de objetos enquanto estivesse dormindo. Felizmente para Cho, os únicos outros convidados eram comerciantes, e provavelmente não os roubariam. Claro, nem Cho, nem seus dois companheiros carregavam nada de valor além de suas armas, e poucas pessoas sabiam o quanto aquelas espadas realmente valiam. Alguns preços não podiam ser pagos em ouro. Alguns preços só podiam ser pagos em vidas.

A manhã os encontrou com os olhos turvos e mal descansados. Cho tinha movido sua cadeira para a parede e dormido com a cabeça para trás, o que rendeu uma torção feroz no pescoço. Vento Esmeralda caiu de cara na mesa, e dormiu em uma poça com partes iguais de vinho e baba. O menino, porém, simplesmente não dormiu. Estava com os olhos arregalados quando Cho deixou o sono tomá-la, e na mesma posição quando ela acordou, ainda encarando-a do outro lado da mesa. Quando o questionou sobre isso, Ein apenas deu de ombros e não ofereceu nenhuma desculpa.

Comeram ovos novamente no café da manhã, desta vez cozidos, embora ainda com gosto de lama seca. Parecia que a pousada mantinha um galinheiro nas proximidades, e os homens de Punho Flamejante o haviam deixado em paz. Ein comeu com moderação, pegando um único ovo e deixando-o inacabado. Vento Esmeralda não teve esse escrúpulo, e comeu o quanto lhe foi dado, mesmo que reclamasse do sabor a cada mordida.

Deixaram a pousada cedo, com o sol ainda baixo, mas brilhante. Nuvens machucadas se acumulavam no horizonte, e uma brisa sinuosa prometia um dia mais fresco que o anterior. Colocaram os pés em direção ao sol e seguiram em frente. Cho fez uma breve pausa para oferecer uma última oração no túmulo de Lâmina Centenária, e prometeu justiça pelo que lhe fora feito. Ela esperava que ele estivesse vendo das estrelas. Esperava que ele aprovasse o que Cho queria fazer. A maior probabilidade é que ele fosse aconselhá-la a desistir daquela ideia, dizendo que era inútil arriscar a vida para honrar alguém que já não ligava para isso há muito tempo. Mas não importava, ela faria justiça, mesmo que o velho mestre aparecesse como uma assombração e a proibisse. Não que Cho conseguisse imaginar Lâmina Centenária voltando como um espírito vingativo. Além do mais, não queria justiça só para ele. Punho Flamejante era responsável pelas mortes de Touro Vermelho e Cem Cortes. Era responsável por todos os que morreram no incêndio de Kaishi. Era responsável por mais um juramento quebrado, e Cho o faria pagar por isso.

Cho deu uma última olhada na estrada que haviam percorrido ontem. Kaishi parecia bem. Os corpos empalados à beira da estrada haviam desaparecido, retirados em algum momento da noite. As chamas haviam se apagado e a fumaça se dissipou. A muralha permanecia intacta. A cidade, em sua pequena colina, parecia tão viva quanto qualquer outra e, a julgar pelo lento fluxo de tráfego agora na estrada, logo estaria prosperando mais uma vez, apesar da morte de tantos de seus habitantes. Parecia um desperdício horrível para Cho que tantos tivessem morrido em uma tentativa fracassada de proteger a cidade. No entanto, apenas alguns dias depois, ela seguia adiante, como se nada tivesse acontecido. Então, virou as costas para Kaishi e deixou tanto a cidade quanto seu juramento fracassado firmemente no passado. O futuro prometia ser igualmente violento.

Por um longo tempo caminharam em silêncio, passando por fazendeiros e mercadores na estrada. Alguns deles os saudavam educadamente, outros se distanciavam com cautela. Devia ser por causa da roupa, pensou Cho. Vento Esmeralda vestia a armadura de escamas desbotada, pintada há muito tempo da cor das esmeraldas, manchada com lama e sangue, que não havia se dado ao trabalho de lavar. Cho usava a blusa e as calças roubadas, tiradas de um dos homens de Punho Flamejante. Elas vestiam mal, e a faziam parecer mais mendiga que heroína. Pior ainda era a coceira, e ela só podia torcer para que o cadáver do qual havia tirado as roupas não tivesse piolhos. Decidiu comprar algumas roupas novas assim que entrassem em uma cidade, de preferência algo feito em Ipian.

Vento Esmeralda era taciturno, mal-humorado e andava a apenas alguns passos à frente deles para reivindicar alguma medida de solidão. Dado o número de garrafas que esvaziara na noite anterior, Cho imaginou que o bandido devia estar de ressaca, e que provavelmente a recuperação seria lenta. Por outro lado, o silêncio a deixava feliz, pois deu-lhe tempo para refletir sobre sua situação, e tudo o que havia acontecido. Também lhe deu tempo para nutrir o ardor do ódio e da raiva e transformá-los em uma chama que usaria para lutar contra Punho Flamejante. Ein lutava para manter o ritmo, mas não reclamava. Apesar do esforço óbvio, não suava, não diminuía a velocidade, nem mesmo afrouxava o lenço vermelho brilhante. Ele abraçava a bolsinha apertada contra o peito e, com os olhos fixos no horizonte a leste, seguia em frente.

Por fim, deixaram a estrada. Em silêncio, Vento Esmeralda desviou para o norte da trilha batida. Se estava seguindo algum rastro, Cho não conseguia vê-lo. Ela esperava ver grama pisoteada, terra transformada em lama, ou esmagada em cordilheiras em miniatura. Porém, não havia nada disso. Com os pés esmagando a lama abaixo, atravessaram a grama alta.

— Você tem certeza?

Vento Esmeralda se assustou com as palavras de Cho. Então, se virou para ela, parou e esfregou o rosto. Bocejou e acenou com a cabeça ao mesmo tempo, antes de apertar os olhos, como se o sol do Sul de repente estivesse muito brilhante.

— Punho sempre acampa nos menires. Acha que ficar assim tão perto da história o torna parte dela. — Ele deu de ombros. — Na minha opinião, não passa de conversa fiada. É por aqui.

Cho parou e colocou a mão no ombro de Ein para fazê-lo parar. Uma dormência formigante se espalhou por ela. A sensação era de que estava sendo sugada para um vazio frio e sombrio. Rapidamente, ela puxou a mão de volta e a fechou algumas vezes.

— Mas não há rastro nenhum. Para onde é que você está nos levando?

Vento Esmeralda disse:

— Pois é. Não é uma maravilha? Ainda assim, é para esse lado. Punho, e o que resta de seu bando, retornaram ao acampamento. Deixei algumas coisas lá. Só não sei se aqueles malditos já começaram a roubar tudo.

Cho ficou quieta enquanto tentava decidir se o bandido estava dizendo a verdade ou os levando para algum tipo de armadilha. Ele havia falado com os dois homens na estalagem e pedido que matassem Ein. Não era impossível que pudesse ter um novo plano para ver os dois mortos. Porém, ele havia tido ampla oportunidade para matar o menino na pousada, enquanto Cho enterrava Lâmina Centenária. Vento Esmeralda poderia ter simplesmente esfaqueado o menino ele mesmo. Cho olhou para Ein novamente: estava parado e quieto, resoluto e determinado. Não tinha como negar que havia algo de errado com o garoto, algo mais profundo do que sua aparente habilidade de trazer os mortos quase de volta à vida.

— Vamos ou não? — perguntou Vento Esmeralda. — Sei que você quer sua vingança...

— Justiça.

Vento Esmeralda ergueu as mãos.

— Chame do que quiser. Ainda acho uma má ideia. Você não conhece Punho. Ele é um monstro. Já estamos em uma missão suicida, por que testar a sorte adicionando uma segunda?

— Você está nos conduzindo pelo caminho certo? — perguntou Cho novamente.

Ela manteve a voz a mais neutra possível, mas havia raiva ali, penetrando e afiando suas palavras lentamente.

— Estou! Quantas vezes preciso dizer? Aqueles dois que você matou na estalagem disseram que Punho tinha voltado ao acampamento. Chegaremos lá ao anoitecer... Eu acho. Fica em uma colina, com vista para tudo nas proximidades. Não poderemos nos aproximar sem sermos vistos, e não temos ideia de quantos de seus homens restam.

— Você parece assustado.

Vento Esmeralda soltou uma risada.

— É saudável ter medo. Já vi Lâmina Centenária matar cinquenta homens. Homens com os quais bebi, comi e lutei. Talvez não os melhores guerreiros do mundo, mas habilidosos o suficiente para ganhar a vida com isso. Ele os cortou quase sem esforço. Você sabe quanto tempo resisti contra o velho?

— Sei — Ein disse baixinho, com os olhos pálidos fixos no Vento Esmeralda.

— Segundos. Uma respiração, duas e então aquela espada deslizou para dentro do meu coração. — Vento Esmeralda se virou e começou a andar, atravessando a grama alta a passos largos e raivosos. — Um homem tão bom assim, que pode me derrotar com tanta facilidade... e Punho o matou mesmo assim. Aquele ali é um homem de quem vale a pena ter medo. O medo que tinha dele me manteve vivo durante muito tempo. Agora que estou quase vivo, estou ainda mais assustado.

Cho acelerou o passo para alcançar Vento Esmeralda, bem ciente de que Ein estava se esforçando para acompanhá-lo.

— Ele não derrotou Lâmina Centenária sozinho. Os homens de Punho o cercaram. Ein viu.

— Isso não é tão reconfortante quanto você imagina.

Ein alcançou o bandido pelo outro lado e o encarou. Então, Vento Esmeralda parou, e sua imagem voou, como pétalas de um vento que não estava lá. Cho se assustou quando ele reapareceu do outro lado dela, caminhando calmamente, como se nada tivesse acontecido. Ein entrou para preencher o espaço que ele havia deixado.

— Punho Flamejante. Você disse que ele é um monstro. Então por que segui-lo? — perguntou Ein.

Vento Esmeralda riu amargamente.

— Neste mundo, a maneira de sobreviver é se tornar o pior monstro que se pode ser, ou encontrar alguém disposto a ser um monstro ainda pior, e se tornar útil a ele. Aprendi cedo na vida que simplesmente não estou disposto a fazer certas coisas, tanto para os outros quanto para mim mesmo. Então, encontrei alguém que estava.

— Que heroico — disse Cho, mantendo o ritmo.

Ela mantinha uma mão em Paz o tempo todo.

— Nunca afirmei ser nenhum tipo de herói — disse o Vento Esmeralda. — Muito pelo contrário, na verdade.

— Mas você pode ser — disse Ein. — Pode fazer jus às histórias que li sobre você. As boas.

Vento Esmeralda balançou a cabeça.

— Os Nash têm um ditado, rapaz. Amanhã é apenas mais de ontem. Não sou o herói de ninguém. Quanto mais cedo perceber isso, mais cedo poderá me libertar dessa sua busca suicida. Porque não vou ajudá-lo a matar o Imperador dos Dez Reis. Vou te trair na primeira chance que tiver. E se isso não funcionar, vou aproveitar a segunda, e a terceira, e todas as outras que encontrar.

Com isso, Vento Esmeralda avançou, colocando distância entre eles.

Cho e Ein caminharam em silêncio durante um tempo, alguns passos atrás do bandido.

— Acho que está falando a verdade — disse Cho, por fim.

Ela sabia muito bem que a melhor opção disponível para eles era dar a Vento Esmeralda sua segunda morte, antes que se tornasse um problema.

Ein falou:

— É preciso uma vida inteira de maldade para ser vilão, e apenas um momento de bondade para ser herói.

Isso parecia ser tudo o que o garoto tinha a dizer sobre o assunto, e Cho passou algum tempo refletindo naquelas palavras. Parecia que o menino havia entendido tudo errado.

Eles não chegaram ao acampamento de Punho Flamejante naquela noite, e Vento Esmeralda culpou Ein por estabelecer um ritmo tão lento. Parecia injusto culpar um menino pelo comprimento das pernas que tinha. Porém, o bandido estava de mau humor, e só parecia piorar à medida que se aproximavam do destino. Cho quase acreditou que não queria voltar à vida de banditismo. Quase.

Não havia sonhos no lugar para onde Zhihao foi quando fechou os olhos, apenas escuridão. Foi, talvez, o melhor sono que havia tido em muitos anos. Normalmente, eram cheios das coisas que tinha feito e visto. Às vezes, um sonho recorrente de sua infância: a morte de seu gato, um bichinho preto de olhos brilhantes, que o seguia por toda parte, em Ban Ping. Algumas pessoas afirmavam que os sonhos eram uma fuga bem-vinda para um mundo melhor, ou um caminho para seu verdadeiro eu, uma maneira de entender o que as próprias mentes escondiam delas. Outros ainda acreditavam que os sonhos eram presságios do futuro. Zhihao não acreditava em nada disso. Seus sonhos eram pesadelos, enviados para torturá-lo por todo o mal que havia causado ao mundo, e por todo o mal que continuava a causar, apesar dessas torturas. Então, considerou o fato de não sonhar mais uma pausa bem-vinda, e acreditava que talvez estar quase vivo tivesse trazido alguns benefícios.

Porém, quando acordou, cercado pela escuridão e com apenas a pequena e crepitante fogueira como luz, todos os pensamentos de descanso fugiram. O menino o observava. Não do outro lado do fogo, nem mesmo de seu próprio manto de pano. O menino estava sentado perto, a apenas um braço de distância, observando-o. No escuro, o olhar dele parecia vazio, como duas poças de morte gelada, refletindo nada.

A respiração de Zhihao ficou presa na garganta, e ele se viu incapaz de se mover. Estava preso no lugar, observando o menino que o observava. O guerreiro nunca teve dificuldade de sentir medo, e sua ressurreição milagrosa nada fez para conter a maré que se levantava agora e ameaçava tirar-lhe toda a razão. Tentou se mover e lutou contra a própria carne, mas se viu prisioneiro do terror que o prendia no lugar.

Muito lentamente, o menino se inclinou para frente. Ele não tinha nenhuma expressão, apenas aquele olhar inexpressivo e enigmático que levava até o vazio entre as estrelas. Quando finalmente falou, sua voz era um sussurro tão baixo que Zhihao mal ouviu.

— *Eu* sou o pior monstro que você conhece.

O menino manteve o olhar de Zhihao durante um momento que pareceu uma vida inteira. Então se virou, e rastejou de volta para o próprio manto, onde se enrolou em posição fetal.

Zhihao percebeu que conseguia se mover de novo e imediatamente rolou e ficou de pé. Estava prestes a se lançar em uma corrida para qualquer lugar longe dali, quando percebeu a verdade. Não podia correr. Estava amarrado ao menino, até que um, ou ambos, estivessem mortos. Rastejou de volta para seu próprio palete, e se sentou pesadamente. Depois de aceitar que seria impossível dormir, Zhihao se acomodou para tomar seu turno de vigília. Na verdade, não vigiava nada além do menino. E o pior de tudo era que o menino o observava de volta, sem nunca dormir ou piscar. Passaram a noite inteira olhando um para o outro, até que o sol se libertou do horizonte.

9

Os vigias de Punho os viram chegando, exatamente como Vento Esmeralda havia dito que fariam. Com o sol alto e a manhã clara daquele jeito, além do acesso ao acampamento, longo e aberto, seria impossível não verem. Caminharam sobre a grama achatada, atravessaram muita lama e, por fim, assumiram uma marcha instável e desconfortável. Era o caminho mais direto para subir a colina íngreme, e o único com uma abertura nas estacas colocadas no topo. Para Cho, parecia que Punho Flamejante sabia o que fazer, quando se tratava de defender suas instalações. Na floresta próxima havia usado muitos machados, para criar a fortificação.

Com a colina tão íngreme, Cho podia ver pouco do acampamento no cume. Por tudo o que sabia, eles poderiam muito bem estar indo exatamente em direção a um exército pronto para combate, cheio de energia e objetos pontiagudos. Se fosse o caso, não faria a menor diferença: ela entraria com a cabeça erguida e Paz afiada, pronta para o trabalho sangrento em questão. O juramento não a deixaria desistir. Ela não podia abandonar mais essa promessa.

Ein tropeçou e bateu o dedo do pé em uma pedra. Ele não xingou e não emitiu um único som de dor. Cho e Vento Esmeralda nem pararam para ajudá-lo a se levantar. Cho não tinha vontade de repetir a sensação da última vez que havia tocado o menino, pois a lembrança era bastante dissuasiva. O garoto voltou a ficar de pé e correu para alcançá-los, caminhando ao lado de Vento Esmeralda, apesar de o homem constantemente se afastar. Cho caminhava atrás, preparando-se para a luta.

Ela contou apenas três vigias. Um deles era um homem gordo, com bochechas caídas e peludas, nariz torto e cabelos grisalhos escorridos. Os outros dois eram mais magros, e pareciam irmãos, talvez até gêmeos. Ambos ostentavam rostos fortemente enrugados e desgastados que, devido a muitos anos sob um sol implacável, pareciam couro. Os trabalhos mais fáceis eram muitas vezes deixados para os soldados mais velhos. Mesmo assim, parecia um número escasso para vigiar um acampamento tão grande.

— Quem é? — gritou o gordo, quando se aproximaram.

Longe do furor esperado por Cho, o acampamento parecia mais cheio de fantasmas que de soldados. Ela viu duas dúzias de tendas, balançando com a brisa leve, e quase o mesmo número de fogueiras, há muito queimadas até virarem cinzas geladas. Uma única linha de fumaça escura subia mais para dentro, e o cheiro na brisa não era de comida, mas de corpos sujos. Era um acampamento pequeno demais para abrigar as centenas que haviam saqueado Kaishi. Será que Punho Flamejante desconfiara de antemão que tantos acabariam morrendo no ataque e havia planejado a ação exatamente dessa maneira? Acima do acampamento estavam os menires. Cada um tinha a altura de vinte homens, com histórias esculpidas em cada superfície. Juntos, contavam a história de Hosa; todas as guerras, todos os casamentos entre os grandes reis e rainhas, todas as pragas que devastaram as terras. As pedras eretas eram a história de Hosa, esculpida na rocha para durar uma eternidade.

Vento Esmeralda se arrastou até a última elevação, onde as estacas acabavam e os dois irmãos esperavam com espadas desembainhadas. Lâminas cegas em mãos lentas não são lá grandes coisas como defesa. Além disso, o acampamento se encontrava quase vazio. Cho estava começando a reconsiderar a ideia de que poderia não sair viva.

— Você morreu — disseram os irmãos em uníssono, quando Vento Esmeralda se aproximou.

As vozes eram tão parecidas que soavam como uma só. Ambos os rostos tinham o mesmo olhar de total confusão.

Vento Esmeralda parou na frente dos dois.

— E eu lá pareço morto para você? Para ambos? E você, Tutun? Pareço morto para você? — disse ele quase aos gritos, e a voz estava chamando a atenção.

Mais dois homens de Punho Flamejante apareceram em torno de uma tenda e olharam para eles. Cho parou atrás de Vento Esmeralda, com a mão esquerda puxando a bainha de Paz um pouco para trás, e a direita apoiada no punho, pronta para sacar e atacar de uma só vez.

— Não. — As bochechas flácidas do bandido gordo balançaram com a cabeça. — Mas... Você tem que estar.

— Por quê? Porque Kui disse? Kui só queria que você pensasse isso para que ele pudesse roubar meus malditos anéis. — Vento Esmeralda acenou com a mão na frente do rosto de Tuntun. — Cadê aquele sapinho ladrão?

— Quem?

— Kui! — gritou Vento Esmeralda. — Aquele desgraçado baixinho com um nariz que parece ter sido esmagado no rosto.

Os irmãos e o capanga gordo trocaram um olhar. Eles estavam bloqueando a entrada do acampamento. Cho contou mais quatro bandidos, todos armados, movendo-se em sua direção.

— Quantos de vocês restaram? — perguntou ela.

— Algumas dezenas — disse Tuntun, inclinando-se ao redor de Vento Esmeralda para cobiçá-la. — Só os que não desertaram. Não é mais como nos velhos tempos. Mas, enfim, quem é você?

Vento Esmeralda olhou para Cho e Ein. Então, ela viu em seu rosto que ele pretendia traí-los. Foi a forma como seus olhos passaram por eles sem nem mesmo reconhecer que os tinha visto.

— Não faço ideia, sinta-se à vontade para matá-los.

Ele podia até ter sido o superior deles em vida, mas agora Vento Esmeralda era um quase vivo, e os homens do acampamento de Punho Flamejante o haviam visto morrer. Não se moveram.

Ein se aproximou de Vento Esmeralda e tocou sua mão. O homem pulou para trás, com uma careta assombrada no rosto. Então, Cho estava certa de que ele sentia o mesmo que ela ao tocar o menino. De que ele sentia o mesmo vácuo sugador e vazio.

— Você está ligado a mim — disse Ein, enquanto brincava nervosamente com o pequeno lenço vermelho.

— O que é isso? — perguntou Tuntun, ecoado pelos irmãos.

Os três guardas olharam para Ein.

Vento Esmeralda olhou para o garoto como se ele fosse algum tipo de monstro, a encarnação do medo.

— O que você acha que vai acontecer se eu morrer? — continuou Ein. — O que acha que vai acontecer com você?

Por um momento, os guardas e Vento Esmeralda ficaram quase parados, olhando para Ein. Além das tendas, Cho podia ver os reforços dos bandidos preparando as armas, e se voltando para a entrada do acampamento.

Vento Esmeralda suspirou.

— Merda.

Vento Esmeralda desapareceu, levado pela brisa. Com razão, os bandidos no acampamento ficaram chocados, mas tiveram pouco tempo para reagir. Quase tão rapidamente quanto desapareceu, ele reapareceu atrás dos vigias, e enfiou o cabo pontiagudo de uma espada na nuca de Tuntun. Ele enganchou a outra espada em uma das pernas de um dos irmãos, puxando-o do chão. Cho entrou na batalha, sacou Paz e cortou um dos irmãos ao meio. Depois, inverteu o punho, e enfiou a lâmina no coração do outro irmão. Mais duas almas levadas por sua espada.

Gritos de advertência irromperam das tendas. Outros quatro bandidos correram para atacá-los, e mais ainda saíram das tendas. Vento Esmeralda puxou a espada do pescoço de Tuntun, e deixou o corpo trêmulo cair.

— Nunca gostei desse desgraçado, sempre todo orgulhoso do cabelo loiro sedoso.

Cho olhou o corpo gordo apenas uma vez.

— Mas o cabelo dele é cinza como um dia chuvoso.

Vento Esmeralda deu de ombros, desapareceu na brisa novamente e reapareceu ao lado dos quatro bandidos que os atacavam. Ele chutou o primeiro para o chão. Então, embainhou a segunda espada e cortou as costelas do homem. Cho correu para fechar a lacuna. Paz dançou para a esquerda e aparou um golpe, antes de Cho dar um passo adiante e enfiar a espada no peito do bandido. Sua boca enrugada abria e fechava enquanto ele morria, e o sangue escorria para fora e para baixo de seu peito. Cho se afastou, retirou Paz do corpo e limpou o sangue.

Outro bandido a atacou, gritando e brandindo duas facas: uma curvada e uma serrilhada. Cho deu dois passos para trás, e a postura da espada mudando a cada passo. Então, o homem cometeu o erro de se comprometer demais com um golpe. Ela se esquivou da estocada selvagem e trouxe Paz para baixo em um arco diagonal através do corpo dele. O bandido tombou, gritando, quando uma de suas pernas caiu, e sangue começou a jorrar do ferimento.

Vento Esmeralda cortou uma faixa de carne fatiada e membros decepados através dos atacantes. Suas espadas em forma de gancho abriram a barriga de um homem, depois arrancaram as pernas de outro. Então, ele as enganchou, girando-as ao redor da cabeça em um amplo arco, e deixou três dos bandidos mais lentos com os rostos cortados. E, toda vez que os bandidos pensavam que haviam cercado o ex-companheiro, ele desaparecia, deixando para trás uma imagem desvanecida de si mesmo. Os bandidos não eram espertos o suficiente, nem rápidos o bastante para entender o que estava acontecendo, e muitos deles morriam, cada vez que Vento Esmeralda reaparecia. Cho o viu fazer isso repetidamente, mas ainda assim não conseguia entender como ele fazia tal truque. Porém, Vento Esmeralda não podia fazer uma lâmina zumbir com apenas um sussurro, para cortar tanto metal quanto carne. Cada um deles tinha suas técnicas secretas.

Mais meia dúzia de bandidos se juntaram à luta. Mesmo assim, seus números iam diminuindo. Vento Esmeralda não mostrou remorso ou hesitação em derrubar os homens com quem lutara há tão pouco tempo, e provou estar mais do que capacitado para o massacre. Cho lhe deu cobertura em todos os lugares em que a batalha se movia, intervindo para ocupá-los e distraí-los, com Paz se movendo em golpes bem praticados. Estes não eram guerreiros lendários, apenas bandidos endurecidos, debatendo-se com armas que não conheciam. Eles não tinham a menor chance, mas vinham de qualquer maneira, movidos por medo ou bravata.

Enquanto Cho atravessava a matança, derrubando membros e corpos a cada passo, notou Ein os seguindo pelo acampamento. Ele passava entre os bandidos caídos, com os olhos vazios olhando para os rostos dos mortos, então voltava seu olhar para ela e para Vento Esmeralda. Ele parecia em casa ali, entre os mortos. Ela o perdeu de vista quando se virou para encarar outro bandido, aproximando-se o suficiente para sentir o cheiro de seu hálito rançoso e o calor de seu corpo enquanto deslizava para longe de sua lâmina.

— O QUE É ISSO? — A voz era um rugido de poder e fúria, e a luta parou por completo, como se todos os que estavam envolvidos nessa batalha mortal fossem apenas crianças travessas, pegas pelos pais. Até Vento Esmeralda parou no meio do movimento, o que fez seu oponente visivelmente exalar de alívio.

Punho Flamejante estava parado sob o toldo de uma tenda gigante, com um olhar de pura raiva no rosto. De alguma forma, ele parecia mais velho do que da última vez que Cho o viu em Kaishi. Havia mais cinza em seus cabelos e mais rugas em seu rosto. Atrocidades tinham a capacidade de fazer isso com as pessoas, tanto para as que as cometiam quanto para as que apenas testemunhavam. Podiam envelhecer um homem de forma não natural, e Punho Flamejante, sem dúvida, cometera muitas atrocidades em Kaishi. No entanto, ele ainda era imponente e mantinha as costas eretas; a sua própria presença do mercenário parecia exalar autoridade. Cho conseguia perceber facilmente por que outros homens seguiam Punho Flamejante, mesmo sabendo como ele era maléfico.

Cho viu Vento Esmeralda se aproveitar da distração, movendo-se rapidamente, e enterrando o punho pontiagudo de uma de suas espadas na testa do último bandido restante. A menos que houvesse outros escondidos nas tendas, restava apenas Punho Flamejante. Cho se ajoelhou, e enxugou Paz na túnica do homem que acabara de matar.

— Você está morto, garoto — gritou Punho Flamejante.

A voz dele era como escutar um deslizamento de rocha distante, quando se vive no sopé de umá montanha.

Vento Esmeralda sorriu e olhou para Ein.

— Não se preocupe, rapaz, ele está falando comigo. Todos pensam que eu morri. Bom...

— Eu te vi morrer. — Punho Flamejante deu um passo desajeitado em direção a eles. — Acha que não me lembro?

— Pois até espero que se lembre. — Vento Esmeralda girou as espadas nas mãos. — Foi há apenas três dias.

Punho Flamejante parou, e manteve o olhar em Vento Esmeralda por um momento. Então, encarou Cho.

— Você morreu também.

— Eu voltei. Sou o espírito da justiça.

— Da vingança — tossiu Vento Esmeralda.

Cho o ignorou.

— Sou a esperança angustiada de todos aqueles que você assassinou. Sou o último suspiro de uma cidade em chamas, exigindo retribuição. Meu nome é Itami Cho, e pelo meu juramento sob as estrelas, farei justiça pelo assassinato de Lâmina Centenária.

Punho Flamejante riu.

— Fantasmas. Assombrando meu acampamento. — Ele enfiou a mão no balde perto dos pés, e puxou uma corrente que pingava óleo. — Olha, não sou monge, mas vou lidar com você do jeito que lido com qualquer um que venha pedindo vingança.

Lentamente, ele enrolou a corrente em torno da mão direita; os elos grossos ficaram batendo uns contra os outros. Então, ele se abaixou novamente, e puxou uma segunda corrente do balde e a enrolou na mão esquerda. Por fim, cerrou as duas mãos em punho, socando uma contra a outra. As correntes faiscaram, pegaram fogo e envolveram suas mãos em labaredas.

10

Lâmina Sussurrante x Punho Flamejante

— Ele é todo seu, Lâmina Sussurrante — disse Zhihao, fazendo uma reverência e dando um passo para trás.

Ele encontrou o garoto o esperando. De alguma forma, o menino havia se aproximado enquanto todos estavam distraídos. Ainda conseguia se lembrar das palavras do menino na noite anterior e só de pensar nelas já ficava todo arrepiado. Porém, pela primeira vez, os olhos do menino tinham outro alvo. Ele estava olhando para Punho Flamejante com uma determinação silenciosa.

A mulher puxou a espada de Lâmina Centenária da alça em volta de suas costas, e colocou cuidadosamente a arma no chão, fora do caminho.

— Nunca falei que te ajudaria — continuou Zhihao. — Na verdade, até a desaconselhei de vir aqui. O que tenho para dizer é boa sorte. E espero que vocês dois se matem.

Punho Flamejante avançou pesadamente pelas pedras eretas. Ele parecia mais velho com aquelas mechas grisalhas correndo por seu cabelo. Em seu rosto, havia marcas onde antes não havia nenhuma. Ele também não era o único. Zhihao matara três homens que conhecia bem, e todos pareciam ter envelhecido. Claramente, algo tinha acontecido no acampamento.

As mãos de Punho estavam em chamas, e a pele, enegrecida e fumegante, mas isso era o máximo em termos de ferimento. Era uma maravilha que Zhihao havia visto uma dúzia de vezes. Segundo todos os relatos, o homem deveria estar se contorcendo no chão, gritando com a dor da pele queimando, mas ele nunca sequer vacilava. E as feridas sempre se curavam rapidamente, em questão de dias, embora o certo fosse levar meses ou anos. Era uma maravilha, mas não uma surpresa. Todos tinham segredos.

Quando Punho Flamejante se aproximou, Lâmina Sussurrante fechou a brecha que os separava e atacou primeiro com um golpe para cima, depois fez um círculo no ar, e golpeou para baixo. Punho ergueu as mãos flamejantes e afastou os golpes, com um som semelhante ao de uma espada sendo forjada. Ele se lançou para frente, mas Lâmina Sussurrante flutuou para trás pela terra plana, ficando fora de alcance. Então, Punho se moveu mais lentamente pelo chão, e balançou ambas as mãos em chamas, em direção à cabeça dela. Ela se esquivou do primeiro golpe e bloqueou o segundo na espada ao virar a lâmina de lado e se proteger contra a força dela.

— Erro — respirou Zhihao, assim que a prova disso se tornou aparente.

Rapidamente, Punho Flamejante agarrou a espada dela com as correntes da mão fechada, mas Lâmina Sussurrante girou o punho e puxou a espada para longe. Isso fez com que o metal faiscasse e gritasse tão alto que machucou os ouvidos de Zhihao. Um rastro de fumaça fina seguiu a espada enquanto ela se afastava.

Zhihao duvidava que Lâmina Sussurrante cometeria o mesmo erro duas vezes. Também duvidava que Punho Flamejante fosse tão lento para reagir novamente. Ele agora sabia o que cada combatente precisaria fazer para vencer. Lâmina Sussurrante precisava manter distância e encontrar uma maneira de atacar o corpo de Punho em vez das mãos. Punho Flamejante só precisava chegar perto. Se conseguisse colocar somente uma mão na mulher, ela queimaria. Zhihao já havia visto isso antes. Ele não conseguia esquecer a visão dos globos oculares de um homem derretendo dentro de seu crânio, enquanto ainda estava vivo. Ele não tinha amor por Lâmina Sussurrante, mas esse era um destino que não desejaria a ninguém.

Entraram em confronto novamente. Punho Flamejante tentou dar um soco no peito da mulher, mas ela rolou logo abaixo dele, ficou de pé, e correu alguns passos para trás. Zhihao duvidava que ela tivesse percebido como tinha se aproximado da morte.

— Seu cabelo está queimando — gritou ele, rindo.

Na verdade, o cabelo dela estava apenas chamuscado. Mesmo assim, ela o encarou furiosamente.

— Ela vai ganhar? — perguntou o garoto, com a voz calma sobre a trégua no combate.

Zhihao olhou para baixo, e percebeu o menino novamente parado perto; perto demais. Ele deu um passo astuto para o lado.

— Ela devia mesmo desembainhar a segunda espada — disse ele ao menino. — Com duas lâminas, ela tem mais chance de romper a defesa de Punho, ou pelo menos contorná-la.

Eles entraram em confronto novamente. Desta vez, Lâmina Sussurrante fintou para a esquerda, depois girou para a direita e estendeu a lâmina em direção às pernas de Punho. Porém, o mercenário era rápido e experiente demais para isso. Ele repeliu o ataque com um soco e, em seguida, agarrou o braço dela. O grito de Lâmina Sussurrante irrompeu pelo acampamento. As barracas esvoaçaram e se soltaram das estacas, e pelo menos uma fogueira se acendeu em uma lufada de brasas e cinzas. Zhihao também sentiu, e seu rosto foi golpeado por uma rajada de ar. Ele apertou os olhos e, quando os abriu novamente, viu Punho Flamejante apoiado em um joelho, fazendo uma careta, com uma mão meio enterrada na terra com o fogo apagado, protegendo-se da força do grito. Lâmina Sussurrante notou que sua blusa roubada havia se incendiado, e lutou para se libertar dela. Por fim, livrou-se do tecido e jogou os pedaços em chamas no chão.

Com apenas as roupas de baixo sujas, tristes e encardidas para protegê-la, e com uma mistura de queimaduras sangrentas vermelhas e pretas no braço esquerdo, Lâmina Sussurrante parecia totalmente a heroína dos muitos contos sobre ela. Agora, precisava admitir a possibilidade destas histórias serem verdadeiras. Ela recuou, enquanto Punho Flamejante lutava para ficar de pé.

— Você deveria ajudá-la — disse o menino, com voz de medo.

Zhihao ficou feliz que os olhos do garoto estivessem fixos na batalha, e não nele.

— Ah, não. Este é um duelo até a morte. É tudo muito pessoal.

Ambos os lutadores correram para se encontrar, mas desta vez Punho Flamejante atacou primeiro. Ele tentou um soco com o punho direito incandescente, e quando Lâmina Sussurrante se abaixou, ele na sequência lhe deu um direto punitivo no peito, fazendo-a cair perto dos menires.

Por um momento, Lâmina Sussurrante não se moveu. Por fim, ela teve um espasmo, e tossiu um monte de terra ensanguentada. Lentamente, se levantou e agarrou as costelas com ambas as mãos, lutando para respirar. Zhihao não pôde deixar de tentar convencê-la a lutar, antes que Punho terminasse. Porém, quando Zhihao olhou para o homem, ele estava rosnando, e tentando puxar a espada da mulher de sua perna esquerda. Quando a lâmina finalmente foi removida, o ferimento pulsava sangue, mas não era o suficiente para parar Punho. Ele jogou a espada na tenda atrás dele, e cambaleou em direção a Lâmina Sussurrante. Ela estava agarrada a um menir, como se fosse a única coisa que a mantinha de pé.

— Puxe sua outra espada! — A voz de Zhihao era apenas um sussurro, certamente não forte o suficiente para alcançar a mulher. Era quase como se ela tivesse esquecido que estava carregando duas lâminas. — Saque a outra espada, sua maldita!

Ainda assim, a mulher ficou parada enquanto Punho Flamejante se movia em direção a ela com uma das mãos ainda em chamas.

— Ela não vai — disse o menino, triste. — Lâmina Sussurrante nunca sacou a segunda espada.

Então, Zhihao olhou para ele. O menino estava prestes a ver um de seus defensores ser morto, provavelmente queimado por um senhor da guerra ensandecido que gostava de atear fogo nas próprias mãos. Ainda assim, não havia nada que o menino pudesse fazer. Impotente, a não ser pela força do herói que trouxe de volta à vida.

— Merda! — Zhihao atravessou o mundo, deixando uma imagem de si mesmo para trás que se espalhou pelo vento.

Ele reapareceu ao lado da velha barraca onde Lâmina Sussurrante havia deixado cair a espada de Lâmina Centenária. Zhihao enfiou sua bota sob a bainha, e chutou a espada em direção a Lâmina Sussurrante. — Ei, mulher!

Tanto Lâmina Sussurrante quanto Punho Flamejante olharam em direção ao grito. Zhihao sentiu vontade de voltar pelo mundo novamente e reaparecer em qualquer outro lugar, menos ali. Ela viu a espada girando no ar e se lançou, embora parecesse ter custado toda a força que lhe restava. Cho pegou a bainha com a mão esquerda, puxou a espada de Lâmina Centenária, e enterrou-a até o cabo no peito de Punho Flamejante antes dele conseguir bloqueá-la.

Lâmina Sussurrante atingiu o chão em uma nuvem de poeira, e não se moveu. O grande senhor da guerra ainda estava de pé, cambaleando como um pugilista bêbado. Zhihao se aproximou lentamente e se inclinou para dar uma olhada no rosto do homem. Punho Flamejante estava tentando dizer alguma coisa, mas soprava bolhas sangrentas a cada palavra. Seus olhos reviraram na cabeça, e ele caiu para trás. O crânio bateu no chão de terra batida.

Zhihao ignorou a mulher, que estava imóvel, e se aproximou de Punho Flamejante. Ele cutucou o grande senhor da guerra com uma bota e, em seguida, deu um chute rápido. Não houve reação. O sangue de ambas as feridas de Punho diminuiu para um fio, então parou de fluir. Zhihao se aproximou. A mão direita de Punho Flamejante continuava a queimar e levantou um cheiro forte e pungente de carne assada. Era um odor que Zhihao tinha sentido mais do que o suficiente na vida. Ele se abaixou, colocou a mão ao redor do cabo da espada de Lâmina Centenária, e puxou-a do peito de Punho. Zhihao ergueu a espada e a mergulhou de volta no peito do mercenário.

— É, ele morreu — anunciou Zhihao, com alegria. Ele se afastou do corpo e decidiu colocar rapidamente alguma distância entre eles, para o caso de estar errado. Ou apenas no caso de que voltar dos mortos estivesse se tornando uma ocorrência comum. — Belo trabalho.

Ele parou ao se aproximar de Lâmina Sussurrante e se ajoelhou ao lado dela. Cho também não estava se movendo.

11

— Não dá para trazê-la de volta novamente? — perguntou Zhihao.
— Não. Só funciona uma vez.

— Então eu não sou imortal?

— A imortalidade é subjetiva. Suas histórias serão sempre contadas. Sua lenda nunca morrerá. Mas seu corpo pode morrer. Se você morrer de novo, não posso trazê-lo de volta.

— Merda. Então, ela está...

— Ela não está morta.

Cho abriu os olhos e viu Ein brincando com seu cachecol vermelho, e Vento Esmeralda a encarando. Acima deles era possível avistar um dos menires estendendo-se até as alturas no céu da cor de uma ameixa machucada. A luz estava desaparecendo. Naquele breve momento, o mundo parecia em paz... mais ou menos. Então, a dor a inundou, e ela precisou se conter para não gritar. Cerrar os dentes ajudou, mas não muito. Cada segundo era uma agonia. Seu braço esquerdo parecia estar pegando fogo, e respirar doía, um claro sinal de pelo menos uma costela quebrada. Ela reuniu toda a energia que conseguiu e tentou se sentar. A dor a convenceu de que era inútil.

— Tem certeza de que ela não está morta? — perguntou Vento Esmeralda.

Ein olhou para cima.

— Ela está quase viva.

Cho se encolheu, quando uma pontada de dor lhe atravessou o peito.

— Punho Flamejante está morto?

Vento Esmeralda disse entusiasmado:

— Ah, sim. Mortinho, mortinho.

O olhar pálido de Ein se moveu novamente, dessa vez em direção ao corpo de Punho Flamejante. Cho disse:

— Não o traga de volta.

— Ele seria um aliado valioso — disse Ein. — Ele é forte...

— Não! — disse Cho com tanta força que parecia ter rompido algo dentro de si e aberto um novo espaço em seu interior, só para que fosse possível sentir ainda mais dor.

— De qualquer maneira, íamos só acabar tendo que matá-lo de novo — disse Vento Esmeralda. Ele se levantou de seu lugar ao lado dela e esticou os braços. — Punho Flamejante não é... — Ele fez uma pausa. Um sorriso se espalhou por seu rosto. — *Não era* o tipo de homem que seguiria alguém. Preso a você ou não, garoto, ele seguiria seu próprio caminho. E o próprio caminho dele provavelmente o levaria a tentar nos matar novamente. Além disso, sem vida para sustentar a técnica do fogo, o braço direito dele já está queimando e virando cinzas.

Ein olhou para Vento Esmeralda.

— Eu ainda poderia...

— Se você tentar, vou te impedir. — Vento Esmeralda baixou a cabeça para o menino. — Pelo bem dela, é claro.

Ficaram se encarando por um instante, até Vento Esmeralda tossir abruptamente, e se afastar. Ein se voltou para Cho.

— Você está ferida.

A pele de Cho estava queimada em alguns lugares, rachada e escorrendo algo mais sujo do que sangue. As queimaduras se espalhavam pelo braço. Porém, abaixo do cotovelo, ela podia ver a forma de uma mão queimada em sua carne. Uma marca permanente, deixada por um homem que chegou muito perto de derrotá-la. Uma prova final e indiscutível de que ela havia lutado contra Punho Flamejante. E vencido. Doía, mas era uma dor que ela suportaria com orgulho, sabendo que encontrara justiça para Lâmina Centenária. E, assim que o sol tivesse se posto, e as estrelas os contemplassem, ela rezaria por ele. Havia muitas histórias de mortos falando com vivos através das estrelas, e Cho esperava poder ter uma última conversa com ele. Esperava que ele aprovasse sua medida de justiça.

— Eu posso ajudar.

Antes que Cho pudesse impedi-lo, Ein colocou uma mão em seu braço esquerdo, a outra em seu peito, e as segurou ali. A dor desapareceu em um instante, substituída pelo mesmo vazio, dormente e formigante, tão próximo da dor. Era como se todo seu corpo tivesse adormecido. Ela respirou fundo pela primeira vez desde que acordou e sentiu o ar encher seus pulmões. Parecia uma nova vida se espalhando por suas veias, uma nova força correndo em seus membros.

— Bom, isso é bem desconcertante — disse Vento Esmeralda, olhando para o peito de Cho. — E digo isso mesmo depois de todas as outras coisas desconcertantes que vi nos últimos dias.

Cho conseguiu levantar a cabeça o suficiente para olhar para o peito. Um enorme hematoma roxo e marrom se espalhou do lugar onde Ein a tocou, aparecendo através das aberturas em suas roupas íntimas, e quase envolvendo todo o lado esquerdo de seu corpo. O braço também parecia ter acelerado em sua cura. A maior parte da queimadura se desvaneceu em um vermelho furioso, deixando apenas a marca dos dedos de Punho Flamejante contra a pele.

Quando Ein finalmente tirou as mãos, Cho sentiu a dor voltar para preencher o vazio, mas menos intensa do que antes. Ela conseguia respirar sem a pontada em seu peito, e o braço não parecia mais estar ao mesmo tempo congelando e queimando. Ela até conseguiu se sentar sem gritar e sem precisar da ajuda de seus companheiros. A contusão no peito estava sensível ao toque, e doía quando ela se flexionava, mas a dor não era mais forte o bastante para dominá-la. Ela passou a mão direita pelo braço esquerdo, sentindo a pele áspera e em carne viva. Não era pior do que um caso grave de queimadura de sol. Ela ficou de pé e se alongou para eliminar as dores.

— Você pode nos curar? — perguntou Cho, ainda testando os limites dos próprios movimentos.

Precisava saber até onde poderia forçar o corpo, enquanto se recuperava.

— Não. — Ein se levantou e limpou a sujeira das calças, mais uma vez com a ponta esfarrapada do cachecol nas mãos. — Você não está curada. Está apenas adiantada na recuperação. E só posso fazer isso uma vez. — Ele se virou para Vento Esmeralda. — Você não é imortal.

O homem ergueu as mãos.

— Bom, é uma pena, porque sua pequena missão de matar o imperador seria muito mais fácil se ele não pudesse nos matar no processo. Terminamos aqui? Podemos sair? Punho já está começando a feder, e olha que ele já fedia antes.

Cho juntou toda a humildade que tinha e disse, antes que pudesse decidir o contrário:

— Obrigado, Zhihao Cheng.

E fez uma reverência profunda.

— O quê? — A palavra saiu da boca dele. As bochechas de Vento Esmeralda ficaram vermelhas. — Pelo quê? Por não me envolver? Não tem por que me agradecer, não foi nenhum esforço.

— Você me salvou. — disse Cho.

Vento Esmeralda bufou.

— Salvei nada. Você que se salvou, mulher. Tudo o que fiz foi te passar uma espada, e só porque preferia ver aquele velho maldito morto do que você.

Com um sorriso se espalhando por seu rosto, Ein entrou na discussão.

— Falei que você poderia ser um herói.

— Não sou herói coisa nenhuma!

— Você foi meu herói, há muito tempo.

Foi então que Cho percebeu a mulher parada ao lado do menir mais distante. Era alta e bonita. Tinha cabelos escuros, que desciam em cascata da cabeça quase até os joelhos, e olhos azuis radiantes, que reluziam na luz minguante. Ela usava calças e camisa vermelhas desbotadas combinando com um traje de escamas verdes sobre o peito. Uma alabarda descansava na dobra de seu braço, com uma vara de madeira tão longa quanto ela, e uma lâmina no topo com quase metade disso. Uma arma de Ipian, lembrando Cho de sua terra natal. Ela passou quatro meses treinando com uma daquela antes de descobrir sua habilidade com uma espada.

Vento Esmeralda não se virou para olhar a mulher. Em vez disso, fixou o olhar no cadáver de Punho Flamejante.

— Muito tempo atrás? — Sua voz estava calma, vacilante. — Foi ontem. E não fui um herói. Acabei de matar um monte de gente, para você achar que eu era. Punho sempre sabia exatamente para onde você tinha ido. Ele usava isso como desculpa para atacar cidades.

Cho olhou para a mulher novamente e viu as semelhanças. Por alguma razão, surpreendeu-a que Punho Flamejante realmente tivesse uma filha. Ela suspeitara de que fosse mentira; era incapaz de ver o homem como algo mais do que um senhor da guerra e ladrão.

— Ele morreu mesmo? — a mulher perguntou.

— Morreu — disse Zhihao, olhando para o cadáver.

— Você verificou?

Cho viu uma carranca passar pelo rosto de Vento Esmeralda, mas ele a engoliu.

— Claro que verifiquei. Até fiz um novo buraco nele, para garantir. Você finalmente está livre, Yanmei.

Então, ele sorriu, embora Cho achasse que era mais para si mesmo que para qualquer outra pessoa.

— Estou livre há anos, Zhizhi.

Yanmei caminhou em direção a eles. Por instinto, Cho procurou por uma arma. Sua segunda espada continuava presa na bainha, mas ela não a havia sacado contra Punho Flamejante, então certamente não a sacaria agora. Precisava encontrar Paz, e não se sentiria completa até que estivesse novamente com a lâmina. As espadas eram um conjunto que nunca deveria ser separado. Porém, Yanmei não parecia estar se preparando para vingar o pai.

— Depois de você, não havia ninguém por perto para me levar embora — disse Yanmei. — Ninguém disposto a me ajudar a escapar. Então, parei de tentar. Ele viria até mim de qualquer maneira, aonde quer que eu fosse. Mataria todo mundo e me arrastaria de volta, como em todas as outras vezes. Comecei a bancar a filha obediente, e me juntei ao seu pequeno exército.

Ou ao que restava dele, pelo menos. Mas acho que não há mais ninguém agora. Você matou todos os que sobraram.

Vento Esmeralda deu de ombros.

— Nunca gostei de nenhum deles.

Ele continuava olhando para o cadáver de Punho Flamejante, recusando-se a olhar para a filha do homem.

Olhando para a espada enfiada no cadáver, Cho se moveu ao redor do corpo. As chamas ao redor de seu punho direito estavam começando a diminuir, e Vento Esmeralda estava certo a respeito do cheiro. Ela entrou em uma barraca próxima, e encontrou Paz deitada no chão.

— Bom, ele está morto agora. Suponho que você pode fazer o que quiser — disse Vento Esmeralda, quando Cho emergiu da tenda.

Yanmei ainda estava de pé, com a alabarda aninhada contra seu corpo. Cho deslizou Paz de volta para a bainha, ao lado da outra espada.

— Obrigada — disse Yanmei, inclinando levemente a cabeça para Cho.

Cho retribuiu o respeito, mas não tirou os olhos da mulher. Não tinha como ter certeza de que não estava pensando em se vingar.

Ein disse:

— Por que você não desertou com os outros? — Mais uma vez, ele estava abraçando a pequena mochila contra o peito.

— Porque meu pai teria vindo atrás de mim. Ele sempre foi muito protetor. Me batizou de Yanmei, a Última Flor do Verão. Às vezes, me tratava como sua herdeira e me treinava para assumir o comando do bando. Outras vezes, me tratava como uma flor delicada, que precisava ser abrigada e protegida a todo custo. — Mais uma vez, ela voltou a atenção para Vento Esmeralda. — Ele nunca soube de nós. Acho que não teria lamentado tanto a sua morte se soubesse.

— Lamentado a minha morte? — Vento Esmeralda riu disso, mas a gargalhada pareceu mais uma explosão estridente, perigosamente parecida com histeria. Ele mirou um chute selvagem no cadáver. — Acho que superestima o quanto eu significava para ele.

Havia um olhar nos olhos de Yanmei, uma selvageria que não estava lá antes. Cho pousou a mão no punho de Paz, e estremeceu novamente com a dor nas costelas. Ela não tinha certeza de que Yanmei atacaria, nem de que Vento Esmeralda merecia proteção. Porém, iria protegê-lo, porque havia conquistado esse direito. Apesar de ter negado, ele a tinha ajudado, até mesmo a salvara, quando teria sido muito mais fácil não fazer nada. Talvez, Cho precisava admitir, Ein estivesse certo sobre o homem.

— Por que você mesma não o matou? — perguntou Ein.

Com os lábios franzidos, Yanmei olhou para o menino.

— Porque ele era meu pai. Uma criança nunca deve matar seu pai. Assim como um pai nunca deve fazer mal a seu filho.

Vento Esmeralda bocejou alto e se espreguiçou.

— Você nunca deveria ter ficado aqui, Yanmei. Nunca deveria ter sido filha dele. Sempre foi muito fraca para isso.

— Ainda pareço fraca para você, Zhizhi? — respondeu Yanmei.

Cho precisava admitir: a mulher parecia tudo, menos fraca. Ela tinha o porte de um guerreiro, muito mais do que o próprio Vento Esmeralda.

— Fraca demais para onde vamos. — Zhihao ainda se recusava a olhar para a mulher. — Inclusive, já passou da hora de pegarmos a estrada.

— Aonde estão indo? — Yanmei deu mais um passo à frente, e Vento Esmeralda recuou. — Eu sei lutar, Zhizhi.

— Mesmo? — Ein olhou para cima, e, por apenas um instante, algo voraz preencheu seu olhar pálido.

— Não! — Vento Esmeralda se moveu entre Ein e Yanmei. Ele olhou para o garoto, bloqueando sua visão, e Cho viu que o homem estava realmente determinado. — Não, ela não.

Ein inclinou a cabeça para o lado. Olhou de Vento Esmeralda para Cho e vice-versa, e havia algo como raiva em seu rosto jovial.

— Você vive dizendo "ele não", "ela não". Eu preciso de mais do que só vocês dois.

— O que é isso, Zhizhi?

— Quieta, Yanmei. — Vento Esmeralda se manteve firme na frente do garoto, mas Cho parecia estar tremendo. — Por favor, ela não.

Mais uma vez, Ein se virou para encarar Cho mordendo o lábio com determinação infantil.

— Com uma condição. Você não recusa mais ninguém.

As palavras soaram petulantes vindas de um menino tão jovem.

Vento Esmeralda concordou sem hesitar, e Ein olhou para Cho mais uma vez, que também estava concordando. Ela sabia bem o que ele queria dizer, e o que isso implicaria. Qualquer outra pessoa que o menino quisesse colocar a seu serviço, eles matariam. Cho agora percebeu que o garoto tornaria ambos monstros antes de terminar sua missão. Sem nenhuma outra palavra, Ein se virou e partiu em direção à entrada do acampamento.

Cho observou, enquanto Vento Esmeralda respirava fundo, e colocava um sorriso em seu rosto mais uma vez. Sem sequer olhar para Yanmei, disse:

— Agora devo me despedir, meu amor.

— Para onde foi, Zhizhi? Por que foi que me deixou? E por que você não mudou?

Cho se afastou deles, seguindo Ein. Porém, seu olhar foi atraído para um dos menires, e a escrita que viu esculpida ali, entre os corpos. A história de Hosa, todas as guerras, todos os reis. E todos os príncipes.

— Para onde sopra, de leste a oeste ou de norte a sul, Vento Esmeralda nunca muda. — Zhihao começou a se afastar de Yanmei, acenando com a mão sobre o ombro, mas seu sorriso sumiu. — E sempre carrega o fedor da morte. Você não pode vir conosco, Yanmei. Não para onde estamos indo. Para onde vamos, as pessoas não voltam. Não. Você deveria ficar, enterrar seu pai. Numa cova profunda. Enterre-o em uma cova profunda.

O sol estava praticamente desaparecido, e as estrelas os observavam enquanto desciam a colina do acampamento de Punho Flamejante. Estava quase deserto quando entraram. Agora, deixaram-no como um cemitério, com uma linda flor ainda desabrochando entre os cadáveres. Zhihao odiava sempre deixar as coisas desse jeito, mas não tinha outra escolha. Tanto havia mudado em tão pouco tempo, e nada parecia fazer sentido para ele. Desceram a colina em silêncio, ouvindo o canto das cigarras escondidas na grama alta. Zhihao foi tomado por uma melancolia esmagadora.

Zhihao deu uma olhada em Lâmina Sussurrante e a viu franzindo a testa e encarando as estrelas. Parecia um momento particular, então ele a deixou lá e fez a única coisa que podia. Seguiu o menino.

A razão para o humor melancólico demorou a se fazer clara, mas ele logo descobriu. Yanmei era a última pessoa viva que realmente o conhecia. Todos os outros estavam mortos, e já iam tarde. Parecia triste saber que ninguém mais se importava nem um pouco com ele. E a única pessoa que se importava, ele havia abandonado. Porém, agora que Punho estava morto, a situação era outra. Foi-se a jovem tão cheia de espírito e energia, sempre dançando e rindo, com homens que matavam para ganhar o pão de cada dia. Foi-se a jovem que colhia flores para usar no cabelo, e roubava beijos de Zhihao quando o pai não estava olhando. Foi-se a mulher que implorou a Zhihao para ajudá-la a fugir e se libertar de um pai autoritário que massacrava cidades inteiras para mantê-la a seu lado. Foi-se tudo e todos que Zhihao conhecia.

— Você é um covarde — disse Lâmina Sussurrante, ao alcançá-lo. Pode ter sido apenas coisa da imaginação de Zhihao, mas parecia que aquele insulto não tinha convicção. De qualquer forma, ele estava feliz. Qualquer motivo para tirá-lo de seus próprios pensamentos era bem-vindo.

— Nunca afirmei ser diferente. — Ele alisou o bigode. — Mas você não estava me chamando de herói agora há pouco?

— É possível ser os dois. Você me ajudou contra Punho Flamejante. Alguns certamente chamariam aquilo de heroico. — Então, Zhihao notou algo sobre a mulher: ela só parecia falar sussurrando. Será que isso tinha a ver com a força que ela liberava quando gritava? — Mas você deveria pelo menos ter dito a ela como se sente.

Zhihao bufou.

— Como eu me *sinto*? E o que é que você sabe sobre como eu me sinto, mulher?

Caminharam em silêncio por alguns instantes. Zhihao olhou para Lâmina Sussurrante. Ela andava ereta e com as costas retas, apesar do desconforto óbvio. Seu peito era uma mistura de hematomas, coberto apenas pelas roupas de baixo. As cicatrizes, aquelas dadas a ela pelos homens de Punho, eram linhas vermelhas raivosas de carne enrugada, algumas com os pontos ainda aparecendo. Seu braço esquerdo estava vermelho e em carne viva, com uma marca escura de dedos em chamas. E seu cabelo caía em um ângulo estranho, livre de qualquer penteado. No entanto, ela andava imposta, com orgulho e sempre com uma mão apoiada no punho da espada. Lâmina Sussurrante era realmente digna de suas histórias, muito mais do que Zhihao era digno das de Vento Esmeralda.

— Tenho um nome — disse Lâmina Sussurrante por fim, com os olhos ainda fixos no garoto andando à frente.

— Eu também. É Zhihao, caso você esteja se perguntando.

Ela virou um sorriso para ele.

— Não é Zhizhi?

— Não.

— E você pode me chamar de Itami.

Zhihao suspirou.

— Que maravilha. Agora nos conhecemos.

— Isso é tão ruim assim?

Zhihao suspirou.

— Sim. É muito mais fácil para mim trair alguém cuja confiança nunca tive em primeiro lugar.

— Nunca falei que confiava em você — sussurrou Itami.

— Uma sábia precaução. Não sou confiável.

— Na minha experiência, aqueles que afirmam ser confiáveis são os menos confiáveis. Aqueles que afirmam não merecer confiança, muitas vezes têm muito medo de confiar nos outros — disse ela com muita leveza.

Zhihao se perguntou se ela sabia o quanto chegou perto da verdade.

— Você acha que o menino sabe para onde vamos?

— Ban Ping, cidade da iluminação velada — informou o menino, olhando para trás.

Zhihao soltou um grunhido alto.

— Cidade dos monges pretensiosos é um nome mais adequado.

— Nunca estive em Ban Ping — disse Itami.

— Não está perdendo nada.

O menino ignorou Zhihao e continuou andando. O guerreiro não teve escolha, a não ser segui-lo. Durante um bom tempo caminharam em silêncio, mas o menino continuou olhando para Itami. Quando falou, o garoto tinha um tom melancólico na voz.

— Não podemos voltar.

— Compreendo.

— Mas e o seu juramento? Você o enterrou com o Lâmina Centenária. Ele não pode ser queimado, então como as estrelas saberão que você o completou? — O garoto enfiou a mão na mochila, e puxou um tufo de cabelo que parecia suspeitosamente ter pertencido a Lâmina Sussurrante.

Itami sorriu.

— Não há necessidade. Meu juramento ao Lâmina Centenária permanecerá como um elo nos unindo até muito depois de nossas duas mortes.

O menino esfregou o nó de cabelo entre os dedos.

— Juramentos são importantes para você.

— São. Para um guerreiro, não há nada mais importante do que os juramentos que fazemos. Três, para completar nosso treinamento. Proteger os inocentes. Ser honrado, mesmo em face da desonra. E manter nossos juramentos.

Zhihao bufou.

— Vocês fazem um juramento para manter seus juramentos?

— Sim. Não fazemos juramentos levianamente, mas quando os fazemos, somos obrigados a cumpri-los.

O menino pareceu ponderar isso por alguns momentos. Então, colocou a mecha de cabelo de volta em sua mochila.

— E se um de seus juramentos entrar em conflito com outro?

Lâmina Sussurrante não tinha resposta para isso.

12

Levaram três dias para chegar a Ban Ping. Teria sido menos, se Ein não tivesse insistido em andar descalço o caminho todo. Depois que pegaram a estrada, viram bastante tráfego; principalmente comerciantes, mas também fazendeiros, e até algumas carruagens. As carruagens estavam todas com cortinas, para evitar que olhares indiscretos vissem quem descansava lá dentro, e cada uma era acompanhada por soldados a cavalo. Eles gritavam e ameaçavam todo mundo: até os mercadores com carroças cheias de mercadorias se arrastavam para a beira da estrada, para deixar seus superiores passarem sem impedimentos. Tanto Cho quanto Zhihao receberam alguns olhares estranhos daqueles soldados, enquanto tentavam decidir se os dois guerreiros à beira da estrada eram bandidos, ou simplesmente mercenários viajantes. Sem dúvida, teriam sido ainda mais cautelosos se soubessem quem realmente eram: um casal de heróis mortos em busca de outros recrutas para seu grupo macabro.

Cho conversou com alguns dos viajantes que passaram por eles, e até pediu a um mercador uma carona de meio dia, na parte de trás de sua carroça. O homem concordara, mas Ein recusou. Andar parecia importante para o menino; que seus próprios pés descalços o carregassem durante toda a jornada. Cho respeitou seus desejos, mas Zhihao reclamou como um bebê sem teta.

Na primeira noite, cruzaram com um fazendeiro e seus três filhos. Eles estavam levando um pequeno rebanho de gado magro, principalmente porcos e vacas, em direção a Lushu, e montaram um acampamento ao lado da estrada, para dormir sob as estrelas. Pareceram felizes em receber algumas espadas extras para a noite, especialmente aquelas com alguma técnica para reforçar as defesas. Compartilharam a pouca comida e vinho que tinham, embora ambos tivessem gosto de podridão e cinzas na boca de Cho. O cachorro deles, um animal peludo e cinza como um mingau de uma semana, passou o tempo todo rósnando, com os cabelos arrepiados e os dentes à mostra para Cho. Vento Esmeralda surpreendeu a todos com uma voz suave e um repertório amplo, embora a maioria das músicas contivesse algum tipo de versos sujos, ou alguma metáfora para o corpo feminino, que fazia os fazendeiros rirem e Cho se encolher. Ein ficou sentado em silêncio, observando a todos, sem dormir.

Quando a estrada se dividiu, os fazendeiros foram para o norte e Ein continuou determinado para o leste. Cho e Zhihao seguiram acompanhando seu ritmo sem questionar. Foi bastante frustrante, mas Cho já havia lidado com coisas muito piores em seu tempo. Zhihao, pelo visto, não. Vento Esmeralda ameaçou pegar o menino e carregá-lo no segundo dia, mas era uma ameaça vazia. Ambos conheciam a sensação de contato com o menino, e nenhum deles passaria por isso de bom grado.

No terceiro dia, a estrada se juntou a uma via principal vinda do sul e o tráfego aumentou, com dezenas de pessoas se movendo constantemente de um lado para o outro. Cho podia ver viajantes se estendendo até o horizonte, tanto na frente quanto atrás deles. Muitos pareciam indigentes, mendigos a caminho da cidade, com nada além de esperança. No lado sul da estrada, arrozais se estendiam morro acima em jardins em camadas, com o sol brilhando na água parada. No lado norte, os campos continuavam até o horizonte, e Cho avistou enormes manadas de grandes feras pastando na grama. Porém, não viu soldados nas estradas, nem vigiando os campos. Foi muito mais pacífico do que estava esperando, dada a natureza turbulenta dos dez reis de Hosa. Quando perguntou sobre isso, Zhihao bufou.

— Ban Ping é cheio de monges. Você já lutou contra um monge? Na maioria das vezes são todos sorrisos e reverências, e *"Que as estrelas brilhem sobre você e te deem sorte"*. Mas se você os irrita, eles te cercam como um bando de vespas furiosas. E todos são treinados. Os monges de Ban Ping são os soldados de elite mais pacíficos de toda Hosa.

Quando Ban Ping apareceu, foi quase repentino. Em um momento, o horizonte leste estava claro e brilhante no calor; então, à medida que a estrada fazia curvas em torno de uma montanha de arrozais, uma cidade se estendeu adiante. Cho pensou que tamanha profusão bagunçada de prédios aparecer do nada devia ser um truque dos olhos. Parecia não haver ordem na cidade, pelo menos à distância, com prédios altos espalhados entre os menores. O lado sul parecia estar tentando escalar a face da montanha. À medida que a estrada se curvava ainda mais, Cho apertava os olhos contra o sol, e via um templo e cinco grandes estátuas, projetando-se da rocha no alto da montanha. De tal distância, tudo o que conseguia discernir era que se tratavam de estátuas de monges, cada uma delas em uma pose de oração diferente.

— Extraordinário! — respirou Cho.

Alguém a empurrou pelas costas e ela cambaleou para a frente, sem nem perceber que havia parado. Ela se desculpou, e alcançou Ein e Zhihao.

— O brilho logo desaparece quando você conhece os monges. — Zhihao estava com um humor mais sentimental do que o normal. Seus ombros estavam curvos, e o rosto torcido em uma carranca pesada.

Ein virou a cabeça para encarar Zhihao.

— Passei por Ban Ping a caminho de Long, em peregrinação com meu pai. Eu gostei dos monges. Eles eram gentis.

— Eles são gentis com todos. Torna-os quase tão assustadores quanto você.

Zhihao diminuiu o ritmo e recuou, andando atrás deles. Cho notou que ele mantinha a cabeça baixa, e as mãos apoiadas nos punhos de suas espadas em forma de gancho. Ela já tinha visto pessoas agindo assim antes; ele estava preocupado que alguém pudesse reconhecê-lo.

— O que aconteceu com seu pai, Ein? — perguntou Cho.

Ela se perguntou por que não havia pensado nisso antes: onde a família do menino poderia estar, e se estavam procurando por ele.

— Morreu. Ele me levou para ver Long. No meio da montanha há um santuário, dedicado a um shinigami. Ele morreu lá. — Cho teria imaginado que o menino poderia sentir algo pela morte do pai, mas a voz dele estava tão neutra quanto seu olhar.

— O mesmo shinigami que te mandou matar o imperador?

— Sim.

— Por quê?

— Não perguntei.

Parecia que o menino não diria mais muita coisa. Ele apertou um pouco o lenço vermelho, apesar do calor, e começou a esfregar o tecido entre os dedos.

Nos arredores da cidade havia um arco de madeira que cobria toda a estrada. Era pintado de verde, com toldos vermelhos no topo, e parecia servir para pouco mais que representar os limites da cidade. Três monges estavam na base do arco, curvando-se e dando as boas-vindas a todos que entravam na cidade, ou desejando uma viagem segura aos que saíam. Cada um dos monges usava uma volumosa túnica dourada com guarnições pretas e tinham os cabelos raspados, deixando uma linha fina ao longo de suas cabeças. Cho percebeu que a maioria dos viajantes ignorava os monges, mas isso não parecia impedir que os homens desejassem o melhor para eles. Ela não conseguia entender por que Zhihao tinha tão pouca consideração por eles.

— Que as estrelas brilhem sobre você e te deem sorte — disse um dos monges quando passaram.

— Vá se foder! — disse Zhihao, enquanto Cho se curvava e repetia a bênção de volta para o monge.

Mais uma vez, ela percebeu as pessoas atrás dela se aproximando, apressando-a, e deixou os monges com suas saudações.

O trânsito estava fluindo, e a maioria das pessoas parecia ter um destino em mente. Cho e Zhihao não tinham, e o ritmo de Ein diminuiu ainda mais quando entraram na cidade. Por fim, o menino parou e olhou, primeiro para trás, depois para a frente, virando-se como se estivesse perdido.

— Não reconheço essa parte de Ban Ping.

Zhihao gemeu.

— O que há para reconhecer ou não? Veja. Uma rua, outra rua, alguns prédios. Comerciantes tentando nos vender merda que não precisamos. Mendigos mendigando. E monges. Em todos os lugares, monges. Todos fingindo deixar todo mundo feliz. Mas, na verdade, estão aqui para nos manter na linha. Cidade da iluminação velada, você disse? É mais a cidade da aplicação da lei velada. Por que estamos aqui, garoto?

— Está no caminho de Wu.

— Dezenas de cidades, em dez pequenos reinos diferentes, estão no caminho de Wu. Essa é Ban Ping. Por que estamos aqui?

Ein continuou olhando, primeiro para cima, depois para a rua.

— Eu estou procurando por alguém.

— Quem?

— Chen Lu.

— Nunca ouvi falar dele.

Cho decidiu que era hora de assumir o controle da situação, antes que Vento Esmeralda acabasse apenas parcialmente vivo.

— Vamos encontrar um lugar para ficar. Algum lugar com comida quente e um banho.

— Comida fria, comida quente. Faz alguma diferença? — Zhihao fez uma careta para ela. — Tudo terá gosto de terra salgada.

Cho suspirou.

— Assim que estivermos lá, podemos perguntar por esse tal de Chen Lu. Posso encontrar algum lugar que venda roupas, de preferência ipianas. E você, Zhihao, pode ficar de mau humor, e se esconder de quem você acha que vai encontrar aqui.

Encontraram uma pousada. Zhihao pagou por um quarto, com o dinheiro que havia tirado dos mortos no acampamento do Punho Flamejante. Assim que se estabeleceram, Cho partiu para encontrar um mercado. Deixar Ein sozinho com Vento Esmeralda era preocupante, embora ela não tivesse certeza de qual deles estava em maior perigo. Porém, uma pequena pausa de ambos era uma bênção. O sol passou de seu zênite enquanto ela perambulava pelas ruas. Finalmente, perguntou a um monge que passava onde poderia encontrar uma loja que vendesse roupas ipianas. Ele ficou feliz em ajudar, e distribuiu outra bênção das estrelas quando ela partiu. As roupas não eram baratas, e Cho estava beirando a pobreza. Porém, conseguiu encontrar uma calça tradicional azul, útil para usar sobre as pernas, e um haori preto para usar sobre as roupas íntimas. Ela parecia mais uma aprendiz do que uma mestra, mas já era melhor do que parecer uma bandida morta. Depois de comprar as roupas, Cho gastou sua última moeda nos banhos locais. Quase sentiu pena dos outros banhistas, quando viu a sujeira se desprendendo dela.

Apesar do conforto da água morna, ainda havia algo errado. Algo que Cho não conseguia identificar. Ela estava relaxando, mas não se sentia relaxada, nem contente, nem mesmo aliviada. Cho tinha uma coceira que não conseguia coçar. Isso a estava deixando agoniada, incomodando, e quanto mais ela tentava ignorá-la, mais insistente se tornava. Todas as feridas dadas a ela pelos homens de Punho Flamejante pareciam estar reabrindo. Em pouco tempo, tornou-se muito desconfortável ficar quieta no banho. A água parecia muito quente e opressiva, como se estivesse tentando puxá-la para baixo. Ela se viu afundando, lutando para manter a cabeça erguida enquanto ela a cercava. A dor no peito queimava, e quando ela olhou para baixo, viu finos rastros de sangue pingando e misturando-se com as correntes lentas.

Cho saiu do banho e cambaleou em direção a sua roupa e suas espadas. O mundo girava enquanto ela se vestia. Primeiro, apertou a roupa de baixo contra o peito, depois deslizou para dentro da calça e amarrou-a na cintura junto com a bainha. Por fim, empurrou os braços pelo novo haori e o deixou aberto. Era quase escandaloso ter as roupas íntimas à mostra, ainda que pouco, mas ela havia passado os últimos três dias andando por Hosa nesse estado. Pelo menos agora estava um pouco mais coberta. Talvez fosse o calor do banho, talvez apenas a época do ano, mas Cho se viu suando e sem fôlego. Cambaleou de volta para a pousada em uma espécie de torpor, ignorando os olhares questionadores, e duas tentativas de monges em ajudá-la. A cada passo, a pressão e a dor acalmavam, e a estranha coceira diminuía, embora a origem da agonia ainda fosse um mistério. Quando chegou à estalagem, tudo o que sentia era uma inquietação, uma sensação distante de que algo, em algum lugar, estava errado.

Ela encontrou Zhihao amuado, sozinho na sala comunal da pousada, sentado em uma mesa baixa, com os joelhos dobrados sob ele. Ele viu Cho assim que ela entrou, mas, rapidamente, desviou o olhar. Conforme ela se aproximava, podia ver que ele tinha um copo cheio de vinho à frente e um prato com arroz e legumes em estado de desordem. Parecia que ele tinha passado mais tempo empurrando a comida pelo prato do que comendo.

Cho se ajoelhou em frente a Zhihao, e pegou seu copo. Primeiro ela o cheirou, depois tomou alguns goles. Tinha um gosto ruim, como esperado.

— Por favor, sirva-se.

— Onde está Ein? — Cho colocou o copo de volta na mesa, e respirou fundo.

Ela ainda podia sentir a coceira em algum lugar, fazendo sua pele parecer que tinha insetos rastejando pelas veias.

Vento Esmeralda deu de ombros.

— Está procurando por Chen Lu. Parece que é um herói lendário, do qual ninguém nunca ouviu falar. Depois de um tempo, ele decidiu sair atrás dele. Optei por ficar aqui.

Ele puxou o copo para mais perto, mas então apenas o empurrou um pouco em vez de beber.

— Você deixou o menino sair sozinho? E se ele se perder?

— Se ao menos ele se perdesse... — bufou Zhihao. — Você não sente? Feche os olhos, e diga-me que não consegue sentir onde o rapaz está.

Cho não estava acostumada a receber conselhos de bandidos. Porém, Zhihao havia provado ser confiável, embora o humor sentimental que ele manteve desde o acampamento de Punho Flamejante estivesse fazendo muito para diminuir o carinho que ele havia conquistado. Ainda assim, Cho fez o que ele sugeriu, fechando os olhos e acalmando a mente. Ela sentiu a coceira com mais intensidade, passando por sua pele, puxando-a. Quando abriu os olhos novamente, percebeu Zhihao concordando.

— É como uma maldita vareta de radiestesia, sempre nos dizendo exatamente qual caminho seguir para encontrá-lo. Senti a mesma coisa em Kaishi, quando tentei sair. A sensação ficou tão ruim, que mal conseguia ficar de pé. Parecia que meu coração estava sendo comido por sanguessugas. — Ele estremeceu.

— Quanto mais longe ele estiver — disse Cho —, pior fica. Estamos ligados a ele.

Até ter sentido aquela coceira, ela havia achado que era uma questão de honra. Mais um juramento que poderia descartar quando ficasse muito difícil. Agora, ela percebeu que as coisas eram mais complexas, e mais simples. Eles não tinham escolha, a não ser seguir Ein e cumprir sua vontade. Caso tentassem fazer o contrário, morreriam. Novamente.

— Poderíamos muito bem estar usando correntes. — Ele empurrou o copo para o lado da mesa, depois para a borda, derramando o conteúdo no chão.

— Por que você odeia esta cidade? — perguntou Cho. — De quem está se escondendo?

Lentamente, Zhihao começou a empurrar o prato em direção à borda da mesa.

— De ninguém. E odeio esta cidade porque nasci aqui. Meus pais me entregaram aos monges, e aqueles babacas encapuzados passaram doze anos tentando me tornar plácido como eles. Tenho até a constelação de Lili tatuada nas costas. Mestre Fushus disse que me conectaria com a mais calmante das estrelas. — Ele olhou para Cho, e havia um brilho travesso em seus olhos. — Não funcionou.

Ela não esperava que ele fosse tão franco sobre suas razões, nem sobre seu passado, mas ficou feliz com isso. Certamente explicava algumas coisas. Uma criada parou perto da mesa e pegou o copo caído do chão. Ela deu a Zhihao um olhar severo. Ele apenas sorriu de volta, e empurrou o prato de comida para fora da mesa. Ele caiu no chão com um barulho, e a mulher suspirou. Ela pegou o prato e o máximo de arroz possível, e saiu correndo. Quarto alugado ou não, Cho tinha a sensação de que logo eles seriam

83

convidados a sair. Zhihao parecia incrivelmente satisfeito consigo mesmo pelo ato mesquinho.

— Você tem ideia de como é chato — continuou Zhihao, ignorando tanto Cho, quanto a serviçal irritada — ficar naquele portão fora da cidade, abençoando a todos que passam? Por um mês inteiro eu fiquei lá. Ordenado pelos mestres para ser agradável a todos. *"Que as estrelas brilhem sobre você e te deem sorte... Que as estrelas brilhem e te deem sorte..."* Eu estava prestes a começar a cortar gargantas depois do primeiro dia. Como você acha que me senti depois de um mês? Ninguém nunca diz *muito obrigado*. Você tem sorte se eles simplesmente te ignorarem.

— E ainda assim *você* foi extremamente grosseiro com aqueles que agora estão nessa posição.

Vento Esmeralda bufou.

— Eu cumpri minha pena. Deixe esses pobres malditos saberem agora como é.

Um homem corpulento, com um avental ensanguentado, uma careca e um bigode caído, parou junto à mesa. Cho imaginou que ele fosse o dono ou o cozinheiro, possivelmente ambos. Ele cruzou os braços sobre o peito amplo, dando a ambos uma boa visão das facas e cutelos pendurados em seu cinto.

— Saiam — gritou o homem.

Zhihao olhou para o homem com um sorriso, antes de se virar para Cho.

— Você acha que ele percebe como seria fácil estripá-lo com seu próprio cutelo?

Cho se levantou, apoiando uma mão na bainha de suas espadas. Ela inclinou a cabeça para o homem, depois novamente para a serva, que esperava nas proximidades.

— Sentimos muito. Nós iremos agora.

Vento Esmeralda soltou um gemido.

— Iremos para onde? Não há para onde ir. Ban Ping é um lugar tão chato. Vamos ficar bêbados até o menino voltar.

— Vamos encontrar o menino — disse Cho.

Ela resistiu ao desejo de arrastar Zhihao, para que ele ficasse de pé. Tendo crescido com três irmãos mais novos, sua experiência com meninos petulantes lhe disse que isso só convenceria Vento Esmeralda a resistir ainda mais.

— Que maravilha. — Zhihao grunhiu mais uma vez. Então, se arrastou para fora da mesa e se levantou. Mediu o cozinheiro, com as mãos

84

no punho da espada. Cho se perguntou se ele tinha ficado com raiva, ao descobrir que era alguns bons centímetros mais baixo. — Você deveria ser mais educado no futuro. Sou o Vento Esmeralda.

O cozinheiro fungou e olhou Zhihao de cima a baixo.

— Nunca ouvi falar de você. — Cho quase sorriu com o rubor que correu para as bochechas de Zhihao, mas ela imaginou que só iria piorar a situação.

— Bom, sua comida tem gosto de lixo.

— É porque servimos lixo para lixo.

Cho descobriu que os limites de sua paciência já haviam se esgotado e decidiu segui-los. Ela se afastou da briga, certa de que só poderia terminar em derramamento de sangue, e saiu para uma rua banhada por longas sombras. Ouviu gritos de dentro da pousada e fechou os olhos, tentando ignorá-los. Ela era uma guerreira de Ipian, treinada nos caminhos da lâmina para ajudar os outros, para emprestar aço e técnica a causas nobres. Aqui, ela se viu cuidando de um bandido, de um dos criminosos mais notórios de toda Hosa, um homem que pode ter matado tantas pessoas quanto ela salvou.

Ela sentiu a coceira puxando-a para o norte, mais para as profundezas da cidade. Estava ficando mais forte. Cho se perguntou se isso significava que Ein estava se afastando. Ela se perguntou se o menino sabia o que isso significaria para aqueles ligados a ele, que se arrastariam atrás dele, ou morreriam dos ferimentos que já os haviam matado.

A porta se abriu atrás de Cho, despertando-a de seu devaneio. Vento Esmeralda saiu caminhando de maneira relaxada, parecendo muito satisfeito consigo mesmo. Ele deu uma piscadela para Cho que teria embrulhado seu estômago, caso já não estivesse virado devido ao sabor da comida e da bebida.

— Já terminou?

A porta se fechou atrás de Zhihao.

— Sim. E me sinto muito melhor, obrigado.

— Devo dar uma olhada lá dentro ou não? — Cho pensou no que poderia fazer se encontrasse o cozinheiro morto. Será que faria justiça ao homem? Ou ignoraria o crime de Vento Esmeralda? Será que o vínculo que tinham com Ein permitiria que matassem um ao outro? Parecia haver tantas perguntas, e ela não tinha as respostas.

— Melhor não. Porém, todos ainda estão vivos.

Um grito soou de dentro da pousada.

— É melhor irmos.

Vento Esmeralda não esperou que Cho concordasse, nem perguntou em que direção, apenas começou a caminhar para o norte. Cho suspirou e o seguiu.

13

O sol há muito já havia se posto no horizonte ocidental quando encontraram o menino. Zhihao supôs que fosse o trabalho de alguém percorrer as ruas de Ban Ping depois que a escuridão tivesse caído, acendendo as lamparinas da rua, substituindo velas. Na verdade, ele supôs que era provavelmente o trabalho de mais de uma pessoa, considerando a quantidade de ruas que havia na cidade. Ele se perguntou se estaria fazendo isso agora, não fosse por um encontro casual com Seifon, a Corrente Quebrada. Zhihao sorriu ao pensar nisso. Um encontro improvável, com uma mulher ainda mais improvável, foi o suficiente para transformar uma vida de tédio devoto, em uma vida de crimes e aventuras.

Lâmina Sussurrante estava tão quieta quanto seu nome, mas não precisava falar para fazer perceber sua decepção. Ela não gostou que Zhihao tivesse começado uma briga na pousada, não fazia diferença se ele deixara o cozinheiro vivo ou não. Esse era o problema com os heróis de verdade, coisa que Vento Esmeralda certamente não era. Eles defendiam os fracos, em vez de abandoná-los. Heróis clamavam por justiça, enquanto pessoas como Zhihao gritavam por vingança. Heróis lutavam para satisfazer a honra, como se isso fosse, de alguma forma, mais importante que encher seus bolsos. Heróis eram pouco mais que tolos, esperando encontrar a única batalha que não pudessem vencer. E ele nunca seria um, não importa o que dissesse o menino.

Na ponta mais afastada de um pequeno mercado, havia um homem gordo sentado, descansando em um banquinho que parecia se esforçar para suportar seu peso. Ele usava apenas calças, cortadas acima dos joelhos. Seu estômago protuberante pendia para baixo e balançava a cada movimento. O menino estava ajoelhado ao lado dele, aparentemente ouvindo o que o gordo estava vociferando. Itami não perdeu tempo em abrir caminho entre os comerciantes que guardavam mercadorias e deixar Zhihao seguir atrás, sem entusiasmo. Se fosse um ladrão melhor, poderia facilmente ter roubado alguns bens, talvez até alguns novos anéis para substituir aqueles que havia perdido. Porém, Zhihao era mais mercenário que ladrão. Preferia pegar o que queria à vista de todos, e desafiar as vítimas a detê-lo. Infelizmente, tal roubo descarado só traria as legiões de monges sobre eles.

— ... tive um macaco uma vez. A coisinha nunca fez um som. — A voz do gordo era aguda para seu tamanho, e ele era completamente sem pelos. Também estava sentado debaixo de um grande guarda-sol amarelo, apesar de o sol ter desistido há um tempinho. — Ele usava um chapéu. Uma miniatura, no estilo ipiano. Costumava dançar para mim. Não faço ideia do que aconteceu com aquele macaco.

— Você provavelmente o comeu — disse Zhihao.

Itami o encarou, e o gordo franziu a testa em sua direção. O menino não se moveu, apenas continuou olhando para o gordo, com aqueles olhos pálidos e fantasmagóricos.

O gordo continuou franzindo a testa por um momento, depois riu.

— Já comi coisas piores. — Ele deu um tapa na barriga, fazendo-a balançar.

Depois, estendeu a mão para o pequeno barril de madeira a seus pés, levou-o aos lábios e bebeu profunda e ruidosamente.

Itami se ajoelhou ao lado do menino.

— O que estamos fazendo aqui, Ein?

— Mais vinho! — gritou o gordo.

Se havia alguém por perto, esperando para satisfazer suas demandas, Zhihao não os viu. Eles estavam em uma pequena clareira, pavimentada com pedra cortada, nos fundos do mercado. Uma plataforma de madeira elevada ficava ainda mais para trás, aninhada contra a parede de um enorme edifício de pedra, muito parecido com uma prisão.

— Encontrei-o — disse o menino, com um sorriso radiante. — Chen Lu, Barriga de Ferro.

— Sou eu — disse o gordo alegremente, com a voz esganiçada. Ele bateu na barriga novamente. — Chen Barriga de Ferro. Eu estava regalando o garoto com minhas façanhas.

— Já conheço todas — disse o menino, orgulhoso. — Mas gosto de ouvi-las, como você disse, da própria pessoa.

— Este é ele? — perguntou Itami. — Tem certeza?

— Acabei de te dizer, sou o Barriga de Ferro! — O gordo se levantou e ficou de pé com mais agilidade do que seu tamanho sugeria. Itami levantou-se para examiná-lo. Ele era mais alto que Lâmina Sussurrante por alguns centímetros, e a circunferência transbordante a fazia parecer uma vara vestindo roupas. — Eu estava contando ao seu filho sobre o meu macaco.

Zhihao bufou uma risada.

— Ele não é meu filho.

Barriga de Ferro deu de ombros.

— Seu menino. Seu menino. Quem se importa? Você interrompeu minha história...

— Sobre o seu macaco desaparecido? — Zhihao considerou dar um passo mais para perto, mas não queria se aproximar demais do gordo. Sua experiência lhe dizia que homens daquele tamanho tendiam a ser lentos. Porém, se pegassem você, tudo o que precisavam fazer era sentar, e havia pouco que poderia ser feito, além de sufocar sob a montanha de carne azeda.

— Não gosto do seu tom — disse o gordo. — Você deveria aprender com seu filho. Ele ouve com respeito.

— Ele não é meu...

— Eu sou Chen Barriga de Ferro — gritou.

Alguns comerciantes próximos, ainda fazendo as malas, fugiram rapidamente.

— Bom, e eu sou Vento Esmeralda — Zhihao gritou de volta.

Apesar de sua voz mais grave, sua proclamação não soou tão impressionante. Ele pontuou a declaração com uma reverência zombeteira, mais próxima de uma mesura feminina.

— Quem?

Zhihao se endireitou. Estava zangado e com calor, e o bom humor de sua surra no cozinheiro evaporou.

— Não gosto de você, Pança de Chumbo. — Pela primeira vez, notou a arma atrás do banco de Barriga de Ferro. Era uma grande clava com um cabo de metal que tinha metade do comprimento de Zhihao, e uma cabeça de pedra tão grande quanto uma porca grávida. Se tivesse metade da solidez que aparentava, Zhihao não conseguia imaginar ninguém levantando a coisa, muito menos balançando com precisão. Chen Barriga de Ferro era o homem vivo mais forte de todos, ou um tolo louco. Provavelmente ambos.

— Tem certeza, Ein? — perguntou Itami ao menino.

Ela estava muito perto do gordo, a uma distância possível de agarrar.

— Tenho. Preciso dele.

Itami olhou para Zhihao.

— Você vai ficar de fora dessa também? Só ataca cozinheiros indefesos?

— Indefeso? Ele tinha uma vasta gama de facas. Não é minha culpa que ele não tivesse técnica para usá-las com outra finalidade além de eviscerar vegetais.

Fosse o que fosse, Barriga de Ferro não era tão estúpido a ponto de não entender o argumento da conversa. Porém, ele não se moveu nem se preparou para o ataque. Ficou lá, com as mãos musculosas nas laterais do corpo, e um sorriso louco em cima de seus muitos queixos.

Zhihao suspirou.

— Realmente não acho que você vá precisar de mim nessa. Mas, se você insiste...

O menino se levantou, limpou os joelhos e inclinou a cabeça em uma reverência para o gordo.

— Chen Barriga de Ferro. Sinto muito, mas preciso da sua ajuda. Tenho uma missão a cumprir, e somente aqueles ligados a mim podem ser confiáveis para isso. Sinto muito, mas você precisa morrer.

O sorriso escorregou do rosto de Barriga de Ferro.

— Eu gostei de você, garoto. Mas há algo estranho em você. — Ele rosnou, e bateu na barriga novamente. — Venha, então. Acha que vai ser fácil? Você acha que esta é minha primeira luta? Vê alguma cicatriz na minha pele?

O menino caminhou descalço, para observar a distância. Ele não era o único. Com a perspectiva de uma luta, ainda mais entre heróis autoproclamados e lendas, uma multidão de pessoas estava se reunindo nos arredores do mercado. Sem dúvida, algum comerciante empreendedor já estaria aceitando apostas.

— Você deveria recuperar sua arma — disse Itami, com uma voz quase sem fôlego.

Ela se agachou em uma posição preparada, com uma mão no punho da espada. Zhihao já tinha visto isso antes, sacar e cortar, em um só movimento. Perto de Kaishi, ela havia cortado um homem ao meio, com um golpe semelhante.

— Vou recuperá-la quando precisar.

Zhihao balançou a cabeça. O menino queria heróis, fortes o suficiente para lutar, e inteligentes o bastante para não morrer sem necessidade. Ele nunca havia ouvido falar de Chen Barriga de Ferro. Porém, tinha quase certeza de que não precisavam de um idiota gordo, prestes a ser apresentado a seus próprios intestinos.

— Muito bem. — Itami respirou fundo, apertou o cabo e desembainhou a espada em um golpe mortal.

14

Lâmina Sussurrante e Vento Esmeralda contra Chen Barriga de Ferro

Paz raspou a pança de Barriga de Ferro com um som de aço gritando. Cho sentiu o choque subir por seu braço. Não havia nenhum ferimento, nenhuma carne cortada, nenhum sangue, nem mesmo um arranhão na pele do homem. Sua carne tremeu com a força do golpe, mas pouco mais que isso. Ele sorriu para Cho. Seu rosto sem pelos lembrava um grotesco bebê gigante. Ela dançou para longe com pés ágeis, estendendo Paz ao lado, preparada para retaliar, mas Barriga de Ferro não se mexeu. Ele apenas riu deles.

— Acha que me chamam de Barriga de Ferro à toa? — Ele se afastou deles, empurrando o banco e o guarda-sol para o lado, para pegar sua clava.

Cho olhou para Zhihao, mas não disse nada. Vento Esmeralda sorriu e desembainhou suas duas espadas em forma de gancho.

— Parece simples o bastante pra mim. Não ataque a barriga dele.

Ele saltou para a frente, trazendo as duas lâminas para as costas de Barriga de Ferro, enquanto o gordo pegava sua clava. As lâminas atingiram a carne com um baque surdo, e nada mais. Vento Esmeralda puxou as duas espadas para baixo, uma sobre a outra, em um ataque que deveria ter cruzado as costas do homem transversalmente. Porém, as bordas apenas deslizaram pela pele e não deixaram nenhuma marca.

Barriga de Ferro, ainda de costas, ergueu-se em toda a sua altura. Ele levantou a clava e a balançou sobre a cabeça, em direção às costas. Vento Esmeralda se jogou de lado, bem a tempo de impedir que a cabeça da clava o esmagasse contra as costas do gordo. Quando Barriga de Ferro se virou para enfrentá-los, ele trouxe a clava girando e zunindo no ar. Cho recuou outro passo, colocando alguma distância entre eles, e Zhihao fez o mesmo, já não mais tão confiante. Quando o gordo teve certeza de que tinha a atenção deles, puxou a clava para cima, e a derrubou com força no solo abaixo deles. O chão tremeu com o impacto, e a pedra pálida esmagada quebrou em lascas de rocha. Então, Barriga de Ferro deixou a clava cravada na pedra, correu para a frente e bateu a barriga em Cho. Ela caiu para trás, rolou pelo chão e usou o impulso para voltar a ficar de pé. O homem a havia surpreendido e a deixado tão chocada que ela ficou sem reação. Porém, tal truque só funcionaria uma vez.

Cho estremeceu com a dor nas costelas, pegou Paz em ambas as mãos e avançou, atacando Barriga de Ferro de frente. Enquanto isso, Vento Esmeralda dava a volta por trás dele. Ela o cortou no peito e, em seguida, girou a lâmina ao redor, antes de cortar seus tornozelos, uma combinação perigosa de alto-baixo, mas Barriga de Ferro não recebeu sequer um arranhão. Ele tentou um soco em direção à cabeça de Cho, mas ela se esquivou bem a tempo.

Zhihao moveu-se por trás dele, para enrolar uma lâmina em forma de gancho nos tornozelos de Barriga de Ferro. O tornozelo era muito grande, e a lâmina raspou. Barriga de Ferro girou, e pegou a clava. Ele balançou a cabeça gigante na direção de Vento Esmeralda, mas a imagem do mercenário se espalhou, como fumaça diante de uma brisa.

Por um momento, a técnica de Vento Esmeralda confundiu Barriga de Ferro. O gordo franziu a testa, sem dúvida se perguntando para onde seu oponente havia ido. Cho aproveitou a oportunidade para correr de volta para a luta. Ela cortou a barriga dele com Paz, então se abaixou atrás do gordo, arrastando a lâmina ao longo de seu quadril. Vento Esmeralda reapareceu na frente do homem gordo, e balançou as duas espadas em seu rosto. Elas deslizaram pela pele de seu pescoço, sem deixar rastro. Barriga de Ferro então jogou a clava em direção a Zhihao, mas Vento Esmeralda voltou a desaparecer.

Cho pulou nas costas do homem gordo, enfiando sandálias nas dobras de sua carne, e empurrou Paz para baixo o mais forte que pôde, nas dobras carnudas na parte de trás do pescoço do homem. A lâmina derrapou um pouco, então pegou. Era como tentar enfiar uma espada na pedra, a pele não se rompeu em nada. Cho saltou para trás no ar e caiu de pé. Depois saltou para longe, pouco antes de Barriga de Ferro girar sua clava, com um rugido agudo. Ele investiu contra ela, movendo sua clava para cima e para baixo, batendo no chão. Cada golpe quebrava a pedra abaixo deles, e fazia fragmentos voarem pelo ar. Cho deslizou para trás, com pés silenciosos sobre as rochas. Ela estava ficando sem espaço, e logo seria esmagada contra uma parede. Barriga de Ferro atacava implacavelmente, com um brilho irado nos olhos. Cho parou, e fez Paz cantarolar com um sussurro. Depois, saltou para o ataque de Barriga de Ferro, escorregando para a direita, enquanto ele girava para a esquerda. Paz agarrou na barriga do homem, e se arrastou. Ele tropeçou, desacelerando até parar e encostar na parede da prisão, bufando profundamente. Cho se levantou de sua posição e soltou um suspiro, olhando para Barriga de Ferro por cima do ombro.

— Doeu — disse Barriga de Ferro. Ele passou a mão pela barriga, mas não havia sangue, nem mesmo um arranhão. Mesmo a técnica de lâmina sussurrante de Cho não conseguia perfurar a pele. Barriga de Ferro levantou um dedo. — Vou precisar de um minuto. — Ele encostou as costas na parede e se inclinou, respirando fundo. Seu rosto estava vermelho, e ele pingava de suor.

Zhihao foi até Cho para criar estratégias, enquanto Barriga de Ferro tentava recuperar o fôlego.

— Alguma ideia do que devemos fazer? — disse ele. — Imagino que essa tenha sido sua técnica chique de lâmina vibratória?

Cho olhou para Paz, e então para sua espada parceira, para sempre embainhada na dupla bainha.

Barriga de Ferro finalmente teve fôlego para falar novamente.

— Infundindo a espada com qi. — Ele ainda estava encostado na parede. Seus olhos redondos olhavam para eles de seu rosto rechonchudo. — Muito esperto. Mas eu sou o Barriga de Ferro. Minha qi é forte. Isso torna minha pele mais dura que aço.

Então, Cho sorriu.

— O que você sabe sobre qi? — ela sussurrou para Vento Esmeralda. Zhihao riu.

— Absolutamente nada.

Cho olhou para ele, incrédula.

— Você acabou de dizer que foi monge por doze anos.

Vento Esmeralda bufou.

— Fui um monge muito ruim. Eles não estavam dispostos a me ensinar os segredos de tal poder.

Barriga de Ferro afastou-se da parede, pôs a mão gorducha na clava, e atirou-a no ombro.

— Qi é espírito — guinchou. — Todos nós temos, mas alguns têm mais do que outros. — Ele bateu novamente na barriga. — Minha qi vital é forte, e sei canalizá-la. Agora, então...

O gordo ergueu a clava no ar e a bateu para baixo contra as lajes, quebrando-as em centenas de pedacinhos. Um grande pedaço de pedra saltou no ar, e Barriga de Ferro pegou sua clava com as duas mãos e a golpeou. Cho percebeu tarde demais o que ele estava fazendo e se abaixou para proteger a cabeça. Vento Esmeralda simplesmente desapareceu, enquanto dezenas de lascas de pedra atingiram Cho, picando sua pele, e abrindo pequenos cortes ao longo de seus braços e pernas. Quando ergueu o olhar, Barriga de Ferro estava em cima dela com a clava em pleno movimento.

Cho se agachou, deitou-se no chão de pedra e sentiu a clava passar; o ar chicoteou sua roupa. Então, ela se ajoelhou e empurrou Paz para cima, na virilha de Barriga de Ferro. Estava longe de ser um golpe honroso. Porém, o mestre Akihiko dissera uma vez que *A honra pode ser perdida e recuperada uma dúzia de vezes. A vida, por outro lado, só pode ser perdida uma vez, e nunca se recupera*. Aparentemente, ele estava errado sobre a segunda parte. Paz deslizou através do tecido das calças curtas de Barriga de Ferro e parou com um baque. Cho olhou para cima e viu os olhos do gordo se arregalarem. Então, o homem sorriu. Ele balançou a clava para cima, e a abaixou bem quando Cho se jogou de lado, rolou para longe e pulou, ficando novamente em pé. Ainda assim, Barriga de Ferro permaneceu ileso.

— Tem certeza de que precisa dele? — Zhihao gritou para Ein, ajoelhando-se pacientemente ao lado de uma barraca, do outro lado da rua.

Ein concordou.

— Minha missão requer Chen Barriga de Ferro. Você prometeu matá-lo por mim.

— Como?

Ein parecia não ter resposta para isso. O menino apenas observava, com aquele olhar intenso e o lenço vermelho torcido nos dedos.

Vento Esmeralda suspirou, então se espalhou pelo vento. Cho olhou para Barriga de Ferro e o percebeu sorrindo. Ele estendeu a mão direita assim que Zhihao reapareceu, e colocou seus dedos gordos em volta do pescoço do mercenário. Cho viu a surpresa e o pânico no rosto de Vento Esmeralda. Começou a bater com as espadas, golpeando-as na cabeça e nos ombros de Barriga de Ferro, mas o gordo nem pestanejou.

— Sua qi te trai. — Barriga de Ferro pontuou as palavras com um gancho no estômago de Zhihao que o deixou ofegante. Ele largou as espadas e colocou a mão ao redor da garganta do mercenário. Cho conseguia ver que o aperto era muito forte. Zhihao estava morrendo... de novo.

Cho fez Paz cantarolar novamente com um sussurro, correu em direção aos dois homens e cortou o cotovelo de Barriga de Ferro mas, novamente, a lâmina simplesmente parou. O gordo apenas fez uma careta. Então, deu um chute em direção a Cho. Ela dançou para trás e deu um golpe no pé, mas de nada adiantou. Ele ainda segurava a garganta de Zhihao, e os olhos do mercenário estavam se revirando para trás na cabeça enquanto os braços pendiam flácidos ao lado do corpo.

Cho puxou Paz para o lado dela, e a fez cantarolar mais uma vez, sussurrando para ela repetidamente, até que a lâmina fez o ar ao redor zumbir e segurá-la ficou difícil. Então ela disparou, esquivou do punho agitado de Barriga de Ferro e golpeou a barriga mais uma vez, liberando toda a energia que estava acumulando dentro de Paz. A lâmina gritou enquanto se arrastava pela carne ondulante. Barriga de Ferro recuou dois passos e grunhiu. Então, caiu de joelhos, ainda segurando Zhihao pelo pescoço. Ele pressionou o rosto do mercenário contra as lajes, depois passou a mão em sua barriga gigante – ainda sem sangue.

Um trovão retumbou no mercado, e a cabeça de Barriga de Ferro estalou para trás. O gordo balançou por um momento, depois caiu para trás, arrastando Zhihao com ele. Cho colocou Paz de volta na bainha, e correu para soltar os dedos de Barriga de Ferro do pescoço de Zhihao, que se soltou e ficou ali, ofegante, esfregando o pescoço machucado.

— Você conseguiu — ofegou Zhihao. — Como diabos fez isso?

Ein foi se aproximando do grupo. Atrás dele, Cho podia ver que a multidão reunida de espectadores estava em uma espécie de alvoroço. Alguns apontavam para eles, outros para um muro próximo, que circundava o mercado.

— Acho que não — disse Cho enquanto Ein se aproximava, remexendo em sua bolsinha. Ela olhou para Barriga de Ferro. Onde seu olho esquerdo deveria estar, havia um buraco profundo e sangrento.

— Hum. — Zhihao chutou o cadáver flácido de Barriga de Ferro. — Vamos nos chamar de sortudos. Desgraçado! — Ele cuspiu no rosto do gordo.

Ein não demonstrou medo e cutucou imediatamente a órbita ocular ferida.

— Não posso consertar isso com uma agulha. Preciso de um atiçador de metal e fogo. — Ele olhou para eles, mas nem Cho nem Zhihao se moveram para ajudá-lo.

Zhihao, ainda esfregando o pescoço, disse:

— Eu realmente não tenho certeza se quero que este volte.

— Estou mais preocupada com quem o matou — disse Cho.

Ela se virou para olhar a multidão, que se aproximava para dar uma olhada em seu campeão caído.

A turba então se separou quando uma figura ágil entrou na praça. A princípio, Cho pensou que poderia ser um dos monges vindo perguntar sobre a natureza da luta. Porém, ele não se parecia com nenhum dos monges que ela tinha visto. A figura era baixa e esguia, e usava um casaco folgado e calças, ambas do verde mais escuro. Andava com sandálias de madeira que estalavam na pedra, e carregava um longo rifle pendurado no ombro. Porém, o mais notável era que a pessoa estava coberta da cabeça aos pés com bandagens apertadas contra a pele. Apenas o olho esquerdo permanecia descoberto. Ao se aproximar, Cho pôde ver que o olho era de um branco leitoso. Alguns da multidão seguiram o rastro do recém--chegado, e Cho ouviu o nome *Eco da Morte* murmurado várias vezes, embora não o reconhecesse.

— Hein? — grunhiu Zhihao, enquanto recuperava as espadas. — Quem é esse?

— Acho que pode ser seu salvador — disse Cho.

Ela inclinou a cabeça quando o recém-chegado parou na frente deles. Sua carne estava enrugada e marrom ao redor dos olhos, e havia manchas nas bandagens, em lugares onde algo havia vazado por baixo.

— Ainda preciso de um atiçador e de algumas brasas — disse Ein.

— Obrigado por sua ajuda — disse Cho. — Meu nome é...

— Lâmina Sussurrante. — A voz do homem era áspera e molhada, abafada pelas bandagens. Ele piscou, e virou os olhos para Zhihao. — E você é o Vento Esmeralda. E esse é Chen Barriga de Ferro.

— Era — zombou Zhihao.

O homem enfaixado disse:

— E será novamente. Meu nome é Roi Astara.

Cho olhou para a multidão reunida atrás do homem.

— Eles te chamaram de Eco da Morte.

Ein se moveu para ficar ao lado de Cho. Ele olhou para o homem enfaixado. Por um momento, eles apenas se encararam, então Ein se virou para Cho, com seu cachecol mais uma vez nas mãos.

— Se vou trazê-lo de volta, preciso cauterizar a ferida. Não consigo consertá-la. Preciso de fogo, e de um atiçador.

Roi Astara se curvou para o menino.

— Como quiser. — Ele se virou para a multidão. — Alguém poderia, por favor, buscar um atiçador de metal, com uma ponta menor do que uma moeda, e um braseiro de carvão? Talvez do ferreiro?

Alguns moradores da cidade que estavam por perto conversaram brevemente, depois correram para realizar a tarefa. Parecia estranho para Cho que um homem envolto inteiramente em bandagens manchadas pudesse conseguir tal obediência. Ela se perguntou se ele seria algum tipo de oficial da cidade.

— Bom, suponho que devo ser grato. — Zhihao respirou fundo. — Obrigado por salvar minha vida.

O homem enfaixado o ignorou, e se ajoelhou diante de Ein.

— Conheço você — disse ele. — As estrelas me disseram que você viria. — Um olhar pálido encontrou outro olhar pálido, e Cho se viu muito feliz por não estar no meio disso. — Juro ajudar você e sua busca.

15

Chen Lu — Barriga de Ferro

"Dominar a qi é dominar o corpo.
Dominar o próprio corpo é dominar a si mesmo.
Dominar a si mesmo é dominar o próprio destino.
Agora, traga-me outra galinha!"
Chen Barriga de Ferro, sobre os mistérios da qi.

Chen acordou com dor e sentindo cheiro de carne queimada, e uma das duas coisas era rara para ele. Seu rosto doía. Ele não podia dizer exatamente por que, mas, definitivamente, parecia que havia algo de errado. Não que ele não conhecesse a dor, só que ele mal a sentia nos dias de hoje, a não ser a dor ocasional, por causa de articulações e gases presos. Ele farejou o cheiro de carne cozinhando; queimada além do comestível, imaginou. Isso fez seu rosto doer ainda mais. Ao abrir os olhos, viu que ainda estava na mesma praça de pedra onde tinha conhecido o menino, e contado todas as suas antigas aventuras. Ainda era uma nova noite, e a lua era jovem em seu ciclo. Quando ele se sentou, descobriu que os dois tolos com quem estava duelando ainda continuavam lá, observando-o.

— O quê... — Chen tossiu.

Havia algo no fundo de sua garganta, algo severo e com gosto ruim. Ele tossiu novamente, agitou-se, e então cuspiu uma pequena bola de metal na palma da mão.

O homem de rosto comprido e bigode em forma de ferradura riu tanto que precisou se sentar. Chen se lembrava de segurar o homem pela garganta enquanto esmagava a vida de dentro dele. Ele não conseguia entender por que havia deixado o homem viver. A mulher com a lâmina infundida de qi estava por perto. A mão dela estava apoiada no punho da mesma espada que ela havia feito cantarolar apenas com seu espírito. O menino estava ainda mais perto, ajoelhado ao lado de Chen, com escrutínio em seus olhos fantasmagóricos.

— Ele está vivo — gritou um dos espectadores. — O gordo está vivo.

— Pensei que Eco da Morte o tivesse matado — disse outro.

— Ele está sentado. Está vivo — gritou uma terceira voz.

Chen mexeu um pouco a boca. Sua língua parecia couro inchado, grosso e seco. Ele jogou a bolinha de metal fora, e olhou em volta procurando seu barril. Estava quase vazio, mas esperava que tivesse o suficiente para saciar sua sede.

— Você se lembra de quem você é? — perguntou o menino.

— Sou Chen Barriga de Ferro. — Sua voz estava lenta, e parecia cascalho na garganta. — O que aconteceu? — Rolou sobre a mãos e os joelhos e, cambaleante, se colocou de pé. Em seguida, porém, tropeçou no barril de vinho.

— Você morreu — disse o menino.

— Ah, claro! Impossível.

Chen pegou o barril, sacudiu-o e descobriu que estava quase vazio. Então, levou-o aos lábios e bebeu profundamente. Tinha gosto de mijo de uma semana, e ele cuspiu o primeiro gole. O homem com as espadas em forma de gancho começou a rir novamente.

— Este vinho está estragado. Alguém me traga outro.

Mais uma vez, ele levou o barril aos lábios e começou a beber, ignorando o gosto ruim. Já bebera coisa pior; muitas vezes. Afinal, era o Barriga de Ferro.

— O que aconteceu com o rosto dele? — gritou outro dos espectadores, olhando horrorizado para Chen.

— Meu rosto? — perguntou Chen, largando o barril, e estendendo a mão para tocar a pele. Achou o lado esquerdo de seu rosto doloroso ao toque e logo percebeu que não conseguia ver sua mão.

— Você provavelmente deveria saber que o olho se foi. — A voz abafada pertencia a um homem envolto em bandagens, com apenas o próprio olho esquerdo aparecendo, e olhar ainda mais pálido que o do menino. Ele carregava uma arma estranha que parecia uma fusão de metal e madeira.

— Se foi? — Chen cutucou o olho esquerdo, tocou a carne derretida e estremeceu de dor.

— É sempre assim quando eles voltam? — perguntou o homem enfaixado.

— É — disse o menino, com um aceno de cabeça. — Lâmina Sussurrante se saiu muito bem, mas Vento Esmeralda tentou fugir. — Ele voltou sua atenção para Chen. — Por favor, não tente fugir de mim.

— O que está acontecendo? — gritou Chen. — Alguém me traga um pouco de vinho. — Ninguém se moveu para obedecê-lo.

Ele não conseguia se lembrar da última vez que as pessoas não saíram correndo para obedecer a suas ordens em Ban Ping. Todos sabiam que Chen Barriga de Ferro não era um homem a ser ignorado.

O sujeito enfaixado deu alguns passos à frente, com seus sapatos de madeira batendo nas lajes. Ele se curvou, com o punho na mão, um sinal de respeito.

— Chen Barriga de Ferro, você morreu. Eu atirei em seu olho esquerdo.

— O quê? — Chen rugiu, e cambaleou para a frente.

Não conseguia acreditar que tinha morrido, mas era óbvio que seu olho esquerdo havia sumido, e o pequeno idiota enfaixado na frente dele estava assumindo a responsabilidade. Era uma reivindicação pela qual ele pagaria caro.

O homem enfaixado tropeçou e caiu para trás, soltando um grito alto ao cair de bunda. Chen fechou a brecha, e estendeu a mão para ele.

— Não me toque! — gritou o homem. Chen notou que havia sangue, e coisas piores, nas bandagens. E havia medo no único olho do homem. Mesmo branco como a neve, havia medo ali. Ele fez uma pausa.

O homem com as espadas em forma de gancho se levantou, e sua risada finalmente parou.

— Você perdeu, gordo. Aceite seu fiasco — disse ele.

— Eu deveria ter te matado — disse Chen.

— Você tentou. E falhou.

— Eu poderia tentar de novo. Aquela técnica não vai te salvar.

O homem da espada em gancho sorriu para ele.

— Vou tirar seu outro olho.

A mulher ipiana balançou a cabeça.

— Você precisa mesmo virar inimigo de todos que encontramos? — disse ela, antes de estender a mão para o pequeno enfaixado que ainda estava encolhido no chão.

— Falei para não me tocar. — Ele correu novamente para fora de seu alcance.

O menino se aproximou mais uma vez.

— Meu nome é Ein. Eu trouxe você de volta depois que morreu. Agora está ligado a mim.

Chen coçou o queixo. Estava farto de cada um desses tolos. A perda de um olho era um problema, mas ele havia conhecido muitos homens com apenas um olho, e a maioria parecia bastante capaz. Além disso, mal doía, desde que não tocasse ali. Mas o mais importante: estava com fome e sede. O garoto continuava balbuciando algo sobre uma missão, mas Chen o ignorou, pegou sua clava e seu guarda-sol, e partiu para encontrar uma pousada com boa comida e vinho forte.

Chen tinha uma pousada específica em mente. Os habitantes da cidade se afastaram para deixá-lo passar, alguns fazendo caretas, outros com os olhos arregalados, e pelo menos um dos pequenos monges tentou detê-lo, e perguntar se precisava de cura. Chen acenou para o homem ir embora. Suava quando chegou à pousada e ficou um pouco confuso ao descobrir que o nome do estabelecimento havia mudado nos últimos dias. Mesmo assim, entrou pela porta, e pediu vinho e um prato de carne. Encontrou uma mesa grande, largou a clava no chão, e se afundou em uma das cadeiras, grato por ter se sentado.

Pouco depois, o menino e seus três companheiros entraram pela porta. Eles se juntaram a ele em sua mesa. Todos, menos o enfaixado, que escolheu uma mesa próxima e ficou longe. Chen decidiu ignorá-los. Parecia que a luta havia acabado. Aparentemente, ele perdera, e isso havia lhe custado um olho. O fato de o estarem seguindo agora era apenas uma inconveniência com a qual ele poderia viver, desde que não esperassem que ele comparti-lhasse qualquer comida.

— Chen Barriga de Ferro, meu nome é Ein. — Chen silenciou o menino com um grunhido alto, assim que a garrafa de vinho chegou. Ele ignorou o pequeno copo também, e levou a garrafa aos lábios, estremecendo com o gosto. — Este vinho também está estragado.

O homem com as espadas em forma de gancho recostou-se na cadeira, e riu novamente. Ele tinha olhos presunçosos, e Chen não gostava de pes-soas presunçosas.

— Uma das muitas alegrias de estar quase vivo — disse o homem. — Apenas espere até que sua comida chegue.

A espadachim entrou na conversa, com uma voz quase sussurrante, mas clara como a água.

— Por favor, ouça, Chen Lu — disse ela. — Você morreu. Se não acre-dita em nós, dê outra cutucada naquela órbita ocular, e me diga se acha que um homem poderia sobreviver. Você morreu. Ein tem o poder de trazer as pessoas de volta. Mas, ao fazê-lo, o prendeu a ele até que morra novamente ou até que o libere. Não há como lutar contra isso, vai por mim. Se você for muito longe dele, essa ferida reabrirá, e morrerá novamente.

Chen olhou para o homem com as espadas em forma de gancho, mas ele não estava mais tão presunçoso. Agora, ele parecia mal-humorado. Louca ou não, a mulher parecia séria.

Ela então olhou ao redor, para todos os outros na pousada, como se tivesse algo a dizer que não deveria ser ouvido. Parecia haver pouca que alguém escutasse, levando em consideração o barulho geral. Quando ela se inclinou para frente, havia uma luz mortalmente séria em seus olhos. — Ein tem uma missão, dada a ele por um shinigami. Digo isso para que você perceba a importância da situação. Esta não é a fantasia de um menino, nem um desejo ocioso. É uma busca dada a ele por um shinigami. Para matar o imperador.

Chen deu de ombros.

— Qual imperador?

O homem com a espada em forma de gancho bufou.

— *O* imperador, seu gordo idiota — disse ele, jogando as mãos no ar. — Você claramente está em Ban Ping há muito tempo. O Imperador... de Dez Reis. Governante de toda Hosa. E um completo megalomaníaco, se metade das histórias for verdadeira.

— São — disse o menino. — Muito mais que apenas a metade.

— E você precisa de Barriga de Ferro para essa missão?

O menino concordou.

— Não é como se tivesse escolha — disse o sujeito presunçoso.

— Você tem uma escolha — disse a mulher ipiana. — Tem a opção de nos ajudar. Ajudar Ein a matar o imperador, e ganhar uma segunda chance de viver. Ou pode escolher ficar aqui e morrer quando seguirmos em frente.

— Mas por que eu?

— Porque você é Chen Barriga de Ferro — disse o garoto, encarando-o com um olhar pálido. — Você sobreviveu aos doze venenos da morte rastejante. Você lutou com Yaurong, o urso terrível, até um empate. Segurou o portão em Fingsheng por tempo suficiente até o exército do general Gow chegar.

Chen resmungou.

— Tudo verdade. Embora tenha engordado um pouquinho desde aqueles dias.

— Quem diria, não é mesmo — disse o homem presunçoso.

A comida chegou, e Chen reuniu os pratos perto de si. Ele não fez nenhuma cerimônia, e não perdeu tempo em enfiar a comida na boca, embora estivesse certo sobre o gosto de sujeira e cinzas. Porém, Chen crescera comendo lixo em decomposição das ruas. Tinha ficado doente tantas vezes que seu estômago havia se tornado imune a coisas que teriam matado a maioria dos homens. Seu intestino havia se tornado como o ferro, e sua qi ficara forte. Além disso, estava com fome.

— Matar o Imperador de Dez Reis exigirá um ataque ao próprio palácio de Wu — disse a mulher, enquanto observava Chen comer. — Vamos precisar de muitas mãos. Mãos fortes. Ein diz que há poucas mais fortes que as suas.

— Não há ninguém mais forte do que Chen Barriga de Ferro — murmurou Chen, com a boca cheia. Ele apontou para o garoto. — A comida tem esse gosto por sua causa? Por causa do que você fez comigo?

O menino estava brincando com seu lenço vermelho.

— Eu trouxe você de volta da morte. A comida tem esse gosto porque você está apenas parcialmente vivo. Desculpe.

— E se conseguirmos completar essa missão? Você vai fazer a comida ficar gostosa de novo?

O menino concordou com entusiasmo.

— Vou. Você morreu, mas prometo uma segunda chance na vida, se me ajudar. Também será um feito que ficará na memória popular até o fim dos tempos. Todos saberão como Chen Barriga de Ferro ajudou a matar o Imperador dos Dez Reis. Todos saberão da sua força, e da sua Barriga de Ferro.

Chen balançou a cabeça.

— Então eu ajudo. Mataria dez desses Imperadores dos Dez Reis por uma boa refeição.

O homem presunçoso esfregou as mãos.

— Maravilha. Agora temos um gordo a bordo — disse ele, e estendeu a mão para o vinho, mas Chen, rapidamente, puxou a garrafa para longe. — Não que ele realmente tivesse escolha. Nenhum de nós tem. Exceto você. — Ele se virou para o sujeito enfaixado. — O que devemos fazer com você?

O homem enfaixado inclinou a cabeça.

— Não há nada que *você* possa fazer.

— Não posso trazê-lo de volta — disse Ein. — Não assim tão pouco tempo depois de trazer Chen Lu. Preciso de tempo para descansar. Você não pode morrer ainda.

As bandagens do homem se contorceram em torno da boca. Chen imaginou que ele estivesse sorrindo por baixo, mas era impossível dizer.

— Mas é por isso que vim para servi-lo. Não posso escolher a hora da minha morte. Ela está acontecendo, mesmo agora.

A mulher ipiana se inclinou para frente.

— O que há de errado com você? — perguntou a mulher.

— Tenho necrose avançada. Os cirurgiões chamavam de lepra.

A cadeira do homem presunçoso se arrastou pelo chão de madeira, enquanto ele se afastava do homem doente.

— Estou morrendo, dia a dia, pouco a pouco. Muito de mim já está perdido. Porém, as estrelas me disseram que você viria. Elas me disseram que você teria a habilidade de trazer os mortos de volta. Não quero morrer, Ein. Ou, pelo menos, não quero continuar morto.

O menino franziu a testa.

— Preciso de tempo para descansar.

O leproso baixou a cabeça.

— Vou servi-lo, até não poder mais. Até que a última parte de mim apodreça.

O presunçoso gemeu novamente.

— Maravilha. Um gordo e um leproso com uma arma. É por isso que odeio Ban Ping.

16

No dia seguinte, os monges vieram, como Zhihao havia previsto. Não que Itami ou o menino se preocupassem em ouvi-lo. Eles não vieram em um ou dois, mas em um enxame de mantos coloridos, aço afiado e exigências. Primeiro, exigiram que Zhihao e os outros deixassem a pousada pacificamente. Então, exigiram saber por que Eco da Morte, um defensor do povo, estava entre um grupo de desordeiros comuns. Era realmente muito frustrante que nenhum deles se lembrasse de Zhihao Cheng, o jovem que fugiu da ordem, para se tornar um dos maiores bandidos que Hosa jamais havia conhecido. Barriga de Ferro parecia igualmente irritado, porque os monges alegavam nunca ter ouvido falar dele. Ele gritou sobre sua Barriga de Ferro, e tudo o que havia feito pelo povo de Ban Ping. Porém, os monges estavam resolutos sobre o assunto. Finalmente, anunciaram uma última exigência. Pelo crime de brigar nas ruas e perturbar a paz de Ban Ping, foram todos banidos da cidade por não menos de um ano. No que diz respeito à possível extensão de punições, essa era realmente bastante branda. Zhihao tinha ouvido falar de mãos sendo cortadas por tais crimes em algumas outras cidades. Porém, os monges não passavam de um bando benevolente de babacas adoradores de estrelas.

Itami fez várias reverências, pediu ainda mais desculpas e fez promessas de uma partida rápida. Zhihao poderia ter argumentado, mas já estava farto de Ban Ping desde o momento em que Ein a mencionara pela primeira vez. Então, fechou a boca, descansou as mãos no punho da espada, e seguiu atrás de Lâmina Sussurrante. Os monges os escoltaram até os limites orientais da cidade; não iriam se arriscar com eles, e por bons motivos.

Com o sol da manhã aquecendo seus rostos, Barriga de Ferro abriu o guarda-sol, e se protegeu. A grande bola amarela não estava particularmente quente, o que tornava tudo ainda mais estranho, mas o gordo se escondeu atrás do escudo de papel, como se seu rosto pudesse derreter à luz. Ele cutucou o buraco pegajoso em seu rosto, e não parecia muito feliz com ele. Cidadãos entrando em Ban Ping se afastaram para deixá-los passar. Eram um bando estranho: um menino com um olhar de morte, um bandido bonito, uma espadachim severa, um homem gordo com uma sombrinha na mão e um barril de madeira debaixo do braço, e um atirador baixo, coberto de bandagens.

A estrada para o leste seguia em uma névoa de sol e poeira que parecia deixar o mundo laranja. Assim como no lado oeste de Ban Ping, havia carroças, carruagens e viajantes a pé, dezenas de mendigos entrando na cidade e monges distribuindo tigelas de arroz. Barriga de Ferro queixava-se regularmente de fome, e muitas vezes parava para beber do barril que levava consigo, embora o vinho tivesse um gosto ruim.

Búfalos vagavam pelo norte, com pastores observando as feras para deter caçadores furtivos. Não que isso funcionasse. Na época da companhia de Punho Flamejante, eles roubavam regularmente esses animais para uma boa refeição à noite. Ocasionalmente, precisavam agredir o pastor. Porém, a menos que esse revidasse, Punho Flamejante não permitiria que os homens o matassem. Ele costumava dizer: "*Os bandidos precisavam de fazendeiros para alimentá-los, e os fazendeiros precisavam de bandidos para terem do que reclamar*".

Aproximava-se do meio-dia, sem que ninguém dissesse uma palavra que não fosse uma queixa de fome ou uma saudação aos companheiros de estrada. O silêncio incomodava Zhihao, pois isso o deixava sozinho com os próprios pensamentos. Estes, na maioria das vezes, se voltavam para a autorreflexão que, por sua vez, levava à autorrecriminação. Itami estava certa em chamá-lo de covarde. Ele a havia deixado lutar contra Punho Flamejante sozinha, porque não tinha certeza de quem venceria. É muito fácil escolher um lado quando o resultado é certo. Tinha fugido de Yanmei sem olhar para ela, para não precisar admitir algo para si mesmo que ele simplesmente não conseguia.

— Então, para onde vamos? — perguntou Zhihao, com falsa alegria. Ele disse à sua mente para ficar quieta, ignorando as tentativas de continuar apontando suas falhas.

— Segundo você — guinchou Barriga de Ferro —, o palácio de Wu.

Barriga de Ferro deu uma risadinha, o que fez toda a sua carne balançar. Zhihao fez uma careta e desviou o olhar, com aversão.

— Nosso destino, sim. Mas o garoto ainda não terminou de recrutar, não é? — Zhihao alcançou Ein, depois se afastou novamente, quando o menino olhou para ele.

Ein apontou para o nordeste.

— Depois da floresta de bambu fica o Vale do Sol.

Uma risada rouca, vinda de trás, soou úmida e dolorosa, e terminou em tosse. Zhihao viu uma mancha vermelha fresca nas bandagens de Roi Astara, exatamente onde sua boca deveria estar.

— Um lugar onde os mestres aprendem kung fu de mão aberta. Vale do Sol produz duas coisas: vinho de uva e heróis.

— Vinho de uva? — Barriga de Ferro estalou os lábios, ruidosamente. — Eu gostaria de provar. É muito diferente do vinho de arroz?

— Sim — disse Itami, baixinho. — É mais doce e frutado.

Zhihao riu.

— Não que você possa sentir o gosto, gordo. Nenhum de nós pode. Exceto o leproso.

Com o canto do olho, Zhihao viu Roi Astara balançar a cabeça.

— Meu paladar há muito se deteriorou. Não lembro da última vez que provei algo. Você se acha infeliz porque está quase vivo, porque tudo o que você coloca na boca tem gosto de cinza e sujeira? Você ainda está mais vivo que eu. Até a sujeira teria um gosto melhor do que gosto nenhum.

— Bom, isso é deprimente mesmo — disse Zhihao. Na verdade, ele não havia considerado que o leproso pudesse estar mais perto da morte do que qualquer um deles. — Como você pegou isso? A lepra.

— Eu morri.

— E quem não morreu, não é mesmo? — Zhihao riu, para encobrir seu desespero. Todos haviam morrido; foi assim que Ein os prendeu. Ele ainda podia se lembrar de algo sobre estar morto. Talvez fosse um eco da vida após a morte, o que quer que isso significasse. Zhihao se lembrava da luz. Era tanta, que a escuridão não poderia existir, e tão brilhante que doía, só que não havia dor. Ele balançou a cabeça para clarear os pensamentos confusos, e questionou o leproso mais um pouco, antes que todos pudessem voltar a um silêncio desconfortável.

— Fui para Long quando era mais jovem — murmurou Roi Astara. — Para ver os santuários construídos na montanha. Há centenas deles. Era bonito. Alguns adoram as estrelas, outros adoram deuses antigos, quase esquecidos. Alguns são dedicados a deuses estrangeiros de Nash ou Cochran, mas a maioria é para adoração de hosanos e ipianos. Alguns até adoram shinigamis, os deuses da morte. Vi estátuas deles, com pés descalços e curvados, coisas grotescas, com corpos atarracados e rostos enormes. — Roi Astara tossiu, e salpicou suas bandagens com sangue fresco. — Cada um deles tem orelhas compridas, e narizes bulbosos ou aduncos. Alguns têm dentes, outros têm presas. Eles vestem trapos que mal cobrem seus corpos, e têm expressões gananciosas. Shinigamis são famintos por almas, e guardam suas coleções com zelo. Ouvi dizer que lutam de vez em quando, e é por isso que alguns dos santuários são pouco mais do que destroços com estátuas quebradas e grama crescida demais; lugares descuidados.

Zhihao interrompeu a história.

— Você disse que conheceu um, garoto. Como era?

Ein não disse nada. Seus pés descalços se arrastavam na poeira da estrada. Depois de um tempo, Zhihao se voltou para o leproso.

— Então você morreu?

— Eu estava rezando aos pés de um dos shinigamis, e alguém me estrangulou por trás. Creio que fui transformado em oferenda por um dos sacerdotes. Era mais jovem, e não era forte o suficiente para revidar. Sim, eu morri.

Barriga de Ferro entrou na conversa com sua voz aguda.

— Tem certeza? É bastante comum as pessoas interromperem o estrangulamento antes que a vítima esteja realmente morta.

— Comum? — perguntou Zhihao.

— É o que dizem — respondeu Barriga de Ferro.

— Então não está falando por experiência própria?

O gordo virou-se para Zhihao com um sorriso. Ele parecia quase demoníaco ali sob a sombra de seu guarda-sol de papel amarelo.

— Como está o seu pescoço, Brisa Verde?

Zhihao o encarou.

— Vento Esmeralda. E o meu pescoço está bem, Pança de Chumbo. Obrigado por perguntar.

Ele fez uma reverência zombeteira para o gordo, mas Barriga de Ferro apenas voltou para a estrada e deu uma gargalhada estridente.

Quando os dois pararam de discutir, Roi Astara continuou:

— Eu morri. Mas um dos guardiões que cuida dos santuários me encontrou e me trouxe de volta. — Zhihao viu Ein olhar para trás. — Da maneira tradicional. Com cuidado e medicina, e conhecimento do corpo humano. Mas fiquei morto por muito tempo. A podridão se instalou em meu corpo. Com o tempo, o sangue começou a escorrer pelas minhas unhas e elas se soltaram, e alguns dos meus dentes caíram. Meu cabelo caiu em tufos e minha pele escureceu e descascou, como peixe deixado por muito tempo sobre o fogo. — Ele parou e ergueu a mão esquerda. — Até agora perdi apenas um dedo. — Suas mãos estavam enfaixadas, completamente enfaixadas, mas estava claro que faltava o dedo indicador da mão esquerda. Zhihao desviou o olhar, com aversão. — Mas os cirurgiões me garantiram que é o primeiro de muitos. Meu corpo apodrece e se deteriora enquanto ainda o habito. Você pode estar apenas quase vivo, mas eu estou quase morto.

— Que mórbido — Zhihao sentiu um arrepio passar por ele. — Hum... podemos pegar isso de você?

— Não sei. — Roi Astara virou seu olho branco leitoso para Zhihao. — Provavelmente é melhor não tentarmos descobrir. Eu me mantenho coberto. Como sozinho e durmo sozinho, e nunca toco em ninguém.

— Parece um tanto solitário — disse Itami lá da frente, enquanto caminhava ao lado do menino.

Roi Astara assentiu.

— Mas necessário. Ainda posso ajudar as pessoas, apesar da minha condição.

— Como? — perguntou Zhihao.

— Com isso — disse ele, levantando a mão enfaixada para apontar o olho descoberto. — E com isso. — Ele apontou para a cabeça. — E com isso. — Ele deu um tapinha no rifle pendurado no ombro esquerdo.

— Os monges certamente o respeitam — disse Itami.

— Ajudei o povo de Ban Ping muitas vezes no último mês, enquanto esperava por Ein.

— Por que as estrelas lhe disseram que era onde você o encontraria?

— Sim.

— Você pode lê-las? — perguntou Itami. — Conheci contempladores em Ipia que conseguiam ler as estrelas. Isso lhes rendeu posições de privilégio e alianças poderosas.

— Não. Não consigo ler as estrelas. Mas elas falam comigo de vez em quando. Falam com muitas pessoas, mas a maioria não sabe ouvir.

Chen Barriga de Ferro soltou um grunhido agressivo, que poderia ter sido um arroto disfarçado.

— As estrelas também lhe disseram como me derrotar?

Roi Astara disse:

— Não. Isso era óbvio. Sua pele é sua armadura, Chen Barriga de Ferro. Fortalecida por sua qi e personificada para fora de sua barriga; sua pele é indestrutível. Mas os olhos de uma pessoa não são pele, são janelas das quais ela vê para fora, e outros podem ver para dentro. Janelas podem ser quebradas.

Barriga de Ferro parou e se virou para Roi Astara. A cavidade do olho esquerdo era uma massa arruinada de carne derretida e retorcida, escurecida em alguns pontos, crua e chorosa em outros.

— Você tirou meu olho.

O pequeno leproso parou e deu um passo para trás. Eles eram comicamente incompatíveis em tamanho: o homem gordo era gigante e rotundo; o atirador era magro e baixo, apesar das sandálias de plataforma.

— Tirei. No entanto, você ainda tem mais que eu. Ainda consegue ver cores, não consegue? Você pode me dizer a tonalidade do céu, ou a sombra da grama. Pode olhar nos olhos de uma mulher e se perder nas profundezas. Eu não posso. Para mim, tudo são tons de luz e escuridão. Tudo é cinza.

— Você poderia me matar, Chen Barriga de Ferro — continuou o leproso, tossindo um novo jato de sangue sob as bandagens. — E o olhar em seus olhos me diz que gostaria. Não nego que temo a morte; por isso estou aqui. Por isso, sigo Ein. Na esperança de que ele me faça quase vivo, em vez de quase morto. Temo a morte, mas seria um alívio *não* sentir, em vez de sentir *nada*.

— Já chega, Chen Lu — disse Itami. Todos haviam parado agora e estavam fazendo uma grande cena para os transeuntes da estrada. Alguns diminuíam a velocidade para assistir, enquanto outros se afastavam do caminho de terra batida, para dar algum espaço à discussão. — Por que, Zhihao, toda vez que você fala, alguém entra em uma briga?

Zhihao ergueu as mãos, para garantir que todos pudessem ver que não estavam perto de suas espadas.

— Não fui eu. Pança de Chumbo que começou desta vez. Tudo bem, eu ajudo. Lembro de algo que os monges de Ban Ping diziam. Acho que era um dos ensinamentos. — Zhihao pigarreou e respirou fundo; as palavras voltaram para ele lenta e relutantemente. — Pode-se deixar que suas perdas os definam, ou definir essas perdas pelo que lhes resta. — Ele percebeu todo mundo olhando para ele. Até o menino o encarava com algo parecido com curiosidade.

Barriga de Ferro arrotou, e começou a andar.

— Monges. Tão inúteis quanto numerosos.

Itami olhou para Zhihao de maneira estranha enquanto partiam, inclinando a cabeça. Ele ponderou sobre aquele olhar, e decidiu que provavelmente era respeito. Então, começou a se perguntar como alguém poderia respeitá-lo, quando nem ele próprio tinha respeito por si. Porém, precisava admitir: era bom não ser o vilão, pelo menos por uma vez.

— Não acabou, leproso — guinchou Barriga de Ferro, com um sentimento de vingança verdadeiro na voz. — Ninguém atira de Chen Barriga de Ferro e vai embora assim.

17

Não havia caminho pela floresta de bambu. Era um labirinto de árvores altas, finas como a perna de uma pessoa. Cada uma delas alcançava doze metros para cima, antes de se estender para criar um dossel espesso, que deixava entrar uma luz suave através de fragmentos desconexos. Era um mar verde que balançava suavemente e se estendia por dias em todas as direções. Também era o caminho mais rápido para chegar ao Vale do Sol, e a rota que Ein escolhera para levá-los.

As folhas secas e árvores mortas que criavam um tapete marrom no chão da floresta estalavam sob seus pés. Insetos chilreavam por toda parte, e as árvores sussurravam com o vento. Em alguns lugares, se tornavam tão densas que levaria uma dúzia de homens, e uma dúzia de dias, para abrir caminho. Em outros lugares, as árvores ficavam mais afastadas, tanto que Ein e seus heróis conseguiam andar lado a lado. Exceto Barriga de Ferro, que lutava com a floresta, empurrando para o lado os troncos altos e verdes, e apertando sua ampla circunferência entre eles.

Não havia outros viajantes na floresta de bambu. A única evidência de que outros já tinham estado lá eram os marcadores, cada um quase à vista do anterior e do posterior. Os marcadores eram pequenas torres de pedra não mais altas que o joelho de Cho. Quase como faróis, se erguiam do chão da floresta e apontavam o caminho através dela. Alguns estavam em estado de abandono, desmoronando ou esmagados; outros ainda tinham mensagens gravadas em Hosan antigo. Cho não conseguiu lê-los, mas Chen Lu e Zhihao alegaram que eram avisos de yokai, espíritos vingativos.

Ela havia crescido com irmãos; um mais velho e três mais novos, e sabia bem como meninos jovens brigavam constantemente. Também sabia que a discussão era melhor que o silêncio, pois a quietude muitas vezes significava que travessuras estavam em andamento, e Cho havia caído em muitas brincadeiras dos irmãozinhos. Contudo, aqueles dias e aquela vida familiar em Ipia estavam muito no passado agora. Todos os seus irmãos estariam crescidos, provavelmente criando suas próprias famílias. Somente Cho seguira o caminho dos guerreiros. Sua dedicação ao treinamento deixara seus pais orgulhosos, mas o fracasso os havia destruído. Seu exílio foi uma vergonha que nenhuma família deveria ter que suportar. Tantos anos haviam se passado. Será que ainda estavam vivos?

A discussão recomeçou quando Zhihao riu de Chen Lu, cuja barriga estava presa entre dois grandes brotos de bambu. Cho soltou um sorriso secreto; contanto que as discussões não se transformassem em violência, gostava bastante delas, pelas memórias que despertavam. Então, pegou Roi Astara a olhando com o canto de seu olho leitoso, e deixou o sorriso desaparecer. O leproso se mantinha afastado dos outros, e mantinha uma distância cautelosa de Chen Lu. Era sensato, pois Barriga de Ferro, claramente, não o havia perdoado pela perda do olho.

— A luz está desaparecendo. — Ein não estava errado sobre isso. Já fazia um tempinho que as manchas mutáveis e dançantes de luz no chão da floresta estavam ficando mais fracas. A escuridão nas bordas da visão de Cho estava ficando mais espessa. E havia ruídos que saíam ao cair da noite, gritos de animais que pareciam vozes humanas

— Seria bom pararmos aqui. — Cho parou ao lado de um marcador. Estava praticamente intacto, embora o pequeno entalhe no topo já tivesse desmoronado há muito tempo. — Antes que fique muito escuro para ver o próximo marcador.

— Que tal uma fogueira? — perguntou Zhihao. — O leproso parece já estar com frio, e ouvi dizer que a floresta de bambus pode ficar extremamente gelada.

Cho concordou.

— Limpe um espaço e junte algumas pedras ao redor. Não queremos incendiar toda a floresta.

Zhihao fez uma reverência zombeteira.

— Obrigado por me ensinar a brincar com fogo.

Abriram espaço para o fogo e recolheram alguns dos maiores bambus mortos. Então, se agitaram enquanto se acomodavam no chão. Ein juntou os joelhos até o peito e segurou as pernas, enquanto Chen Lu simplesmente caiu para trás. Zhihao estendeu um velho colchonete remendado que havia pego no acampamento de Punho Flamejante. Cho afastou alguns galhos e se recostou no marcador. Roi Astara sentou-se afastado de todos, mais longe do fogo. Cho tentou convencê-lo a se aproximar. Ele respondeu, admitiu que nenhum deles iria querer vê-lo comer, e ela o viu começar a puxar as bandagens em volta da boca, enquanto se virava.

Assim que todos se acomodaram, Cho disse:

— Vocês já ouviram falar dos Eeko'Ai?

Zhihao bufou.

— Não existem fantasmas.

Roi Astara deu gargalhada molhada e áspera. Todos o encararam, mas ele estava de costas e com os ombros curvados.

— Não são fantasmas — disse Cho. — Espíritos. Lâmina Centenária disse uma vez que eles moram na floresta de bambus. Descreveu como dragões em miniatura. Cinco deles, cada um com um comprimento não maior que a minha altura, e sinuosos como uma serpente. Corpos semelhantes a enguias, com duas patas dianteiras parecidas com as de um cachorro. Seus rabos não terminam, simplesmente desaparecem. Encontraram Lâmina Centenária em uma noite muito parecida com esta. Ele estava perdido, vagando pela floresta, sem direção ou propósito. — Ela se lembrou das palavras. — Pois é impossível se encontrar sem se perder primeiro.

Zhihao soltou um bocejo alto, e rolou para trás em seu colchonete.

— Por favor, continue sua emocionante história de um homem morto em uma jornada de autodescoberta. Acorde-me quando for meu turno.

— Certamente acordarei — disse Ein, encarando Zhihao. Vento Esmeralda olhou para o menino, então rolou, para ficar de costas para ele.

Chen Lu grunhiu:

— Estou interessado — disse. — Termine a história.

Ele estava mastigando um pedaço de bambu e o engoliu com o conteúdo do barril. A julgar pelo som do líquido balançando lá dentro, Cho julgou-o quase vazio.

— Eu também gostaria de ouvir — disse Roi Astara.

Ele se virou para encará-los, e suas bandagens estavam de volta no lugar. Porém, o sujeito continuava sentado longe deles.

— Osai, depois de atravessar a floresta num turbilhão amarelo e laranja como a mais pura labareda, foi o primeiro espírito a chegar ao Lâmina Centenária. Tinha um rosto muito parecido com uma galinha, olhos arregalados e bico. E dançava pelas copas das árvores, fazendo-as sussurrar seu nome. Era um som alegre, que a floresta cantava com alegria. Porém, quando Osai saudou Lâmina Centenária, saltitando ao redor dele em sua alegria, a floresta ficou mais uma vez em silêncio.

— Urai foi o próximo a aparecer, mas não havia alegria, nem dança, na forma como o espírito se movia. Ele deslizou pelo bambu silenciosamente, muito obstinado como um caçador atrás de sua presa. Urai era de um verde tão profundo quanto o bambu, e tinha o rosto de um cão de caça, com orelhas que batiam e uma língua pendurada para fora. O nome do espírito chegou a Lâmina Centenária, resmungado repetidamente por seus próprios lábios, enquanto cortava as árvores com os olhos fixos em uma presa que ninguém mais podia ver.

— No rastro do espírito verde veio Tsai, roxo como só as flores podem ser, com a cabeça de um gato de rio, todos os dentes afiados e olhos reluzentes. Seguiu no rastro de Urai, mas fluiu como se não tivesse nenhuma preocupação no mundo. O nome de Tsai foi pronunciado pelo deslocamento de seu corpo, escama contra escama, e a palavra soou clara como um amanhecer brilhante. A floresta mal percebeu sua passagem.

— Foi então que a floresta começou a fervilhar. As folhas tremiam e o bambu parecia se aproximar, como se tentasse barrar a passagem do espírito. Noai, o quarto espírito, irrompeu através do bambu como um trovão, com suas asas batendo furiosamente. Ele não se importava com as árvores e ia batendo contra cada uma que passava, fazendo que a floresta ressoasse seu nome por toda parte. Era de um profundo vermelho-rubi, como sangue escorrendo, e tinha o rosto de um tubarão, com dentes que rangiam a cada ondulação do corpo.

— Por último, veio Ryai. Azul como um céu brilhante de verão, cheio de penas bufantes, olhos sábios e com o rosto de uma coruja. Ele roçava o chão da floresta tão perto que quase rastejava. Porém, dava a volta pelas árvores, contornando Lâmina Centenária. As folhas caídas diziam seu nome enquanto ele passava, deixando um rastro que até o mais inexperiente dos caçadores poderia rastrear. E a floresta parecia ganhar vida com sua passagem. Flores se abriam e insetos corriam em seu rastro.

— Depois de os cinco espíritos terem passado, Lâmina Centenária considerou-se sortudo. Ter visto apenas um dos Eeko'Ai já era considerado boa sorte, mas ver todos os cinco juntos era inédito. Naquela noite, Lâmina Centenária agradeceu às estrelas pela boa sorte e construiu um pequeno santuário na floresta, para agradecê-la por mostrar a ele a passagem dos espíritos. Logo no dia seguinte, ao acordar, Lâmina Centenária se viu à beira da linha das árvores, olhando na direção do Vale do Sol, com os Penhascos Inquebráveis mais além. A princípio, ele achou que era uma benção a floresta ter lhe mostrado o caminho. Porém, assim que saiu da floresta e colocou os pés mais uma vez no caminho de terra batida, sentiu uma tristeza diferente de qualquer outra que já havia sentido. A floresta não estava lhe mostrando o caminho para a liberdade. Estava banindo-o de suas fronteiras.

Cho olhou para as chamas de sua pequena fogueira. Ela se contorceu para encontrar uma posição mais confortável, então puxou a bainha sobre o colo, certificando-se de que as lâminas estavam ao alcance.

— Acho que não entendo — disse Chen Lu. — A floresta mostrou o Eeko'Ai para o Lâmina Centenária, depois o expulsou?

— Não. — A voz de Roi Astara estava abafada e grossa, como se estivesse à beira do sono. — A floresta expulsou Lâmina Centenária porque ele viu Eeko'Ai. Não era nenhuma bênção. Espíritos não assombram lugares. Eles assombram pessoas. Diz-se que os Eeko'Ai vêm apenas como presságios de eventos que moldarão o mundo. Seja qual for o evento que haviam precedido, a floresta não queria testemunhar.

Zhihao acordou com um braço dormente, e com a visão de Ein olhando para ele. O fogo estava baixo, e os olhos do menino pareciam duas poças de água cristalina. Naquele momento, Zhihao viu um horror muito maior do que todos os erros que já cometera. Ele se assustou, puxou o braço para longe do garoto, e abriu a boca para gritar. Porém, algo o deteve. Não era o monstro olhando para ele, nem a visão da lua através de uma rara abertura no dossel de bambu. Era o som da floresta. O silêncio intenso e opressivo que havia caído sobre seu pequeno acampamento como um cobertor. Até mesmo apenas se arrastar sobre os cotovelos criava tanto barulho que Zhihao estava convencido de que isso traria a ira das estrelas sobre eles.

— Eles estão vindo — disse o menino. — Você deveria encontrá-los de pé. — Ein saiu para acordar os outros, deixando Zhihao no fio da navalha do pânico e da confusão.

— Quem é que está vindo? — sibilou Zhihao.

Ele rolou sobre os pés e chutou o Barriga de Ferro. O gordo gemeu, coçou a barriga, depois rolou de costas, e soltou um ronco que rasgou o silêncio da floresta em dois. Em seu rastro, cavalgando sobre os restos esfarrapados do silêncio, veio o horror. Zhihao não conseguia identificar os ruídos, mas tinha certeza sobre uma coisa; não deveria haver sons como aquele na floresta de bambu.

A espada de Itami já estava metade para fora da bainha antes mesmo de ela abrir os olhos. Ela ficou de pé, livrando-se do toque do garoto, assim como Zhihao tinha feito. Apesar do sono recente, estava acordada e alerta, com os olhos correndo ao redor à procura do perigo.

— De quem é o turno?

— Meu — o barulho veio do leproso. Zhihao olhou para cima e encontrou o homem agachado nas sandálias de madeira. Ele estava com o rifle na dobra de um braço e o rosto levemente apontado para cima, como um lobo farejando. — Há alguns momentos, a floresta ficou em silêncio. Agora, ouço alguma coisa.

— Eles estão vindo — repetiu o menino, enquanto sacudia o braço de Chen Lu. A carne tremeu, mas o gordo nem se mexeu.

Zhihao perguntou:

— Quem? Os Eeko'Ai? — Ele não gostava da ideia de ver espíritos que só apareciam às vésperas de eventos cataclísmicos.

O menino desistiu de tentar acordar Chen Lu, e recuou para ficar atrás de Itami. Ele balançou a cabeça e, devido à luz da lua e às brasas do fogo quase extintas, Zhihao de repente teve a impressão de que o menino parecia muito jovem. Pela primeira vez o menino parecia, de fato, uma criança. E outra coisa também: parecia assustado.

— Muito pior. Os yokai estão chegando.

Era uma palavra ipiana que Zhihao nunca havia ouvido. Mesmo assim, ele desembainhou as espadas e deu outro chute na perna do gordo. A carne balançou, mas era como chutar uma bigorna.

— Espíritos vingativos — disse Itami, enquanto conduzia o menino para ficar atrás dela, entre a floresta e a luz do fogo moribundo. — Servos dos shinigami.

— Então não deveríamos ficar seguros? — perguntou Zhihao. — Você é um dos servos dos shinigamis, não é? Estamos em uma missão para eles, não estamos?

Um estranho ruído de clique chegou aos ouvidos de Zhihao. Ele se virou e viu uma forma cambaleando entre as árvores, bem no limite de sua visão. Havia algo na maneira como essa coisa se movia, algo errado, que fez Zhihao se arrepiar. Então, um uivo cortou a noite, fazendo-o pular. O som ecoou pela floresta de tal forma que Zhihao não fazia a menor ideia da onde tinha vindo. Ele conhecia Hosa muito bem, e conhecia esta região. Não havia lobos tão longe da fronteira de Heshan, e nenhum cão de caça fazia um som como aquele.

— Foda-se! — Zhihao fez menção de chutar Chen Lu novamente, mas os olhos do gordo estavam abertos agora, olhando para a floresta.

Lentamente, ele se ergueu, e pegou a clava. Zhihao se sentiu muito mais confiante com Chen Barriga de Ferro atrás dele, embora não pudesse explicar por quê.

— Sirvo a *um* shinigami — disse Ein, com a voz baixa. — Acho provável que esses espíritos vingativos sirvam a outro.

O leproso disse:

— Os shinigami são deuses. — Ele se aproximou do fogo, mas manteve distância dos outros. — E, como a maioria dos deuses — continuou Roi Astara —, eles existem para se intrometer nos assuntos das pessoas e lutar entre si. Qualquer deus da morte que Ein sirva tem inimigos, e esses inimigos adorariam vê-lo falhar nessa missão.

Mais uma vez, Zhihao teve certeza de que teria fugido, se não fosse o incômodo problema de estar preso ao menino. Era uma situação ruim, agravada pelo fato de que não tinha experiência em lidar com deuses ou com os espíritos vingativos comandados por eles.

— Como podemos combatê-los?

Com chamas dançantes refletindo em seus olhos, Ein o encarou por um momento

— Da maneira tradicional.

O primeiro yokai a se mostrar cambaleou entre brotos de bambu e foi chegando cada vez mais perto. Não fez nenhum som, além do clique de osso raspando contra osso. Metade de seu rosto era carne rosada viva; a outra, crânio esbranquiçado. Uma perna parecia a de qualquer outra pessoa, enquanto a outra tinha músculos e tendões ensanguentados, rígidos e brancos. Ele olhou para Zhihao com seu único olho, o direito, e deu outro passo para frente. O yokai uivou novamente. O barulho ecoou pela floresta, e terminou com um chacoalhar úmido, como se o monstro estivesse se afogando em seu próprio sangue.

A criatura esquelética começou a correr em direção a Zhihao com os braços estendidos. Zhihao atravessou o mundo, deixou sua imagem se espalhar na brisa e reapareceu ao lado do yokai. Dois golpes rápidos de suas espadas atingiram a cabeça da coisa e lhe rasgaram a carne, mas sem deixar nenhum dano duradouro.

A criatura parecia não sentir dor. Quando se virou, Zhihao abaixou-se sob os braços do monstro, enganchou as espadas na caixa torácica nua e girou e balançou o yokai para lá e para cá.

— Abaixe-se! — gritou uma voz aguda.

Zhihao abaixou-se quando a clava de Chen Lu se chocou contra o corpo do yokai, rompendo ossos e carne. Quando Zhihao se levantou novamente, encontrou suas espadas enganchadas em torno de uma única costela restante, conectada a um quadril, e duas pernas em pé.

— Obrigado pelo aviso — ele riu.

Então, a perna com carne ainda presa chutou Zhihao no rosto.

Zhihao cambaleou alguns passos para trás, e esfregou o rosto com uma mão. Ficou ao lado de Chen Lu, e eles viram as pernas balançarem, tropeçando para a esquerda, depois para a direita, mas sem cair. Depois de alguns momentos, Barriga de Ferro saltou para a frente com um grito, e bateu nas pernas com a clava, esmagando-as no chão. Ele as atingiu repetidamente, até ficar pingando suor e bufando. Restou pouco além de carne pulverizada e pó de osso, mas ainda assim um dos pés se contraiu. Zhihao enfiou uma espada nos ossos do dedo do pé, e atirou o membro trêmulo para mais longe na floresta. Quando se virou para Chen Lu, o gordo acenou; tinham ido muito bem. Foram necessárias apenas duas figuras lendárias para lidar com um único cadáver cambaleante.

Com sua espada em ambas as mãos à frente e uma pilha fumegante de carne verde a seus pés, Itami estava protegendo o menino. Zhihao pensou em perguntar, mas rapidamente decidiu que não queria saber o que aquela coisa já tinha sido um dia.

Um rifle soou. Zhihao se virou e viu Roi Astara já recarregando. O leproso concordou, e Zhihao vislumbrou algo vermelho na floresta além dele. Uma gargalhada áspera saiu das árvores à frente. Foi então que Zhihao

116

teve um vislumbre do yokai: uma bela mulher vestindo um manto de casamento manchado de vermelho. O espírito flutuava acima do chão da floresta, e seu cabelo preto fluía como se ela estivesse debaixo d'água.

— As balas passam direto — disse o leproso.

— Deixe-me tentar um pouco de aço endurecido no lugar disso — Zhihao disse com uma confiança que certamente não sentia.

A mulher flutuava em direção a eles, rindo selvagemente, com lágrimas lamacentas escorrendo pelo rosto de porcelana. Seu dedo com ponta de garra pingava algo sujo e preto. Zhihao disparou para frente, enganchou as espadas e cortou a mulher. As lâminas a atravessaram como se ela fosse fumaça. Zhihao desenganchou as espadas e se aproximou. Ele a golpeou novamente com a lâmina esquerda. Então, girou e deu um soco no rosto dela, com a guarda afiada da direita, arrancando pedaços da aparição, como uma brisa através do nevoeiro; ela ainda avançou, e tentou arranhar seu rosto. Ele se esquivou uma vez, então atravessou o mundo, deixando sua imagem espalhada para a mulher atacar. Ele reapareceu ao lado de Roi Astara.

— Não funcionou — disse o leproso.

— Não — concordou Zhihao. — Não funcionou.

Itami passou por eles em um farfalhar de tecido, com a ponta da espada se arrastando pelo tapete de folhas e galhos. Ela parou na frente da aparição, desviou um golpe, trouxe a lâmina para cima e cortou o fantasma ao meio. A visagem gritou, pareceu ferver, borbulhou e desapareceu até que nada restasse do vestido vermelho ou da pele de porcelana.

— Funcional — disse o leproso.

— Tentei o meu melhor — Zhihao disse.

— O melhor de Lâmina Sussurrante foi melhor.

Zhihao se virou e franziu a testa para Roi Astara. Então, percebeu o quanto estavam próximos. Ele recuou um passo e encarou o leproso, mas não havia hostilidade ali, apenas compreensão.

Um guincho fez Zhihao se virar. Ele viu Ein se debatendo, preso ao chão da floresta por um pequeno cão verde com enormes patas dianteiras e minúsculas patas traseiras. Seu corpo gordo terminava não em uma cabeça, mas em uma grande boca com presas pontiagudas. O menino estava tentando afastá-lo, mas o cão se desvencilhou e segurou o pequeno braço de Ein entre os dentes. Zhihao arremessou uma de suas lâminas. Espadas em gancho não eram armas de arremesso ideais, mas ele deu um jeito. A lâmina enganchou na carne do espírito e o fez cambalear a alguns metros de Ein.

117

Era espaço suficiente para Zhihao atravessar o mundo, e enfiar a segunda espada na criatura, enganchando-a bem na boca. Zhihao arrancou a espada lançada da carne do cão, e a enganchou no outro lado de sua boca aberta. Ele puxou a boca do yokai, alargando-a até que suas bochechas começassem a rasgar, e o sangue, a escorrer. Os músculos de Zhihao estavam tensos, e ele estava quase gritando, quando a mandíbula do cão finalmente se abriu. Porém, em vez de morrer, a criatura ficou ali no chão da floresta, gemendo de dor, e lambendo o sangue que escorria de sua boca quebrada.

Zhihao continuava olhando para a criatura quando Itami passou por ele e enterrou a espada no corpo do cão. Ele teve um espasmo e depois morreu com um gemido deplorável. Zhihao se virou com nojo e viu Chen Lu ofegante enquanto segurava um homem grotesco que lhe mastigava o antebraço sem se importar com os próprios dentes desmoronando contra a pele de ferro do homem gordo. O sujeito tinha carne pálida, cabelos como palha e um nariz bulboso, que zombava daquele rosto horrendo. Chen Lu usou a mão livre para agarrar o outro braço do homem e arrancá-lo de seu corpo, mas o sangue não jorrou. Em vez disso, algumas gotas de sangue preto escorreram de seu ombro aberto, e ele nem pareceu sentir.

— Jikininki — disse Chen Lu. — Espíritos comedores de cadáveres.

Ele jogou o homem de um braço só na fogueira do acampamento, onde ele se debateu e acabou se levantando. Itami cortou a cabeça com um golpe limpo de espada e o corpo caiu, sufocando o que restava do fogo.

Então, todos ficaram em silêncio, ouvindo enquanto os sons normais da floresta retornavam. Ficou claro que, pelo menos por enquanto, o ataque havia acabado. Zhihao pensou que o menino fosse ficar abalado com a experiência, ainda porque quase havia sido comido por um cão verde sem rosto, e tinha as feridas para mostrar. No entanto, o garotinho apenas murmurou algo para si mesmo repetidamente e esfregou o cachecol entre os dedos ensanguentados. Zhihao notou que as feridas mal sangravam, apesar de serem bastante profundas. Ele ruminou um pouco sobre isso, mas teve pouco tempo para abordar o assunto.

Chen Lu tirou do fogo os restos queimados do jikininki e jogou-os mais longe na floresta, como se não pesassem mais que uma boneca. Então, todos começaram a colocar o pequeno acampamento em ordem. Em silêncio, apagaram o fogo, e novamente o acenderam. Então, mais uma vez, todos se acomodaram para descansar. Barriga de Ferro até conseguiu voltar ao seu ronco ensurdecedor, mas Zhihao sabia que não dormiria mais nenhum momento naquela noite. Ou talvez nunca mais. Antes de conhecer Ein, ele sabia que espíritos existiam, tinha ouvido muitas histórias, mas nunca tinha visto um. Agora, vira seis e até matara um. Pelo menos era uma morte da qual ele se lembraria.

— Pode ser que isso aconteça de novo? — Zhihao perguntou a qualquer um que ainda pudesse estar ouvindo. O sono estava além dele, e o silêncio era uma coceira corrosiva em seus nervos. — Não que eu não goste de lutar contra cadáveres de mulheres meio apodrecidos...

— Hone-onna — disse o menino. Ele havia parado de mexer em pânico no cachecol e estava ocupado costurando as próprias feridas. — Ela não estava meio apodrecida. As hone-onna erguem-se da sepultura como esqueletos. Elas escolhem vítimas saudáveis, roubam seus órgãos e carne e os esticam sobre os próprios ossos para virarem humanas de novo.

— Ah. — suspirou Zhihao, não mais satisfeito que antes, agora que sabia o nome da coisa que havia derrotado.

— Os shinigami podem comandar muitos espíritos — continuou o menino. — Se um deles pôs os olhos em mim, acho pouco provável que os yokai que enfrentamos esta noite sejam o último. Precisamos vigiar. Eles sabem onde estou. — O menino olhou para Zhihao através da luz do fogo. — Estamos sendo caçados.

18

O restante da jornada foi pacífico, exceto pelas reclamações de Chen Lu sobre a falta de vinho, e as reclamações de Zhihao sobre as reclamações de Chen Lu. Cho ficou de olho em Ein. A ferida feita pelo espírito do cão foi costurada, mas não mostrava sinais de cura. Nenhuma crosta se formou, mas a ferida também não parecia inflamar, e os pontos que o menino tinha costurado ficaram firmes. Ela sugeriu que os enfaixassem ou talvez até mesmo enrolassem o lenço vermelho em volta do ferimento para evitar que ficasse sujo. Porém, Ein apenas apertou o cachecol em volta do pescoço. Cho não achava que ela fosse a única a notar: Roi Astara raramente tirava seu olho branco do menino.

119

Eles não viram nenhum outro espírito, nenhum yokai, Eeko'Ai, ou qualquer outro. Cho ficou feliz com isso. Ela não tinha nenhum fascínio ou repulsa particular por eles, mas também não gostava dos problemas que os espíritos sempre pareciam trazer. Espíritos eram uma parte do mundo, e sempre haviam sido, mas geralmente se mantinham afastados da maioria dos humanos. Exceto quando não o faziam, e isso sempre gerava grandes conflitos no mundo.

No terceiro dia, a floresta de bambu deu lugar a uma trilha de madeira ainda em construção. Era bom ter uma obra humana sólida novamente sob os pés. Dava a impressão de que estavam indo na direção certa, de volta a algum tipo de civilização. Lâmina Centenária pode até ter aproveitado seu tempo perdido na natureza, vagando pela floresta e montanha, sozinho e longe do contato humano, mas Cho não era ele. Lâmina Sussurrante preferia as cidades às florestas, e odiava a ideia de ficar sozinha. Quando pensava nisso, conseguia quase sentir de novo a sensação de ter morrido naquele tempinho antes de Ein trazê-la de volta. Ela sentiu que estava sozinha, uma solidão tão completa que era como se ninguém mais tivesse existido. Isso a assustava muito mais que qualquer provação que a vida já houvesse lançado sobre ela.

O Vale do Sol se estendia adiante dos viajantes. As colinas subiam altas e largas, elevando-se em montanhas de ambos os lados do vale. Lá, onde era mais baixo, Cho podia ver árvores verdes, campos pontilhados de cores, homens e mulheres trabalhando neles e um lago que brilhava com a luz do meio-dia.

Na ponta do vale, a maior montanha se erguia. Aninhada a seu lado, havia uma estrutura gigantesca, o espaço de treino de artes marciais do Vale do Sol. Ela não conseguia imaginar como os homens podiam construir uma coisa dessas, ou como conseguiam fazê-la agarrar-se à montanha.

Um grande grupo de homens e mulheres perto do fundo do vale estava praticando um tipo de wushu de mão aberta, como se fosse uma dança que Cho nunca tinha visto. Dezenas de pessoas seguiam a liderança de um mestre, movendo-se em sincronia hipnotizante. Cho parou para assistir ao treino, e logo percebeu os outros ao lado dela. Ao mesmo tempo, os praticantes de wushu soltaram um grito poderoso, e suas vozes se misturaram para formar uma explosão de som. No entanto, o chão não tremeu, e a grama não se mexeu. Essa técnica pertencia apenas a Cho.

— Qi forte faz corpos fortes — disse Chen Lu, escondendo-se sob seu guarda-sol amarelo. — Qi fraca torna mentes fracas. — Ele estendeu a mão, e apontou um dedo para a cabeça de Zhihao.

— Minha mente é forte o suficiente, gordo — Zhihao respondeu, mas não se afastou de Chen Lu. Já parecia uma melhoria: Vento Esmeralda não estava mais se esforçando tanto para ficar separado dos outros.

O mestre de wushu olhou para eles e se endireitou. Ele levantou a mão e acenou, uma saudação com alguma familiaridade. Roi Astara acenou de volta, e o homem fez uma reverência para seus alunos, depois os deixou. Ele era alto e descaradamente magro, com o peito nu e pingando de suor, por praticar kung fu ao sol, mas não parecia cansado. Muito pelo contrário, o homem parecia energizado. Ele subiu a colina em direção a Cho e os outros, com um grande sorriso no rosto magro. Seu longo rabo de cavalo preto chicoteava com o movimento. Ele parou perto e se curvou novamente, desta vez diretamente para Roi Astara. Este retribuiu a reverência, embora Cho soubesse que doía se curvar.

— É bom vê-lo novamente, Eco da Morte — disse o homem, com a voz grave, cheia de alegria. — Achei que talvez não fôssemos ter outra chance.

Roi Astara endireitou-se de sua própria reverência.

— Sou menos do que era antes, mas ainda vivo por enquanto — disse, com sua voz rouca e abafada.

— E a busca por uma cura?

O leproso ficou em silêncio por um momento longo demais. Talvez ninguém mais tenha notado, mas Cho percebeu. Ele estava se contendo, talvez para os outros, ou talvez para si mesmo. Ele realmente acreditava que Ein poderia ser a cura para sua doença, mas a esperança era uma mercadoria perigosa para verbalizar. Dentro, podia ser suprimida e negada, mas uma vez fora, não havia como voltar atrás.

— Em andamento — disse, por fim, Roi Astara. — Ainda temo que meu corpo falhe por completo antes que a encontre.

O homem se curvou novamente, depois empurrou para trás o rabo de cavalo que chegava quase até a cintura.

— Você é, como sempre, bem-vindo ao Vale do Sol. Seja para descansar, seja para viver o resto dos seus dias, com todo o conforto que possamos oferecer. Devemos isso a você, e muito mais.

— Obrigado.

— Fizemos perguntas, em seu nome, mas os curandeiros de Cochtan também estão perdidos. Recomendaram a limpeza de seus *chacras*. E sanguessugas.

Roi Astara soltou uma risada áspera, e o homem começou a rir também.

— Os Cochtans amam sanguessugas. Só que nunca funcionaram antes, não vejo razão para funcionarem agora.

O mestre fez outra reverência, e finalmente voltou a atenção para os companheiros de Roi Astara.

— Eu, Tien Han, dou-lhes as boas-vindas ao Vale do Sol. Amigos do Eco da Morte são amigos do vale.

— Os amigos do vale são alimentados? — perguntou Chen Lu, sem preâmbulos nem vergonha.

— Você pensa em outra coisa além de comida, gordo? — perguntou Zhihao.

— Eu penso em vinho. Às vezes, em mulheres.

Tien olhou, sorrindo.

— Temos comida simples. Principalmente arroz e frutas. Alguns peixes do lago. Talvez vocês possam me dizer seus nomes, antes de eu alimentá-los?

— Chen Barriga de Ferro, mestre em qi. Você já deve ter ouvido falar de mim. — Ele terminou dando um tapa na barriga. Se Tien havia, de fato, ouvido falar de Chen Barriga de Ferro, não deu nenhum indicativo.

— Zhihao Cheng... — disse Zhihao.

— A Brisa Verde — acrescentou Chen Lu, rindo.

— O Vento Esmeralda. — Zhihao olhou com raiva para Chen Lu, mas o gordo o ignorou.

Cho se curvou para Tien.

— Itami Cho. E este pequeno é Ein. Estamos o escoltando até Wu, mas antes ele queria ver o lendário Vale do Sol.

— Vocês estão convidados a ficar conosco e ver o que nosso vale tem a oferecer.

Tien começou a conduzi-los para o vale. Foi uma espécie de passeio: ele apontava as plantações em ambos os lados, as uvas que cresciam principalmente nas áreas centrais, onde o sol batia o dia todo. Os frutos eram grandes, vermelhos e suculentos, e embora tivessem um gosto ruim, Cho teria ficado feliz em comer um punhado. Porém, por respeito, limitou-se a apenas uma. Chen Lu não foi tão deferente, e devorou muitas. Se Tien o achou rude, não disse. Eles foram informados de que a maioria das uvas era despolpada e transformada em vinho, um produto muito mais valioso que a própria fruta, que depois era vendido para as cidades de Hosa e até para algumas ao norte, além da fronteira de Cochtan. Tanto Chen Lu quanto

122

Zhihao estavam bastante entusiasmados com a perspectiva do vinho. Era quase como se ambos tivessem esquecido que teria gosto de sujeira.

No lado leste do vale, eles plantavam chá marrom, e no lado oeste, plantavam chá verde. Tien explicou que o Vale do Sol fazia trocas pela maior parte do que precisavam para sobreviver, e Cho ficou surpresa ao descobrir que a maior parte do chá consumido em Hosa era cultivado aqui mesmo, nos confins do vale. Era um comércio em expansão. Apesar disso, o Vale do Sol permanecia neutro no conflito entre os dez reis, e mesmo agora que o imperador havia unido Hosa, os moradores do Vale do Sol permaneciam separados, quase como um pequeno reino independente. Era apenas pela força de seu wushu que algo assim era possível. Como Tien explicou, o Vale do Sol negociava chá, vinho e os guerreiros mais fortes que Hosa já havia conhecido. A evidência era reveladora: em todo o vale, homens e mulheres trabalhavam nos campos ou praticavam aquela arte marcial. Era uma pequena nação de guerreiros, fortalecidos pela labuta diária de uma vida dura.

Graças a Roi Astara, o grupo passou a primeira noite no Vale do Sol como convidados de honra e receberam um banquete. Um grande dojo de madeira teve as armas e mesas removidas, e cadeiras foram trazidas. Pratos de comida foram levados para as mesas, e moradores do Vale do Sol e visitantes eram incentivados a se movimentar entre elas, provando quaisquer alimentos que quisessem. Quando o sol se pôs sobre o vale, até Chen Lu estava de barriga cheia.

Cho apenas beliscou a comida, desprezando o gosto que deixava em sua boca, e Zhihao fez o mesmo. Roi Astara ainda se recusava a comer com qualquer outra pessoa, então levava a comida para um canto, para que ninguém pudesse ver os estragos causados em seu rosto pela doença. Foi a curiosidade, mais que qualquer outra coisa, que levou Cho a vislumbrar a boca do homem. Silenciosamente, ela se aproximou na surdina enquanto ele comia. Antes que Roi Astara percebesse e arrumasse as bandagens, ela viu que ele não tinha lábios, que a carne apodrecera há muito tempo e que vários de seus dentes haviam caído. A pele estava enrugada e marrom, escorrendo em muitos lugares. O homem parecia quase um esqueleto, tão horrível quanto a hone-onna.

Ein não comeu nada. Cho notou os olhos do garoto percorrendo os membros reunidos do Vale do Sol; os guerreiros não lidaram muito bem com aquele olhar fantasmagórico. O menino podia acalmar uma conversa estridente do outro lado da sala com apenas um olhar. Apesar de seu escrutínio, ficou claro que ele não encontrou o que procurava. Depois de um tempo, Cho o puxou de lado, certificando-se de não tocar sua pele.

— Estamos aqui por causa de alguém? — perguntou ela, abruptamente — Quem é que estamos procurando, Ein?

O menino suspirou.

— Bingwei Ma, o Mestre do Vale do Sol. O maior mestre de wushu que já existiu.

— E vamos matá-lo para você?

Ein concordou.

— Bom, acho que posso perguntar por aí.

— Não. — A voz do menino estava severa. — Vou encontrar o Mestre Ma. Amanhã você vai lutar com ele, e então vamos deixar o Vale do Sol.

Cho quase riu. Não tinha parado em nenhum lugar por mais de algumas horas desde que conheceu Ein. Um dia inteiro no Vale do Sol parecia o paraíso.

— Poderíamos ficar alguns dias — disse ela. — As pessoas aqui parecem bastante apaixonadas por Roi Astara, e acho que Chen Lu adoraria as porções generosas de comida.

— Não. — Ein voltou a vasculhar a sala com o olhar. — Não temos tempo para parar. Os yokai me encontraram uma vez e me encontrarão novamente, e em maior número. Precisamos chegar a Wu.

Cho disse:

— Mesmo que partamos amanhã, ainda estamos a mais de uma semana de distância. Se comprássemos cavalos...

— Não. Eu vou andar. E você vai me proteger dos ataques dos yokai. Só você pode matá-los, Lâmina Sussurrante. — Ele olhou para ela, então baixou o olhar para as espadas da guerreira.

Cho respirou fundo.

— Direi aos outros que partiremos amanhã.

Ein se afastou, e Cho sentiu um azedume no estômago. O menino tinha certeza de que mais yokai estavam chegando, e em maior número. Porém, isso não era o pior de tudo. Amanhã ela precisaria lutar contra o maior mestre de wushu que Hosa já havia conhecido, e era uma luta que ela não tinha certeza que qualquer um deles pudesse vencer.

19

Chen Barriga de Ferro contra O Mestre do Vale do Sol

Zhihao não conseguira dormir direito naquela noite. Não foi o gosto ruim que a comida havia deixado em sua boca. Tampouco a frustração de precisar ir embora no dia seguinte, embora ele tenha admitido abertamente a Itami que viveria feliz por alguns dias, aproveitando a generosidade do povo do Vale do Sol. Não, o que impediu Zhihao de dormir foi a pintura de uma velha no quartinho onde ele e Barriga de Ferro haviam sido colocados, e a forma como os olhos da pintura o observaram a noite toda. A princípio, Barriga de Ferro ignorou Zhihao. Porém, depois de algumas insistentes cutucadas, o gordo finalmente se sentou e olhou para a pintura. A mulher no quadro usava um vestido prateado esvoaçante e estava com as pernas apoiadas e as mãos levantadas e separadas. A placa dizia Ling Gao, e afirmava que ela era a fundadora do Vale do Sol. Ambos olharam para o rosto na pintura e, por fim, Barriga de Ferro suspirou e disse a Zhihao que ele estava louco. Então, os olhos no quadro piscaram.

Não era um buraco secreto na parede onde alguém pudesse espiar através dos olhos da pintura, nem algum truque de luz ou alucinação por parte de Zhihao. A pintura piscou uma vez e então continuou a observá-los. Para piorar, não importava onde Zhihao ficasse no quartinho; os olhos pareciam segui-lo. Por fim, Chen Lu declarou que a pintura era uma espécie de *mokumokuren*, espíritos que vivem em paredes e portas, e voltou para a cama. Em poucos minutos, o gordo já roncava, e Zhihao passou a noite inteira observando a pintura observá-lo. O pior de tudo foi que os olhos pareciam contagiosos: novos pares não paravam de se abrir pelas paredes e pelo teto. Em pouco tempo, todo o cômodo estava cheio de olhos encarando Zhihao. Ele teria saído para passar a noite sob as estrelas, mas eles também estavam na porta. Então, em vez disso, Zhihao se sentou, e aguentou. Foi apenas durante o café da manhã, quando o sol estava nascendo, que Ein lhe disse que um *mokumokuren* era um tipo inofensivo de yokai, provavelmente enviado por um dos shinigami para vigiar ele e seus heróis. Todos os pensamentos sobre uma estadia prolongada no Vale do Sol fugiram de Zhihao naquela manhã, e não havia ninguém mais disposto a sair do vale e voltar à estrada do que ele. Infelizmente, o menino tinha uma parada para fazer antes de partirem. Ele havia encontrado o próximo membro de seu grupo, ou pelo menos o homem que se tornaria o próximo membro depois que o matassem.

Acharam o Mestre do Vale do Sol em um campo, na fronteira leste do vale. Como a colheita já passara, o campo era principalmente terra, e precisava ser arado antes que novas safras fossem plantadas. Em vez de usar um touro ou um cavalo para puxar o arado, Bingwei Ma, Mestre do Vale do Sol, tinha simplesmente enganchado os arreios nos ombros, e estava fazendo sozinho o trabalho de dois animais. Já havia um pequeno grupo de pessoas assistindo, moradores do Vale do Sol, maravilhados com as façanhas do homem. Claramente, era um show. Sem dúvida, o homem era forte, mas quem estava assistindo já devia ter presenciado aquela cena antes. Ou então a coisa toda era para o benefício de todos, para impressionar. Funcionou.

— Ele tem uma qi impressionante — disse Chen Lu, escondido sob o guarda-sol, protegendo-se enquanto observavam.

Zhihao bufou.

— É mais do que a qi dele que impressiona, gordo. Ele é mais alto do que eu e, veja, é puro músculo. — Mesmo à distância, era possível ver seus braços, peitos e pernas, todos com músculos firmes e salientes, esti-cando-se devido ao esforço de puxar algo que nenhum homem deveria ser capaz de puxar. O Mestre do Vale do Sol usava apenas calças e botas de pele robustas. Seu cabelo estava preso em um coque; o bigode era grosso, e ameaçava desabrochar em uma barba cheia a qualquer momento. — Que tipo de armas ele usa?

— Nenhuma — disse Ein. — Como todos os ocupantes do Vale do Sol, ele pratica wushu de mão aberta.

— Uma habilidade e tanto, suponho — disse Zhihao, dando de ombros.

— Isso o torna mais perigoso, não menos — continuou o menino, mexendo no lenço vermelho. — Bingwei Ma começou a praticar wushu assim que conseguiu ficar de pé. Aos quatro anos, competia com crianças muito mais velhas. Aos cinco, já havia superado todos, menos os mestres. Quando tinha seis anos, eles o declararam um mestre de wushu de mão aberta. Aos sete, ele havia superado até mesmo os outros mestres. Desde então, não perdeu nenhuma luta. Agora, tem quarenta e três anos.

Zhihao olhou para Itami, e percebeu que ela olhava para ele. Uma luta direta contra Barriga de Ferro já tinha sido bastante difícil, e eles só haviam vencido graças ao leproso e seu rifle. Este Mestre do Vale do Sol soava ainda pior. Porém, pelo menos agora tinham o gordo e sua qi lutando ao lado deles, e não contra. Parecia uma benção, já que nenhuma arma poderia perfurar a pele dele. Zhihao olhou para o homem gordo, e o encontrou brincando com seu novo tapa-olho e enfiando um dedo gordo por baixo do tecido para coçar sua órbita vazia.

— Olha, não vai ser exatamente um duelo justo — Zhihao murmurou para si mesmo. — Serão três contra um. As probabilidades estarão a nosso favor.

Não havia dúvida de que estavam prestes a entrar em uma luta excruciante, e ele precisava de toda a confiança que pudesse fingir.

— Eu nunca disse duelo — falou o menino. — Eu disse que ele não perde uma luta desde os sete anos. Bingwei Ma supera regularmente todos outros mestres do Vale do Sol, de uma só vez. — A maneira como o garoto disse isso fez Zhihao ficar todo arrepiado. — Não foi brincadeira quando o chamei de maior mestre de wushu que Hosa já viu.

Continuaram observando até que Bingwei Ma tivesse terminado de puxar o arado pelo campo. Era a coisa respeitosa a se fazer, e quanto mais cansado o homem estivesse, maiores seriam as chances de vencê-lo. Quando terminou, parou perto de um barril de água e colocou um pouco na boca, depois no peito. Por fim, ele se virou, e percebeu os heróis ainda o observando. Os cidadãos do Vale do Sol haviam se retirado para seus respectivos trabalhos.

— E vocês não vão embora, não? — perguntou Bingwei Ma ao se aproximar.

A voz era suave e poderosa como a maré do oceano, e fez Zhihao querer fugir.

— Temos uma tarefa primeiro — disse Itami. — Pretendemos ir até o meio-dia.

O Mestre do Vale do Sol fez uma reverência ao leproso.

— Não te conheço. Porém, ouvi meu povo falar bem de você esta manhã, Eco da Morte. Você resgatou as crianças quando ninguém mais conseguia encontrá-las. E fez justiça aos sequestradores. Você tem minha gratidão, assim como a de todos no Vale do Sol. Obrigado.

O leproso retribuiu a reverência.

— Não gosto de ver pessoas machucando crianças.

Sua voz era um murmúrio úmido, baixo e áspero, mas o povo do Vale do Sol havia lhe dado novas ataduras, e sua boca não estava mais manchada de sangue.

— Então, qual é essa tarefa que você deve concluir antes de ir?

— Um desafio — disse Itami.

O Mestre do Vale do Sol riu.

— Eu deveria ter adivinhado. Vocês todos parecem guerreiros. Até o garoto parece formidável. Talvez na floresta, longe dos campos.

Chen Lu grunhiu.

— Você não deseja uma plateia?

— Meu povo conhece minha força. Não precisam me ver vencê-los — disse Bingwei Ma.

— Há! — guinchou o gordo. — É mais provável que você não queira que eles me vejam derrotar o herói deles.

O Mestre do Vale do Sol apenas sorriu com a provocação e estendeu a mão em direção à floresta. Pegou uma túnica leve, e eles caminharam juntos em direção à floresta de bambus.

Chen observou o Mestre do Vale do Sol enquanto entravam na floresta. Era um homem forte, não havia dúvidas disso, e não parecia nada cansado, apesar de uma manhã de trabalho duro puxando o arado. Contudo, havia algo mais assegurando a Chen que o homem seria um desafio. Ele tinha uma calma em sua qi. Sua energia se assentava facilmente, em paz. Seria uma boa mudança. A qi de Zhihao era uma tempestade furiosa; forte, mas sem direção. A de Itami era corrompida pelos mortos que ela carregava consigo. E o menino não tinha qi, o que era ainda mais improvável do que a capacidade de trazer as pessoas de volta dos mortos. Chen decidiu que gostaria de ter alguém por perto que projetasse tanta tranquilidade.

O grupo parou em uma pequena clareira. Não tinha mais do que uma dúzia de passos de largura, mas era grande o suficiente para que Chen conseguisse se mover sem esbarrar no bambu. O sol brilhava através das aberturas oscilantes no dossel, pintando o chão da floresta com uma mancha oscilante de luz. O Mestre do Vale do Sol se curvou em sinal de respeito. Chen tentou devolver a reverência, mas seu tamanho só permitiu que se dobrasse até certo ponto.

— Então, como vocês desejam fazer isso? — perguntou Bingwei Ma. — Gostariam de tentar todos ao mesmo tempo?

— Não vou participar — disse o leproso. — Boa sorte a todos vocês.

— Covarde — resmungou Chen para o homem. Ele sabia que não era verdade, mas achava difícil perdoar um homem que havia arrancado seu olho tão recentemente. — Você pode cuidar do meu vinho, então. — Ele jogou o novo barril no chão, junto com sua clava e seu guarda-sol. — E não toque nele!

O leproso baixou a cabeça.

— Não desejo passar minha doença para você, Chen Barriga de Ferro.

Itami deu um passo à frente com a mão apoiada no punho da espada, como sempre. Chen nunca a havia visto sacar a segunda espada. Porém, notou que a lâmina não tinha uma *tsuba*, e uma espada assim era perigosa. Ela fez uma reverência, e disse:

— Em respeito à sua força e reputação feroz acho que seria melhor lutarmos contra você todos de uma vez.

— Não — disse Chen, enquanto passava pela mulher, colocando-se entre eles e Bingwei Ma. — Eu sou Chen Barriga de Ferro. Eu o desafio a um teste de força, Mestre do Vale do Sol. — Chen acenou para Ein com a mão. — Rapaz, conte a ele sobre meus muitos feitos de força.

Por um momento, Ein ficou em silêncio. Chen aproveitou o tempo para endireitar as costas e estufar um pouco o peito. O Mestre do Vale do Sol estava tão imóvel que poderia muito bem ter se passado por uma escultura de pedra.

— Você segurou o portão em Fingsheng contra o exército de Uros — disse Ein, com calma. — Cem homens tentaram invadir a cidade, mas você se apoiou nele, e o segurou.

Chen rosnou.

— Você conta sem convicção, rapaz. É como se estivesse lendo um livro.

— Não. Eu conheço todas as histórias de memória. Perdi meu livro em Long.

— Havia facilmente trezentos homens naquele dia — disse Chen — e segurei o portão por horas. O povo de Fingsheng me encheu de presentes. Nove em cada dez bebês nascidos depois daquele dia foram nomeados Chen em minha homenagem.

— Você parece bastante formidável, Chen Barriga de Ferro — disse Bingwei Ma. — Terei prazer em participar de um teste de força com você.

Itami deu um passo à frente, dando as costas ao Mestre do Vale do Sol, para esconder o que diria.

— Chen Lu — sussurrou ela —, seria mais sensato lutarmos todos com ele de uma só vez. Deveríamos trabalhar juntos.

Chen disse:

— Não preciso nem de uma Espada Silenciosa nem de uma Brisa Verde. Eu mesmo vencerei o homem, e provarei meu valor pela centésima vez. Já lutei contra o urso terrível, sabe?

— Yaurong? — Bingwei Ma pareceu ficar surpreso. — Um feito impressionante para se sobreviver.

Chen assentiu, mais que satisfeito consigo mesmo.

— Foi um empate.

— Bingwei Ma, o Mestre do Vale do Sol, também lutou contra Yaurong — disse Ein. O menino estava sentado no chão ao lado do leproso; o barril de vinho de Chen ocupava o espaço entre eles. — Continua sendo a única vez na história registrada que o urso terrível foi espancado.

— O quê? É mentira! — gritou Chen

Bingwei Ma riu.

— Fiz o nariz do urso sangrar e ele recuou. Na verdade, foi uma luta curta. Talvez Yaurong tivesse comido algum peixe estragado naquele dia. Como faremos isso, Chen Barriga de Ferro? Deixo a escolha da luta com você.

Barriga de Ferro não conseguia decidir se a humildade do homem era genuína, ou uma forma de zombar das próprias realizações de Chen. Mas não importava, no fim das contas. Ele derrotaria o Mestre do Vale do Sol e provaria do que era capaz. Provaria seu valor para o grupo ao qual estava vinculado e para si mesmo. E para o próprio sujeito a quem desafiou. Nenhum homem era imbatível, e nenhum homem jamais igualou Chen Barriga de Ferro em força.

— Lâmina Sussurrante — disse Chen Lu. — Gostaria que você cortasse alguns pedaços de bambu para nós. A árvore mais grossa que puder encontrar, e cada toco do tamanho do garoto.

Eles esperaram enquanto Itami selecionava um bambu grosso e batia nele com o dedo. Chen não tinha ideia do que ela estava ouvindo, mas não demorou muito para encontrar uma árvore que a agradasse. Com um único golpe de espada, ela a derrubou e foi para o lado enquanto o tronco desabava. Ele aprovou a escolha; era tão grossa quanto o braço de um homem forte. Então, ela cortou a árvore em seis pedaços, e devolveu a espada à bainha.

— Boa sorte — disse Itami.

A voz deixou claro como estava incerta. Ela podia ver o que Chen tinha em mente, e sabia que seria loucura para a maioria dos homens.

Chen pegou um dos pedaços de bambu e fez toda uma encenação ao escolhê-lo. Era fresco, verde e forte. Ele o agarrou em cada extremidade e o flexionou. O bambu era forte e flexível, mas o comprimento único logo começou a ceder à força de Chen. Grunhindo com o esforço, Chen o flexionou cada vez mais, até que ele se dividiu ao meio, partindo-se em dois. Ele riu, deixou cair as duas pontas quebradas, e enxugou o brilho de suor da cabeça. Em seguida, virou-se para o Mestre do Vale do Sol, e apontou para os pedaços restantes de bambu.

— Sua vez.

Bingwei Ma pegou o bambu escolhido e colocou as mãos o mais longe possível uma da outra ao longo do tronco. Ele não o segurou com os polegares, algo que Chen conseguiu encarar com respeito. Seria mais fácil quebrar com os polegares estendidos ao longo do comprimento. Porém, tal método poderia facilmente terminar com um dedo decepado, pelo menos para a maioria das pessoas, embora nenhuma quantidade de bambu afiado pudesse perfurar sua pele de ferro. O Mestre do Vale do Sol testou o comprimento flexionando o bambu um pouco uma vez, duas vezes, depois dedicou a verdadeira força à tarefa. Não durou mais do que o de Chen, e logo havia dois pedaços de bambu no chão da floresta.

— Dois, então.

Ele se inclinou, e pegou dois pedaços de bambu que tinham praticamente o mesmo tamanho. Itami tinha feito bem em derrubar a árvore. Agarrar dois brotos de bambu ao mesmo tempo era difícil, e flexioná-los era ainda pior, mas Chen era forte. Seu corpo era duro e sua qi era profunda. Ele dedicou toda a força à tarefa, inclinou-se sobre o bambu e flexionou os músculos. Os brotos gemeram ao serem dobrados para trás e, por fim, racharam com fendas até cederem. Foi então que Chen os rasgou. Ele jogou o bambu no chão e soltou um grito triunfante que ecoou por toda a floresta.

Chen viu admiração nos rostos ao redor e percebeu que finalmente estavam vendo seu verdadeiro valor. Não era apenas o modo como dominava sua qi ou a pele imbatível; era sua força gigantesca, que eclipsava a de qualquer outro homem.

Zhihao segurava um pedaço menor de bambu nas mãos, mais fino que o pulso de uma mulher e já começando a ficar marrom. Ele o estava flexionando com toda a força, mas não conseguia.

Chen se voltou para Bingwei Ma novamente, e acenou para os dois últimos brotos de bambu caídos no chão.

— Sua força é impressionante, Chen Barriga de Ferro — disse Bingwei Ma, enquanto se ajoelhava para recolher o bambu. Então, ele ficou sério e fez uma careta ao pegar o bambu na mão e flexioná-lo. Usou as costas e os ombros tanto quanto os braços para dobrá-lo. Os paus logo cederam e se separaram com um estalo.

— Mas sua técnica é crua, e não refinada. Sua habilidade limita seu progresso.

— Corte-nos mais bambu — disse Chen, ansioso.

Então, ficou em silêncio, olhando para o Mestre do Vale do Sol enquanto Itami cortava outra árvore. Essa era um pouco mais grossa do que a primeira, pelos cálculos de Chen. Novamente, ela a cortou em seis pedaços iguais.

— Você gostaria que eu fosse primeiro desta vez? — perguntou o Mestre do Vale do Sol.

— Dê ao gordo mais alguns momentos de descanso — disse Zhihao, com uma risada.

Ele estava sentado no chão da floresta, perto do barril de vinho de Chen.

— Se tocar no meu vinho, Brisa Verde, vou quebrar os seus braços como fiz com o bambu.

Zhihao manteve o olhar em Chen, estendeu um único braço, e cutucou o barril de vinho. Chen voltou-se para o Mestre do Vale do Sol.

— Eu vou primeiro.

Ele pegou três pedaços de bambu e fez um grande esforço para conseguir segurá-los. Mesmo com as mãos grandes, era difícil segurá-los, e ainda mais difícil flexioná-los. Respirou fundo e prendeu a respiração, enquanto colocava toda a sua força sobre o bambu. Em pouco tempo, o suor escorria por seu rosto, e ele se viu grunhindo e rosnando. Contudo, não conseguiu dobrar todos os três brotos de uma vez, não a ponto de os tocos se dividirem e quebrarem. Nenhum homem poderia realizar tal façanha. Ele não tinha certeza de por quanto tempo se testou, mas no final das contas até Chen precisava admitir a derrota. Ele jogou os brotos no chão, respirou fundo novamente e centralizou sua energia qi na tentativa de encontrar a calma.

— Você pede a si mesmo uma tarefa impossível, Chen Barriga de Ferro — disse Bingwei Ma. — Nenhum homem pode dobrar três desses brotos de bambu. Acho que devemos considerar um empate.

— Não antes de você tentar.

— Já lhe disse que é impossível.

— Tente!

O Mestre do Vale do Sol pegou os três últimos brotos de bambu intocados. Foi ainda mais difícil para ele segurar os três de uma vez, porque suas mãos eram muito menores que as de Chen. Quando finalmente ficou satisfeito com a pegada, Bingwei Ma flexionou. Foi uma benção ver a concentração e o esforço no rosto do homem. Vê-lo sentir dificuldades assim como Chen.

Acontece que os brotos estavam se dobrando cada vez mais e indo além do ponto que Chen havia conseguido. Ele ouviu os tocos começarem a emitir ruídos com a tensão colocada sobre eles. Então, um dos brotos se soltou das garras de Bingwei Ma, endireitando-se e saltando para longe dele pelo chão da floresta. Bingwei Ma deu uma risada, e soltou os dois restantes.

— Como eu disse, Chen Barriga de Ferro. Tal façanha é impossível, mesmo para homens de nossa força. Vamos considerar um empate?

— Não. Nós lutaremos.

— O gordo é um idiota — bufou Zhihao. — Pança de Chumbo, esse homem é um mestre do combate desarmado.

Bingwei Ma sorria para Chen.

— Você gostaria de definir as regras?

— Sem socos ou chutes. Apenas combate corpo a corpo. O primeiro homem a perder a consciência é o perdedor — Chen disse.

O Mestre do Vale do Sol concordou.

— Geralmente, permitimos concessões no Vale. Qualquer competidor pode bater no chão, para sinalizar a derrota.

Chen riu.

— Você pode desistir quando quiser.

Ele se agachou, em uma postura pronta para o combate, com os braços flácidos estendidos à sua frente. Ele sabia que Bingwei Ma seria mais rápido, mas o tamanho de Chen lhe daria uma vantagem de perto. Tudo o que precisaria fazer era agarrar bem o homem e derrubá-lo no chão, onde poderia sufocá-lo. Certamente, não seria uma maneira agradável de morrer, sufocado por aquela imensa quantidade de carne. Porém, Chen era da opinião de que levar um tiro no rosto também era uma maneira desagradável de morrer.

O Mestre do Vale do Sol assumiu uma postura de lado; costas retas, com uma mão estendida à frente e a outra atrás. Por alguns momentos, eles apenas ficaram ali, observando um ao outro. Então, Chen atacou, com os braços estendidos para agarrar o homem menor. Bingwei Ma deu um passo à direita no último momento, abaixou-se sob o braço oscilante do oponente e Chen sentiu esse mesmo braço ser puxado para trás. Era tarde demais para deter o impulso; o braço de qualquer outro homem poderia ter sido arrancado para fora. Porém, a qi de Chen o fortaleceu. Ele se preparou e continuou a correr arrastando o homem menor atrás dele. Quando, por fim, deslizou até parar, puxou o braço para a frente, e jogou o Mestre do Vale do Sol no chão da floresta. Bingwei Ma rolou várias vezes, e voltou a ficar de pé. Algumas folhas marrons grudaram em sua roupa, mas, fora isso, continuava sereno.

Quando Chen atacou novamente, o Mestre do Vale do Sol o confrontou, e eles colidiram. Chen envolveu os braços grossos ao redor do homem menor e o segurou pela túnica e calça. Então, deixou todo o peso cair sobre ele, tentando derrubá-lo no chão. O Mestre do Vale do Sol cambaleou, e depois se manteve, sustentando o corpo de Chen. Ele ouviu o homem menor resmungar e o sentiu ficar tenso. Então, Chen foi levantado do chão, girado e jogado de costas. Antes que pudesse reagir, Bingwei Ma subiu em seu corpo, enrolou as pernas ao redor do braço direito de Chen, prendendo-o para fora, então envolveu os braços fortes em volta da cabeça de Chen.

O pânico se instalou. Chen havia escutado as palavras do menino: cada um deles só poderia ser trazido de volta uma vez. Se morresse de novo, ficaria morto permanentemente. Ele fez um grande esforço, debateu-se com seu único braço livre, jogou o peso de volta contra o Mestre do Vale do Sol e o atirou no chão repetidamente. Porém, o homem segurou firme, deslizou a mão sob os queixos de Chen e encontrou um apoio inabalável. Chen ouviu um barulho nos ouvidos e sentiu um latejar na cabeça que foi diminuindo a cada batida. Percebeu que estava ficando mais fraco, a luz na floresta ficando mais escura, sua mente trabalhando mais devagar. E então, tudo ficou preto.

20

Lâmina Sussurrante e Vento Esmeralda contra O Mestre do Vale do Sol

O braço esquerdo de Chen Barriga de Ferro caiu no chão da floresta, e seu olho fechou pela última vez. Ele ficou imóvel. O Mestre do Vale do Sol segurou firme, prendeu o braço direito do grandalhão com suas pernas fortes e deixou os braços já quase dormentes entre as dobras de carne no pescoço de Chen Lu. Cho apenas assistiu.

— Será que devemos, hum... ajudar? — perguntou Zhihao.

— Barriga de Ferro desejava lutar sozinho contra o homem. Por uma questão de honra, vou respeitar isso — disse Cho.

Com o canto do olho, ela viu Zhihao olhar para Ein, mas o menino não disse nada. Ele e o leproso estavam sentados perto do barril de vinho assistindo à luta com olhos tão pálidos quanto a neve fresca. Ein estava de joelhos, mas o leproso se sentara com as pernas cruzadas.

Chen Barriga de Ferro não se mexia mais. Por fim, o Mestre do Vale do Sol afrouxou o aperto, e escapou de debaixo do corpo carnudo do gordo. Ele limpou a poeira, caminhou ao redor de Chen Lu e se aproximou de Cho e Zhihao. Apesar da competição, Bingwei Ma ainda parecia surpreendentemente calmo. Seu coque continuava perfeitamente no lugar, e ele não estava sequer respirando com dificuldade. Naquele momento, Cho poderia muito bem acreditar que o homem não havia perdido uma única luta nos últimos trinta anos.

— Ele não está morto — disse o Mestre do Vale do Sol. — Porém, terá uma dor de cabeça quando acordar. Provavelmente será em algumas horas. Cortei o fluxo de sangue para o cérebro, não o suficiente para matar, mas para deixá-lo inconsciente.

Zhihao riu, pegou o guarda-sol dobrado de Chen Lu, e caminhou até o homem gordo inconsciente. Abriu o guarda-sol e plantou-o no chão para proteger o rosto de Barriga de Ferro do sol que vinha do dossel acima.

— Ninguém conte a ele que fui eu — disse Zhihao, ao se juntar aos outros.

O Mestre do Vale do Sol fez uma reverência.

— Terminamos?

— Não — disse Ein, com a voz áspera e insistente. O menino não se levantou, mas seus olhos estavam fixos em Bingwei Ma. Ele brincou com a ponta esfarrapada do cachecol vermelho, esfregando-o em seus dedos. — Lâmina Sussurrante e o Vento Esmeralda vão lutar contra você em seguida. Com armas.

— Como quiser. Permanecerei desarmado. — O Mestre do Vale do Sol endireitou-se de sua reverência. — Quando vocês estiverem prontos.

Ele recuou alguns passos, e esperou.

Zhihao se juntou a Cho, e eles se afastaram de Bingwei Ma. Tinham lutado sem qualquer planejamento contra Chen Lu, e aquele embate quase terminara com a morte de Zhihao. Precisavam de uma estratégia para vencer um adversário tão perigoso quanto o Mestre do Vale do Sol.

— Você não pode usar sua espada — disse Ein, antes mesmo que pudessem começar a traçar uma estratégia.

Cho simplesmente concordou com a ordem.

— O quê? — disse Zhihao, bruscamente. — Precisamos vencer um homem que não pode ser derrotado, e ela não tem permissão nem para usar uma espada?

Ein ficou com os olhos arregalados.

— Ela não pode usar a espada *dela*. Pelo menos não para matá-lo.

— Por que não?

— Porque se fizer isso, não posso trazê-lo de volta.

Zhihao gemeu.

— O quê? Por que não?

Ein não ofereceu resposta, e Cho certamente não iria. Ela não tinha certeza de como o menino sabia sobre Paz, mas ele obviamente sabia. Talvez esse fosse mais um detalhe escrito nas histórias sobre ela. Ou talvez o shinigami tivesse contado a Ein mais que o garoto deixava transparecer. Cho se perguntou se ele também sabia sobre sua outra espada, mas o rosto do garoto mostrava apenas uma preocupação nervosa.

Visivelmente irritado, Zhihao olhou para Cho e depois para Ein. Por fim, disse:

— Tudo bem. Continuem com esses malditos segredinhos, então. — Ele olhou para Roi Astara sentado ao lado do barril. — Suponho que você também não irá ajudar.

O leproso talvez tenha sorrido sob as bandagens, pois elas certamente se contraíram.

— Não estou bem adaptado para esse tipo de combate. Não sei lutar, só atirar.

— Bom, caso eu morra hoje — disse Zhihao —, quero que saiba de uma coisa. Você é tão assustador quanto o garoto.

Com isso, Zhihao se virou para encarar o Mestre do Vale do Sol. Cho esperou mais um momento, mas nem Ein, nem Roi Astara ofereceram qualquer conselho.

Sob a sombra de seu guarda-sol e em meio às folhas caídas e bambus, Chen Lu era uma massa imóvel à distância. Não poderia mais ajudar, mas talvez tivesse cansado um pouco o Mestre do Vale do Sol.

— Seguirei sua liderança — sussurrou Zhihao, enquanto se aproximavam do Mestre do Vale do Sol.

Cho puxou Paz com ambas as mãos e foi para a direita. Zhihao sacou suas espadas em forma de gancho, e moveu-se para a esquerda. Bingwei Ma se agachou e se apoiou na ponta dos pés enquanto olhava para um e para outro repetidamente conforme os adversários o ladeavam. À medida que se aproximavam, ele se movia para trás, passo a passo, e sua postura mudava a cada movimento.

Quando atacaram, Cho e Zhihao se moveram como um só e se aproximaram de Bingwei Ma de ambos os lados. Ele havia se afastado o suficiente para estar entre os bambus, e chutou uma árvore próxima quando Zhihao se aproximou, forçando-o a manobrar ao redor do tronco trêmulo. Cho atacou com uma combinação: um corte cruzado, seguido de uma facada, certificando-se de manter Paz entre ela e seu oponente. O Mestre do Vale do Sol desviou do primeiro golpe, e roçou a mão na lâmina do segundo, empurrando-a para fora do caminho. Paz era afiada como uma navalha, mas Bingwei Ma teve o cuidado de tocar apenas na parte plana da lâmina.

Cho viu Zhihao desaparecer de vista, com sua imagem soprando em um vento que ela não sentia. Ele reapareceu atrás do Mestre do Vale do Sol, enganchou uma lâmina no braço esquerdo do homem, e golpeou seu pescoço com a segunda espada. Porém, Bingwei Ma se contorceu e se desvencilhou, libertando-se das espadas em gancho, e tentou dar um soco em Zhihao. Vento Esmeralda caiu para trás e enganchou uma espada em torno de uma árvore próxima, de maneira a se puxar para o lado bem a tempo. Porém, Bingwei Ma não havia terminado; perseguiu Zhihao, poupando apenas um momento para socar uma árvore entre ele e Cho. O bambu se despedaçou, e a árvore caiu na direção dela.

Cho fez Paz cantarolar e cortou o bambu. O tronco principal caiu no chão para trás, então ela perseguiu Bingwei Ma enquanto ele perseguia Zhihao. Eles estavam se movendo rapidamente por entre as árvores e grunhindo com o esforço. Zhihao desapareceu novamente, mas o Mestre do Vale do Sol ignorou a distração e se concentrou no verdadeiro Vento Esmeralda.

Cho os alcançou quando Bingwei Ma jogou Zhihao em uma grossa árvore de bambu. Cho entrou no combate e golpeou para cima para proteger Zhihao do ataque seguinte. Porém, o Mestre do Vale do Sol recuou, afastou a investida e depois chutou os pés dela. Mal deu tempo de Cho tropeçar, e Bingwei Ma já estava em cima dela. Com uma enxurrada de golpes, ele a apoiou contra uma árvore de bambu e se esgueirou para dentro de sua guarda. Deu uma cotovelada no estômago dela que lhe tirou todo o ar.

Bingwei Ma ergueu o punho para atacar novamente. Porém, Zhihao saltou, e enganchou uma espada ao redor do punho dele e o puxou para o lado. Então, Vento Esmeralda atingiu o peito do Mestre do Vale do Sol e o ralou antes que o oponente pegasse a espada com uma mão. Bingwei Ma puxou Zhihao para mais perto, e deu um soco em seu rosto, mas o punho apenas dispersou a imagem desvanecida do Vento Esmeralda e estilhaçou uma árvore de bambu atrás.

Cho rolou para o lado de Bingwei Ma e empurrou Paz em seu peito assim que Zhihao reapareceu, agarrado a uma árvore acima do Mestre do Vale do Sol, e golpeou a cabeça do homem.

O Mestre do Vale do Sol estendeu as mãos para os lados e uma erupção invisível de energia explodiu tudo. Cho rolou pelo chão, com flashes da floresta saltando ao seu redor. Ela atingiu uma árvore de bambu com um baque e soltou um grito que rasgou o ar à sua frente e dividiu todas as árvores entre ela e Bingwei Ma em duas. Porém, o Mestre do Vale do Sol evitou a explosão. Zhihao estava atrás dele, deitado em um monte, sem se mover.

Usando Paz como apoio, Cho se levantou e depois colocou o cabelo atrás das orelhas. Ela respirou fundo, tossiu e quase caiu sobre um joelho. O tempo todo, o Mestre do Vale do Sol apenas a observava, calmo e pronto, apesar do sangue escorrendo pelo peito da ferida que Zhihao havia causado. Não era muito, mas era uma fraqueza. Isso deixou claro que o homem podia ser ferido, que não tinha como escapar de todos os golpes. Mostrou a Cho que ela tinha uma chance.

— Você gostaria de admitir a derrota, Lâmina Sussurrante? — disse Bingwei Ma, com a voz elevada, para que fosse escutada.

Uma fina linha de sangue escorreu pelo braço direito de Cho; aquela não era sua única lesão. Ela fez Paz cantarolar com um sussurro, e atacou o Mestre do Vale do Sol, circulando em volta dele e cortando os troncos de bambu. Então, disparou na direção dele, em meio a uma torrente de árvores caindo. Ele deveria ter se movido, pensou, mas mesmo com uma dúzia de árvores caindo em sua direção, Bingwei Ma entrou no ataque. Cho inverteu a posição na mão com que segurava a espada e o acertou no peito com a parte plana da lâmina. Árvores caíram no chão ao redor deles, e quando o barulho se acalmou, Lâmina Sussurrante e o Mestre do Vale do Sol ficaram lado a lado.

Havia uma careta no rosto do homem. Bingwei Ma se engasgou e tossiu sangue no queixo. Porém, não caiu. Cho olhou para baixo, bem a tempo de ver o punho fechado vindo.

21

Zhihao acordou e viu o chão da floresta e a bunda musculosa de um homem. Algo duro pressionava-lhe o estômago e parecia estar quicando ali. Então, ele viu a parte de trás de pés, um após o outro. Só percebeu que estava sendo carregado no ombro de alguém quando foi jogado esticado no chão. Um momento depois, Itami estava deitada ao seu lado. Zhihao piscou para afastar as teias de aranha da cabeça e encontrou o Mestre do Vale do Sol olhando para os dois. Ele estava ao menos desgrenhado, e algumas mechas de cabelo tinham se soltado do coque. Sua túnica estava rasgada em alguns lugares, e suas calças, enlameadas. Seu peito ainda sangrava um pouco, e gotas finas escorriam pelas linhas cinzeladas de seu torso. Sangue manchava seu queixo. Zhihao estava bastante certo de que tinha travado uma luta e tanto. E perdido.

Com um gemido cansado, Zhihao fechou os olhos e se recostou, esperando que a escuridão o tomasse.

— Então, eles perderam? — Zhihao não tinha ideia de como a voz de um homem poderia soar sangrenta, mas o leproso conseguia.

— Foi uma briga boa — disse o Mestre do Vale do Sol —, mas sim. Ambos vivem. Você é o próximo, Eco da Morte? Ou terminamos aqui?

Zhihao ouviu uma risada molhada e rouca.

— Eu não luto assim, Bingwei Ma. Não tenho corpo para isso. — Sua voz, que parecia um coaxar, deixou os nervos de Zhihao à flor da pele.

— Compreendo.

Zhihao abriu os olhos novamente e viu as árvores balançando lá em cima. A luz parecia mais fraca agora e, através das brechas no dossel, era possível ver nuvens cinzentas que estragavam o azul do céu. Ele sabia que, certamente, logo choveria.

— Quer tomar uma bebida conosco antes de ir? — disse o leproso. — Estou sob ordens estritas de não tocar no vinho de Chen Lu, mas... Bom, você o deixou inconsciente, e duvido que ele fique sabendo.

Zhihao sentiu o ânimo melhorar com a promessa de uma bebida. Ele sabia que teria gosto de ovo de uma semana, mas o prazer de uma barriga cheia de bebida valeria a pena. Podia até estar apenas parcialmente vivo, mas isso era vida mais do que suficiente para ficar totalmente bêbado.

O leproso tentou levantar o barril, mas o achou muito pesado. Depois de algumas tentativas, Roi Astara desistiu e pegou uma concha de madeira da mochila. Tirou a rolha do barril e conseguiu incliná-lo apenas o suficiente para encher a concha. Quando se aproximou do Mestre do Vale do Sol, o homem sorriu para ele e estendeu a mão. Roi Astara quase saltou para trás, para longe do homem.

— Você não quer tocar em mim.

O Mestre do Vale do Sol deu um passo à frente, e estendeu a mão novamente para a concha. Desta vez Roi Astara não se moveu, mas Zhihao pensou ter visto medo nos olhos leitosos do homem.

— Se as estrelas quiserem que eu compartilhe sua doença, elas darão um jeito. — Ele segurou a concha com as mãos, bebeu profundamente e deu um sorriso ao terminar. — Meu povo deu a ele uma boa safra.

— Eles são gentis. Muito mais gentis do que deveriam ser com estranhos.

Havia uma tristeza na voz do leproso. O Mestre do Vale do Sol pareceu percebê-la também. Ele inclinou a cabeça, e devolveu a concha a Roi Astara.

— Todos vocês são bem-vindos no Vale do Sol a qualquer hora. E eu ficaria feliz em lutar com todos vocês novamente. Por favor, diga a Chen

Barriga de Ferro, quando acordar, que ele é o mais forte. Se trabalhar na técnica, com certeza me vencerá em qualquer teste de força verdadeiro. — Ele se virou, e se curvou para Zhihao. — E vocês dois quase me pegaram. Depois daquele ataque, tenho certeza de que ficarei machucado por dias, Lâmina Sussurrante.

Itami surpreendeu Zhihao, lutando para ficar de joelhos, e abaixando a cabeça.

— Foi uma honra lutar com você, Bingwei Ma.

O Mestre do Vale do Sol se endireitou, deu dois passos, cambaleou contra uma árvore próxima, e caiu.

— Nós ganhamos? — perguntou Zhihao, virando-se para Itami. — Com que força você bateu nele?

Itami balançou a cabeça.

— Acho que não fui eu. Ele sobreviveu ao meu ataque.

Roi Astara se aproximou do mestre caído, e ficou sobre ele. Foi um grande esforço para ele virar o homem de costas usando apenas a coronha de seu rifle.

— Sinto muito, Bingwci Ma — disse o leproso, solenemente.

Itami conseguiu ficar de pé, e estendeu a mão para Zhihao. Ele a pegou e deixou que ela ajudasse a puxá-lo para cima. Juntos, foram para perto de Bingwei Ma. O Mestre do Vale do Sol ainda estava vivo, mas mal. Saliva cor-de-rosa borbulhava em seus lábios e suas pálpebras tremiam. Ele convulsionou uma, duas vezes e depois soltou um último suspiro ruidoso. Então, ficou quieto. Zhihao estava mais do que um pouco confuso.

— Você o envenenou — disse Itami para Roi Astara.

Claramente, não era uma pergunta.

— Eu envenenei o vinho. Ele bebeu o vinho.

— Que justificava mais fraca.

Roi Astara recuou alguns passos, depois afundou contra uma árvore de bambu.

— Você tem razão. Muito fraca. Eu não poderia lutar contra um homem como o Mestre do Vale do Sol e se errasse o tiro, não teria sobrevivido à reação. O veneno era a única maneira de ganhar.

— Veneno é o caminho do assassino.

Havia maldade na voz de Itami. Pessoalmente, Zhihao não via problema nos métodos de Roi Astara. Só que ele deixara há pouco de ser um mercenário e, em seu tempo, havia feito coisas muito piores que envenenar um homem que não poderia vencer em uma luta justa.

— E do que mais você me chamaria? — perguntou Roi Astara. — Os métodos honrosos não estão abertos a um homem como eu, Lâmina Sussurrante. Sou um assassino. Eu mato à distância, com tiro, veneno ou astúcia. Porém, mato homens maus. Pais que batem nos filhos, bandidos que atacam os fracos demais para se defender. — A cada palavra, a voz de Roi Astara ficava mais áspera, e mais sangue respingava em suas bandagens frescas ao redor da boca. — E sim, imperadores enlouquecidos pelo próprio poder.

— Mas o Mestre do Vale do Sol não era um homem mau — disse Itami, interrompendo o leproso. — Pelo que posso dizer, ele era bom e honrado. Você discorda?

O leproso baixou lentamente o olhar caolho para o chão da floresta.

— Você está certa. Ele não era um homem mau. Porém, sua morte era necessária. Neste caso, um homem bom precisou morrer, para matar um homem muito pior. O Imperador dos Dez Reis.

— Tudo o que você sabe sobre o Imperador dos Dez Reis é que Ein tem a tarefa de matá-lo porque um shinigami o quer morto. Não consigo entender as razões de um deus, mas conheço as minhas. Você chegou a notar a pobreza em Ban Ping? O número de vagabundos sem-teto cresceu tanto que nem mesmo os monges conseguem alimentar todos. Talvez você não tenha visto que os fazendeiros por quem passamos na estrada estavam em carroças menos carregadas do que nunca. Talvez se você abrir os olhos no caminho para Wu, verá mais do que espera.

— O Imperador dos Dez Reis precisa morrer — disse Roi Astara. Então, ele apontou uma mão enfaixada para Bingwei Ma. — E se vamos matá-lo, precisaremos da ajuda do Mestre do Vale do Sol.

— Que veneno você usou? — perguntou Ein, enquanto se aproximava com pés silenciosos.

Ele se ajoelhou ao lado da cabeça de Bingwei Ma e enfiou a mão em sua pequena mochila para pegar agulha e linha. O menino não demorou para costurar a ferida no peito do homem.

— Extrato de raiz de *sen* — disse o leproso, depois de um momento. — Tem um sabor acentuado, que foi escondido pelo vinho. Ele age rapidamente, e sobrecarrega o coração, até que simplesmente para.

— Quanto tempo o veneno leva para se decompor?

Roi Astara deu de ombros.

— Não tenho certeza.

O menino se virou para encarar Roi Astara e seus olhares pálidos se encontraram. Zhihao descobriu que estava mais que um pouco satisfeito por não estar entre os dois. Dado o encontro na noite anterior com o yokai, ele havia visto mais olhos enervantes que o suficiente para uma vida inteira, ou duas. Por fim, Ein voltou seu olhar para o céu e vislumbrou através do dossel da floresta.

— Posso esperar até de manhã para trazê-lo de volta, mas não mais. Teremos que ficar aqui esta noite. Os yokai me encontrarão.

Zhihao contornou o Mestre caído do Vale do Sol, e encontrou Chen Lu roncando sob o guarda-sol. Ele se ajoelhou, e deu ao homem dois tapas no rosto. Era como bater em aço. Os olhos do gordo se abriram e ele encarou Zhihao.

— Eu ganhei?

— Pela minha experiência, quem faz essa pergunta já sabe da resposta.

Chen Lu agitou um braço em direção a Zhihao para afastá-lo. Então grunhiu enquanto rolava para o lado e se sentava.

— Alguém deve ter vencido — ele apontou um dedo gorducho para Bingwei Ma, que não estava muito longe, e olhou para Zhihao. — Você fez isso?

Ele parecia cético.

Zhihao deu de ombros.

— Não. O leproso o matou.

— Como?

— Veneno.

Chen Lu grunhiu novamente, e fez um grande esforço para ficar de pé. Ele pegou a sombrinha do chão e a segurou sobre a cabeça. Então, cambaleou para longe, gemendo e levando a mão à cabeça.

Itami coletava gravetos caídos para uma fogueira e Ein vigiava o cadáver. Roi Astara estava sentado por perto e passava os olhos de uma pessoa para outra.

Zhihao estava prestes a se acomodar para sonhar acordado com Yanmei. Então, viu Chen Lu erguer o barril do chão da floresta e levá-lo aos lábios.

— NÃO! — gritou Zhihao, mas era tarde demais. O gordo engoliu vários goles. — Largue isso, seu idiota gordo! O leproso envenenou o vinho.

— Hein? — Chen Lu baixou o barril e limpou a boca com as costas da mão. — Primeiro você me mata, agora envenena meu vinho?

— Extrato de raiz de *sen* — disse o leproso, sem erguer os olhos do solo que contemplava.

— Ah. — Chen Lu levantou o barril novamente, e engoliu mais alguns goles. — Ah, estou com mais sede que um rato do deserto.

— Está envenenado! — disse Zhihao, novamente.

Ele estava meio tentado a se aproximar e tirar o barril das mãos do gordo, mas era tarde demais. O Mestre do Vale do Sol havia morrido com apenas uma concha, e Chen Lu já havia bebido mais que isso.

— E eu sou Chen Barriga de Ferro. Rapaz, conte a ele sobre minha barriga de ferro.

Ein ergueu os olhos da costura do ferimento no peito de Bingwei Ma.

— Não.

— Inútil. — Chen Lu caiu no chão, com um baque tão pesado que Zhihao teve certeza de senti-lo através de seus pés. — Eu cresci magro. Um menino nas ruas, sem nada, nem ninguém. Você sabe o que um menino come nas ruas? Tudo o que pode. Eu procurava comida que outros jogavam fora, lutava com cães por restos, caçava ratos e os devorava crus. Repetidas vezes, eu ficava doente, por causa da sujeira e podridão que comia. Então, um dia parou. Senti meu estômago endurecer em ferro, e descobri que podia comer qualquer coisa. Certa vez, o Rei Lin me testou com os Doze Venenos da Morte Rastejante. Doze venenos, sendo uma gota de cada um o suficiente para matar um homem. Você sabe o que aconteceu comigo?

Zhihao suspirou.

— Nada?

Chen Lu balançou a cabeça.

— Não. Tive um caso horrível de gases.

Para enfatizar o argumento, soltou um peido que ecoou pela floresta, e depois começou a rir, como se tivesse feito a piada mais engraçada que Hosa jamais ouvira. Talvez mais engraçada de toda Hosa fosse um exagero, mas o bom humor era muitas vezes contagiante, e logo Zhihao estava rindo.

Enquanto preparavam o acampamento para a noite, Zhihao acendeu o fogo. Ein não saiu do lado do cadáver e manteve a mão no peito recém-costurado do homem. Havia concentração no rosto do menino, e ele não participava das conversas que fluíam ao seu redor. Zhihao imaginou que ele estivesse mantendo o corpo fresco o suficiente para trazê-lo de volta do outro lado. Talvez estivesse afastando os espíritos, certificando-se de que o Mestre do Vale do Sol não se levantasse como um yokai. As folhas acima começaram a farfalhar, embora não houvesse vento para ser sentido, e a luz começou a desaparecer. À medida que a noite se aprofundava, a chuva começou. Em pouco tempo, o fogo não era nada, além de fumaça e brasas crepitantes. Estavam todos encharcados até os ossos, e Zhihao ficou feliz por não poder ver os horrores que tanta água faria com as bandagens de Roi Astara. Foi em meio a tanta escuridão e chuva que os yokai voltaram, e em número muito maior que antes.

22

Bingwei Ma — o Mestre do Vale do Sol

Nenhum tão forte e gentil.
Nenhum tão habilidoso, nenhum tão humilde.
Nenhum tão livre de medo.

Bingwei acordou na escuridão, na dor e com o clamor do combate. Ele se engasgou e agarrou o peito. Seu coração parecia prestes a arrebentar, como se fosse grande demais e pudesse explodir através de suas costelas. Ele abriu os olhos para ver a chuva caindo e um garotinho com olhos pálidos como a lua o encarando. A dor era tão intensa que parecia haver milhares de agulhas dentro dele o esfaqueando a cada batida do coração.

— Cedo demais — disse o menino, com a voz trêmula. — Mas não tive escolha. Eu não podia mais te manter lá. Precisei te trazer de volta.

Era difícil pensar com tanta agonia, difícil entender as palavras do menino, mas Bingwei o reconheceu. Era a criança que estava com Eco da Morte e os outros. Memórias das lutas voltaram e depois de sua morte. Depois de beber o vinho, tudo esquentou e... Ele havia sido envenenado por Eco da Morte. O vinho era veneno.

— Deixe-me ajudar — disse o menino, colocando as mãos no peito de Bingwei.

A dor diminuiu, substituída por uma dormência que se espalhava tão fria quanto a sepultura. Então, ele olhou para o menino, e viu a morte.

Em um círculo ao seu redor, Chen Barriga de Ferro, Lâmina Sussurrante, Vento Esmeralda, e até mesmo Eco da Morte, lutavam contra criaturas originárias de mitos e pesadelos. Bingwei os reconheceu como yokai, espíritos vingativos trazidos de volta da morte por erros e atrocidades que os atingiram em vida. Eles foram cercados. Eram dezenas de yokai ao redor, esperando na escuridão e depois se jogando contra armas que nada podiam fazer contra eles.

— Preciso ajudar.

Bingwei empurrou o menino, mas a dor voltou, atravessou-lhe seu peito e minou todas as suas forças.

— Te trouxe de volta cedo demais — disse o menino. — O veneno ainda está aí. Você precisa descansar.

Ele estendeu a mão novamente, mas Bingwei rolou para longe e ficou de pé lutando contra ondas de náusea e uma dor debilitante.

— Como posso descansar enquanto os vivos são atacados pelos mortos?

Ele olhou para o peito e viu uma ferida costurada às pressas. Vento Esmeralda lhe dera aquele ferimento, um corte raso de espada na carne. Serviria. Bingwei cavou os pontos e os arrancou, abrindo a ferida. Ele sentiu o sangue escorrer lentamente pelo peito.

Bingwei se concentrou e bloqueou a dor lancinante e a palpitação de seu coração. Bloqueou os sons da batalha ao redor, e o garoto implorando para que se deitasse novamente. Ele bloqueou tudo, concentrou-se em seu corpo e localizou o dano e as toxinas que o estavam matando por dentro. Se ajoelhou no chão encharcado, com as costas retas e a energia centrada, e estendeu as mãos à frente para concentrar essa energia. Então, Bingwei fez força. Não foi um empurrão físico, mas mais uma vontade do corpo de trabalhar além de suas restrições normais. Tal era a verdadeira força do wushu do Vale do Sol; a capacidade de fazer o corpo alcançar o impossível. Ele sentiu o veneno se mover, e o dano que a substância lhe fizera vazou da ferida em seu peito em uma espessa gosma negra. A dor começou a diminuir e seu coração desacelerou para um ritmo mais estável. Porém, algo mais estava errado, algo que ele não podia mudar.

— Garoto. Venha aqui. — Bingwei levantou o braço esquerdo, e apontou para um ponto logo abaixo da axila. — Coloque dois dedos aqui. Apenas aqui. Cruze-os e os deixe rígidos. — O menino fez o que foi ordenado, e Bingwei sentiu aquela dormência fria se espalhar pelo seu toque, queimando os últimos vestígios de dor. — Agora prepare-se, e quando eu disser "agora", empurre o máximo que puder e vire os dedos bruscamente para a direita.

Vento Esmeralda soltou um grito estridente e cambaleou para trás quando um heikegani do tamanho de um cachorro avançou em sua direção com pinças estalando no ar entre eles. Na parte de trás da casca da criatura havia um rosto humano, rosnando. Vento Esmeralda cutucou o heikegani com as espadas em forma de gancho, mas o yokai permaneceu imperturbável.

— Agora — disse Bingwei e se preparou. O menino empurrou e torceu, e o bloqueio mudou. Bingwei cambaleou para a frente, e vomitou sangue preto como óleo. Olhou para a poça, e encontrou uma pequena coisa se contorcendo, lutando contra os resíduos. Parecia uma criança nascida prematura, enquanto se contorcia e gemia no escuro e na chuva.

— *Korobokkuru* — disse o menino. Ele olhou para Bingwei com um olhar temeroso. — Tinha um yokai crescendo dentro de você.

Bingwei se levantou e esmagou o espírito choroso com o salto da bota. Se sentiu melhor. O veneno estava quase todo fora de seu corpo. A substância sangrava de seu peito e era lavada pela chuva. Ele pulou em direção ao heikegani que perseguia Vento Esmeralda estalando as pinças. Bingwei agarrou uma garra, e a torceu até ouvir a casca estalar. Então, derrubou o yokai de costas e lhe deu um soco na barriga macia. O heikegani implodiu, desmoronando sobre si mesmo, até que tudo o que restou foi uma carcaça fedorenta que parecia estar apodrecendo há dias. Vento Esmeralda se engasgou com o cheiro e se afastou cambaleando para vomitar.

Chen Barriga de Ferro estava se virando como podia: balançando a clava gigante para frente e para trás. Não tinha como matar os yokai. Porém, até mesmo os espíritos vingativos tinham corpos físicos, e o homenzarrão esmagava alegremente qualquer um que chegasse perto demais. Lâmina Sussurrante estava se saindo ainda melhor. Sua espada parecia capaz de acabar com os espíritos tão facilmente quanto um homem, e ela a empunhava com tanta habilidade que nenhum yokai conseguia chegar perto o suficiente para atacar sem primeiro ser atingido. Eco da Morte, porém, estava com problemas. As balas do leproso nada podiam fazer contra as criaturas, e ele não era guerreiro. Sem ajuda, certamente pereceria. Bingwei correu em defesa de seu assassino.

O amikiri que atacava Eco da Morte era monstruoso: tinha cabeça de pássaro, corpo de cobra, e garras como as de um caranguejo. Bingwei passou por cima do leproso e deu um soco com a palma da mão no corpo escamoso do yokai. Os ensinamentos do Vale do Sol eram muito detalhados quanto a usar a própria energia para dispersar o que ligava os espíritos aos seus corpos físicos. O amikiri caiu no chão da floresta em espasmos violentos.

Os yokai recuaram para o breu da noite com uivos de gelar o sangue. Sem dúvida, perceberam que agora havia dois entre os defensores que poderiam acabar com suas existências miseráveis.

A chuva ainda caía pelo dossel de bambu e encharcava todos eles. As bandagens que cobriam Eco da Morte da cabeça aos pés estavam escurecidas em alguns lugares, e cinza em outros. Quando Bingwei olhou para o homem, percebeu o quanto era pequeno, pouco maior do que o menino, tanto em altura quanto em músculos. Apesar de seu tamanho, o leproso não hesitou perante Bingwei e o encarou com um olho branco.

— Você me matou — disse Bingwei, e teve certeza de que era verdade.

Ele havia morrido. Sempre soubera que era mortal, mas ficar cara a cara com essa mortalidade era angustiante. Bingwei pensou, por apenas um momento, que ainda podia sentir o que era estar morto, mas não era tanto um sentimento, estava mais para a falta dele.

— É o que eu faço — disse Eco da Morte. Ele não estava recuando, apesar de estar cara a cara com o homem que tinha acabado de assassinar.

— E logo você saberá o porquê.

Bingwei percebeu que os outros se aproximavam. Lâmina Sussurrante estava com a espada desembainhada, Chen Barriga de Ferro segurava a clava em uma mão e o barril sob o outro braço. Vento Esmeralda parecia muito menos confiante que os outros, mas se pôs ao lado deles. O menino agachou-se junto aos restos encharcados do fogo há muito sufocado. Bingwei soltou um suspiro, e se forçou a relaxar. Então, virou-se para o garoto.

— Acho que talvez você deva se explicar, Shinigami.

Gordas gotas de chuva escorriam da lâmina brilhante de Paz para o chão da floresta, enquanto os céus continuavam a se esvaziar sobre eles. Bingwei Ma estava com as mãos fechadas em punhos e sangue escorria-lhe pelo peito. Ein dissera que o traria de volta pela manhã, mas ainda era noite, e lá estava o Mestre do Vale do Sol, vivo. Quase vivo, corrigiu-se Cho. Nenhum deles estava realmente vivo, nem mesmo o leproso, tão perto da morte que o cercava como uma névoa fria.

Bingwei Ma encarou Ein com um olhar severo. Ele havia acusado o menino de ser um shinigami. Cho girou o punho sobre Paz, pronta para se apressar e intervir, caso o Mestre do Vale do Sol se tornasse violento. Era desorientador acordar da morte, e o homem tinha um motivo muito bom para estar zangado. Porém, Cho defenderia Ein com a vida, se necessário. Não só porque precisava fazê-lo, já que acreditava na afirmação de que morreriam sem ele. Cho o defenderia porque era a coisa certa a se fazer. Apesar de todo o resto, de todas as coisas que estava sendo solicitada a fazer em seu nome, ela sabia que mantê-lo vivo era o certo. Era a única coisa certa à qual poderia se agarrar, quando cercada por tanta coisa errada.

Ein explicou a Bingwei Ma. Contou sobre a missão dada a ele por um shinigami. Ele explicou as regras da segunda vida: que deveriam ficar perto de Ein e que somente na conclusão da missão é que teriam suas vidas plenas novamente. Bingwei Ma ficou quieto o tempo todo, com as costas retas e um olhar severo. Se o homem tinha alguma animosidade em relação a Roi Astara, não demonstrou. Ele até havia salvado o leproso, durante a luta com o yokai.

Cho desviou o olhar enquanto Ein falava. Havia muitos cadáveres ao redor agora, todos de monstros. Os yokai eram espíritos vingativos, mesmo assim tinham corpos tirados dos mortos. Alguns eram animais retorcidos em formas grotescas, enquanto outros já haviam sido humanos, arrastados da sepultura, para servir de marionetes para os shinigami que os comandavam. Havia mais que da outra vez, muito mais.

Quando Ein terminou a história e seu apelo, ficou em silêncio. Bingwei Ma permaneceu parado, calmo e pensativo. Cho se aproximou, com as mãos ainda segurando o punho de Paz. Eles haviam perdido a luta mais cedo, é verdade, e ela ainda sofria com os ferimentos. Porém, lutaria contra o Mestre do Vale do Sol novamente, caso ele fizesse apenas um movimento ameaçador. Por fim, Bingwei Ma olhou para o céu noturno que se escondia atrás das nuvens e do dossel da floresta.

— O Vale do Sol está isolado. Ninguém vem até nós, além dos comerciantes. Não tememos soldados, nem bandidos. Trabalhamos juntos, treinamos juntos e vivemos juntos. Acolhemos bem as pessoas de fora, pelos bens que trazem, e pelas histórias do mundo maior que contam. — Bingwei Ma fez uma pausa, e respirou fundo. Cho notou que ele balançava levemente sobre os pés. Estava exausto, e isso significava que ela não teria uma chance melhor. — Você diz que esse Imperador dos Dez Reis é um terror, um homem indigno do trono que possui, certo?

— Ele trouxe paz a Hosa — disse Roi Astara. — Porém, é a paz da espada, imposta apenas quando lhe agrada, e apenas sobre quem menos a merece. O povo de Hosa vive com medo. Medo de homens bons a postos enquanto o mal é feito a outros. Medo de que os velhos costumes morram em favor de novas manias. Medo de serem arrastados de suas casas e marcados como traidores pela ponta de uma lança por adorarem abertamente as estrelas em vez do trono.

O Mestre do Vale do Sol soltou um suspiro pesado.

— Às vezes, a paz não passa de opressão disfarçada.

— Às vezes, poucos precisam enfrentar muitos para que todos possam ver o que é certo — disse Zhihao, então tossiu na mão. — Assim diziam os monges. Acho que estava escrito em um mural em algum lugar. — Cho sorriu para Zhihao, e Vento Esmeralda desviou o olhar. Suas bochechas ficaram vermelhas, mesmo no escuro.

— Vou ajudar. — Bingwei Ma puxou uma pequena faca do cinto, ergueu-a e cortou o coque com três golpes suaves. Quando terminou, virou-se para Roi Astara. — Nenhum homem pode lutar com mais do que as estrelas julgaram dar a ele.

Ele deixou cair o nó de cabelo no chão. Roi Astara se curvou.

— Eu quase te peguei — disse Chen Lu.

O grandalhão deixou cair a clava no chão, com um barulho amortecido e encharcado. Em seguida, levou o barril aos lábios e bebeu alegremente o vinho envenenado.

— Sim. Quase.

Com a tensão dissipada, todos se reuniram em torno dos ossos molhados do fogo.

Ein afirmou que os shinigami estavam com medo, agora que o Mestre do Vale do Sol havia se juntado à missão. Convocar yokai para cumprir ordens era cansativo, e os poderes dos shinigami eram limitados. Ein disse que eles provavelmente recuperariam a força, antes de testá-la contra eles novamente. Cho se perguntou o que isso significava exatamente, e o que mais os shinigami poderiam tentar. Seu conhecimento dos yokai se limitava às histórias infantis, mas Bingwei Ma e Roi Astara pareciam conhecer muito mais do assunto, e ambos concordavam que ainda havia algo pior por vir. Muito pior.

23

A leste da floresta de bambu, na fronteira da província de Shin, campos verdes rapidamente davam lugar a uma extensão rochosa com montanhas altas e largas. Havia apenas algumas passagens seguras pelas montanhas, e a maioria ficava perto de rios. As cidades eram poucas e distantes entre si, e não passavam perto da capital, Shin. Ein estabeleceu um curso: se moveriam sempre para o leste e tomariam a passagem sudeste pelas montanhas. Ele alegou que levaria quase cinco dias para chegar à província de Qing, e de lá seria um caminho muito mais fácil para Wu.

No fim da tarde do primeiro dia em Shin, se depararam com um pequeno rio que descia pelas montanhas. Mais abaixo, Cho pôde ouvir uma cachoeira impetuosa, e o rio ficou branco por causa das corredeiras. Mal havia uma nuvem à vista, mas a luz do sol fornecia pouco calor contra o frio das montanhas Shin.

— Parece fria — disse Zhihao.

Ele estava a alguns passos da água e não parecia satisfeito com a perspectiva de atravessá-la.

— Claro que está fria — sorriu Chen Lu, sob seu guarda-sol. — Desce das montanhas. — Ele apontou rio acima, para onde as águas correntes desapareciam nas alturas rochosas. — Provavelmente é neve derretida. O frio é bom para você. Fortalece o corpo. Fortalece a qi.

Ele bateu no peito três vezes, como se isso provasse seu ponto de vista. Zhihao ainda não parecia convencido. Cho não sabia quase nada sobre qi. Porém, Chen Lu afirmava que praticamente qualquer coisa que fosse difícil, ou dolorosa, também servia para fortalecer a qi.

Cho se aproximou do rio, mergulhou um pano na corrente e assobiou com a mordida da água gelada em sua mão. Precisava admitir que se banhar numa água tão fresca seria refrescante, mas não queria se despir na frente dos companheiros. Cedo ou tarde encontrariam uma cidade e ela pagaria para tomar banho. A água fria podia ser refrescante, mas nunca era relaxante. Um bom banho quente em águas fumegantes, por outro lado, poderia aliviar quase qualquer dor. E ela tinha algumas para tratar. Foi cortada, arranhada e toda machucada, e nenhuma de suas feridas cicatrizava rapidamente. Elas não estavam piorando, mas tampouco melhoravam. Era preocupante, mas ela atribuía isso a estar apenas quase viva. Recuou até uma grande rocha com o pano encharcado. Lá, puxou sua pedra de amolar, umedeceu-a com o pano, e começou a afiar Paz conforme a espada exigia. Manutenção adequada foi uma das promessas que fez a Mifune quando ele a presenteou com as lâminas.

— Acho que vou entrar — disse Bingwei Ma. — Já se passaram vários dias desde a última vez que me lavei, e ainda sinto o cheiro da morte em mim.

Ele largou a túnica no chão, tirou as botas e depois as calças. Ficou parado no ar frio, com nada além de uma tanga apertada. Cho assistiu, com

Paz por um momento esquecida em suas mãos. Mestre do Vale do Sol tinha um corpo digno de atenção, e ela ficou feliz em observar. Então, Bingwei Ma respirou fundo e caminhou para dentro das águas correntes do rio. Ela o percebeu tenso e tencionando as nádegas enquanto entrava.

Para não ficar para atrás, Chen Lu enterrou a ponta de seu guarda-sol no chão rochoso e colocou seu barril e clava embaixo. O barril estava há muito vazio de vinho, mas eles o haviam enchido a cada riacho que encontravam, e o grandalhão o carregava consigo aonde quer que fossem. Em vez de tentar tirar as calças curtas de seu quadril enorme, Chen Lu apenas cambaleou atrás de Bingwei Ma.

Zhihao se afastou da água e se sentou em uma rocha próxima. Estava com uma carranca mal-humorada, em vez de seu sorriso. Então, Cho imaginou que os pensamentos dele deviam estar afogados em pessimismo. Ela notou que o humor de Vento Esmeralda parecia mudar com a mesma frequência que o vento real. Em um momento, ele estava tão alegre quanto um gatinho com um rato; no seguinte, ficava taciturno e quieto, infeliz ou agressivo com os outros.

— Você não quer se juntar a eles? — perguntou Cho, enquanto voltava atenção para sua espada.

— Na verdade, não. Já posso ouvir Pança de Chumbo me chamando de magrela. Como se ser o porco premiado no dia do leilão fosse uma coisa boa.

Cho sorriu com isso. O ar puro, e algumas noites sem ser perturbada pelos ataques dos yokai a deixaram de bom humor. Se tentasse, quase poderia esquecer que há apenas uma dúzia de dias havia enterrado um amigo ao lado de uma pousada cujo nome já esquecera. Se tentasse ainda mais, poderia fingir que não se lembrava direito da sensação de estar morta e tão sozinha a ponto de parecer que ninguém mais existia. Não. Ela tinha um novo dia, um propósito, e a companhia de pessoas que, rapidamente, começavam a parecer amigas.

Ein olhava para o leste, sempre para o leste. Não conseguiam ver nada à distância, além de colinas e neblina, mas o menino se concentrava tão intensamente que parecia poder enxergar Wu, embora ainda estivessem a muitos dias de distância.

Roi Astara, por outro lado, passava mais tempo atrás deles olhando para o oeste em caso de perseguição. O leproso estava de cócoras, em sandálias de madeira, seguro em seus pés, apesar do terreno traiçoeiro. Cho pensou ter visto algo em seu olho, um desejo, cada vez que olhava para a água.

— Você não deveria lavar as feridas? — perguntou ela.

Roi Astara disse:

— Eu só sujaria a água. Uma aldeia descendo a montanha pode precisar dela. Uma lavagem calmante para mim, uma vida inteira de doença para eles. Cada ação tem uma consequência, e eu já luto para viver com a minha.

— As feridas não vão apodrecer? Você não muda as bandagens desde o Vale do Sol.

Ele virou o olho pálido.

— Estou morrendo, Itami Cho. Nada pode parar isso. Minha vida está inteiramente nas mãos daquele garoto. — Uma risada rouca escapou das bandagens ao redor de sua boca. — Realmente, meu lugar não é ao lado de vocês. Eu não sei lutar. Não sou nenhum herói. Mas vou lutar ao seu lado, com meu rifle e minha inteligência. E espero que o garoto escolha me trazer de volta quando eu morrer. Porque só a morte pode curar minha doença. — Ele então tossiu e levou a mão direita à boca. Quando parou e puxou a mão, o dedo mindinho se dobrou, em um ângulo impossível. Roi Astara olhou para ele por alguns momentos, então arrancou-o e o jogou nas rochas atrás deles. — Espero que ainda haja o suficiente de mim para trazer de volta. — Sua risada mórbida ecoou pelas pedras antes de se transformar em uma tosse úmida.

— Alguma coisa está vindo — disse Ein, finalmente levantando o olhar do horizonte leste e virando-o para o norte, ao longo do rio. Ele estava brincando com o lenço vermelho novamente. — Eles precisam sair da água.

Cho colocou de lado o amolador e saltou da pedra. Não conseguia ver nada além de água corrente e rochas ao norte. Às vezes, o rio se agitava, branco, enquanto corria sobre as rochas abaixo da superfície e fluía cada vez mais para baixo. Porém, Cho sabia que não devia duvidar de Ein. Ficou claro que ele podia sentir os yokai chegando. Ela acenou com os braços para chamar a atenção de Chen Lu e Bingwei Ma.

Zhihao soltou um longo suspiro de sofrimento, e se levantou.

— O menino mandou sair da água — gritou. — Alguma coisa está... — Zhihao fez uma pausa, e Cho viu a cor sumir do rosto dele. — Aquilo! Aquilo está vindo!

À distância, uma bola gigante verde pulsante rolava pela correnteza rio abaixo. Era enorme, tranquilamente três vezes mais alta que Chen Lu, e parecia se contorcer enquanto rolava em direção a eles.

— Mizuchi — disse Ein, com a voz um pouco embargada.

— O que isso significa? — perguntou Zhihao.

Roi Astara pegou o rifle e o mirou enquanto caminhava em direção à esfera pulsante retorcida que se aproximava. Tanto Chen Lu quanto Bingwei Ma caminhavam em direção à margem o mais rápido que podiam, mas Barriga de Ferro parou com um sorriso louco no rosto e voltou-se para a massa que se aproximava.

— É um dragão de rio — disse o leproso. — Um yokai muito mais poderoso que qualquer outro que encontramos até agora. Nenhuma bala vai parar essa coisa.

— Pança de Chumbo, saia da água! — gritou Zhihao.

Bingwei Ma alcançou a margem e se virou; a água escorria por seus músculos contraídos. A bola se aproximava mais rápido agora e vinha batendo contra a superfície da água. Dava para ouvi-la; era como se fossem centenas de vozes estridentes e sibilantes que soavam como uma só. Cho viu bocas na massa emaranhada, dezenas delas. O espírito vingativo era um emaranhado de enguias, criaturas monstruosas, cada uma tão grossa quanto sua cintura. Elas se contorciam juntas, em um engodo vertiginoso, enquanto rolavam para mais perto.

Chen Lu estava com a água do rio até a cintura, preparando-se para enfrentar a corrente e o emaranhado de enguias que se aproximava. Ele estendeu os braços e riu. Sua voz ecoou nas margens rochosas do rio.

— Eu sou Chen Barriga de Fer... — O dragão de rio atingiu Chen Lu e rolou sobre ele sem sequer diminuir a velocidade enquanto continuava descendo o rio.

Durante um longo momento, todos ficaram em silêncio.

— Atrás dele! — bradou Bingwei Ma.

Ele saltou sobre um monte de pedras e correu ao longo da costa sem se importar com os cascalhos afiados sob seus pés descalços. Zhihao suspirou, desapareceu e sua imagem desvaneceu na brisa. Ele reapareceu correndo ao lado de Bingwei Ma, com suas espadas em forma de gancho desembainhadas.

Cho se virou para Ein e Roi Astara.

— Cuide dele — disse ela ao leproso. — Nós voltaremos.

Ela correu atrás dos outros com a mão esquerda segurando a bainha para que ela não se enroscasse nas pernas enquanto corria. No entanto, Mestre do Vale do Sol e Zhihao aumentaram a distância entre eles e ela. Bingwei Ma correu imprudentemente, com esforço total, ao longo do terreno traiçoeiro, a uma velocidade perigosa. Vento Esmeralda provou ser tão veloz quanto seu nome, facilmente acompanhando o Mestre do Vale do Sol, mas nunca se distanciando dele. Cho conhecia Zhihao bem o suficiente para saber que ele não queria ser o primeiro na luta. Ela os perdeu de vista brevemente quando eles subiram em uma rocha, e caíram do outro lado. Cho não conseguia mais ver o emaranhado de enguias que rolava pelo curso do rio, mas podia ouvi-lo. Ele assobiava, estalava e colidia contra a água que rugia ao redor.

Ao alcançar a pedra, Cho saltou por cima ela, e se preparou para a queda do outro lado, com os joelhos dobrados para absorver o impacto; então, voltou a se mover. Correu o mais rápido que pôde, com os olhos fixos no caminho escorregadio sobre as rochas à frente. Um movimento errado poderia facilmente significar uma perna quebrada, e então ela seria inútil na luta e inútil para Ein. Cho não queria saber o que o menino faria se um de seus defensores perdesse a utilidade. Mais adiante, a bola emaranhada de enguias havia parado, presa em um aglomerado de rochas salientes. Bingwei Ma correu em direção a ela. Ele gritou algo para Zhihao, então saltou no emaranhado de enguias, socando e rasgando sua superfície enquanto corpos verdes e viscosos se enrolavam em torno dele e dentes selvagens mordiam sua pele.

Zhihao desacelerou até parar e, com as mãos caídas para os lados e as espadas quase esquecidas em seus punhos, observou. Cho parou ao lado dele, enquanto Bingwei Ma lutava para entrar na bola de enguias.

— O que ele disse? — perguntou Cho.

Zhihao pareceu começar, muito embora nem tivesse percebido que Cho estava lá.

— Ele disse para mirar nas cabeças. E que iria entrar para buscar Barriga de Ferro.

Pouco de Bingwei Ma era visível agora, apenas uma perna musculosa que continuava chutando enquanto ele forçava o caminho para dentro da bola. Ou talvez já estivesse morto e sendo devorado, e a perna fosse tudo o que restava. O pensamento trouxe um gosto amargo à boca de Cho. Ela puxou Paz e pulou nas águas rasas em direção à bola contorcida de enguias furiosas.

O caminho era traiçoeiro. Com a água transformada em espuma branca e as rochas escorregadias abaixo da superfície, cada passo se tornava um perigo. Rostos brutais e com olhos redondos brilhavam para fora do emaranhado, observando Cho enquanto ela se aproximava. Então, atacaram. Cabeças saltaram para fora do emaranhado com mandíbulas largas estalando e tentando afundar os dentes afiados em sua carne. Cho golpeava cada cabeça que se aproximava, ainda tentando encontrar algum tipo de apoio. Ela abria cortes na carne da enguia, mas isso não lhe proporcionava nada além de guinchos de agonia e respingos de icor.

Zhihao mergulhou no rio atrás dela avançando com ambas as espadas em forma de gancho. As armas eram pouco adequadas para a tarefa, pois toda vez que ele as enganchava em uma das enguias, ela se afastava, e seus músculos compactados e seu corpo enrolado desequilibravam Zhihao.

Cho se agachou quando uma enguia saltou da massa contorcida em direção a ela. Ela inverteu o punho em Paz e a empurrou para cima, dividindo o rosto da criatura em dois. Uma gota de sangue oleoso foi derramada. A enguia ficou mole, balançando inutilmente no meio do emaranhado. Outra boca aberta disparou em direção a ela. Ela virou um golpe giratório, que decepou a cabeça e enviou a criatura em direção à margem do rio, girando. Ela estava encontrando o equilíbrio agora, movendo-se devagar, mas com confiança. A água que já lhe tocava os tornozelos estava se transformando em uma espuma lamacenta.

Zhihao gritou. A enguia que ele tinha enganchado estava puxando-o para o emaranhado, e outra mordeu seu rosto com dentes que pareciam agulhas. Cho estava prestes a correr para ajudá-lo, quando Zhihao enfiou a ponta de sua outra espada na cabeça da enguia que ele havia fisgado. O monstro ficou mole, e Zhihao arrancou as duas espadas. Ele gritou de raiva, e atacou outra cabeça mordedora.

Então, a esfera contorcida mudou de posição; as enguias embaixo começaram a fazer força contra o leito do rio. O aglomerado começou a rolar de novo, atingindo as rochas que a prendiam. Então, desceu uns três metros, e continuou sua caótica descida rio abaixo. Cho lutou para chegar até o conjunto de rochas e mergulhou mais fundo na água. Não havia um caminho fácil para a queda, uma rota que não resultaria em uma perna quebrada ou duas, só que o emaranhado estava ganhando velocidade enquanto rolava e balançava junto com a corrente. Ainda não havia sinal de Chen Lu ou Bingwei Ma ressurgindo.

— O que fazemos? — perguntou Zhihao. Ele estava em cima de uma rocha, olhando para a queda diante deles.

— Vá atrás dela — sussurrou Cho, já caminhando de volta à terra, para descer a margem do rio. — Eu o seguirei assim que puder.

Zhihao suspirou, e sua imagem foi levada pelo vento e pela névoa do rio. Cho o viu nadando rio abaixo atrás do emaranhado, mantendo-se nas águas rasas. Ela rapidamente enxugou Paz em seu haori e a deslizou de volta à bainha. Então, escalou o precipício, sofrendo cortes e arranhões enquanto descia. As borrifadas da cachoeira ardiam seus olhos enquanto ela descia os últimos metros. Cho não perdeu tempo: entrou na água rasa e correu o mais rápido que conseguia. Ela podia ver Zhihao à sua frente, acompanhando o emaranhado, mas fazendo pouco mais do que isso. Não havia muito que ele pudesse fazer além de atacar as cabeças e corpos expostos. Não havia como Vento Esmeralda parar a bola sozinho. Cho não queria admitir para si mesma que tampouco havia como impedirem isso juntos.

À medida que o rio descia a montanha, árvores começaram a aparecer, estendendo galhos sobre a água corrente. O emaranhado de enguias começou a se prender nas árvores, arrancando galhos. Em seguida, atingiu um tronco que estava sobre a água. A árvore gemeu sob a tensão, e alguns de seus galhos menores se partiram. Porém, alguns resistiram e, novamente, a bola parou, contorcendo-se e pulando na água corrente. Duas enguias saltaram do emaranhado em direção a Zhihao. Ele conseguiu decapitar uma pela metade, mas a segunda apertou os dentes em seu ombro esquerdo.

Vento Esmeralda gritou quando a enguia o levantou do chão e o arrastou pelos galhos retorcidos da árvore. Ele esfaqueava a criatura com o punho da espada, mas estava se debatendo descontroladamente e salpicando-se de sangue, mas sem conseguir nada. Cho se abaixou sob seus pés e esfaqueou para cima com Paz, espetando a enguia e banhando-se com icor. Ela torceu a espada e a puxou, cortando a cabeça do bicho completamente. Zhihao caiu na água na altura do joelho, afundando brevemente, depois ressurgindo, com a cabeça da enguia ainda agarrada ao ombro. Gritou novamente, e a golpeou com o punho da espada. Cho saltou para ajudá-lo, mas outra cabeça se lançou sobre ela, com os dentes à toda. Então, um único punho grande se livrou da massa contorcida.

Cho deixou Paz na água rasa. Ela merecia um tratamento melhor, mas Cho precisava ter as mãos livres. Ela as enfiou no emaranhado, agarrou o punho, apoiou os pés nas pedras, e puxou.

— Me ajude — sussurrou Cho. Então, Zhihao estava lá, cortando o emaranhado com a espada da mão direita. Sangue escorria por seu braço esquerdo e a cabeça da enguia continuava presa a seu ombro, mesmo assim Vento Esmeralda continuou a golpear e cortar as enguias que atacavam Cho. No entanto, não conseguia afastar todas elas, e Cho sentia os dentes das enguias arrancando pedaços de carne de suas pernas e braços, enquanto ela puxava a mão que segurava.

Quando finalmente libertou Bingwei Ma, estava coberto de óleo e sangue, e sangrando devido a uma centena de mordidas. Mestre do Vale do Sol respirava fundo e rosnava à medida que Cho o puxava para mais longe do caos retorcido. Ele não estava sozinho. Quanto mais Cho libertava Bingwei Ma, mais certeza tinha de que ele trazia Chen Lu de arrasto.

Zhihao continuava a dançar ao redor deles e ia golpeando as enguias à medida que elas saíam. Porém, a exaustão o fez tropeçar, e ele caiu de bunda na água, incapaz de se levantar.

Bingwei Ma estava finalmente livre do emaranhado, mas Mestre do Vale do Sol não havia se soltado de Chen Lu. Cho correu para ajudar, ignorando os dentes que a mordiam e rasgavam suas roupas e pele. Juntos, tiraram Chen Barriga de Ferro do novelo de enguias, até ele ficar quase livre. O grande homem estava coberto de óleo e icor, mas não tinha um único arranhão na pele. Na mão esquerda, agarrava algo carnudo e pulsante, algo ainda preso ao emaranhado por fios sinuosos. As enguias contorcidas ficaram cada vez mais violentas, transformando-se em uma tempestade ao redor do braço de Chen Lu.

Chen Lu respirou fundo, estendeu a mão direita e agarrou a pedra preciosa carnuda e pulsante. Então, gritou.

— Eu sou Chen Barriga de Ferro! — E arrancou a coisa do emaranhado. Todos os três tropeçaram para longe, e Bingwei Ma se abaixou para arrastar Zhihao para mais longe da massa ondulante de enguias. Ela agora estremecia e não era mais uma bola, mas sim uma massa oscilante e disforme. Algumas das enguias começaram a se espremer para fora do emaranhado e para dentro do rio, fugindo. Mais e mais criaturas se libertaram. Então, o emaranhado simplesmente se desfez e as enguias caíram na água escorregando umas sobre as outras em uma tentativa de escapar.

Bingwei Ma estendeu a mão e abriu as mandíbulas da cabeça da enguia que continuava presa ao ombro de Zhihao. Ele a arrancou e jogou a coisa na água agitada. Vento Esmeralda ficou muito silencioso durante todo o processo, como se a dor não pudesse mais alcançá-lo.

Cho quase desmaiou agora que o perigo havia passado, e a exaustão se abateu sobre ela em ondas vertiginosas. Começou a procurar pela espada nas águas rasas. Não conseguia nem pensar em descansar até que Paz estivesse de volta ao seu lado.

Chen Lu encarava a coisa que tinha segurado sua mão. Apesar de ter passado mais tempo dentro do emaranhado, parecia ileso, coberto de sangue de enguia, óleo e tripas. Exausto, mas ileso.

— Que coisa é essa? — perguntou Cho, enquanto colocava o braço na água para recuperar a espada, tomando cuidado para não tocar na lâmina.

— O coração de um mizuchi — disse Chen Lu, entre grandes respirações ofegantes. Ele sorria, apesar de ter escapado da briga com sua segunda vida por pouco. — Drena a energia vital de tudo o que toca. Veja. — Chen Lu apontou para um corte sangrento em seu braço direito. — Até a minha Barriga de Ferro tem limites. — Ele caminhou até a praia, e colocou o coração em uma grande pedra. — Você deveria matá-lo, Lâmina Sussurrante. Se eu esmagá-lo, ele só vai voltar. Mas você pode matar essas coisas.

Cho cambaleou pela água para olhar para o coração pulsante. Parecia uma pedra preciosa, azul-esverdeada e do tamanho de uma maçã. Porém, estava coberto de pontas afiadas e pulsava com uma luz interior hipnotizante.

Com um assobio violento, Cho sacou Paz, e então a mergulhou no coração do dragão de rio. A pedra se estilhaçou; a alma do dragão foi roubada pela espada.

— Devemos voltar para o menino — disse Bingwei Ma enquanto lutava para ficar de pé.

Cho olhou para Zhihao. O mercenário estava apoiado contra uma pedra, sem se mover.

24

Levaram o resto do dia inteiro para voltar ao local onde o mizuchi havia aparecido pela primeira vez. O tempo passou em uma espécie de borrão de movimento e dor; para Zhihao, pareceu uma eternidade. Tinham amarrado seu ombro o melhor que podiam com o que tinham. Porém, os dentes da enguia foram muito afundo, perfuraram a ombreira da armadura e morderam a carne. Ele havia perdido muito sangue, e não conseguia ficar em pé sem ajuda.

Bingwei Ma também foi ferido, e tinha centenas de pequenos ferimentos por todo o corpo. Ele havia lavado a maior parte da sujeira e do icor no rio, o que serviu para destacar as feridas, especialmente porque muitas delas ainda sangravam. Zhihao se encorajou um pouco ao ver Mestre do Vale do Sol sofrendo com lesões semelhantes às suas.

Itami ajudou Zhihao em grande parte do caminho com um ombro para apoio ou uma mão ao redor da cintura. Ela cheirava a óleo de enguia e tripas, e o fedor deixava Zhihao enjoado, mas ele precisava da ajuda. Escalar as rochas foi a parte mais difícil. Zhihao poderia usar o braço esquerdo, mas o ombro parecia estar preso nas garras de um punho flamejante que cavoucava sua carne. Apesar do curativo, o sangue escorria por seu braço com gotas escarlates e respingava nas rochas abaixo.

O menino se levantou quando os viu com a pequena mochila nas mãos. Ele não se apressou, nem mesmo parecia preocupado, mas se aproximou de Zhihao da mesma forma que um cavaleiro se aproxima de um cavalo manco. Zhihao não conhecia as especificidades da habilidade do garoto nem os limites do poder de um shinigami. Ele se perguntava se Ein poderia deixá-lo morrer, e encontrar outro guerreiro para substituí-lo; alguém mais heroico. Ele se perguntava se Itami simplesmente aceitaria, como fazia com a maioria das decisões tomadas pelo menino. Ele esperava que não. Zhihao esperava que ela pudesse defendê-lo, pelo menos uma vez. Afinal, estavam trabalhando muito bem juntos naqueles dias.

— Estou bem. — A voz de Zhihao soava bêbada até para seus próprios ouvidos. — Mestre do Vale do Sol precisa de sua agulha primeiro.

— Você não está bem — sussurrou Itami.

— Não, não estou. — Zhihao reuniu sua força. — Estou melhor do que bem. — Ele se afastou de Itami, tropeçou, e caiu contra uma rocha próxima. Suas pernas não tinham força, e sua visão se recusava a focar.

— Agradeço a preocupação, Vento Esmeralda — disse Bingwei Ma, abaixando a cabeça. — Mas meus ferimentos podem esperar pelo atendimento. Gostaria de vê-lo recuperado antes de aceitar qualquer cura.

E isso, Zhihao decidiu, era exatamente o motivo pelo qual Mestre do Vale do Sol era um herói e Vento Esmeralda, não. Ele nunca seria tão gracioso a ponto de insistir que outro fosse atendido primeiro. Alguns homens eram destinados a ser heroicos, sempre colocando os outros em primeiro lugar, mesmo em risco para si mesmos. Zhihao, por outro lado, sempre se colocava em primeiro lugar, e nunca com boas intenções. Era um mercenário por completo e não tinha lugar em um grupo de heróis. Contudo, havia explicado isso para Ein, e o garoto ainda parecia pensar que valia a pena mantê-lo por perto. Zhihao mal podia esperar para ver o rosto do garoto, quando ele percebesse estar errado sobre isso. Quando finalmente se desse conta de que Zhihao era um vilão, não um herói.

Itami começou a remover a armadura de escamas de Zhihao, e Ein pegou uma pequena tesoura e cortou a túnica por baixo. A julgar pelo suspiro de Itami, seu ombro devia estar péssimo, e Zhihao ficou feliz por não poder vê-lo sem virar a cabeça. Também estava feliz por não conseguir reunir as forças para virar a cabeça.

— Vou precisar costurar as feridas e agilizar sua recuperação — disse Ein, enfiando a mão na pequena mochila novamente e puxando agulha e linha.

Era muito estranho que o menino pudesse soar tão crescido em um momento, e depois como uma criança assustada no outro.

— Como você fez com Itami.

Ele havia testemunhado aquela cura e lembrava que era um feito bastante notável.

— Sim. Só posso fazer isso uma vez para cada um de vocês. Se você se ferir gravemente de novo, não poderei salvá-lo.

— Regras? — disse Zhihao. — Quem faz as regras, eu me pergunto?

— Se pergunta o quê?

— Você só pode nos trazer de volta uma vez. Só pode nos curar uma vez. Regras que o shinigami deve seguir. Regras que você deve seguir. Quem faz as regras?

Ein inclinou a cabeça para o lado.

— Ninguém faz as regras. São as regras do mundo.

— Como água correndo ladeira abaixo? Ou gatos caindo de pé?

— Você não está fazendo sentido, Zhihao — sussurrou Itami.

Ela parecia preocupada.

— Perdi muito sangue.

A dor no ombro desapareceu, substituída por uma dormência formigante. Não era agradável. Parecia uma morte fria rastejando dentro dele. De esguelha, Zhihao viu Ein cutucando as feridas de seu ombro com os dedos cobertos de sangue. Ele puxou algo e, por um momento aterrorizante, Zhihao pensou que o menino estivesse puxando seus ossos para fora.

— Aqui — disse Ein, deixando cair algo na mão direita de Zhihao.

Era longo e afiado, e parecia muito com um dente de enguia. Zhihao decidiu guardá-lo como uma lembrança da vez em que derrotou um dragão de rio. Provavelmente daria uma boa história um dia. Contada corretamente, poderia até lhe render uma bebida grátis. Ele decidiu que provavelmente valia a pena guardar para quando estivesse totalmente vivo de novo, quando pudesse realmente apreciar o sabor do vinho.

Os pontos pareceram levar uma eternidade. Porém, com o toque de Ein em sua pele, Zhihao nem sentiu a agulha. Claro, ele teria preferido a dor de uma agulha perfurando sua carne repetidas vezes à estranheza do toque do garoto. Algumas sensações eram muito piores do que a dor. A cura, como o menino gostava de chamá-la, terminou comparativamente bem rápido. Ele deu um suspiro de alívio quando o garoto finalmente tirou as mãos. O ombro de Zhihao era uma confusão de hematomas roxos e cicatrizes rosa lívidas unidas por pontos desorganizados. Não era um trabalho bonito, mas ele conseguia mover o ombro novamente e, uma vez que trabalhasse a rigidez, também seria capaz de balançar a espada mais uma vez. Porém, tudo isso podia esperar. Ele perdera muito sangue durante a luta, e o menino não havia conseguido resolver isso. Então, Zhihao bebeu o máximo de água que pôde, beliscou algumas de suas frutas secas do Vale do Sol, e fechou os olhos para se aquecer no sol da tarde.

Sem sonhos e contente, Zhihao cochilou. Foi talvez o melhor sono que tivera em semanas, e fez maravilhas para melhorar seu humor melancólico. Ele acordou para ver Bingwei Ma empoleirado em uma grande rocha, ainda completamente nu, exceto por uma tanga. O homem era músculos sólidos sobre mais músculos, e bonito como um príncipe de um conto de *O Romance das Três Eras*. Bom, ele estava um pouco menos bonito agora coberto de pequenas feridas e suturas bagunçadas. Ein continuava trabalhando no homem e usando um pano úmido para limpar o sangue enquanto dava pontos. Porém, não havia cura artificial, apenas a boa e velha sutura. Havia um cansaço nos ombros de Bingwei Ma, mas, apesar de tudo, ele se mantinha rígido e calmo.

O resto do grupo também parecia exausto. Chen Lu estava sentado por perto, mais uma vez sob a proteção de seu guarda-sol. Ele estava vermelho nas bochechas e nos braços e não muito feliz. Roi Astara não estava à vista. Zhihao se perguntou se o leproso havia encontrado alguma privacidade e uma poça d'água para limpar a pele doente. Itami estava no rio de novo, despida até as roupas de baixo e lavando a sujeira de enguia de seus cabelos e roupas. O céu começava a escurecer um pouco, passando de um azul claro para um azul mais sóbrio. Zhihao não fazia ideia de por quanto tempo havia dormido, mas o dia certamente progredira. Ele sabia que não iriam muito mais longe naquele dia e que descansariam perto do rio.

— Eles vieram durante o dia. — Zhihao deu voz ao pensamento que surgiu em sua cabeça, esperando que alguém percebesse e explicasse por que parecia tão errado. — Aquilo era um yokai, não era?

— Um muito poderoso — disse Bingwei Ma. — Um *mizuchi*, um dragão de rio que rouba qi.

— Aquilo era um dragão?

— De certa forma. — Bingwei Ma respirou fundo e fechou os olhos. — Os yokai estão cada vez mais ousados.

— Yokai são apenas espíritos vingativos. Pessoas ou animais que morreram com dor e sofrimento e voltam para punir a vida que lhes foi roubada. Você sem dúvida já os viu antes, muitas vezes em sua vida, e não percebeu. O shinigami que nos persegue ficou mais ousado. Atrai-os, dá-lhes um propósito e os joga em nós.

— Mas um dragão do rio não é um yokai comum — continuou Bingwei Ma, implacável.

— Não. Não é. — A voz de Ein soava plana como aço martelado. Ele parou de costurar as feridas de Bingwei Ma e começou a mexer em seu cachecol. — O shinigami gastou um poder considerável para controlá-lo e especialmente por tê-lo forçado a agir à luz do dia. Com alguma sorte, ficaremos sem perturbação por alguns dias.

— Mas quanto mais nos aproximarmos de Wu... — Chen Lu disse e deixou o comentário pairando no ar.

— Mais fervorosas serão as tentativas de nos deter. Qualquer shinigami que tenha se colocado contra o seu propósito não vai parar porque matamos alguns de seus lacaios. Peço a todos que fiquem de guarda. O pior ainda está por vir. — Agora, havia medo na voz de Ein.

— Ouvi falar de poucos yokai mais perigosos que um dragão de rio — disse Bingwei Ma, ainda insistente.

— Então, os ensinamentos do Vale do Sol estão incompletos — disse Roi Astara, que estava atrás de Zhihao. Apesar de usar sandálias de madeira, o homem era tão silencioso que chegava a ser frustrante. — Existem yokai muito mais ancestrais e mais fortes que um mizuchi, mas estes resistiriam às ordens de shinigami.

Zhihao esticou o pescoço para olhar por cima da rocha contra a qual estava apoiado. As bandagens de Roi Astara pareciam mais limpas e seu olho, um pouco mais claro.

— Bom, contanto que não ataquem novamente hoje... — Zhihao fez uma pausa. — Ou esta noite. Estou precisando desse sono. Foi uma briga e tanto hoje. Voto para que todos aqueles que não estiveram envolvidos em uma batalha com um monstro lendário se revezem na vigília.

O leproso contornou a rocha e olhou para Zhihao.

— Eu cuido de você enquanto dorme.

De repente, a vitória azedou. Havia algo na maneira como Roi Astara disse aquelas palavras que parecia zombaria, e Zhihao tinha certeza de que teria, na melhor das hipóteses, uma noite inquieta. Ele fechou a mão em torno do dente da enguia e o apertou com toda a força.

25

Não houve mais ataques naquele dia. Os feridos dormiram muito, e mereciam cada minuto de descanso. Cho e Roi Astara os vigiaram, enquanto Ein se sentou perto do fogo e ficou olhando para o leste, esperando o sol nascer. Aos primeiros raios de luz que apareceram sobre as montanhas distantes, Ein se levantou e bateu a poeira do corpo.

O resto do grupo acordou aos poucos. Zhihao levantou-se lentamente, e reclamou por ter sido acordado. Chen Lu foi ainda mais difícil de acordar, e ameaçou uma rebelião a menos que encontrassem algo para encher seu estômago, e logo. Ele alegou que mizuchi havia roubado muito de sua qi e que precisava de comida, para sustentar sua barriga de ferro. Roi Astara prometeu derrubar o primeiro animal comestível que visse, desde que outra pessoa fizesse a limpeza da carne e cozinhasse.

Quando o sol apareceu no horizonte, já estavam a caminho, seguindo para o sudeste sobre rochas rachadas e trilhas estreitas nas montanhas, de onde o leproso prometeu que logo encontrariam uma estrada para o leste que levaria à província de Qing.

Havia pouco a fazer na estrada além de conversar, e Chen Lu parecia mais do que feliz com isso. Ele tinha uma centena de histórias, cada uma mais bravateira que a anterior. Depois de um tempo, porém, até Chen Barriga de Ferro se cansou de falar, e eles se revezaram compartilhando anedotas. Bingwei Ma contou sobre as trilhas que enfrentou em sua jornada até o topo dos Penhascos Inquebráveis, acima do Vale do Sol. Ele alegou que havia fantasmas infestando aquela montanha. Não yokai, mas as almas de todos os alpinistas que haviam morrido antes de chegar ao topo. Cada fantasma o havia desafiado em sua jornada, e Bingwei Ma derrotou todos eles. Vindo de outro homem, poderia soar como fanfarronice e histórias de fantasmas, porém, vindo do Mestre do Vale do Sol, Cho conseguia acreditar que eram verdade. Além disso, nos últimos doze dias, ela havia visto coisas muito mais estranhas. No entanto, percebeu que nenhum daqueles relatos acontecia fora dos limites do Vale do Sol.

O dia virou noite, e o ciclo se repetiu, e nenhum yokai os atacou. Ein afirmou que continuam lá à espreita, esperando e seguindo. Depois de perder mizuchi, o shinigami estava ganhando tempo e reconstruindo suas forças. No terceiro dia, se juntaram a uma trilha maior para o leste pelas montanhas e encontraram viajantes no caminho. O povo de Shin era severo e reservado. Viajavam em grandes grupos por segurança, e muitos deles carregavam armas. Chen Lu ria toda vez que os ameaçavam com essas armas, afirmando que nenhum deles parecia saber como usá-las. Então, seguiam em frente, sem nenhum problema. Cho ficava feliz com isso. Sua honra já estava ferida devido às ações que cometia com Ein. Matar yokai era uma coisa, mas ela havia lutado contra Bingwei Ma, um homem bom. Embora não tivesse dado o golpe fatal, fizera parte daquele complô. Ela não achava possível justificar matar inocentes que não queriam nada além de se proteger de estranhos. Afinal, ela havia jurado proteger exatamente essas pessoas, e falhara nesse juramento muitas vezes.

Avistaram a capital de Shin à distância no terceiro dia. Ficava no topo de um platô, bem acima da estrada. A fumaça subia da cidade em finas plumas, uma evidência de indústria, e uma trilha de pessoas entrava na cidade por uma estrada de montanha íngreme. De longe, pareciam formigas. Cho e seus companheiros estavam se movendo ao sul da cidade, para o leste, em direção a Qing. Porém, Zhihao sugeriu que eles desviassem e passassem alguns dias na cidade para arranjar alguns suprimentos novos. Ninguém mais concordou, nem mesmo Chen Lu. O povo de Shin não era receptivo a estranhos, e havia poucos grupos mais estranhos que o deles. No entanto, Cho não culpava os Shin; eles viviam em montanhas implacáveis, e em grande parte estéreis, com a fronteira de Cochtan logo ao norte. Quando o povo de Shin não estava lidando com gatos do penhasco e terreno hostil, estava com os olhos abertos para espiões de Cochtan voando sobre eles em tópteros. De qualquer forma, os suprimentos durariam até chegarem a Qing, onde Roi Astara garantiu que haveria muitas aldeias felizes em negociar com forasteiros.

Na última noite em Shin, haviam encontrado uma pequena caverna não muito longe da trilha principal. Cheirava a urso, mas Chen Lu simplesmente riu disso e disse que nenhum urso poderia derrotá-lo. A casca seca de uma velha árvore próxima forneceu-lhes lenha, então eles se sentaram na encosta da montanha e ficaram vendo as estrelas brilharem lá em cima. Cho nunca havia sido capaz de ler as estrelas como seu pai ou irmão mais velho, mas elas sempre lhe traziam conforto.

Eles contavam histórias à noite; compartilhavam o passado. Era a vez de Cho. Ela considerou contar a história de sua batalha contra o Veneno do Irmão, mas Zhihao a interrompeu assim que ela começou a contar.

— Por que você tem duas espadas, mas só saca uma? — perguntou Zhihao. — E por que você pode matar yokai, quando qualquer coisa que eu faço só parece deixá-los mais bravos?

Bingwei Ma foi o primeiro a responder.

— Porque você não sabe usar sua energia direito para romper o que liga os yokai aos corpos que habitam.

Chen Lu riu.

— Nem você, Chen Barriga de Ferro.

— Eu sou Chen Barriga de Ferro. Não há nada que eu não saiba sobre qi.

— Sobre a sua, sim, mas você sabe pouco sobre a qi dos outros.

Chen Lu riu.

— Não há nada para saber. A minha é mais forte. Portanto, sou mais forte.

Cho notou que Ein a observava com olhos pálidos que refletiam demais a luz do fogo. Ela tentou desviar o olhar, mas o olhar dele a segurou e prendeu ali. Quanto mais olhava nos olhos dele, mais profundamente eles pareciam ir, até que ela não estava mais olhando para o garoto, mas sim para um vazio imensurável, tão escuro e frio que ela poderia ter queimado até virar cinzas ali mesmo, sem sentir.

— Itami! — disse Zhihao, jogando uma pequena pedra nela. Ela ricocheteou na perna de Cho, que conseguiu desviar o olhar de Ein. — Você ia nos contar sobre suas espadas.

Cho puxou a bainha do cinto e a colocou no colo. Duas espadas em uma bainha; katana, uma lâmina de aço dobrada centenas de vezes, e a outra…

— É tradição, em Ipia, que uma guerreira tenha sua própria espada forjada após a conclusão de seu treinamento. E assim, quando passei em todos os meus testes e os mestres me julgaram digna do título, fiz uma peregrinação à cidade de Okan, onde mora Mifune, o maior fabricante de espadas que já viveu. — Cho sorriu através da luz do fogo. — Ele me mandou embora quando lhe pedi para fazer minha espada. Não era uma questão de dinheiro, nem de respeito. Quando ele olhou para mim, disse que não conseguia decidir qual dos meus *eus* precisava de qual espada. Achei-o um velho maluco. Porém, louco ou não, não se ganha tamanha aclamação sem motivo.

— Fiquei cinco dias em Okan. Cinco vezes fui a Mifune, e cinco vezes fui rejeitada. Então, no meu último dia lá, quando eu estava saindo da cidade, o aprendiz dele me encontrou. Não sei o que mudou a opinião de Mifune. Suponho que esse seja o problema de um ferreiro tão importante também ser um observador de estrelas. Em um momento, as estrelas o mandam dizer não; no próximo, ele está me prometendo a melhor espada que Ipia já viu.

— Ele disse que uma espada verdadeira, digna de um guerreiro, leva cinco meses para ser feita. Então, eu me tornei útil durante cinco meses. O povo de Okan sempre precisa de um bom braço de espada. Não é uma terra sem lei, longe disso. Porém, Okan fica à beira de Ipia, para onde os agentes do imperador raramente viajam. Existem bandidos, senhores da guerra tão ruins quanto Punho Flamejante já foi. E outras coisas também.

Cho fez uma pausa, e sorriu.

— Foi quando conheci Lâmina Centenária, e ele me ensinou a fazer uma espada vibrar com apenas um sussurro.

Chen Lu grunhiu.

— Você canaliza sua qi da voz. É impressionante.

Cho acenou em agradecimento.

— Mas é também um desperdício — continuou o gordo. — Qi se espalha muito rápido quando liberada para o mundo. É muito melhor contê-la internamente. Muito melhor concentrá-la na própria pele.

Cho ponderou isso por um momento. Então sorriu.

— Acho que não conseguiria fazer o que você faz, Chen Lu. Minha voz é o que é e sempre foi.

Chen Lu grunhiu em desaprovação, mas não discutiu mais. Depois de alguns momentos, Zhihao tossiu e disse:

— Então, as espadas...

— Passei cinco meses ajudando o povo de Okan ao lado de Lâmina Centenária. Aprendi com ele, e ele comigo. Ficamos próximos. Depois de cinco meses, voltei a Mifune. Ele não foi educado. Falou que um trabalho de verdade não poderia ser apressado, e minha espada levaria mais cinco meses. Admito que me permiti ficar com uma pulga atrás da orelha. Por um tempo, acreditei que ele estivesse mentindo para mim, que estivesse, por algum motivo, tentando me manter em Okan. Lâmina Centenária me convenceu a ficar e esperar.

Ele disse: "*Para alguns, uma espada é uma extensão de si mesmos. Portanto, qualquer espada serve. Para outros, a espada e o espadachim são um só, duas metades de uma alma, e nenhum deles jamais estará completo sem o outro*". Então, decidi esperar e dar a Mifune os cinco meses de que ele precisava. Mais cinco meses.

— Assim, definhei em Okan. Lâmina Centenária voltou para Hosa, e fiquei entediada. Trabalhei onde pude para os locais, mas os inimigos que enfrentei não eram meus iguais. Eu os havia superado. Mesmo sem minhas espadas verdadeiras, eles não eram mais um desafio. Fiz um bom nome para mim. — Cho olhou para Bingwei Ma. — Eles me chamavam de imbatível.

O Mestre do Vale do Sol baixou a cabeça e olhou através do fogo para onde Roi Astara estava sentado olhando para a noite. Então, disse:

— Ninguém é imbatível. Lutei mil batalhas contra os maiores guerreiros do Vale do Sol, e depois fui derrotado por um leproso com uma concha de vinho.

— Quando finalmente voltei a Mifune — continuou Cho. — Tinha uma arrogância nascida da juventude e de um ano de batalhas. As pessoas já tinham começado a me chamar de Lâmina Sussurrante, e eu tinha passado por quatro espadas. Nenhuma resistia ao teste da minha técnica.

— Ha! — Chen Lu bateu a perna. — Foi *você* que as lâminas não aguentaram, não a técnica. Elas se despedaçaram com a ressonância de sua alma.

— A mesmíssima lição que Lâmina Centenária tentou me ensinar. Mifune não ficou nada impressionado com minha atitude. Para minha surpresa, ele colocou não uma espada, mas duas na minha frente. Ambas *katanas*, semelhantes em comprimento, embora em pouca coisa mais. A primeira. — Cho parou para puxar Paz da bainha e a segurou contra a luz do fogo — ele chamou de Paz. E me disse que seu nome era seu propósito; levar a paz, onde quer que eu a empunhasse.

Ela passou a mão pelo punho de sua segunda espada, ainda na bainha.

— A outra espada era escura como obsidiana, com finos rastros cinza como fumaça enrolados ao longo da linha de têmpera. Não possui protetor de espada para a mão. Mifune chamou a espada de Guerra, e me disse que eu não era digna dela. — Cho riu com a lembrança, mas não havia humor, apenas um gosto amargo na boca que nada tinha a ver com ela estar quase viva. — Ele nem me deixou segurar a lâmina, mas a enfiou na bainha, e a prendeu ali. — Ela estendeu a bainha à luz do fogo, para mostrar as três tiras finas de couro enroladas no cabo. A água, o desgaste e o tempo haviam tornado o couro quase tão duro quanto o aço.

— Esse Mifune me parece um idiota — disse Zhihao. — Ele lhe deu duas espadas, depois disse para você nunca sacar uma delas?

— Mais que isso. Ele me fez jurar nunca empunhá-la.

— Por quê?

Cho deslizou Paz de volta para a bainha, ao lado de Guerra. Por fim, decidiu contar tudo a eles.

— Ele me disse que elas foram forjadas como um par. Paz rouba as almas de suas vítimas e as prende para que nunca possam renascer. E Guerra liberta essas almas, caso seja empunhada, permitindo-lhes reentrar no mundo conforme as estrelas acharem melhor. Jurei apenas usar Paz contra aqueles que são maus, e nunca libertá-los empunhando Guerra. — Ela fez uma pausa, tentando se impedir de dizer mais, mas a história precisava ser contada. — É o único juramento que já mantive.

Uma gargalhada veio em direção a eles na escuridão, ecoando da parede da caverna. Levou apenas um momento antes que ficassem todos de pé. Mais uma vez, Cho segurou Paz em suas mãos. Ela piscou furiosamente, tentando ver na escuridão, mas havia olhado para as chamas durante muito tempo e sua visão noturna estava arruinada. Apenas Roi Astara não estava amontoado ao redor do fogo, mas até o leproso estava olhando em volta, incapaz de encontrar a fonte do riso. Ele ecoou ao redor, até Cho não conseguir ouvir mais nada. Então, tão repentinamente quanto começou, o riso parou e, em vez disso, ela ouviu cascos fendidos batendo na pedra.

Das profundezas da caverna, além do fogo, uma pequena figura branca trotava. Tinha o corpo de uma cabra, mas o rosto de um velho enrugado mais antigo que o próprio tempo. Tinha seis chifres enrolados atrás das orelhas, o cabelo irregular era cheio de sarna. A criatura diminuiu a distância entre eles e parou, indiferente às armas apontadas em sua direção.

— Achei que tivesse checado a caverna — disse Cho, mudando um pouco o punho em Paz, preparando-se para atacar.

— E cheguei — disse Zhihao. Ele tinha as duas espadas em forma de gancho desembainhadas, mas estava se afastando do homem-bode. — Não havia nada lá além de ossos e fedor de urso.

— Hakutaku — disse Ein. O menino era o único que ainda estava sentado, e mal tinha olhado para o homem-bode. — Ele não é perigoso.

— Não no sentido tradicional — disse Roi Astara. Ele mantinha o rifle apontado para a criatura, de qualquer forma.

Novamente, a criatura riu, e sua boca se moveu como a de um homem. Então as patas traseiras se dobraram e ele se sentou, observando-os ao redor do fogo.

— Vocês têm um pouco de comida? — disse. — Há muito tempo não como nada. — Ninguém se mexeu para oferecer nada à criatura.

— É outro yokai, não é? — perguntou Zhihao. Ele havia recuado tanto que estava ao lado de Cho, e parecia querer ir ainda mais longe. O homem-bode olhou para Zhihao, piscou uma vez, e concordou.

— O shinigami me mandou.

— Qual shinigami? — perguntou Zhihao. — E quantos deles existem?

— Aquele que está me perseguindo — disse Ein. — O homem-bode é enviado para conversar, não para lutar. Vocês podem guardar as armas.

Ninguém guardou coisa nenhuma.

O yokai olhou para cada um deles, um de cada vez.

— Sem comida, então? Lembro-me de quando as pessoas eram mais gratas.

— Você deveria estar agradecido por não termos te matado, bode! — disse Zhihao, agora um passo atrás de Cho.

— Vocês poderiam. — O homem-bode disse. — Mas de que adiantaria? Não sei lutar. Ha, eu só tenho três dentes. — O homem-bode sorriu para provar o argumento. Não estava mentindo.

— O que você quer? — perguntou Cho.

— O que eu quero? Falar. E comer. — Seu rosto parecia esperançoso.

Chen Lu balançou a cabeça.

— Você não conseguirá comida de nós, yokai. Diga suas palavras e vá embora, ou eu vou comer *você*.

— Nada de carne em mim. Pele e ossos aqui.

Chen Lu deu de ombros e se abaixou, sentando-se de pernas cruzadas.

— Posso comer pele e ossos sem problema nenhum.

A cabra resmungou, depois voltou o olhar de velho para o menino.

— Não há nada em Wu, além de morte para todos vocês.

— Ha! Então agora está nos ameaçando, é? — Sentado, Chen Lu deu uma investida preguiçosa, mas a cabra se afastou.

— Não se chega à minha idade fazendo ameaças.

O homem-bode sentou-se novamente, e seus olhos ficaram vesgos enquanto ele observava todos ao mesmo tempo.

— Você também não fala com muita clareza. Diga o que deseja, yokai.
— Bingwei Ma dobrou as pernas, e se sentou. Seu rosto estava tão severo que o fez parecer um espírito vingativo ele mesmo.

O bode fixou o olhar em Bingwei Ma, depois olhou para Ein.

— O menino mentiu para vocês. Colocou vocês contra um homem com o mesmo mestre que ele.

— O Imperador dos Dez Reis? — disse Cho.

— Exatamente. Exatamente. É a mão esquerda atacando a direita. Tu, tu e tu morrerão em Wu.

Zhihao soltou um grunhido. Ele agora estava dois passos atrás de Cho, e provavelmente teria ido mais longe, mas isso o colocaria fora da luz do fogo.

— Claramente, ele está mentindo. Chen, coma-o.

Chen Lu deu de ombros.

— Estou começando a gostar do bode. Eu gosto do jeito que a voz dele faz uma canção com suas palavras.

— Agradecido. — A cara de velho do bode deu um largo sorriso, e seus olhos brilharam à luz do fogo.

— O hakutaku não mente — disse Ein, lentamente. — Mas também não diz a verdade.

O bode soltou uma gargalhada.

— Todos nós temos nossas maldições.

— É um truque — disse Roi Astara, afastando-se da cabra e semicerrando os olhos na escuridão para além do pequeno acampamento. — Uma distração. Há um ataque vindo.

— Ah, o vivo fala. — Novamente o bode riu. — Ataque coisa nenhuma. Sou apenas eu.

— Ei! — Zhihao deu um passo corajoso para frente e se colocou ao lado de Cho. — Também estou vivo.

— Parcialmente vivo.

— Quase vivo.

Novamente a risada.

— Parcialmente vivo, mas principalmente morto. Qual é a diferença, eu digo?

— Estou entediado — disse Chen Lu.

Ele pegou sua clava, e a atirou no homem-bode. Porém, o yokai pulou para longe, saltou sobre o pequeno fogo, passou entre Cho e Zhihao e saiu noite adentro, com seu zurro e risada ecoando por toda a caverna.

A voz do bode voltou para eles da escuridão.

— Nada em Wu, além de morte para cada um.

26

Zhihao só havia passado por Qing uma vez antes. A província tinha mão pesada no que se tratava de lidar com bandidos. Reprimia-as com força militar extrema; por isso era um lugar perigoso para homens como Vento Esmeralda. Punho Flamejante sempre havia preferido ficar no Oeste, nas províncias de Lau e Tsai, onde o banditismo era simplesmente considerado um risco da vida cotidiana. Claro, os ganhos chegavam nem perto, mas eram compensados por certo conforto e pela falta de vontade dos cidadãos de revidar. Não, os campos e florestas de Qing não eram lugar para Zhihao. Então, assim que passaram para a província, ele colocou o capuz, e o manteve. Afinal, muito tempo havia passado, e ele duvidava que algum dos oficiais ainda estivesse o procurando. Porém, ele sempre havia dito que era melhor estar seguro do que enforcado. Especialmente quando eram crimes de outra vida.

Embora não tivessem visto a coisa-homem-bode novamente, e suas palavras já tivessem um dia de idade quando finalmente chegaram aos arredores de Qing, elas ainda ecoavam na cabeça de Zhihao. Ninguém parecia disposto a discutir isso, e preferiam apenas ignorar todo o encontro, mas Zhihao não conseguia. O yokai dissera que o Imperador dos Dez Reis servia ao mesmo senhor que o menino.

— Seus pés estão sangrando de novo — disse Zhihao, quando Ein pisou em uma pedra afiada, quase escondida pela grama alta.

Na frente, estava Qing: campos de grama tão altos quanto Chen Lu, rios que corriam frios e cristalinos, não importava a época do ano, e árvores que ameaçavam alcançar as estrelas.

O menino olhou para os pés.

— Sim, estão.

— Conte novamente por que você não pode usar sapatos — disse Zhihao.

— Porque os shinigami proibiram — respondeu Ein.

Zhihao pensou que poderia estar imaginando, mas, ultimamente, o garoto parecia estar mais carrancudo.

— Proibiram porque eles mesmos não podem usar sapatos? — Zhihao insistiu no assunto. Ele não fazia ideia de por que os shinigami não podiam usar sapatos, era mais uma daquelas regras incompreensíveis do mundo.

O menino deu de ombros, e continuou andando.

— Não sei por quê. Não perguntei.

— Por que os shinigami não podem usar sapatos? — perguntou Zhihao.

— Por causa de IoSen — murmurou Roi Astara —, a deusa das consequências. Ela os amaldiçoou, para que sempre sentissem as consequências de onde pisam.

Zhihao franziu a testa com isso.

— Então os deuses podem se amaldiçoar?

Roi Astara deu de ombros.

— Os shinigami não são como os outros deuses. Eles são os ceifadores, os senhores da morte. É seu trabalho coletar as almas daqueles cuja hora de morrer chegou. Porém, de tempos em tempos, se desviaram do caminho. Não é papel deles causar a morte, apenas servi-la. Então, IoSen os amaldiçoou a nunca usar sapatos, para que ficassem mais inclinados a permanecer no caminho.

Zhihao soltou um gemido.

— Isso é tão... idiota.

— Deixa pra lá, Zhihao — disse Itami. Ela estava na retaguarda do grupo, sorrindo. — É bom ver vida novamente. As montanhas são tão estéreis.

Roi Astara soltou uma tosse úmida.

— Deve haver uma aldeia, não muito a leste daqui. Devemos tentar chegar lá antes que a noite caia. Há mais do que apenas yokai a temer em Qing, nos dias de hoje.

Eles não haviam encontrado nenhum yokai desde o bode, e nenhum os havia atacado desde o mizuchi. Mesmo assim, Roi Astara tinha certeza de que eles estavam lá à noite. O leproso disse que podia ouvi-los se movendo além de sua visão, e o menino concordou. Ein disse que o shinigami estava reunindo forças para outro ataque, um ainda mais perigoso que o mizuchi. Zhihao esperava que não fosse nada além de tática para criar medo. Porém, tinha um sentimento no fundo do estômago que dizia o contrário.

Eles seguiram as instruções de Roi Astara até chegarem a campos cobertos de vegetação, repletos de insetos e pássaros. Longe, ao sul, Zhihao podia ver a grande floresta de Qing, uma mancha verde nebulosa no horizonte. No entanto, a luz fraca logo lhe roubou a visão, e, pouco depois, já estavam vagando pela grama, que chegava até seu ombro, com nada além do luar para guiá-los. Parecia o lugar perfeito para uma emboscada de yokai. Eles não veriam os espíritos chegando até que fossem atacados. Porém, Roi Astara seguiu em frente, e ninguém discutiu com a decisão. Pelo menos não até que o vento trouxesse fumaça e os gritos distantes dos moribundos consigo.

A leste, além da grama alta, Zhihao viu um brilho alaranjado. Ele conhecia bem aquele brilho: a aldeia para a qual se dirigiam estava em chamas. Roi Astara parou, e os demais também.

— Devemos desviar para o sul, ou para o norte — disse o leproso. — Podemos dar a volta.

— Leste. — A voz de Ein estava resoluta, quase desesperada. — Preciso seguir em frente.

Itami apertou ainda mais o cabo de sua espada.

— Precisamos ajudá-los, sejam eles quem forem.

— Não. O destino deles pertence a eles.

— De qualquer forma, pretendíamos parar na vila deles esta noite.

— Não — gritou Ein. — Você me fez um juramento, Lâmina Sussurrante.

— Jurei ajudá-lo a alcançar Wu e o imperador. E jurei matar por você, os bons e os maus, para que você não trouxesse Punho Flamejante de volta. Não jurei deixar pessoas inocentes morrerem quando eu puder impedir.

— Você está certa, Itami — disse Bingwei Ma. — Os fortes devem sempre se esforçar para ajudar os fracos. É o próprio fundamento de uma sociedade sábia. Ein, você deseja que matemos este imperador, um homem mau, comprometido apenas com a justiça da espada. Você diz que nos escolheu porque somos heróis, e serão necessários heróis para derrubar esse tirano. Porém, se ignorarmos a situação das pessoas sob coação, seremos mais vilões do que heróis.

O menino e o Mestre do Vale do Sol entraram então em uma competição de olhares. Zhihao não tinha ideia de como Bingwei Ma suportava encarar Ein daquela forma.

— Chega disso — sibilou Itami. — Vou salvar quem puder.

E então, ela se foi, correndo pela grama alta. Um momento depois, Bingwei Ma a seguiu.

Chen Lu fungou alto. Verificou o peso do barril vazio e olhou para Zhihao. Em seguida, olhou para a aldeia em chamas.

— Eles podem ter vinho.

O menino estava olhando para Bingwei Ma e Itami, observando a grama ainda balançando em seu rastro. Zhihao avançou, e se agachou ao lado dele.

— Pessoalmente, concordo com você, rapaz. É um risco inútil. Deve ser só uma fogueira de aldeia.

— São bandidos — disse Roi Astara, com convicção.

— Não há bandidos em Qing, leproso tolo.

Roi Astara virou seu olho pálido para Zhihao.

— Muita coisa mudou desde o seu tempo, Vento Esmeralda. O Príncipe de Aço reuniu todos os homens em Qing sob sua bandeira. Em breve, ele marchará sobre Wu e, enquanto isso, sua província é assediada por bandidos dispostos a tirar vantagem de sua obstinação.

— Nunca ouvi falar desse tal Príncipe de Aço — disse Ein.

— Ele é jovem demais para estar em qualquer um de seus livros. — O leproso tossiu e manchou de respingos cor-de-rosa as bandagens em volta da boca. — Ele é filho do rei de Qing, um homem com muita dedicação à força e à vingança, determinado a ver justiça pelo assassinato do pai. Ele é o último desafio ao governo do imperador. E, ao seu lado, está Arte da Guerra, uma estrategista sem igual. Juntos, eles prometeram acabar com o governo de WuLong.

— Onde podemos encontrar esse Príncipe de Aço? — perguntou Ein.

Roi Astara ficou quieto por um momento enquanto olhava para o leste, em direção ao borrão alaranjado no horizonte.

— Não sei. Mas talvez alguém na aldeia possa nos indicar a direção certa.

O menino voltou seu olhar fantasmagórico para o leproso. Então, eles se encararam. Se era uma disputa de vontades, ou alguma forma de comunicação silenciosa através de olhares assustadores, Zhihao não sabia dizer, e não queria saber. Ele riu, caminhou pela grama, que balançava suavemente, e deu um tapa no braço de Chen Barriga de Ferro.

— Estou entediado, gordo. Vamos salvar o dia.

— É de noite.

— Foi só uma figura de linguagem.

Chen Lu franziu a testa, mas seguiu Zhihao pela grama alta.

— Não sei o que isso significa.

— Então pense só no vinho, Pança de Chumbo.

Quando emergiram da grama, Zhihao e Chen Lu pararam para observar. A aldeia era maior do que ele esperava. Tinha dezenas de prédios, com paredes de madeira e telhados inclinados de telhas de barro, perfeitos para queimar. Um riacho corria pelo centro da aldeia, borbulhando com a água que escorria das montanhas ao norte. Poderia ter sido idílico, não fosse pelos cadáveres e pelo fogo furioso.

Havia dezenas de bandidos. Talvez não tantos quanto o bando de Punho Flamejante em seu auge. Porém, certamente em número suficiente para que merecessem ter sido caçados e exterminados pelas autoridades de Qing há muito tempo. Lâmina Sussurrante e o Mestre do Vale do Sol estavam entre eles, lutando com espada e punho, dois contra um exército. Eles trabalhavam bem juntos, isso era tão claro quanto o céu noturno. Eles lutavam de costas um para o outro, defendendo-se com a mesma frequência que atacavam o inimigo. Zhihao observou Bingwei Ma saltando e virando para a esquerda, e Itami se abaixando sob ele e trocando de posição tão suavemente que os bandidos não tinham ideia do que estava acontecendo. Outros dois caíram na lâmina de Itami, enquanto o Mestre do Vale do Sol estalava braços como se fossem gravetos, e mandava corpos pelo ar, para colidir com seus companheiros.

— Não acho que eles precisem ser salvos, Brisa Verde — disse Chen Lu, entre grandes respirações ofegantes. Ele deixou a cabeça de sua grande clava cair no chão e se apoiou no cabo, observando o desenrolar da batalha à sua frente. — Ele não mata nenhum deles.

O Mestre do Vale do Sol era um dervixe de punhos e pés, desviando de golpes, e revidando com tanta força que Zhihao podia ouvir o bater na carne. Porém, nenhum de seus ataques visava matar. Ele ainda fazia um trabalho muito melhor em desabilitar os bandidos do que Zhihao poderia ter feito. Itami, por outro lado, não tinha esses escrúpulos. Cada um de seus ataques era perfeitamente medido para matar em um único golpe, e ela derrubava os homens com uma facilidade impressionante. Mesmo assim, mais bandidos continuavam chegando, pois deixavam de lado os saques para se juntar à luta.

Zhihao avistou um arqueiro colocando uma flecha em seu arco.

— Veja — disse Zhihao, batendo novamente no braço de Chen Lu. — Eu disse que eles precisariam de ajuda.

— Não, você não disse.

Zhihao ignorou o gordo, desembainhou suas espadas e atravessou o mundo. A surpresa no rosto do arqueiro valeu o esforço. Zhihao enganchou a espada no pescoço do homem, arrastou-o pela terra e o jogou no chão. Zhihao o deixou sangrando e procurou um novo alvo.

Do outro lado de uma ponte que atravessava o riacho, viu os aldeões que ainda estavam vivos. Havia crianças, anciãos e uma mulher que parecia estar grávida. Eles estavam agrupados perto de uma casa em chamas, sentados no chão, enquanto dois bandidos os observavam, com aço nu em suas mãos. Mesmo com ele observando, um dos bandidos levantou uma mulher e segurou uma lâmina em seu pescoço. Este era o problema com heróis como Itami e Bingwei Ma: eles colocariam as armas no chão para salvar uma única vida inocente. Zhihao, por outro lado, estava bem ciente de que nenhuma vida era inocente. Ele preferia jogar com a sorte e ver quem sobrevivia. E, ao lutar contra bandidos amadores, que mal sabiam segurar uma espada, a sorte sempre favoreceria Vento Esmeralda.

Zhihao atravessou o mundo e apareceu atrás do bandido. Ele enganchou uma espada ao redor do braço do homem, e puxou a espada do bandido para longe da garganta da mulher. Com a outra espada, enganchou a perna do homem e o derrubou de cara no chão de terra batida. A partir daí, foi simples pisar em seu pescoço. O outro bandido que guardava os aldeões pereceu com a mesma facilidade. Então, Zhihao pendurou suas espadas, e assistiu a Itami e Bingwei Ma lutarem contra o resto dos bandidos. Chen Lu, notou, não se juntou à luta; ainda esperava, perto da grama alta. Ein e o leproso estavam com ele agora, e Zhihao se perguntou qual deles havia vencido a competição de encarar.

Alguns dos aldeões agradeceram a Zhihao por resgatá-los. Porém, ele os ignorou, exceto por dizer que nada demonstraria tanta gratidão quanto uma garrafa de vinho de arroz. Ele estava bebendo de uma caneca, quando Itami e Bingwei Ma expulsaram o último dos atacantes.

Itami limpou a espada e a deslizou na bainha ao lado de sua parceira, então se curvou para Bingwei Ma. Ela não havia oferecido o mesmo sinal de respeito a Zhihao, sendo que já haviam lutado juntos duas vezes, e ele a havia salvado de Punho Flamejante.

A maioria dos aldeões estava ocupada, pegando baldes de água do riacho e os jogando sobre os prédios em chamas. Outros choravam pelos mortos, ou cuidavam dos feridos. Zhihao se afastou de todo o barulho e levou a garrafa de vinho de arroz com ele. O gosto era horrível, mas tinha aquela força familiar que prometia deixá-lo bêbado independente do sabor.

Chen Lu, Itami, Bingwei Ma, o menino e o leproso se reuniram no centro da aldeia, cercados pelos mortos e feridos. Muitos dos bandidos ainda estavam vivos, mas incapacitados pelo Mestre do Vale do Sol, e alguns veteranos se moviam entre eles com espadas para matá-los. Era um trabalho sujo.

— Verifique os bolsos antes de queimar os corpos — disse Zhihao.

Ele se ajoelhou ao lado de um bandido que estava gemendo, e começou a puxar um anel do dedo do homem. Quando o sujeito protestou, Zhihao deu um soco no rosto dele e removeu o anel de qualquer maneira. Era uma faixa de madeira simples, com uma pequena gema verde no centro, e se encaixava perfeitamente em seu dedo indicador direito.

— Obrigada pela ajuda, Zhihao — disse Itami, ao se juntar a eles no centro da vila.

Porém, ela não fez nenhuma reverência respeitosa. Zhihao a ignorou.

— Você não os matou — disse Zhihao, enquanto se aproximava de Bingwei Ma. — Nenhum deles.

— Eu não mato — disse Bingwei Ma.

— São bandidos! Estavam matando mulheres e crianças.

Bingwei Ma ouviu, e concordou.

— Eu percebi. Mas não mato. Nunca tirei uma vida e nem nunca tirarei.

— De que serve ele? — Zhihao disse, virando-se para Ein e os demais. — Estamos em uma missão para matar o imperador, e para que serve um homem que não mata? Por que você o trouxe de volta?

— Existem outras maneiras de vencer uma luta, Vento Esmeralda — disse Bingwei Ma.

— Ele está certo, Zhihao — disse Itami. — Ele incapacitou tantos bandidos quanto eu, sem tirar uma única vida.

Novamente, Zhihao a ignorou e se concentrou em Ein. Encarar os olhos do menino era um terror, mas a raiva e o orgulho deixaram Zhihao ousado.

— Você nos trouxe de volta para matar por você. Por que ele está isento disso?

O menino deu um único passo à frente. Zhihao se manteve firme.

— O Mestre do Vale do Sol é o maior mestre de wushu que já existiu. Ele pode alcançar, pela força do punho e dos princípios, o que você não pode. — O garoto inclinou a cabeça, e seu olhar era tão intenso e tão profundo que Zhihao sentiu que estava se afogando nele, sendo sugado para uma escuridão da qual não havia como escapar. — Afinal, ele derrotou vocês três sem matar ninguém.

Ein deu mais um passo à frente e desta vez Zhihao não conseguiu se segurar; suas pernas ficaram bambas, e ele cambaleou um passo.

— Eu decido quem trago de volta ou não — continuou o menino. — Eu decido quem vai me ajudar na minha busca. Eu decido quem é útil, e quem não é. — Ein deu mais um passo e Zhihao se engasgou. A dor no seu peito queimava, bem onde Lâmina Centenária o havia esfaqueado. — Certifique-se de permanecer útil, Zhihao Cheng.

Zhihao caiu de joelhos, e a garrafa de vinho rolou de suas mãos. A dor no peito era insuportável, como se seu coração tivesse se transformado em gelo. Ele mal podia ver o menino através das lágrimas em seus olhos.

— Ein, já chega — disse Itami, parando na frente do garoto.

Zhihao ouviu um tapa alto, e a dor desapareceu. Quando piscou para se livrar das lágrimas, Ein estava sentado no chão, olhando para Itami com olhos arregalados e uma marca de mão vermelha no rosto.

— A aldeia ainda está queimando — disse Bingwei Ma. — Os mortos precisam ser recolhidos, e os feridos, cuidados.

Com isso, o Mestre do Vale do Sol se afastou para ajudar a restaurar à aldeia alguma aparência de ordem. Exatamente como um herói deveria fazer. Pensar nisso lhe trazia uma amargura, e Zhihao fez uma careta. Chen Lu estendeu a mão para Zhihao, e o colocou de pé. O gordo não disse nada, mas deu um tapinha no ombro de Zhihao. Então, ele se afastou para arrastar os cadáveres para fora da aldeia.

Ein tinha se recuperado, e estava se limpando. Itami se moveu para ajudar os aldeões. Roi Astara continuava de pé na beira da grama alta, apoiado em seu rifle, observando tudo à distância. Zhihao se virou e foi embora, mas tentou fazer parecer que não estava fugindo do garoto.

No momento que a aldeia chegou a algum tipo de ordem, o sol já havia nascido e banhava o mundo com um suave brilho alaranjado, silenciado pelas nuvens. Os incêndios haviam se espalhado entre as casas, e quase metade da aldeia havia queimado antes que controlassem as chamas. Os corpos foram recolhidos, os bandidos foram empilhados apressadamente em uma pira e os aldeões se prepararam para os enterros. Os feridos eram atendidos de acordo com o possível, mas não havia ninguém na aldeia que afirmasse ser um curandeiro. Cho apostou que muitos mais morreriam antes que a memória do ataque fosse esquecida. Porém, eles pelo menos haviam salvado a maioria dos aldeões, além de seus suprimentos de comida, por mais escassos que fossem.

Nem Ein nem Roi Astara tomaram parte no auxílio à aldeia. Cho podia entender o leproso; estava doente, sem vontade de tocar os vivos, e não era forte o suficiente para ajudar com os mortos. Porém, o menino tinha sua agulha e linha, e um conhecimento rudimentar de costurar feridas, mas se sentou ao lado de Roi Astara e ficou amuado, em vez de ajudar. Zhihao também ficou amuado, mas de uma forma mais útil. Ele se lançou ao trabalho de queimar os cadáveres dos bandidos, e não disse uma palavra a ninguém. Cho não podia culpar Zhihao. Ela também estava zangada com a forma como o menino o havia tratado.

Quando finalmente se reuniram no centro da aldeia, agora livre de corpos, foi para beber água limpa e tomar café da manhã com mingau aguado. Estavam comendo quando Ein se aproximou, com um olhar furioso varrendo todos eles.

— É hora de ir. — Seus olhos se voltaram para o leste, em direção ao sol nascente, e em direção a Wu.

O silêncio que se seguiu às palavras de Ein foi quebrado por um dos aldeões, uma senhora de cabelos grisalhos como uma tempestade de inverno. Ela se levantou de seu banquinho de madeira, e se curvou para o grupo.

— Agradeço por tudo o que fizeram. Sem sua ajuda, estaríamos todos mortos, ou morreríamos em breve.

— Obrigado significa mais quando acompanhado de comida — disse Chen Lu, em sua voz aguda. Cho lhe lançou um olhar severo, mas ele a ignorou. — Nossos suprimentos estão baixos e estou com fome. Esta... pasta não vai satisfazer uma qi como a minha. — Ele deu um tapa na barriga, e sorriu.

A velha parecia envergonhada.

— Temos tão pouco sobrando. Você viu por si mesmo. É apenas o suficiente para aqueles de nós que sobreviveram.

— Por que seus suprimentos estão tão baixos? — perguntou Roi Astara. Ele estava agachado sobre as ancas, do lado de fora do círculo.

A velha deu de ombros, e se sentou no banco.

— O imperador fica com metade de tudo, e seus cobradores de impostos são mesquinhos com os números. Na maioria das vezes, pegam a parte maior. Depois, há o imposto a... — Ela ficou em silêncio, olhando para todos eles.

— Não somos espiões do imperador. — Roi Astara disse.

— Não. Vocês não parecem. — A velha riu. — Não tenho certeza do que vocês parecem.

— Pessoas que estão tentando ajudar da maneira que pudermos. — O leproso terminou com um acesso de tosse e novas manchas vermelhas apareceram através das bandagens.

— Pagamos um imposto ao Príncipe de Aço. Ele o leva para apoiar seus soldados. Ele é a última esperança que temos de nos livrar daquele maldito imperador.

— Fan! — Um velho encurvado com uma barba que se estendia até a cintura balançou a cabeça violentamente. — Mesmo que essas pessoas não sejam espiãs, você nunca sabe quem podem ser.

A velha chiou.

— Ah, Xinfei, já não me importo mais. O que mais podem fazer conosco? Levar mais comida? Já não temos o suficiente para alimentar a aldeia, mesmo com a maioria dos homens longe. Nos matar? Bom, seria uma boca a menos para alimentar. E há grandes chances de todos nós morrermos na próxima vez que um grupo de ladrões decidir levar o que é nosso. Melhor dizer logo a essas pessoas gentis o que elas querem saber, e se no meio tempo eu amaldiçoar o nome Henan WuLong, melhor ainda. — Ela cuspiu na terra.

Ein estremeceu com o nome, mas apenas Zhihao pareceu notar.

— Desde que o imperador WuLong sequestrou todos os reis de Hosa — continuou a velha —, estamos sozinhos. Ninguém vem nos ajudar. Ninguém patrulha as estradas. Os ladrões vêm e levam o que querem, e os cobradores de impostos vêm e levam ainda mais. E o tempo todo o imperador fica sentado atrás de seus muros na cidade de Jieshu, mantendo todos os reis como reféns, para que nenhum de seus filhos se levante.

— Nenhum, exceto o Príncipe de Aço — disse Roi Astara, tendo superado seu último ataque de tosse.

— Pode ser verdade o que as pessoas dizem, sobre ele ser o guerreiro mais forte desde Lâmina Centenária, mas ele é quase tão ruim quanto os ladrões. Leva tudo o que sobra, comida e rapazes, e não faz nada contra os bandidos. Apenas se senta em seu acampamento, treina e planeja. E, toda vez que o pessoal dele vem tirar mais de nós, eles dizem '*Em breve. Em breve, ele vai libertar a todos nós.*' Já se passaram quase dois anos, e não me sinto nem um pouco livre.

— Onde podemos encontrar esse Príncipe de Aço? — perguntou Ein. De repente, o garoto estava novamente entusiasmado.

— Como saberia?

Os olhos do velho se arregalaram, e ele rapidamente olhou para o chão e esfregou os pés na terra. Cho se levantou, e se aproximou dele.

— Xinfei, é isso? — disse ela. — Você sabe, não sabe? Onde podemos encontrar o Príncipe de Aço.

— O quê? — Fan ergueu as mãos. — Por que ele saberia?

— Por favor, conte-nos. — Cho se ajoelhou na frente de Xinfei, e olhou para ele. — Você está protegendo a localização dele. Talvez isso signifique que você acredita em sua causa. Então, você deveria saber que pretendemos matar o Imperador dos Dez Reis. Nossos objetivos se alinham com os do Príncipe de Aço. Podemos ajudar uns aos outros. Talvez até coloquemos um fim ao seu sofrimento.

Mesmo assim, o velho não disse nada.

— Você sabe de alguma coisa, Xinfei? — perguntou Fan. — Diga agora se sabe de alguma coisa. — Ele olhou para cima e encontrou os olhos dela com um sorriso culpado. — Ah, pelas estrelas, seu velho tolo. Diga!

No meio da manhã, estavam novamente a caminho. Não a leste, em direção a Wu, mas a sudeste, em direção à grande floresta de Qing. Para encontrar o Príncipe de Aço, infiltrar seu exército, e de alguma forma, matá-lo sem que ninguém percebesse.

27

As árvores que os cercavam eram monstros. Muitas delas tão grossas, que seriam necessários vinte ou mais de Cho, para cercar o tronco. Eram vermelho-alaranjadas, com milhões de folhas de esmeralda brotando de galhos que começavam bem acima do chão da floresta. Algumas estavam apodrecendo na base, sem dúvida atacadas por insetos devoradores. Era encorajador pensar que, com tempo suficiente e com a vantagem dos números, algo tão pequeno pudesse derrubar algo tão grande. Outras árvores eram coisas bulbosas e malformadas; sua madeira parecia protuberante onde encontrava o chão. Também havia pedras espalhadas entre as árvores, tão grandes que seriam necessários cem cavalos para movê-las. Cho achou que parecia um parque de gigantes. Ela se sentiu pequena e insignificante no meio de tudo aquilo.

O sol do meio-dia chegava até eles filtrado através do dossel. Pássaros arrulhavam do alto, e folhas e galhos trituravam sob seus pés enquanto os heróis avançavam floresta adentro. De vez em quando, ela vislumbrava algo que seus olhos não conseguiam ver. Um movimento passando por trás das árvores, sombras que estavam ali por um momento e desapareciam no outro. Quando aguçava os ouvidos, podia ouvir além dos cantos dos pássaros, e além do barulho da passagem de seu grupo; havia sussurros ali.

— Estamos sendo observados — disse Roi Astara.

O leproso mancava, e usava o rifle como muleta. Talvez fosse apenas mais um sintoma da doença. Ela tinha pena dele, e não conseguia imaginar a sensação de ser afligida por uma peste como aquela, de sempre precisar estar consciente de manter distância de todos e de saber que nunca mais sentiria contato humano. O pensamento a entristeceu mais do que ela poderia descrever.

— Mais yokai? — disse Zhihao.

Ele parecia cansado. Todos pareciam cansados. Nenhum havia dormido e, mais do que isso, haviam passado a maior parte da noite lutando, apagando incêndios e queimando mortos. Até Chen Lu estava quieto e caminhava sozinho em um silêncio taciturno.

— Não sinto nenhum espírito — disse Ein, mais uma vez com o lenço vermelho nas mãos. — Pelo menos nenhum que nos queira mal. Mas a floresta está encharcada deles.

— Não são espíritos. São homens nos observando — disse Roi Astara.

— Isso significa que estamos no caminho certo — disse Bingwei Ma. — Talvez devêssemos parar e pedir uma audiência?

Cho recuou alguns passos, para caminhar ao lado de Ein.

— Bingwei Ma levantou uma boa questão. Você está determinado a recrutar este Príncipe de Aço para a missão. Não acredito que lutar até ele seja o caminho mais sábio.

Ein olhou para ela, e Cho pensou ter visto um momento de incerteza. Em seguida, o menino concordou.

— Diplomacia, então? — Ele baixou a voz, sussurrando para que apenas Cho pudesse ouvir. — Mas ele ainda precisa morrer.

Cho considerou isso como empecilho que resolveriam quando chegasse a hora.

— Chen Lu, você faria as honras? Acredito que você tenha a voz mais alta.

Chen Barriga de Ferro riu, e respirou fundo.

— Sou Chen Barriga de Ferro — gritou. — E estes são meus companheiros. Buscamos uma audiência com o Príncipe de Aço de Qing.

Enquanto suas palavras se desvaneciam ao longe, os sons da floresta voltaram. Não houve resposta.

— Talvez a força da minha voz os tenha assustado — riu Chen Lu.

— Talvez devêssemos dizer que viemos em paz — sugeriu Cho.

Impaciente, Chen Lu bufou e respirou fundo mais uma vez

— Viemos em paz. O menino quer falar sobre matar o imperador.

Zhihao deu um tapa no braço de Chen Lu.

— Você realmente não sabe ser sutil, não é, gordo?

— Sutileza é para pessoas pequenas. Eu pareço pequeno para você, pessoa pequena?

Uma única flecha assobiou no ar lá do alto e caiu no chão apenas alguns passos à frente de Chen Lu. A haste estremeceu. Por um momento, Cho pensou que Chen Lu poderia se ofender, mas ele apenas riu.

— Acho que eles me ouviram.

— Vocês estão aqui para conversar? — Um homem alto, vestindo uma armadura de cerâmica vermelha chapeada, contornou uma das árvores gigantes. Ele tinha uma espada curta embainhada na cintura e um arco em uma mão, mas não poderia ter lançado a flecha, pois o ângulo não fazia sentido. Isso significava que havia mais deles.

— Paz — disse Bingwei Ma, com uma reverência a partir da cintura. — Queremos apenas conversar com o Príncipe de Aço. Não há intenção de violência.

O homem pareceu meditar sobre isso por um momento, e Cho ouviu passos no monte de folhas ali perto; eram soldados se posicionando, para emboscar ou escoltar.

— Você precisa entregar suas armas — disse o homem de armadura vermelha.

Ele foi recebido por um silêncio colossal. Mais soldados apareceram de trás das árvores e outros saíram para os galhos grossos acima. Alguns carregavam arcos e outros seguravam *guandaos*, com punhos tão longos quanto a altura de Cho, e lâminas curvas que brilhavam à luz do sol. Se usado corretamente, um guerreiro poderia cortar uma pessoa ao meio com um bom golpe de um *guandao*. Porém, Cho não tinha certeza de que esses soldados poderiam empunhá-los com tanta habilidade.

As mãos de Zhihao se desviaram para as espadas, e Chen Lu largou o barril e o guarda-sol e apertou sua clava. Cho decidiu que era hora de tomar a iniciativa. Ela passou por Chen Lu, tirou a bainha do cinto e colocou-a no chão à sua frente.

— Peço-lhe que as mantenha em segurança e não puxe as lâminas. Por uma questão de respeito.

Ela se curvou, e deu um passo para trás.

Chen Lu foi o próximo. Tirou a clava do ombro e jogou-a no chão da floresta, com um baque semelhante a uma árvore caindo.

— Boa sorte para levantá-la.

Roi Astara se afastou do grupo com o rifle erguido, para não parecer ameaçador.

— Não pediria a mais ninguém para carregar minha arma. Não vale a pena arriscar.

O homem de armadura vermelha, agora apoiado por uma dúzia de outros soldados, não parecia convencido.

O que você tem?

— Lepra — disse Roi Astara, sem demora. — Aqui. — Ele tirou uma tira de atadura de um bolso de sua calça verde, e a enrolou meia dúzia de vezes sobre a placa de tiro de seu rifle. — Se algum de seus homens me vir tirar este pano, são bem-vindos para me atacar.

O homem de armadura concordou. Então, todos os olhos se voltaram para Zhihao. Vento Esmeralda cruzou os braços.

— Sou o único de nós que não é louco. Não vou entrar em um acampamento de rebeldes militantes sem uma arma.

Cho deu outro passo para trás, e sorriu para Zhihao.

— Você será o único. Mesmo se estiver com suas espadas, o que é que pode fazer sozinho contra um exército? E pense bem, algum de nós realmente precisa de armas para ser perigoso?

Zhihao ponderou, mas Cho já sabia o resultado. Vento Esmeralda gostava de bancar o solitário, mas a verdade era que ele ansiava pela aceitação dos outros. Por fim, o homem jogou as mãos para o ar, declarou-os todos tolos, e colocou as espadas ao lado das de Cho. Então, recuou para a parte de trás do grupo, para ficar de mau humor. Os soldados de armadura vermelha avançaram para recolher as armas; dois deles tiveram que trabalhar juntos para arrastar a clava de Chen Lu. Sem demora, uma escolta armada os estava conduzindo para dentro da grande floresta.

Cho logo viu as evidências de preparação para a guerra. O som de aço contra aço, o cheiro de fumaça do fogo de um ferreiro, sentinelas com olhos vigilantes. Em seguida, havia tendas entre as árvores gigantes, inicialmente pequenas, mas de maior tamanho, à medida que avançavam. Eram coloridas, em vermelho, verde e azul. Roi Astara apontou que os emblemas costurados no tecido significavam soldados de Qing e de Shin, de Lau e de Song. Parecia que cada um dos Dez Reinos de Hosa estava contribuindo para a rebelião do Príncipe de Aço, até mesmo o próprio Wu. Por toda parte, havia soldados, com armaduras coloridas tão variadas quanto as tendas. Alguns trabalhavam na manutenção de armas, outros treinavam à luz do meio-dia. Eram tantos soldados que Cho não se deu ao trabalho de contar. Ela nunca tinha visto tal exército reunido, e apostou que devia haver milhares de soldados na floresta. Tinham sido tratados com um escrutínio frio e mais do que um pouco de curiosidade enquanto marchavam pelo acampamento.

— Todos atendemos ao chamado do príncipe — disse o homem de armadura vermelha. — Depois que o imperador tomou os reis como reféns, ninguém mais estava disposto a enfrentá-lo. Seus impostos estão sugando a terra, e ele não se importa com nada, exceto com a conquista militar. Ouvi rumores de que o próximo passo dele é fazer guerra contra Ipia. Assim, quando o Príncipe de Aço declarou o imperador um traidor de Hosa, homens e mulheres de todas as classes se juntaram à causa. Quando o imperador ameaçou matar o rei Qing, caso o príncipe não se prostrasse de joelhos, o príncipe enviou seus exércitos para atacar as linhas de suprimentos, e se esgueirou em Wu sozinho, para assistir ao imperador matar seu pai. Combustível para o ódio, acredito eu.

— Ele se recusou a capitular, nem mesmo para salvar a vida do pai? — perguntou Bingwei Ma.

— Pelo que ouvi, quando o príncipe era jovem, foi sequestrado por bandidos. Não sei como chegaram até ele, mas conseguiram. Algumas pessoas dizem que eram os homens do imperador tentando minar Qing. Os bandidos exigiram um resgate, dinheiro em troca da vida do menino príncipe. O rei Qing se recusou a pagar. Disse que nunca pagaria. Então, os bandidos lhe enviaram um desenho, uma descrição do que fariam com o rosto do príncipe se o rei não pagasse. Não era nada bonito.

Cho estremeceu com o pensamento.

— Seria preciso um homem severo para ficar parado enquanto seu filho enfrentava a mutilação.

— Foi o que rei Qing fez. Se recusou a pagar. Cinco dias depois, o príncipe aparece em Singwoo, coberto de sangue da cabeça aos pés. Foram bandidos que cortaram o rosto do príncipe. Era horrível. Mas acabaram o achando fraco demais para revidar, e baixaram a guarda. Ouvi dizer que o príncipe matou todos. Mesmo com o rosto todo ferido, sangrando de uma centena de cortes, ele escapou e matou cada um daqueles mercenários. Depois, caminhou de volta para Singwoo. Desabou apenas dentro das muralhas da cidade. Mas sobreviveu.

Bingwei Ma franziu a testa.

— Quantos anos ele tinha?

— Apenas treze.

— Assim como o pai, o filho também agiu. Ele aprendeu bem suas lições. Embora nem todas as lições sejam dignas de aprender.

— Sem compromisso. Sem rendição. Sem retroceder. — O soldado de armadura vermelha se endireitou e estufou o peito. — Ele é o único disposto a lutar contra o Imperador dos Dez Reis, e não se importa com as ameaças, ou com o que isso irá lhe custar. O Príncipe de Aço prometeu vencer e devolver a paz a Hosa.

Por fim, o soldado de armadura rubra ergueu a mão para detê-los do lado de fora de uma ampla tenda vermelha, enfeitada com filigrana preta em forma de corvos em voo. O soldado mergulhou dentro da tenda, deixando Cho e os outros sob forte guarda. Nenhuma quantidade de força, especialmente sem suas armas, os livraria dessa situação. Ein se aproximou de Cho. Ele parecia preocupado e inseguro. Ela não o culpava. Só esperava que não lhe pedisse para matar o príncipe ali mesmo.

O soldado de vermelho saiu da tenda e abriu a passagem para uma figura alta, vestida com um manto azul-celeste estampado com pássaros vermelhos em voo, usando uma máscara branca que lhe cobria todo o rosto. Ainda se somava à vestimenta um capuz que combinava com o manto; quem quer que fosse aquele sujeito, mostrava menos de si que Roi Astara. A máscara virou para cada um, então a cabeça se inclinou um pouco. A voz que saiu da máscara, no entanto, era indubitavelmente feminina; eloquente, e quase musical.

— Meu nome é Daiyu Lingsen.

— A Arte da Guerra — disse Roi Astara, curvando-se para a mulher mascarada.

— Alguns podem me chamar assim. Embora, na verdade, eu seja apenas uma conselheira do príncipe. São as decisões dele que vencem nossas batalhas. Conheço *você*, Eco da Morte. Mas quem são esses outros?

Antes que Roi Astara pudesse responder, Chen Lu deu um passo à frente, sem se importar com o aço que os guardas brandiram em sua direção.

— Eu sou Chen Barriga de Ferro.

A máscara inclinou um pouco para o lado. Houve uma pausa, antes de Daiyu falar novamente.

— E o resto de vocês?

— Itami Cho. — Ela se curvou respeitosamente, então gesticulou para os outros. — Estes são Bingwei Ma, Zhihao Cheng e Ein.

Novamente, houve uma pausa, enquanto a máscara se voltava para cada um. Por fim, Daiyu levantou uma aba de tecido para voltar à tenda, mas parou. Cho ouviu uma voz lá de dentro, sussurrada baixinho demais para entender. Então, Daiyu voltou-se para eles.

— Você fala pelos outros, Itami Cho?

— O menino e eu.

— Interessante. Os outros devem esperar aqui fora.

Com isso, Daiyu mergulhou dentro da barraca, e segurou a aba aberta. Cho foi a primeira a entrar. Ein estava um passo atrás, tão perto que ela podia senti-lo, assim como sentia aquele medo estranho sempre que ele se aproximava.

A tenda estava iluminada principalmente pela luz de fora; contava com apenas uma única lamparina a óleo, que lançava uma luz sombria sobre suas paredes. Havia um suporte de armadura quase vazio, exceto por um elmo polido que reluzia em prata e vários baús pesados de carvalho. Em cima de um dos baús havia um grande e ornamentado tabuleiro de xadrez, com estatuetas primorosamente esculpidas posicionadas, pronto para um jogo. De um lado, havia uma bacia em uma mesinha com duas cadeiras, ao lado de um estrado enrolado. Na outra extremidade, um homem com armadura de cerâmica prateada estava sentado atrás de uma grande mesa de madeira, olhando para uma coleção de mapas e pergaminhos. Ele era alto e largo, e sua armadura captava a luz da lamparina e a refletia de volta para Cho. Cobria quase todas as partes dele, do pescoço para baixo, e parecia robusta e bem testada. Seu cabelo era escuro, preto como um corvo, brilhante e caía em cascata pelos ombros. Quando ele finalmente olhou para cima, Cho viu várias cicatrizes no lado direito de seu rosto, cruzando umas sobre as outras e repuxavam seu lábio e olho.

— Lâmina Sussurrante está morta. — As primeiras palavras do Príncipe de Aço foram uma acusação, não uma pergunta.

28

A única coisa que Zhihao havia percebido sobre todos os exércitos, fossem eles tropas imperiais, rebeldes ou bandidos, era que em algum lugar do acampamento haveria vinho. E uma coisa que estava percebendo rapidamente sobre Chen Lu, era que não havia ninguém melhor em farejá-lo. Então, enquanto Ein e Itami estavam ocupados convencendo o Príncipe de Aço a se juntar à causa, Zhihao e Chen Lu encontraram um grupo de soldados com vinho de sobra. Eles, é claro, não estavam nada animados para presentear a dita bebida a uma dupla de vagabundos, mas essa era uma das razões pelas quais Zhihao carregava anéis de ouro. Em pouco tempo, estavam sentados em banquinhos ao redor de uma fogueira, com uma garrafa cada. Embora o vinho tivesse gosto de cinza em sua boca, certamente era forte o suficiente para deixar Zhihao com uma atitude mais alegre.

— Já se perguntaram por que estamos aqui? — disse Zhihao.

A maioria dos soldados ao redor da fogueira os estava ignorando; sentados, compartilhavam suas próprias histórias. Uma boa maneira de acalmar os nervos antes de partir para a guerra.

— Para matar o imperador — disse Chen Lu. — Você está confuso, Brisa Verde? Viemos de tão longe para matar o imperador, e agora você esqueceu?

— Mas por que nós? Por que o menino nos escolheu?

Chen Lu riu, e Zhihao sabia qual seria a resposta antes mesmo que as palavras saíssem de sua boca.

— Eu sou Chen Barriga de Ferro. Tenho mais feitos heroicos em meu nome do que você teve refeições na vida.

— Mas é bem disso que estou falando — disse Zhihao. — Se você é tão heroico assim... — Ele pigarreou, antes de levantar a voz. — Quem aqui já ouviu falar do meu amigo gordo, Chen Barriga de Ferro? Todas as vezes que ele grita o próprio nome não conta.

Houve alguns resmungos. Um ou dois soldados desviaram o olhar.

— É a primeira vez que ouço o nome dele — disse um soldado de bigode caído.

— Ouvi dizer que ele estava morto — disse outro. — Morreu de velhice.

Chen Lu jogou para trás uma taça de vinho e serviu outra, com uma carranca fixada no rosto gordo.

— Não, não, não — disse um soldado baixo e calvo. — Ele morreu em Ban Ping. Sífilis, tenho certeza.

— Sífilis? — gritou Chen Lu.

— Foi o que ouvi. — De repente, o soldado se interessou pelo fogo. — Pode ser que esteja errado.

— Viu só? — disse Zhihao. Ele se serviu de uma taça de vinho, e ponderou. — Eles ouviram uma dúzia de histórias diferentes sobre como você morreu, mas nenhum deles consegue se lembrar de seus feitos magníficos e heroicos.

— Exatamente por isso devo gritá-los ainda mais alto. Talvez você não tenha ouvido falar da minha batalha contra a Máquina de Sangue de Cochtan? — Mas os soldados, absortos em suas próprias conversas, não estavam mais prestando atenção. Chen Lu resmungou, e jogou outra taça de vinho. — O menino deve ter ouvido. Ele afirma ter ouvido falar de todas as minhas façanhas.

— Ele tinha um livrinho delas. Todos os seus maiores feitos, e os de Itami e Bingwei Ma.

— E os seus?

— Mas é essa a questão, gordo. Vocês são todos heróis. Você pertence a este grupo. Agora, eu? — Zhihao baixou a voz. — Sou um mercenário. Eu não salvava as pessoas. Eu as roubava.

Chen Lu disse:

— O garoto disse que você foi o primeiro a passar pela brecha em Dangma.

Zhihao riu disso.

— O primeiro pela brecha, e o último pela brecha.

— Hein?

— Você viu minha capacidade de... não estar onde deveria estar.

— Uh-hum — Chen Lu concordou. — Um truque extravagante. Você foca sua qi em um ponto e se move para lá. Mas, assim como a Lâmina Sussurrante, sua qi é descontrolada e acaba revelando para onde você está indo.

— A qi de Itami também é descontrolada?

— É. Ela canaliza toda a qi através de sua voz, mas acho que ela não sabe como impedir. Por isso, ela sempre fala sussurrando, mesmo assim sempre dá para ouvi-la.

Zhihao nem sabia se qi era real, e certamente não era uma discussão que queria ter com Chen Lu.

— Bom, quando os muros caíram em Dangma, corri pela brecha. Fiz uma cara muito corajosa, e gritei com toda a força. Porém, assim que havia atravessado, vi os arqueiros de Dangma alinhados. Então, desapareci e deixei o resto da vanguarda tomar os tiros. Reapareci na parte de trás da retaguarda, e os segui.

Chen Lu estava franzindo a testa para ele.

— Mas o menino disse que você saiu sozinho daquela brecha, carregando a cabeça do Tigre Sentado.

— Não estou dizendo que não lutei naquele dia. Mas Lança Quebrada fez a maior parte do trabalho contra Tigre Sentado. Só apareci quando a espada do Tigre estava alojada no peito do meu amigo. Gosto de pensar nisso como vingança, mas provavelmente poderia ter chegado lá mais cedo, se realmente tivesse tentado. Cortei a cabeça do maldito e corri para a brecha. Quando parti, a luta estava longe de terminar.

Chen Lu soltou um rosnado agudo. Era um aviso, e Zhihao sabia que deveria ouvi-lo. Porém, agora a verdade estava saindo, e ele percebeu que gostaria de contar o resto.

— Mesmo que tivesse estado na vanguarda o tempo todo, e mesmo que tivesse salvado toda a merda daquela batalha, o que não fiz, não houve nada de heroico. Tigre Sentado se autodenominava general, mas era apenas mais um senhor da guerra mercenário, e Punho Flamejante queria o forte dele. Atacamos Dangma não porque era um esconderijo de bandidos, mas porque Punho Flamejante tinha inveja de algumas poucas muralhas. No fim das contas, até queimá-las ele queimou.

— Nem todas as coisas boas são feitas por bons motivos — disse Chen Lu. — Quando um grupo de bandidos ataca outro, sobra menos um bando de mercenários no mundo.

— A questão é que, de herói, Vento Esmeralda não tem nada. Não pertenço a este grupo com o restante de vocês. Nunca pertenci.

Chen Lu bateu nas costas de Zhihao com tanta força que ele escorregou do banco e quase caiu na fogueira do acampamento.

— Que dupla nós somos, Brisa Verde — disse o gordo. — Você, tão certo de que é um vilão e não deveria estar aqui, apesar da insistência do menino. E eu, tão certo que sou um herói, e é exatamente aqui o meu lugar. Ah!

Zhihao realmente não os via como uma dupla. Chen Lu não tinha dúvidas sobre onde estava e por que, não havia nenhum sentimento de que não pertencia àquele grupo. Na verdade, ele estava tão certo de que pertencia ao grupo, que se irritava porque as pessoas não entoavam cantigas sobre ele. De qualquer maneira, cantigas eram superestimadas, pensou Zhihao. Vento Esmeralda tinha uma música em seu nome, e começava listando alguns de seus piores crimes… e terminava listando todos os outros.

29

Lâmina Sussurrante e Ein contra O Príncipe de Aço

— Eu estava morta — disse Cho. — Por um tempo.
— Assim como o Vento Esmeralda e Chen Barriga de Ferro, e o Último Mestre do Vale do Sol.

Príncipe de Aço olhou para Ein, depois de volta para Cho, com os olhos severos no rosto cheio de cicatrizes.

— As notícias correm rápido — disse Cho.

Príncipe de Aço disse:

— Na verdade, não. Então, o que devo pensar? Um menino vestindo os trapos esfarrapados de vestes funerárias e sem sapatos, três heróis lendários e um bandido infame, todos declarados pelo mundo como mortos. Mas aqui estão eles, em meu acampamento. E depois há o Eco da Morte. Um leproso, tão famoso por seus assassinatos quanto pelas pessoas que salvou. O que você, *Lâmina Sussurrante*, pensaria se um grupo de fantasmas desse tipo entrasse em seu acampamento, poucos dias antes de planejar atacar o Imperador dos Dez Reis?

Cho tentou desesperadamente pensar em uma resposta, uma que não fizesse com que todos fossem jogados em uma cela, ou mortos mais uma vez. Então, Ein deu um passo à frente, para ficar bem na frente da mesa.

— Que estávamos aqui para matá-lo — disse o menino. — E você estaria certo.

Nem Príncipe de Aço nem Daiyu se moveram. Cho notou sua mão esquerda tateando em busca de uma bainha que não estava lá.

— O que você está fazendo, Ein?

O garoto olhou para Cho por cima do ombro, e um sorriso surgiu em seus lábios.

— Achei que poderia tentar a verdade.

Apesar da segurança nas palavras, suas mãos esfregavam o lenço vermelho em volta de seu pescoço.

— Vocês vieram aqui para me matar? — disse Príncipe de Aço. — Não é muito sábio anunciar isso.

Cho ouviu Daiyu se movendo, deslizando pelo chão, até se posicionar atrás dela. Ela não tinha ideia de quais seriam as armas da Arte da Guerra, nem de sua habilidade com elas. Porém, sem as espadas, Cho certamente estaria em desvantagem.

— A menos que morrer seja a única maneira de garantir que você vença a guerra contra o imperador.

Príncipe de Aço se inclinou para frente e juntou as mãos. Havia um olhar severo em seu rosto cheio de cicatrizes. Cho sabia que ele estava avaliando o valor deles e decidindo se deveria matá-los.

— E como é que vou ganhar uma guerra se estiver morto? Me explique.

— Eu morri — disse Ein, com um aceno de cabeça. — Em Long Mountain, meu pai me sacrificou para um shinigami. — Ele estendeu a mão, agarrou o cachecol vermelho e o puxou para longe do pescoço para revelar uma horripilante mistura de roxo, preto e vermelho. Cho não pôde evitar desviar o olhar. Não conseguia imaginar como alguém poderia fazer uma coisa dessas com um menino. Príncipe de Aço, no entanto, parecia impassível.

— O shinigami me trouxe de volta — continuou Ein. — E me enviou em uma missão. Uma única missão, que não tenho escolha a não ser realizar. Para matar o imperador Henan WuLong. — Ein fez uma pausa, e caminhou até uma cadeira ao lado da mesa de se lavar. Era para um adulto, e grande demais para o menino, mas ele a arrastou para a frente da mesa do Príncipe de Aço, e subiu nela. — Para completar minha missão, o shinigami me deu a habilidade de trazer os mortos de volta. Lâmina Sussurrante foi a primeira. Como os outros, ela está quase viva, mas uma vez que eu complete minha missão, o shinigami a tornará completamente viva novamente.

Daiyu se moveu para ficar ao lado de Cho. Sua máscara balançava para cima e para baixo, e se inclinava de um lado para o outro enquanto a inspecionava. Cho não conseguia ver nada do rosto da mulher, nem mesmo seus olhos, mas o interesse era claro.

— Você é um yokai? — perguntou Daiyu.

— Não! — Cho se encolheu. — Eu... não tenho certeza do que sou. Comida e bebida têm gosto de cinza, e o mundo parece um lugar mais escuro do que era antes. Mas estou viva. Ainda me sinto viva. Quase.

— Fascinante. — A mulher puxou de lado o haori de Cho, para olhar as feridas em seu peito. — Foram doze feridas que te mataram?

Cho deu de ombros.

— Algo assim.

A máscara virou para Príncipe de Aço, então, Daiyu se afastou de Cho e retomou seu silêncio.

— E você acha que preciso da sua ajuda para derrotar o Imperador dos Dez Reis? — disse o Príncipe de Aço.

— Acho — disse Ein. Ele se virou em seu assento, para encarar Daiyu. — Você é a estrategista. Tem algum plano que vai funcionar? — Então, ele voltou seu olhar para Príncipe de Aço. — Você tem alguém que possa matar o imperador?

Príncipe de Aço sorriu.

— Está se referindo aos rumores de que o Imperador WuLong está além da habilidade dos mortais. Você está sugerindo que mesmo que nosso exército rompa as muralhas de Jieshu e invada o palácio de Wu, não serei capaz de matá-lo?

— Não são rumores, e não estou sugerindo nada. Estou dizendo que você falhará sem nós. Mesmo se derrubar as muralhas de Jieshu, você nunca passará pelos guarda-costas dele. Cada um é mestre em sua própria arte, e invicto em combate individual. Juntos, são ainda mais fortes. Nunca chegará ao imperador. E mesmo que chegasse, ele o mataria. Ele é mais forte do que imagina. Mas com a minha ajuda você vai sobreviver. Tudo o que você precisa fazer primeiro... é morrer. — Ein disse.

Durante muito tempo, o silêncio reinou dentro da tenda. Cho olhou de soslaio para Daiyu, mas a máscara não revelava nada de suas intenções. Príncipe de Aço estava travado em uma competição de olhares com Ein e, pela primeira vez desde que o havia conhecido, Cho viu o garoto perder.

— Diga-me o que sabe — disse o príncipe. — Ou mandarei prendê-lo e matarei seus fantasmas.

— Os rumores são verdadeiros — disse Ein. — O imperador Henan WuLong está além das lâminas dos mortais. Há muito tempo foi à Montanha Longa, ao santuário de um shinigami, e fez um trato com um deles.

Daiyu disse:

— Shinigami não fazem acordos com homens, e os únicos favores que concedem são a facilidade de passagem.

Ein voltou o olhar pálido para a Arte da Guerra. Em seguida, olhou de volta para o príncipe.

— Shinigami fazem acordos com homens quando os rituais corretos são realizados. Quando os sacrifícios corretos são feitos.

— O que o imperador sacrificou?

Ein fez uma pausa um pouco longa demais.

— O filho primogênito.

— Não — disse o príncipe. — O imperador nunca teve um filho. Nem qualquer criança. Ele tem um harém inteiro de esposas, e nenhuma delas pode conceber.

— Ele teve um filho com a primeira rainha. Muito antes de ser imperador, quando ele era apenas o rei da província de Wu. Ele levou o menino para o santuário do shinigami, na Montanha Longa, e o matou. Era sua parte no trato, a coisa que ele mais prezava na vida. Em troca, recebeu os meios para ver sua ambição concretizada.

— Quando o rei Henan WuLong retornou a Wu, ele organizou seu exército e marchou para Qing, depois para Shin, e assim por diante, até que toda Hosa fosse dele. A cada conquista, seus exércitos cresciam, e seu poder também. Ele se tornou imparável, uma combinação de força de homem e shinigami, pois o shinigami deu ao imperador uma parte de seu poder. Poder esse que, a cada morte, Henan WuLong aprendeu a controlar melhor.

— Mas shinigami não são confiáveis. O poder do imperador WuLong estava na morte, e a morte não pode dar vida. Ele poderia levar todas as mulheres de Hosa para serem suas esposas, e nenhuma delas lhe daria um filho, para substituir o que ele assassinou. Suponho que pouco importa, considerando que ele é imortal. — Ein parou, e deu de ombros. — Você não conseguirá matá-lo, Príncipe Qing.

— Mas você consegue?

O Príncipe de Aço se levantou e caminhou atrás da mesa. Ele era alto como Zhihao, e tinha o mesmo cabelo preto brilhante. Porém, o príncipe se mantinha rígido e tenso, como se estivesse pronto para entrar em ação a qualquer momento. Também havia algo de realeza nele; a maneira como ficava em pé, o conjunto de sua mandíbula. Era um homem bonito, apesar das cicatrizes feias que os sequestradores haviam feito em seu rosto. Por fim, ele disse:

— Você serve ao mesmo shinigami, é isso? Por que então ele te enviaria para matar o imperador?

Ein deu de ombros.

— Talvez porque tenha se cansado da conquista do imperador. Talvez porque queira essa parte de seu poder de volta. Talvez porque seja um shinigami, e não precise saber das razões para cumprir sua vontade. E acredito que o shinigami pode achar irônico enviar um filho sacrificado por seu pai, para matar um pai que sacrificou seu filho. — Ein fez uma pausa. — Não posso afirmar que conheço a mente do shinigami. Tudo o que sei é que não posso descansar até que o Imperador dos Dez Reis esteja morto, e que um shinigami me concedeu parte de seu poder para cumprir essa sentença.

Ao admitir isso, Ein de repente pareceu cansado, e Cho entendeu o motivo de nunca ter visto o menino dormir. Ele não encontraria descanso até que a busca estivesse concluída. Não é à toa que ele os levava com tanto empenho sempre para o leste, em direção a Wu.

— E você queria mandar me matar, para ajudá-lo a lutar contra o imperador?

— Você já está lutando contra o imperador. Pretendemos ajudá-lo por coincidência, se por nada mais. Mas você não pode matar o imperador como está agora.

— Talvez *ele* não precise — disse Daiyu, com a voz calma um pouco abafada sob a máscara. — Não temos os números para tomar e manter Jieshu. Podemos ser capazes de romper os muros. Se pudermos utilizar o elemento surpresa, podemos até chegar ao palácio. Mas as forças do imperador são mais numerosas que as nossas, e eles têm uma posição fortificada. As chances são que rechacem nosso ataque, ou se aproximem de nós enquanto avançamos em direção ao palácio.

Cho sorriu.

— Isso parece o começo de um plano.

Arte da Guerra virou-se para Cho, e concordou. Então, ela falou com o Príncipe de Aço.

— Meu soberano, você é necessário na frente do exército. Eles estão aqui apenas porque você os trouxe. Continuam unidos apenas por causa de sua vontade e liderança. Com você à frente, esses homens são uma força a ser considerada, mas sem você eles vacilarão e fracassarão. Há muita animosidade entre as dez províncias de Hosa, e a esperança de que você possa libertá-las do governo do imperador é a única coisa que as mantém unidas. Se você fugir para invadir o palácio, não acredito que possa confiar nos homens que abandonar para lutar contra o exército do imperador.

Daiyu virou sua máscara para Ein.

— Você tem uma pequena força de heróis ao seu comando. Eles não são suficientes para atacar Jieshu, quebrar os muros e lutar contra o exército do imperador. Mas podem ser suficientes para atacar o palácio de Wu, atravessar seus guarda-costas e matar o imperador enquanto nossa força maior impede o exército de Wu de correr para a defesa do imperador. Divididos, falhamos. Mas unidos, podemos muito bem alcançar o impossível. E, claro, para que esse plano dê certo, não há necessidade de meu príncipe morrer.

Ein e Príncipe de Aço voltaram a olhar um para o outro, como se cada um desafiasse o outro a refutar o plano da estrategista. Por fim, o príncipe disse:

— Devemos dedicar um tempo para discutir isso, antes de assumir qualquer compromisso. Vá, fale com seus fantasmas. Daiyu, por favor chame meus capitães.

Daiyu se curvou, e apontou para a aba da tenda. Ein escorregou da cadeira, e não disse uma palavra enquanto saía. Cho seguiu Ein e sorriu quando respirou o ar fresco lá de fora. Zhihao, Chen Lu e Bingwei Ma não estavam à vista, mas Roi Astara estava por perto, agachado, com o rifle apertado contra o peito.

— Talvez possamos ter nossas armas de volta? — Cho perguntou à Arte da Guerra. — Como sinal de boa fé, já que pretendemos lutar juntos.

A estrategista ponderou por um momento e então consentiu. O soldado de armadura vermelha recuperou as armas, e Cho sentiu uma onda de alívio por ter as espadas novamente por perto.

197

— Convença-o — disse Daiyu baixinho, apontando para Ein. — E vou convencer meu príncipe. Não há outra maneira disso funcionar.

Com isso, a estrategista se afastou, sussurrando ordens aos soldados que esperavam nas proximidades.

30

A noite caía e o acampamento estava cheio de atividade enquanto os soldados empacotavam todas as suas posses. Alguns até rezavam para as estrelas, com um monge entre eles liderando a prece. Cho passou por todos com a mão na bainha. Era bom ter as espadas no quadril novamente; ela havia se sentido nua, sem aquele peso familiar. Cho era uma guerreira, e nunca deveria ficar sem suas espadas.

Ela encontrou Bingwei Ma sentado ao redor de uma fogueira, mexendo uma pequena panela. Havia soldados por perto, ocupados em desmontar o acampamento, mas não havia outros cuidando do fogo, ou da comida. Cho sentou-se em frente a ele, e o Mestre do Vale do Sol empurrou-lhe uma tigela de madeira e serviu uma porção de caldo aguado.

— Acho que cozinhar é bem relaxante — disse Bingwei Ma, enquanto Cho levava a tigela aos lábios. — Especialmente quando o mundo ao meu redor parece estar em tamanho caos. Qual o sabor disso?

Cho sorriu.

— De podre, ou talvez água barrenta. Nada bom.

Bingwei Ma concordou com isso.

— Tenho mais prazer em cozinhar do que em comer. Mas acho difícil dar sabor à comida, sem sentir gosto. Os shinigami realmente nos restaurarão à vida plena quando completarmos a missão do garoto?

Cho deu de ombros.

— Não vejo motivo para que não.

Então, Bingwei Ma olhou para ela com uma resignação cansada.

— É que simplesmente não vejo motivo para uma recompensa ser oferecida quando não temos escolha, a não ser cumprir a ordem de qualquer maneira. Os shinigami não são conhecidos por serem caridosos. Afinal, são deuses da morte. É arriscado acreditar em poderes caprichosos que consideram a vida tão pouco valiosa.

— Todo dia é um risco — disse Cho. — Cem riscos. Talvez eu irrite a pessoa errada e comece uma luta que não posso vencer. Talvez algo no caldo que eu coma esteja ruim. Talvez um galho de árvore caia no momento errado quando passar por baixo. Cada luta em que entramos é um risco. Talvez eu tenha um dia ruim. Talvez esteja um pouco cansada e mais lenta que o normal. Talvez meu inimigo saiba como contra-atacar cada movimento que faço. A vida é uma série de riscos, Bingwei Ma.

— Sim, existe o risco de o shinigami não nos devolver totalmente à vida, mesmo depois de completarmos a missão de Ein. Mas fiz um juramento ao menino, que o acompanharia até Wu, e o ajudaria a acabar com o Imperador dos Dez Reis. Não deixarei que um risco, ou cem, me impeçam de tentar cumprir esse juramento.

— Não sei nada sobre os guerreiros — disse Bingwei Ma —, mas juramentos parecem importantes para vocês.

— Não há nada mais importante — disse ela. — A cada juramento, dou uma mecha do meu cabelo, amarrada em um nó. Quando o juramento estiver completo, ele é queimado, para que a fumaça alcance as estrelas, e elas saberão que um juramento foi cumprido. Quando um guerreiro morre, as estrelas julgam nosso valor pelo número de juramentos que cumprimos. Aqueles que cumprem recebem lugares reverenciados à luz das estrelas, para zelar pelo mundo. — Cho enxugou as lágrimas antes que caíssem. — Aqueles que não cumprem são condenados às trevas. Para sempre cegos, para sempre sozinhos. Fiz muitos juramentos. E não mantive nenhum.

— Nenhum? — perguntou Bingwei Ma.

— Até o juramento mais importante que um guerreiro pode fazer: proteger os inocentes. Falhei repetidamente, na maioria das vezes devido à minha arrogância. Em Ipia, deixei uma aldeia inteira queimar e o povo ser massacrado enquanto travava um duelo inútil. Mais uma vez, em Kaishi, falhei em proteger as pessoas de Punho Flamejante e de sua horda. De novo e de novo, tantos fracassos.

Cho puxou a bainha para o colo, e a segurou contra a luz do fogo.

— Este é o único juramento que já mantive. Nunca sacar minha segunda espada. Mesmo assim, Mifune nunca saberá. A mecha de cabelo que dei a ele nunca vai queimar.

— Essa é a sua razão para seguir o menino — disse Bingwei Ma, e voltou a mexer a panela de caldo. — Mas não fiz nenhum juramento.

— Não acho que você seja o tipo de homem que precise. Você faz o que considera certo e justo. Ajuda quem precisa. Neste momento, Ein precisa da sua ajuda. Eu preciso de sua ajuda, Bingwei Ma. Porque não acredito que serei capaz de matar o imperador sozinha. Toda Hosa precisa. Você irá se afastar, porque existe o risco de que a recompensa prometida não seja nada além de palavras vazias?

O Mestre do Vale do Sol soltou uma risada alegre.

— Falando desse jeito, acho que não consigo. — Então, seu sorriso desapareceu. — Mas você precisa estar ciente de que o menino não é o que parece.

Essa era uma afirmação da qual Cho não precisava ser lembrada. Ela tinha visto as feridas de estrangulamento no pescoço de Ein, e tinha ouvido como ele as conseguiu. Um menino sufocado até a morte pelo próprio pai, com idade suficiente para entender o que estava acontecendo, e por quê. Com idade suficiente para perceber que estava sendo traído pela única pessoa que deveria estar além da traição, pela única pessoa que deveria protegê-lo independentemente do que acontecesse. Cho pensou que entendia Ein um pouco melhor agora. Entendia por que ele precisava que seus heróis morressem: para ligá-los a ele, para que não pudesse haver traição. Agora, entendia melhor o menino, e sentia mais pena do que nunca. Porém, havia algo mais também, algo que havia lido nas pedras do acampamento de Punho Flamejante. Não, Cho não precisava ser lembrada que Ein era, ao mesmo tempo, mais e menos do que parecia.

— Lembro de como era estar morto — disse Bingwei Ma, de repente, olhando para a panela em que mexia. — Nunca senti tanto frio e solidão, cercado de raiva, medo e… vergonha. Acho que senti vergonha por ter morrido. Derrotado. Passei minha vida ganhando todas as lutas. Percebi o quanto me orgulho disso. Orgulho de vencer, e orgulho da misericórdia. — O Mestre do Vale do Sol olhou para o céu. — Sempre acreditei nas estrelas. Elas são nossos deuses e iluminam o caminho para nós, os verdadeiros caminhos que devemos trilhar. Também são nossos ancestrais, zelando e cuidando de nós. Mas e se o espaço entre as estrelas for mais vasto do que imaginamos? E se a morte significar estar separado de todos aqueles que conhecemos em vida? Lembro de como era estar morto, Itami, e não desejo morrer de novo. Mas não posso matar o imperador. Não vou abandonar meus princípios. Não para o menino. Não para você. Nem mesmo para mim.

Cho abriu a boca para argumentar, mas de repente percebeu gritos. Gritos vindos de fora do acampamento ecoaram ao redor. Um rangido, como se uma das grandes árvores que os cercavam gemesse contra um forte vendaval. Ela se virou e viu soldados correndo em direção a eles, gritando por socorro. Um deles deslizou até parar ao lado de alguns de seus companheiros próximos. O homem estava curvado e ofegante, apontando para o caminho por onde viera. Quando finalmente olhou para cima, havia medo verdadeiro em seu rosto. Era o tipo de terror que Cho costumava ver naqueles que tinham certeza de que iriam morrer.

O soldado respirou fundo, e olhou para Cho e Bingwei Ma.

— *Oni*!

31

—Não é à toa que os shinigami que nos perseguem ficaram quietos por tanto tempo.

Bingwei Ma parou perto de uma árvore, e ficou boquiaberto. Cho não podia culpá-lo. Estavam testemunhando uma criatura originária das lendas, que a maioria das pessoas consideraria nada mais que um conto fantasioso de monstros, contado para assustar crianças antes de dormir. Ela mesma tinha visto cadáveres ambulantes, e um mizuchi, mesmo assim mal acreditava nos olhos.

O yokai rasgando a floresta na frente deles era um *oni*. Um ogro gigante, cinco vezes mais alto que Cho, e musculoso. Sua pele era de um carmesim escuro, cor de sangue, com proteções pretas tatuadas nos braços e no peito. Tranças grossas de cabelo preto pendiam da parte de trás da cabeça do ogro, e dois grandes chifres se erguiam de sua testa. Tinha um rosto achatado, com um nariz pontudo, que descia até o lábio inferior. Duas presas brotavam de cada lado de sua boca, cada uma delas quase tão longa quanto o braço de Cho. Seus olhos redondos brilhavam com uma luz azul feroz.

— Bicho feio, não é? — disse Roi Astara.

Cho não o havia notado parado perto até que o sujeito falou. E ele não estava errado.

Uma dúzia de soldados estava ocupada, tentando distrair o yokai, cutucando-o com longas lanças, enquanto outros se esgueiravam atrás dele, carregando grandes redes de corda. Cho admirou a bravura, mesmo tendo percebido a futilidade da tentativa de subjugar um monstro como aquele. Na mão direita, o ogro segurava uma clava cravada, feita inteiramente de metal. Era facilmente duas vezes maior que qualquer homem que Cho já tinha visto, e o ogro a balançava para frente e para trás enquanto caminhava entre as árvores. As lanças dos soldados eram totalmente ineficazes. Perfuravam a carne do ogro com facilidade, mas as feridas sem sangue fechavam assim que a lança era puxada para trás. O ogro, por sua vez, fixou os olhos azuis redondos em cada um dos homens. Então, esmagou-os sob os pés, ou os mutilou com um único golpe fácil de sua clava, transformando-os em pedaços de carne e osso. Seguiu adiante a passos largos, mais para dentro do acampamento, esmagando tendas e todos aqueles que corressem para ficar em seu caminho.

— Onde está Chen Lu? — perguntou Cho, escondida atrás de uma árvore nos arredores do acampamento do Príncipe de Aço.

— Inconsciente — disse Roi Astara. — Ele bebeu demais, até mesmo para um homem daquele tamanho. — O leproso contornou uma árvore, levou o fuzil ao ombro e afastou a tira de atadura que cobria a placa de tiro. — Os ogros são os mais poderosos dos yokai. Eles não são servos de ninguém, nem mesmo dos deuses. O shinigami deve ter oferecido à criatura algo, para que aceitasse a missão.

Roi Astara puxou o gatilho do rifle e o tiro atingiu o rosto do ogro. Desapareceu na pele. Logo depois, a ferida fechou.

— Acho que não estou apto para essa luta. Boa sorte, Lâmina Sussurrante, Mestre do Vale do Sol.

O leproso se virou, e disparou mais para dentro do acampamento.

O *oni* virou na direção deles e, por um momento, olhou diretamente para Cho. Depois, voltou para o acampamento e continuou causando o tumulto. Estava procurando por alguém, e ela imaginava quem.

— Precisamos pará-lo, antes que chegue a Ein. — Ela puxou Paz em sua mão direita, e correu em direção ao yokai.

Bingwei Ma ultrapassou Cho e alcançou o *oni* primeiro. O Mestre do Vale do Sol parou diante do monstro. Primeiro, deu-lhe um soco; depois, um chute giratório estrondoso na canela. Dois golpes que teriam derrubado um homem. Com pés ágeis, Bingwei Ma saltou para longe bem no momento em que o ogro mirou um chute selvagem.

Cho chegou logo depois de Bingwei Ma. Ela se esquivou atrás do *oni* e o cortou duas vezes. Cada fatiada cortava os tornozelos do ogro e rompia seus tendões. Ele tropeçava, mas não caía. As feridas cicatrizavam tão rápido quanto ela as distribuía. Então, o *oni* se virou, rápido demais para uma criatura daquele tamanho, a clava rasgando a terra. Cho saltou para trás bem na hora. Agora, havia uma trincheira entre ela e o *oni*, grande o suficiente para um homem se abaixar, e se esconder.

O *oni* fixou o olhar em Cho e deu um passo à frente que sacudiu a terra. Bingwei Ma saltou de uma árvore próxima, agarrou o cabelo da criatura e subiu rapidamente em seus ombros. Então, deu dois socos no topo da cabeça do monstro. Ele soltou um rugido e girou a clava para o lado com tanta força que ela ficou cravada em uma das árvores gigantes. Em seguida, a criatura estendeu a mão e agarrou o Mestre do Vale do Sol.

Bingwei Ma saltou para longe das mãos que o agarravam, mas o *oni* fez outra tentativa de pegá-lo enquanto o mestre caía no chão. O Mestre do Vale do Sol se virou no ar, agarrou um dedo monstruoso, e se balançou, até ficar sobre a mão do ogro. Depois, atacou a cabeça do monstro. Ele não viu a outra mão chegando, e antes que Cho pudesse ajudá-lo, Bingwei Ma foi agarrado pelo monstro. Ele gritou, e Cho correu em direção à criatura, já sabendo que era tarde demais para salvar o Mestre do Vale do Sol.

O Príncipe de Aço saltou à vista e mergulhou de uma árvore acima de todos eles. Sua armadura prateada brilhou ao luar, e ele caiu, golpeando com uma espada quase tão alta quanto um homem. Seu golpe atravessou todo o pulso do monstro e decepou a mão. O ogro cambaleou para trás, e gritou. O barulho foi tão alto que Cho sentiu os ouvidos estalarem. Ela correu para a mão decepada, e abriu os dedos para libertar Bingwei Ma. Ele estava coberto de suor e fazendo caretas de dor; o braço esquerdo pendia a seu lado, mole.

— Afaste-se — disse Cho, um pouco mais severa do que pretendia. — Você não pode ajudar com punhos e pés, apenas aço derrubará esse monstro.

Bingwei Ma cambaleou para longe, segurando o braço esquerdo.

Quando a mão decepada começou a desmoronar como um castelo de areia caindo sobre si mesmo, uma nova mão surgiu da ferida do ogro. Príncipe de Aço continuou o ataque. Ele pulou no *oni*, golpeou-o para a esquerda e para a direita, cortou enormes pedaços de carne da criatura, então se esquivou e atacou de outro ângulo. Os soldados da rebelião se reuniram em torno de seu líder, com lanceiros correndo para perto para distrair o monstro, enquanto arqueiros disparavam flechas em seu rosto. A maioria falhou, ou foi absorvida pela pele. Algumas, porém, encontraram morada e ficaram presas lá, as hastes de madeira saindo de suas bochechas e lábios. Empurraram o oni para trás, por entre as árvores. Ele balançou os braços para repelir os ataques, como um moinho de vento enlouquecido.

Cho deu uma boa olhada no Príncipe de Aço, enquanto ele lutava contra uma criatura mítica. Parecia tão ágil quanto qualquer monge que Cho já tinha visto, rápido como um relâmpago enquanto se esquivava dos golpes do monstro, e golpeava como um deslizamento de rochas com aquela espada gigante.

O Príncipe de Aço enterrou a espada na barriga do ogro. Então, apoiou os pés, empurrou a carne da criatura e saltou, livre, enquanto o ogro tentava agarrá-lo com a mão recém-formada. Ele estava vencendo, pensou Cho, um mortal contra o mais poderoso dos yokai. Príncipe de Aço passou pelos soldados com a rede, e a pegou deles. Em seguida, disparou para cima de uma árvore e saltou de galho em galho, até ficar mais uma vez acima do *oni*. Ele largou a rede, pulou junto e enfiou a lâmina da espada no pescoço do monstro, enquanto a criatura agitava os braços e ia se enroscando na corda. O ogro rugiu, tombou para frente e caiu no chão. Príncipe de Aço montou a besta, e ficou em cima de suas costas, triunfante.

Os soldados aplaudiram ruidosamente seu príncipe, e correram para se reunir em volta do corpo do *oni*. Príncipe de Aço ergueu as mãos em vitória. Apenas seus olhos e boca eram visíveis sob o capacete, mas ele sorria amplamente. Naquele momento, Cho pôde entender como foi que ele havia reunido tantos soldados, de tantos reinos diferentes, sob sua bandeira. Ela entendeu o motivo de o seguirem, a razão de estarem dispostos a lutar e morrer por ele. Ela percebeu por que Ein precisava dele para lutar contra o imperador.

A celebração da vitória terminou rapidamente, quando o *oni* começou a rir com um estrondo profundo que sacudiu o chão. Príncipe de Aço saltou das costas do monstro, deixando sua enorme espada cravada em seu pescoço. O ogro deslocou as mãos por baixo de si mesmo, e ficou de pé. As cordas da rede se romperam, e os restos esfarrapados caíram, juntamente com a espada do príncipe. Ela cai no chão com um ruído, e ali o oni pisou, cravando-a na terra.

Príncipe de Aço recuou até ficar ao lado de Cho.

— Isso não deveria ser possível — disse ele. — Minha espada deveria ter cortado a coluna dele.

Cho quase riu.

— Já vi mortos serem trazidos de volta à vida. Vi cadáveres andando, e monstros com mais olhos que dedos. Vi um bode com cara de homem, e o ouvi dizer que eu morreria. E vi um mizuchi, formado por enguias monstruosas. — Ela então olhou para o príncipe, e sorriu. — Passei a acreditar em muitas coisas que não eram possíveis. Além disso, nem temos certeza se essa criatura tem coluna.

Alguns soldados do príncipe estavam atacando o *oni* novamente, mas ele os ignorou e olhou primeiro para a direita, depois para a esquerda, até encontrar sua clava. Ele arrancou a coisa da árvore, estilhaçando a casca em cacos tão altos quanto um homem.

— Se vocês tiverem alguma sugestão de como acabar com isso de vez — disse Príncipe de Aço —, agora seria a hora.

Cho segurou Paz com as duas mãos, e se agachou na posição do guerreiro.

— Distraia-o, e deixe o resto comigo.

O ataque implacável do príncipe deu coragem a Cho, e a fez acreditar que poderia fazer o impossível. Ela também sabia que Paz era a única arma capaz de matar o ogro.

Cho esperou até que o *oni* se virasse. Ele afastou algumas flechas com as costas da manzorra. Em seguida, esmagou dois lanceiros, tolos o suficiente para chegar muito perto. Ela atacou, correndo o mais rápido que podia, e se abaixou entre as pernas do monstro, golpeando para a esquerda e para a direita. Mais uma vez, o *oni* tropeçou, mas caiu de joelhos e voltou a se levantar. Os soldados restantes conseguiram fugir do monstro. Em seguida, o ogro voltou seus olhos redondos exclusivamente para ela, e sorriu.

Príncipe de Aço disparou para arrancar sua espada da terra. O *oni* se virou, e golpeou o príncipe com sua clava. O golpe mandou o príncipe voando para a escuridão ao longe. Cho teve a terrível certeza de que ninguém sobreviveria a um ataque como esse.

Talvez tenha sido um momento de luto pelo homem que muitos, incluindo Cho, viam como herói. Talvez tenha sido a percepção repentina de que a rebelião havia acabado, e de que o bode estava certo. Sem pensar, e sem motivo, Cho ergueu Paz à sua frente e gritou.

Paz concentrou seu grito em uma ponta cortante que atingiu o *oni* e explodiu pela floresta como uma tempestade, espalhando folhas e lascando árvores. O chão estremeceu e se rasgou, e o ogro se partiu em dois. As metades pareciam lutar para se manter unidas por finos tentáculos de carne viscosa. Porém, o grito de Cho continuou destruindo árvores com séculos de idade, agitando o chão da floresta e enviando tendas meio esmagadas para o ar, como gansos assustados. Então, desapareceu na escuridão, deixando uma quietude, como se todo o som tivesse sido sugado para fora da floresta.

O *oni* vacilou enquanto as metades se desprendiam uma da outra e os nervos carnudos se esticavam. Então, pararam. Ambos os lados da boca da criatura se curvaram em um sorriso maníaco, que era todo dentes, presas e ameaça. Lentamente as duas metades do monstro começaram a se juntar. Ele estava se curando. Porém, Cho viu algo entre os tentáculos carnudos. No centro do corpo da criatura havia uma máscara no mesmo formato do rosto do ogro. O núcleo.

Mais uma vez Cho correu para atacar com Paz estendida ao seu lado. Seus passos sussurravam pelo chão da floresta, e a ponta de sua espada percorria as folhas espalhadas. Ela pulou, primeiro no joelho direito do *oni* e depois no espaço entre as duas metades. Ela enfiou Paz na máscara. O ogro se despedaçou: outra alma roubada pela espada.

32

Os soldados da rebelião cercaram Cho. Aplaudiram, gritaram e alguns poucos até lhe deram tapinhas no braço. Não havia nada melhor que enfrentar probabilidades impossíveis para estimular a camaradagem. A maioria deles parecia ter esquecido que seu príncipe havia sido morto há tão pouco tempo.

A clava de metal do *oni* era o último lembrete de que o monstro havia existido. Ele estava enterrado no solo, com a ponta do cabo subindo acima de Cho, ensanguentado. Isso não impediu alguns dos soldados mais enérgicos de subir nele, gritando e comemorando a vitória.

Cho acenou com a cabeça para cumprimentos e ofertas de bebida dos soldados, e procurou uma saída da multidão jubilosa. Ela preferia a contemplação silenciosa, e a criatura que acabara de matar merecia alguma contemplação, assim como a cicatriz que seu grito tinha deixado na floresta. Nem mesmo ela sabia que poderia executar uma técnica como aquela, ou pelo menos não tinha percebido que poderia usar Paz para focar seu grito de uma forma tão cortante.

Abriu caminho para fora do aglomerado de soldados, acenando para alguns e curvando-se para outros, sofrendo com tanto barulho. Somente quando estava livre da multidão foi que viu Daiyu correndo por entre as árvores. Seus pés, de sandálias, mal tocavam o chão. Atrás da estrategista estavam quatro soldados, que pareciam feitos de sombra. Eles tinham a forma de homens de armadura, mas sem cor. Sob o luar, se moviam em um estranho uníssono, como se fossem um só, em vez de quatro, e carregavam algo prateado. Algo que exigia quatro homens adultos para ser carregado. Cho correu atrás deles o mais rápido que pôde, embora seus membros estivessem pesados de exaustão.

Arte da Guerra e seus homens das sombras moveram-se rapidamente pelo acampamento rebelde. Outros soldados saíram do caminho, e ficaram parados em silêncio enquanto passavam, mas ninguém parecia comentar a passagem. Por fim, Daiyu e suas sombras chegaram à tenda do Príncipe de Aço. A estrategista abriu a aba para os soldados que carregavam o príncipe. Então, virou o rosto mascarado para Cho e desapareceu na tenda. Cho a seguiu, sem parar para se anunciar.

Lá dentro, encontrou Bingwei Ma, sentado de pernas cruzadas na frente da mesa. Ein também estava lá, com as mãos no braço quebrado do Mestre do Vale do Sol. Bingwei Ma fazia uma careta, mas conseguiu acenar com a cabeça quando Cho entrou. Agora que estava mais perto, Cho podia ver que as sombras eram estátuas animadas, formadas por rochas negras como ônix. Eram idênticas e se moviam como uma unidade, enquanto colocavam o corpo do príncipe no catre que ficava no canto da tenda. Em seguida, todas as quatro estátuas desmoronaram em pó, deixando apenas pequenas estatuetas pretas como prova de que haviam estado lá. Daiyu pegou as quatro estatuetas de soldadinhos, e cruzou rapidamente para o outro lado da tenda, onde as colocou no grande tabuleiro de xadrez. Então, a estrategista correu de volta para o príncipe e se ajoelhou ao seu lado, enquanto trabalhava na remoção de sua armadura.

— Derrotamos o *oni*? — perguntou Bingwei Ma.

— Sim. — Cho disse. Então, olhou para o corpo quebrado de Príncipe de Aço. Ele ainda se agarrava à vida, mas por muito pouco. — Mas o custo foi muito alto. — Ela se aproximou, não por medo, mas por apreensão. Cho já sabia o que veria, e sabia o que significava. Daiyu havia afirmado que a rebelião desmoronaria sem o príncipe à frente. E fazia sentido, ainda mais depois de ver a maneira como os soldados se reuniram em torno dele quando o príncipe se jogou no *oni*. Forças díspares, unidas pela vontade de um herói.

— Ver uma coisa dessas antes de morrer — murmurou Príncipe de Aço, com bolhas sangrentas de cuspe nos lábios.

Sua armadura de cerâmica estava quebrada em alguns lugares, e dobrada em formas impossíveis em outros. Ela perfurava sua pele e sangue brotava ao redor dos fragmentos. Sua perna esquerda estava quebrada, assim como ambos os braços. Sua respiração era irregular e vinha em arfadas curtas e ásperas. Cho não conseguia entender como o homem continuava vivo.

— Sinto muito. — Eram palavras inadequadas. — O *oni* veio aqui por nossa causa. Estava nos perseguindo.

Daiyu virou a cabeça para Cho, e as fendas escuras em sua máscara pareciam condenatórias.

— Vocês sabiam que estavam sendo perseguidos por um monstro desses?

— Não — disse Ein, tirando as mãos de Bingwei Ma e mexendo no cachecol, agora de volta no pescoço. — Foi enviado por um shinigami.

— Outro? — perguntou Daiyu.

— Sim. Ele tenta me impedir de chegar a Wu. Acredito que deseja impedir que o shinigami a quem sirvo reivindique o poder dado ao imperador. Este foi apenas o yokai mais recente que ele nos lançou, embora ache que também possa ser o último. Deve ter custado muito convencer um *oni* a lutar. — Ein voltou seu olhar pálido para Cho. — Você o matou? Com Paz?

Cho concordou.

— Bom.

Daiyu cutucou cautelosamente o corpo do príncipe, sob um coro de gemidos e suspiros molhados. Quando falava, sua voz vacilava, como se estivesse segurando as lágrimas.

— Sua armadura foi esmagada para dentro de você, meu príncipe. Isso está o matando, e ao mesmo tempo é a única coisa que o mantém vivo. Se eu tentar removê-la, certamente vai sangrar até a morte. Mas se não fizer isso, não poderei tratar suas feridas.

O fantasma de um sorriso tocou os lábios cheios de cicatrizes de Príncipe de Aço. Ele virou a cabeça para Arte da Guerra, mas não havia foco em seus olhos.

— Estou morrendo. Nada que você faça vai impedir.

O silêncio durou um momento, antes de Daiyu se virar para Ein.

— Você pode trazê-lo de volta?

O corpo do príncipe estremeceu.

— Não! — Um pouco de aço ressurgiu em sua voz. — Não, Daiyu. Não vou servir um shinigami. Não servirei a nenhum deus.

— A rebelião vai desmoronar sem você.

O sorriso voltou ao rosto do príncipe. Ele estava indo, Cho podia ver isso. Sua respiração era como uma vela com apenas o pavio para queimar cuja chama piscava dentro e fora da existência.

— Você encontrará outro para liderar em meu lugar, Daiyu. *Você* é a rebelião. — Ele tossiu mais sangue nos lábios ressecados. — Mais do que eu. Sempre foi você.

Os ombros de Daiyu caíram, e sua cabeça abaixou. Cho ouviu o choro, mesmo abafado pela máscara. Arte da Guerra se ajoelhou na frente de seu príncipe moribundo, com as mãos cobertas de sangue. Não havia nada que pudesse fazer. Ela agarrou um grande fragmento da armadura do príncipe, e puxou-o para fora de seu peito. O Príncipe de Aço convulsionou uma vez, engasgou-se, e então morreu enquanto o sangue brotava da ferida e se derramava em seu peito.

Daiyu soltou outro soluço, e se virou para Ein.

— Vai.

Ein não perdeu tempo. Empurrou a estrategista, e colocou sua pequena mochila ao lado do corpo de Príncipe de Aço. Em instantes, o menino estava cutucando as feridas do cadáver.

— Não era o desejo do príncipe — disse Bingwei Ma. Sua carranca parecia escurecer a tenda, e a maneira como ele cerrou os punhos fez parecer que estava pensando em parar Ein à força. Cho se perguntou o que poderia fazer, caso o Mestre do Vale do Sol tentasse. Ela tinha o dever de proteger Ein, e garantir a missão até o fim. — O desejo dele era que você encontrasse outra pessoa para substituí-lo.

A máscara de Daiyu virou brevemente para Bingwei Ma, e depois de volta para seu príncipe.

— Os desejos não importam. Não há mais ninguém. Se a notícia da morte do príncipe se espalhar, os soldados desertarão. Primeiro um, depois muitos. Podem ser minhas estratégias e meus planos de ataque que nos permitam atacar o imperador e nos esconder da retaliação, mas foi a força de vontade dele que nos manteve unidos. Era a bandeira dele que atraía os homens do lado de fora. Era o sonho dele de uma Hosa livre, que os inspirava a pegar em armas e lutar, mesmo com probabilidades impossíveis.

— Ela fez uma pausa, e respirou fundo. — Você queria ser trazido de volta, Bingwei Ma?

O Mestre do Vale do Sol se levantou de sua posição, de pernas cruzadas no chão, e caminhou até a aba da tenda.

— Não me perguntou. Seu príncipe deixou claro o que desejava. — Ele varreu o olhar escuro para Cho. — Algumas coisas são mais importantes que a vitória.

Com isso, saiu da barraca. Cho, porém, sabia que ele não iria longe. Não podia. Não enquanto ainda estivessem ligados a Ein.

Enquanto o menino trabalhava em um ritmo febril com a faca e agulha entrando e saindo das feridas do príncipe, Cho andava pela tenda. Ela passou algum tempo olhando as peças no tabuleiro de xadrez. Eram dois lados do jogo, claro e escuro. As peças escuras eram todas em forma de homens: soldados para os peões, monges e guerreiros; o rei era um guerreiro vestido com uma armadura muito parecida com a do Príncipe de Aço. As peças claras eram animais e monstros: cães, em vez de peões; corvos e cavalos; um dragão ornamentado no lugar de um rei. Tudo lindamente esculpido. E, de alguma forma, Arte da Guerra havia dado vida às peças.

Daiyu sentou-se atrás da mesa e examinou os papéis espalhados ali. Então, pegou um mapa e começou a escrever em uma folha de papel separada. Seus movimentos eram bruscos, forçados, e ela agarrava a pena com a mão fechada.

Cho se sentou na cadeira que Ein havia puxado ao lado da mesa.

— Nunca vi uma técnica como a sua antes — disse ela, com a voz calma e uniforme. — Onde você aprendeu isso?

— Minha avó me ensinou. — Daiyu fez uma pausa. — Não minha avó verdadeira, que nunca conheci. Minha mãe era uma estrangeira de Nash. Quando soube que o imperador estava procurando por mulheres estrangeiras que pudessem ter um filho para ele, ela aproveitou a chance. Muitas mulheres fizeram. Trocaram suas vidas e entes queridos por um espaço no harém do imperador. Vidas de luxo, e a chance de um dia ser imperatriz. Eu tinha apenas oito anos quando minha mãe me abandonou para o mundo e foi para Jieshu. Nunca mais a vi.

A estrategista fez uma pausa e deu uma olhada para o lugar onde Ein trabalhava em trazer o Príncipe de Aço de volta à vida.

— Passei meses nas estradas de Song, mendigando por tudo, tentando me manter longe de soldados, bandidos, e outros que pudessem tentar se aproveitar de uma criança sozinha. Um dia, entrei em Schuan, uma vila perto da fronteira oeste. Encontrei uma velhinha sentada sozinha em uma mesa, em frente à sua casa. Sobre a mesa, havia um tabuleiro de xadrez. — Outra pausa. Cho se perguntou se Daiyu estaria sorrindo sob a máscara. — A mulher era velha. Enrugada além da idade, e mal era capaz de se mover sem o uso de duas bengalas. Mas sua mente era mais afiada que qualquer lâmina. Ela me desafiou para um jogo, um jogo que eu nunca tinha ouvido falar antes, e prometeu uma refeição completa caso eu ganhasse. Eu perdi, mas ela ainda assim me alimentou. Naquele dia, no próximo, e em centenas mais.

Cho sorriu.

— Ela parece gentil.

— Mais gentil, impossível. Não faço ideia de por que ela me acolheu. Ela tinha tantos netos, e eles mal tinham comida suficiente, graças aos impostos do imperador. Mas ela me acolheu, e ela e seu marido me alimentaram, me vestiram, e me ensinaram o valor de trabalhar por essas coisas. E ela me ensinou xadrez. Todos os dias, dezenas de jogos. Centenas de estratégias. Ela me ensinou a pensar de três maneiras diferentes ao mesmo tempo. O passado, pois é importante lembrar o que veio antes para ver o que pode vir de novo. O presente, porque não se pode fazer planos sem antes saber quais são os recursos disponíveis. E o futuro, para saber o que o oponente deve fazer e quando fará, e se posicionar para contra-atacar todos os seus movimentos.

— A última lição que ela me ensinou foi a técnica para trazer as peças do jogo à vida, usando a terra ao meu redor. Seu último presente para mim... — Daiyu ficou em silêncio, e acenou com a mão em direção ao tabuleiro de xadrez com peças lindamente esculpidas. — Ela morreu, porque eles não tinham mais condições de alimentar a todos na aldeia. Ela comia cada vez menos a cada dia, para que houvesse mais comida para os netos. E para mim. Esse é o legado do imperador. Dez reinos de fome, tudo para que ele possa travar suas guerras. Então, quando ouvi falar do Príncipe de Aço e de sua rebelião, arrumei meu tabuleiro de xadrez, e o encontrei. Jurei servi-lo até que Hosa fosse finalmente libertada do domínio WuLong.

Roi Astara passou pela aba da barraca. O leproso deu uma olhada em Ein, que trabalhava no corpo do Príncipe de Aço, e inclinou a cabeça. Ele ficou em silêncio por um momento, sem dúvida prestando sua própria forma de respeito.

— Então é verdade. O Príncipe de Aço morreu durante a luta com o *oni*. — Sua voz estava cansada, e seus olhos, semicerrados. — Ele estará... de volta em breve?

Ein se virou. Seus olhos passaram rapidamente para Daiyu, enquanto ela se sentava atrás da mesa do príncipe, com a atenção mais uma vez nos papéis que estavam ali. Ele olhou para Roi Astara. Havia algo em seus olhos pálidos, algo em seu rosto. O menino estava ansioso, com medo até. Cho achava que nunca tinha visto Ein suar, mas ele enxugou a testa com a mão ensanguentada e voltou ao trabalho.

Roi Astara tossiu, e a tosse rapidamente se tornou arranhada e úmida. O leproso parecia estar piorando a cada dia. Cho só podia esperar que ele durasse o suficiente para que alcançassem Wu e completassem a missão. Talvez então o shinigami permitisse que Ein queimasse a doença de seu corpo.

— Talvez — disse Roi Astara, depois do ataque de tosse. — Você devesse se dirigir aos soldados. Há rumores de que o príncipe está morto. Muitos o viram abatido pelo *oni*, e seu corpo carregado através do acampamento. Uma palavra sua, estrategista, pode ajudar a aplacar seus medos.

Daiyu largou o pincel.

— Quanto tempo? — ela perguntou a Ein.

O menino deu de ombros.

— Os ferimentos são extensos.

Com suas vestes sussurrando pelo chão, Daiyu saiu de trás da mesa. Ela passou por Cho e Roi Astara sem dizer uma palavra, e saiu da tenda. O leproso caminhou rapidamente até a mesa, e olhou para os papéis dispostos ali.

— Plano interessante. Pode funcionar.

— Não consigo — disse Ein. As mãos do menino estavam escorregadias de sangue, e ele balançava a cabeça. Havia uma luz febrilmente brilhante em seus olhos. Ele estava em pânico. — O dano é muito extenso. Não resta o suficiente do Príncipe de Aço para trazer de volta.

Zhihao estava sentado em um banquinho, olhando para as brasas da fogueira do acampamento. Sua garrafa de vinho ainda estava meio cheia, mas ele havia descoberto que o gosto pela bebida havia desaparecido. O humor sentimental havia se apossado dele com força assim que Chen Lu havia adormecido.

Roi Astara abriu caminho pelo enxame de soldados que desmontavam o acampamento. Ele mancou em direção a Zhihao, mais rápido do que parecia confortável. O leproso pigarreou, o que se transformou em tosse, depois em um arranhar completamente seco e áspero. Sem dizer nada, Zhihao esperou que terminasse. Finalmente, o leproso disse:

— Ein precisa vê-lo imediatamente.

Zhihao olhou para o gordo que roncava nas proximidades.

— Só eu ou nós dois?

O leproso se afastou.

— Ele apenas disse para trazer Vento Esmeralda.

Zhihao deixou o vinho para Chen Lu, uma agradável surpresa para quando o gordo acordasse, e seguiu Roi Astara pelo acampamento. O leproso ficou em silêncio, exceto pelo bater irregular de suas sandálias de madeira enquanto mancava apoiando-se pesadamente em seu rifle e usando-o como muleta. Sua saúde tinha piorado desde que haviam se conhecido. A tosse úmida vinha com mais frequência, e seus passos vacilantes estavam mais pronunciados. Zhihao imaginou que o que restava do homem não devia ter o costume de percorrer toda Hosa rapidamente. Ele estava submetendo o corpo doente a um esforço muito grande. Chegaria um momento que seu corpo falharia, e Zhihao só esperava não estar por perto para limpar a bagunça. Eles caminharam até a tenda de Príncipe de Aço, e Roi Astara entrou rapidamente, certificando-se de não tocar em nada. Zhihao seguiu o leproso.

Levou um momento até seus olhos se ajustarem, mas quando o fizeram, Zhihao viu Itami, Ein e a mulher da máscara, todos reunidos em torno de um catre no canto da tenda. Zhihao considerou se virar e fugir, antes que alguém o notasse. Então, Roi Astara limpou a garganta novamente, desta vez sem o ataque de tosse.

— Zhihao, que bom — disse Itami. — Temos um problema.

Ela se levantou, e fez sinal para ele se aproximar. Estavam de pé ao lado de um corpo com um rosto cheio de cicatrizes, e com uma confusão de feridas. Parecia que ele havia sido simultaneamente esmagado, atacado por um urso, e recebido o tratamento de uma faca em uma mesa de açougue.

— Esse é o príncipe, não é? — disse Zhihao. — Pelas estrelas, o que foi que fez com ele?

A mulher mascarada se virou na direção de Zhihao, depois passou por ele, em direção ao suporte de armaduras. Zhihao nunca tinha visto uma armadura de cerâmica pintada de prata antes. Porém, ela certamente se destacava. Recebia a luz da lamparina e jogava-a de volta para ele em fragmentos ofuscantes. A peça do peito estava faltando, e a perna esquerda também. O resto estava manchado de sangue. A mulher olhou para Zhihao novamente, depois para o suporte de armadura.

— Ele morreu durante o ataque do *oni* — disse Itami.

Ela olhou Zhihao de cima a baixo, de uma maneira que o fez se sentir um pouco constrangido.

— O ataque do quê? — perguntou Zhihao.

— Do *oni*.

Zhihao apenas balançou a cabeça.

— Devo admitir, andei bebendo. Sei que houve alguns gritos há algum tempo, mas... o que é um *oni*?

— É o yokai mais poderoso que enfrentamos até agora — disse Roi Astara. — Sua ajuda teria sido útil.

— Ah. Bom, é que Chen Lu bebeu um pouco demais, e imaginei que deveria cuidar dele enquanto estava inconsciente. Nós o matamos?

— Itami derrubou o yokai, mas não antes dele ter feito isso com o príncipe.

Zhihao olhou novamente para os destroços, que uma vez haviam sido um príncipe, e se afastou.

— Então, traga-o de volta?

— Não consigo — disse Ein. — O corpo está muito danificado.

— E agora meu príncipe está morto — disse a mulher mascarada. — E não temos outras opções. A rebelião deve sobreviver. O Príncipe de Aço deve sobreviver.

— Claro — disse Zhihao. — Mas ele está morto.

A mulher mascarada balançou a cabeça.

— A armadura pode caber, mas não há como ele desempenhar o papel.

Itami se aproximou de Zhihao e olhou para ele como um fazendeiro faria com um touro premiado.

— Seu cabelo está um pouco mais curto, mas próximo da cor correta. Um pouco de tinta poderia fazer seu rosto parecer ter cicatrizes, pelo menos à distância. E cabe a você garantir que pouco contato com o príncipe seja necessário. Você é a estrategista por trás de toda essa rebelião. Tudo que você precisa fazer é manter o exército unido por alguns dias, até chegarmos a Wu. Tudo que ele precisa fazer é vestir a armadura, montar um cavalo, e liderar o ataque quando chegar a hora.

— Espere... O quê? Liderar o ataque? — perguntou Zhihao. — Que ataque?

Ein parou ao lado do corpo e caminhou até o suporte de armaduras. Ele precisou ficar na ponta dos pés para alcançar o capacete, mas conseguiu soltá-lo. Era feito do mesmo revestimento cerâmico, pintado de prata para brilhar, e danificado por sangue seco que ficou marrom. Tinha um desenho de corvo na testa, e cobriria quase todo o rosto de um homem, exceto os olhos.

— Se não funcionar, as tropas se dispersarão — disse a mulher mascarada. — A rebelião vai desmoronar, mas é quase certo que nos matarão primeiro.

— Então faça funcionar — disse Itami. — Não vejo outra maneira de manter viva a esperança.

A mascarada olhou diretamente para Zhihao.

— Não gosto do caminho que essa conversa está tomando — disse Zhihao. — Não posso fazer isso.

— Você precisa — disse Ein. Ele se aproximou lentamente com o capacete prateado em mãos. Seus olhos estavam pálidos como neve fresca, e igualmente frios. — Porque você é o Príncipe de Aço.

33

Guang Qing — o Príncipe de Aço

Inflexível como a terra antiga, resoluto como a maré, imparável como um incêndio na floresta.
O Príncipe de Aço nasceu da tragédia, para ser a última esperança de Hosa.

— Que ideia mais terrível — disse Zhihao, enquanto Itami e Daiyu o envolviam na armadura de cerâmica do príncipe.

A peça do peito era nova, furtada de outro conjunto de armadura e não combinava com o resto. Era vermelha e monótona, sem ornamentos, enquanto as ombreiras tinham, cada uma, um bando emergente de corvos crocitando. A greva direita, a única das placas das pernas a sobreviver ao ataque do *oni*, tinha um entalhe de pássaros maravilhosamente detalhado ao longo de todas as bordas. Sua perna esquerda estava nua. Zhihao parecia mais um príncipe de retalhos, do que um príncipe de aço.

— No entanto, é a única que temos — disse Ein, soando jovem e petulante. — Seu cabelo é muito curto.

215

O menino estava certo. Mesmo escovado, o cabelo de Zhihao era mais curto que o do príncipe.

— Será que daria para fazer uma trança? — disse Itami.

A expressão de Daiyu sob a máscara era invisível.

— Vamos precisar do cabelo solto, para obscurecer o rosto o máximo possível. Aqui.

Ela entregou a Zhihao uma pequena faca e um espelho.

— Para te esfaquear? — disse Zhihao, com um sorriso presunçoso nos lábios.

— Para raspar o bigode — disse Daiyu, enquanto abria um baú e tirava alguns pincéis.

Roi Astara ficou ao lado da tenda, e observou tudo com seus olhos pálidos. Ele não se moveu, nem disse nada. Sua presença silenciosa irritou Zhihao, como se o leproso o estivesse julgando.

— Talvez você devesse informar isso discretamente a Bingwei Ma e Chen Lu — Itami disse a ele.

— Em breve — respondeu Roi Astara. — Por enquanto, vou esperar e ver o truque final.

— O leproso só quer me ver humilhado — disse Zhihao, fazendo uma careta enquanto raspava os pelos do lábio.

— Não é assim que o príncipe fala — disse Daiyu.

— Eu não sou o príncipe. — Zhihao apontou para o cadáver no canto. — Herói. — Então, deu um tapinha no próprio peito. — Bandido. — Novamente, apontou em direção ao cadáver. — Líder. — E mais uma vez, para si mesmo. — Homem escondido nos fundos com uma garrafa de vinho, esperando ver para qual lado o vento sopra.

— Príncipe Qing trata os outros com o respeito que lhes é devido — continuou Daiyu, como se Zhihao nem tivesse falado. — Sempre que possível, usa nomes, ou títulos. Ele anda reto, sem desleixo. A voz dele é um pouco mais grave que a sua, e o sotaque, mais leve. Talvez você possa fingir uma leve rouquidão, colocar um pouco de cascalho na voz.

— Quer pegar umas pedras para eu engolir? — disse Zhihao, abaixando a voz para uma rouquidão dolorosa.

— Assim é melhor. — Daiyu esperou até que Zhihao terminasse de se barbear. Então, aproximou-se dele com pincéis e vários potes de tinta. — Vou tentar imitar as cicatrizes do príncipe. Não esfregue o rosto, ou a tinta borrará. Precisarei substituir a tinta todas as manhãs.

— E se tiver uma coceira?

Itami suspirou.

— Zhihao, por favor.

Zhihao afastou o rosto das mãos de Daiyu para encarar Itami.

— Estou fazendo isso por você. O mínimo que você pode fazer é permitir que eu seja rabugento.

— Ranzinza em particular — disse Daiyu, enquanto virava o rosto de Zhihao de volta para sua máscara. — Conciso em público. Quanto menos você falar, melhor. A maioria das ordens virá de mim, e você deve simplesmente balançar a cabeça uma vez, para sinalizar que concorda. Entendeu?

Zhihao concordou.

— Bom. Agora deixe o rosto relaxado enquanto lhe dou uma cicatriz.

Ela começou a pintar o rosto dele. Mesmo tão de perto, Zhihao não conseguia ver nada do rosto da mulher, apenas seus olhos por trás da máscara. Eram da cor de esmeralda brilhante. Sua cor favorita.

Quando Daiyu terminou, Zhihao tinha um conjunto convincente de cicatrizes, que pareciam razoavelmente semelhantes às do príncipe. Sob uma inspeção minuciosa, não havia como Zhihao ser confundido com o príncipe Qing. Porém, caberia a Daiyu garantir que não houvesse inspeção minuciosa.

— Fique atrás da mesa — disse Roi Astara, assim que Daiyu terminou. Zhihao soltou um suspiro cansado, e fez o que lhe foi dito. — Olhe na direção oposta a nós. Agora vire apenas a cabeça para a esquerda. Olhe para nós por cima do ombro.

Zhihao seguiu as instruções sem deixar transparecer seu aborrecimento. Com o rosto cheio de cicatrizes, o cabelo escovado, e parado ali, usando a maior parte da armadura do príncipe, Zhihao se sentiu quase parte da realeza. Ein havia voltado a se ajoelhar ao lado do corpo do príncipe verdadeiro, mas se levantou novamente, e se juntou aos outros. Ele não parecia satisfeito.

— Você tem um plano de ataque? — disse o menino.

— Tenho — disse Daiyu.

— Então devemos sair logo. Antes que alguém perceba que Zhihao é uma farsa. Vamos deixar a barraca e o corpo aqui.

A máscara de Daiyu se virou para Ein. Por apenas um momento, parecia que a estrategista estava tremendo. Itami se colocou entre eles.

— Fizemos um bom trabalho, o melhor que pudemos. A morte do príncipe não será em vão. Esta rebelião servirá para libertar Hosa do imperador.

Daiyu concordou. Seu rosto ainda era um mistério por trás da máscara.

— Talvez eu devesse trazer um de seus capitães — disse Roi Astara.
— Seria sensato que alguém visse o príncipe, antes que os rumores de seu desaparecimento se espalhem para longe demais.

Quando um dos soldados do príncipe entrou pela tenda, Zhihao estava empoleirado na mesa, tamborilando os dedos contra a madeira. Daiyu soltou uma pequena tosse. Zhihao se levantou, e olhou por cima do ombro esquerdo. A estrategista sussurrou palavras que só ele podia ouvir.

— Bom. Capitão Feng. — Zhihao repetiu Daiyu, palavra por palavra.
— Você está saudável, meu príncipe.

Zhihao sorriu.

— Apenas ferimentos leves.

Daiyu soltou um assovio, e Zhihao abandonou o sorriso.

— Desmonte o acampamento, capitão. Marchamos para Wu pela manhã.
— Amanhã de manhã, meu príncipe? — disse Daiyu.
— Claro. Hoje não. Amanhã.

O capitão franziu a testa e abriu a boca. Porém, Daiyu avançou em direção ao homem.

— Vou providenciar os preparativos. Finalmente chegou a hora, Capitão Feng, de libertar Hosa.

Ela levou o capitão para fora da tenda.

Zhihao se apoiou na mesa.

— Qual a distância até Wu?

— Três dias — disse Itami. — E outro até Jieshu. — Ela deu a volta na mesa e se empoleirou ao lado de Zhihao. — Cinco, se contar o ataque em si.

— Tenho que manter essa coisa por cinco dias? — disse Zhihao. — E se, em vez disso, tentássemos espremer Barriga de Ferro na armadura. Tenho certeza de que ele seria um excelente Príncipe de Aço, caso consiga lembrar qual nome gritar.

Itami riu.

— Seu rosto ficará coberto na maior parte do tempo. Tudo o que você precisa fazer é cavalgar, e parecer severo e majestoso. E Daiyu estará ao seu lado, para dar as ordens. — Ela se inclinou para um pouco mais perto. — Se tentássemos com Chen Lu, tudo o que ele faria seria pedir mais vinho.

— Maravilha.

— Além disso — Itami sorriu para ele. — São apenas quatro dias de marcha. No quinto dia, tudo o que você precisa fazer é liderar esse exército para a batalha.

34

Muito antes do nascer no sol do quinto dia, o exército chegou a Jieshu. A cidade foi construída na encosta de uma montanha, utilizando paredes rochosas íngremes em ambos os lados e uma escalada impossível do outro lado. Foi construída em três níveis. O mais externo era uma confusão de prédios de um andar e telhados inclinados, que levavam direto para a sarjeta da rua. Os cidadãos mais pobres, aqueles que não podiam se dar ao luxo de viver atrás das muralhas da cidade, habitavam aquela camada externa. Daiyu, que ficava sempre perto de Zhihao nos últimos cinco dias, explicou que aquele lugar era uma favela efervescente desde que o imperador havia chegado ao poder e o imposto imperial subira a níveis inadministráveis. As pessoas ali se moviam como ghouls mal-humorados. Seguiam para o trabalho de cara feia umas para as outras durante o caminho. Elas fugiam dos soldados da rebelião que iam chegando como a névoa se afasta da luz do dia: esgueirando-se por becos e casebres.

A noite cobriu o avanço do exército em Jieshu. Porém, logo se acenderam tochas na parede à frente, e gritos ecoaram na escuridão, alertando que uma força hostil estava na cidade.

O cheiro acre de fumaça cresceu forte no ar. Incêndios floresceram à frente, e logo ficou claro que os soldados de Wu haviam incendiado os prédios mais próximos do muro. Daiyu afirmou que era uma estratégia sólida, mas que poderia facilmente transformar toda a camada externa em cinzas. Isso diminuía a área onde os rebeldes podiam se esconder e os transformava em alvos mais fáceis para os arqueiros. O povo de Jieshu fez pouco para parar o incêndio; recuaram para mais longe das chamas enquanto o fogo se espalhava de prédio em prédio. Por ordem de Príncipe de Aço, os soldados da rebelião passaram a primeira noite na cidade apagando incêndios iniciados por aqueles cuja responsabilidade era proteger o povo, e não o prejudicar.

À medida que a luz da manhã subia acima das montanhas e banhava o palácio e o muro com uma luz ardente, o último dos incêndios foi finalmente apagado. Os soldados da rebelião estavam exaustos após a longa noite de labuta e fumaça, cansados tanto da marcha quanto do trabalho duro. Foi um começo desfavorável, mas Daiyu insistiu que não podiam esperar. Não tinham os números nem os suprimentos para um longo cerco. Então,

Príncipe de Aço deu a ordem, e os soldados entraram em formação, prontos para destruir as muralhas. Prontos para lutar por seu príncipe. Prontos para morrer pelo seu príncipe. Prontos para lutar pela liberdade de Hosa. Prontos para ganhar o tempo de que precisavam para que Ein e os outros matassem o imperador.

— Não gosto dessa coisa de ordenar homens para a morte certa — disse Zhihao.

Ele falou baixinho, mesmo assim a máscara de Daiyu se virou para encará-lo. Ela estava com uma armadura leve de escamas sobre as vestes e carregava uma grande bolsa no quadril. Zhihao havia dado uma olhada rápida dentro dela, e descoberto que continha peças de xadrez. Pequenas estátuas de soldados e monstros. Ele estava começando a achar a mulher muito louca, mas era o plano dela que eles estavam seguindo.

— Meu príncipe — disse Daiyu, abaixando um pouco a cabeça. Sem dúvida, estava com uma cara de extrema decepção por trás da máscara, e Zhihao se viu mais do que feliz por não poder vê-la. — Você não está enviando para a morte. Você os está levando à vitória e à liberdade. Você também deveria se sentar mais ereto no cavalo.

— Tente se sentar ereto com esta maldita espada presa às costas.

Havia sido decidido que Príncipe de Aço não deveria mudar sua arma de escolha tão perto da batalha final. Então, Zhihao deixara suas espadas gêmeas para trás, em favor de uma enorme espada dadao, quase da sua altura. O punho tinha metade do comprimento da arma, e a lâmina tinha uma única borda curva. Havia nove anéis enganchados em pequenos orifícios no lado plano da lâmina, que Zhihao considerava inúteis, exceto por anunciar sua presença, a cada passo ou movimento. A volumosa espada era o símbolo de Príncipe de Aço. Por sorte, a estrategista havia permitido que ele carregasse algumas facas pequenas no cinto, e Zhihao apostou que mataria mais com elas que com o peso da expectativa que carregava nas costas.

Chen Lu caminhou pela fila de soldados, parou ao lado de Zhihao e ergueu a clava de seu ombro. O cavalo de Príncipe de Aço se afastou para o lado quando a clava atingiu o chão, e Zhihao agarrou as rédeas. Nunca tinha sido um cavaleiro particularmente bom. Porém, o príncipe deveria ser tão mortal em uma sela quanto fora dela.

— Um dia quente para isso — disse Chen Lu, inclinando o guarda-sol em direção ao sol, e colocando o barril na mão livre. — O que eu não daria por algumas nuvens.

— Por que você odeia tanto o sol, gordo... uh... Chen Lu? — perguntou Zhihao.

Quanto mais durava aquele truque, mais difícil era permanecer no personagem. Ele sentia falta da amizade casual com Chen Lu e Itami. Mal havia falado com qualquer um deles desde que deixou a grande floresta de Qing. Mal havia falado com ninguém além de Daiyu, e a maioria dessas palavras haviam sido reclamações.

— Tenho pele clara. Ela queima facilmente — disse Barriga de Ferro, com um sorriso.

Zhihao reprimiu uma risada.

— Tem, é?

Barriga de Ferro franziu a testa.

— Não gosto desse tal de Príncipe de Aço. Mas o Vento Esmeralda... tá aí um homem que eu chamaria de amigo. Ele era o único homem que iria rir comigo.

— Parece que você nunca teve um amigo antes, Chen Lu.

Barriga de Ferro deu de ombros.

— Eu tive um macaco uma vez.

Zhihao olhou para Barriga de Ferro.

— O que aconteceu com aquele macaco?

Barriga de Ferro deu de ombros.

— Talvez eu o tenha comido.

Zhihao bufou uma risada, e rapidamente a encobriu com uma tosse. Ele não achava provável que Príncipe de Aço fosse visto rindo antes da batalha.

Permaneceram em um silêncio sociável por algum tempo. Quando Barriga de Ferro voltou a falar, foi em tom sombrio, com voz baixa.

— Não te incomoda, Zhihao, que essas pessoas nunca saberão quem realmente as lidera? Eles nunca chamarão seu nome.

Zhihao olhou em volta para ter certeza de que ninguém estava perto o suficiente para ouvi-lo.

— A única vez que pessoas desse tipo chamam o nome de um bandido é na hora da execução. É melhor assim.

Barriga de Ferro tomou um enorme último gole de seu barril. Depois, jogou-o fora.

— Boa sorte... Príncipe de Aço — disse ele, com um sorriso.

Zhihao sorriu de volta.

— E para você... Pança de Chumbo.

Zhihao ouviu o barulho de rodas de madeira na terra. Virou-se na sela e viu o aríete coberto subindo a rua atrás deles. Era uma monstruosidade que exigia doze homens para puxá-lo para trás a cada balanço. Tinha um toldo de madeira em cima, coberto de piche, para protegê-lo de flechas e óleo.

— Estamos prontos para começar o ataque, meu príncipe — disse Daiyu. — Tudo o que precisamos é de sua ordem.

Zhihao chutou seu cavalo para avançar alguns passos à frente. Em seguida, virou-o de frente para o exército de Príncipe de Aço. Pretendia dizer algo inspirador, algo heroico, algo que convenceria os homens de que ganhariam o dia. Porém, todas as palavras que pretendia dizer morreram em sua garganta enquanto ele olhava para todos aqueles rostos. Milhares de soldados de toda Hosa. Homens com esposas e filhos, pais e irmãos, fazendas e propriedades. Homens dispostos a dar a vida por um impostor. Zhihao engoliu o nó na garganta e acenou para Daiyu. A estrategista ficou de pé em seus estribos e gritou ordens que foram retransmitidas pelo fronte. Em poucos instantes, a vanguarda estava avançando com o baque firme de pés marchando em uníssono e o som de rodas batendo contra a pedra.

Chen Lu andou à frente da força principal. Parou apenas por um momento ao lado de Zhihao e lhe deu um tapa na perna.

— Discurso magnífico, Príncipe Brisa Verde.

O gordo riu da própria brincadeira e largou a sombrinha. Ele ergueu a clava no ombro e marchou em direção ao portão de Jieshu.

— Fique por perto — sussurrou Cho para Ein.

Ela podia sentir o menino segurando sua calça por baixo da armadura emprestada e empurrando-se contra ela enquanto os soldados esbarravam nele. Muitos acharam estranho que estivessem escoltando um menino na vanguarda; Cho os havia escutado sussurrando e viu os olhares questionadores em sua direção. Eles não conheciam o plano completo. Não podiam saber que o menino, e aqueles que o escoltavam, eram a única chance de a rebelião vencer a guerra contra o imperador.

Bingwei Ma estava logo atrás de Cho e Ein. Cada um deles usava um conjunto de armadura de cerâmica cinza e desprovida de ornamentação ou desenho. Eles deveriam parecer soldados comuns e nada mais, pelo menos até que o portão fosse arrombado. Ambos carregavam também um escudo, que era pouco mais que algumas tábuas robustas de madeira, amarradas com couro, mas serviria para pegar pelo menos algumas flechas. Não havia armadura que pudesse caber em Ein, e era muito pequeno e fraco para segurar um escudo. Então, confiou em Cho para protegê-lo e ficou tão perto que ela conseguia sentir um medo entorpecente pulsando dele. Pelo menos tinham encontrado um capacete para o menino, embora balançasse frouxamente em sua cabecinha.

Os gritos dos soldados se misturavam às trombetas e aos tambores vindos de trás, para criar uma cacofonia que sacudia os sentidos de Cho. Era o caminho da guerra: barulho, dor e morte. As mãozinhas de Ein cavaram mais fundo na roupa de Cho, e encontraram sua mão esquerda segurando, como sempre, a bainha da espada. Ela sentiu o braço ficar dormente, aquela estranha sensação de frio, como se alfinetes e agulhas se espalhassem através de seu toque. Vazio e solidão, e a inevitabilidade da morte; era isso que o toque do menino em seu braço lembrava. Cho não queria nada além de soltar Ein, mas não se atrevia por medo de perdê-lo na pressão dos soldados.

Chen Lu correu para a frente, adiante da vanguarda. Parecia loucura, um homem solitário daquele tamanho sem armadura e ultrapassando o exército atrás. Era para parecer loucura. Ao passar pelas últimas ruínas enegrecidas que haviam sido casas tão recentemente, a primeira saraivada de flechas subiu ao céu, escureceu o sol e choveu sobre ele. Sem dúvida, os arqueiros no muro pretendiam emplumá-lo tão completamente que não haveria um centímetro de pele sem ter sido perfurado. Porém, tudo o que fizeram foi desacelerá-lo. As flechas se desviaram de sua pele com as hastes se partindo, como se tivessem atingido uma rocha. Ao redor de Chen Lu, o chão ficou cheio de flechas, tanto aquelas que tinham errado, quanto as que tinham acertado. Ele cambaleou com os impactos e caiu de joelhos, mas rapidamente se levantou e continuou.

— Por Vento Esmeralda! — gritou ele com a voz aguda, ao correr em direção aos portões de Wu.

Então, começou a rir, um rugido de loucura e alegria tão alto quanto um trovão e aterrorizante como um maremoto. Outra saraivada de flechas o atingiu. Mesmo assim, o gordo continuou, e a vanguarda o seguiu, com seus quinhentos soldados passando quase despercebidos, atrás de um só homem.

— Erguer escudos!

A ordem passou pelo fronte, e Cho ergueu o escudo e puxou Ein ainda mais para perto, apesar da estranha sensação que o acompanhava. Ele se agarrou a ela, com os olhos arregalados e deixou um gemido escapar de seus lábios. Flechas caíram sobre eles, salpicando os escudos. Soldados caíram; alguns gritaram, outros simplesmente morreram. Porém, a maioria continuou rolando o aríete para a frente atrás de Chen Lu.

O portão tinha a altura de quatro homens, e quase a mesma largura, com pesadas tábuas de carvalho presas umas às outras por tiras de ferro e aparafusadas no lugar. Haveria uma barra do outro lado também, talvez mais de uma. A maioria das pessoas diminuiria a velocidade ao se aproximar de um portão como aquele, mas Chen Lu acelerou o passo e, usando todo o seu peso, jogou o ombro contra ele. Mesmo com a batida dos tambores, Cho ouviu o estrondo. Porém, o portão resistiu; seria demais esperar que se abrisse no primeiro ataque. Alguns guardas do alto da muralha se inclinaram para disparar mais flechas em Chen Lu, outros jogaram pedras. Chen Barriga de Ferro ignorou todos ele e parou apenas para recuperar o fôlego, antes de levantar sua clava para golpear o portão.

Com a vanguarda na muralha, o aríete passou pelas fileiras, e Chen Lu, ofegante e se apoiando no portão, deu um passo ao lado para deixar a máquina de cerco fazer seu trabalho. Soldados entraram em formação em ambos os lados com seus escudos erguidos contra a chuva de flechas que voava lá de cima. Lentamente, o grande aríete, um enorme tronco de árvore com o desenho de um corvo dourado na ponta dianteira, foi puxado para trás e para cima, e então solto para balançar para baixo e bater no portão.

A unidade de Cho desacelerou até parar diante do muro, mas fora do alcance das rochas ou do óleo. Eles se agacharam com os escudos levantados. Se separavam de vez em quando para deixar os próprios arqueiros soltarem flechas nos guardas na muralha. O trabalho deles não era invadir. Deveriam se empilhar pela abertura, assim que o aríete tivesse feito seu trabalho. Cho só esperava que resistissem até esse momento. Em uma luta, ela tinha a chance de revidar e seu destino estava em suas próprias mãos. Ali, porém, encolhida do lado de fora da muralha, apenas a sorte poderia mantê-la viva. E um guerreiro nunca confiava na sorte.

35

Entre flechas e pedras jogadas, muitos rebeldes estavam caindo sem se levantar novamente. Um fluxo constante de feridos estava sendo arrastado de volta para as linhas, onde a maior parte das forças da rebelião ainda aguardava. Zhihao ouviu o estalo quando o aríete mais uma vez se chocou contra o portão. Toda vez que o aríete era puxado para trás, Chen Lu batia contra o portão com sua clava, mas ainda não tinham rompido a linha inimiga. Zhihao levou a mão ao capacete e semicerrou os olhos contra o sol. Estava impaciente, ou talvez fosse o cavalo, ou talvez fossem todos os homens atrás dele, esperando o comando para atacar. Alguém, pelo menos, estava impaciente, e isso estava deixando Zhihao nervoso.

Ele se inclinou para sussurrar para Daiyu.

— Como você acha que está indo?

Ela não o ouviu por cima do rufar dos tambores, e sua máscara continuou virada para a frente. Talvez a própria estrategista estivesse nervosa. Sua mão estava enterrada em sua bolsa, embora Zhihao não conseguisse entender por quê.

Zhihao se virou na sela para olhar para seu exército. Havia milhares de soldados às suas costas, alguns nervosos, outros animados, mas todos cansados. Tinha sido uma longa noite, lutando contra o fogo de Jieshu. Tinham sido quatro longos dias de marcha, e nenhum descanso no final, apenas guerra. Ele observou os telhados, procurando por algum sinal de Roi Astara.

O leproso alegou que seria mais útil à distância, com seu rifle longo. Um dos soldados atrás acenou para o príncipe. Então, Zhihao acenou de volta e se voltou para Daiyu. Ele colocou uma mão enluvada no braço dela, que se assustou um pouco, mas não o bastante para encará-lo sob a máscara.

— Como vão as coisas? — disse Zhihao novamente, não mais alto que antes.

— Tão bem quanto se poderia esperar, meu príncipe — disse Daiyu. — Embora tivesse esperanças de que o portão caísse mais cedo. Talvez seja hora do Príncipe de Aço entrar na briga?

Zhihao riu disso.

— E fazer o quê?

Finalmente, Daiyu olhou para ele. Nem mesmo seus olhos eram visíveis sob a máscara branca.

— O que puder. Só não morra. O efeito emocional seria ruim.

Com isso, a estrategista virou a cabeça de volta para a batalha, com a mão mais uma vez vasculhando a bolsa em sua cintura. Nos últimos quatro dias, Daiyu havia passado de controladora a desaprovadora cerca de cinquenta vezes por dia, mas essa era a primeira vez que ela parecia tão fria. Parecia que nem mesmo a maior estrategista de Hosa estava acima da pressão sobre seus ombros.

Sem outra instrução além de *entrar na briga*, Zhihao pôs o cavalo em movimento e galopou em direção ao portão. Ele não tinha ideia do que fazer; não tinha ideia do que poderia fazer. Se Chen Lu não conseguisse quebrar o portão, se o aríete não quebrasse o portão, não havia como Zhihao fazer a diferença. Uma flecha passou pelo elmo do príncipe com um assovio; um tiro esperançoso, que quase deu sorte. Porém, isso não aconteceu, e só serviu para dar um alvo a Zhihao. Ele puxou a espada gigante das costas, lutou para segurá-la firme com uma mão e se levantou nos estribos. Então, Zhihao atravessou o mundo.

Ele nunca havia tentado a técnica enquanto montava um cavalo veloz e nem atravessara uma distância tão grande. Foi um esforço excessivo e aterrorizante por um momento, pois enquanto ele passava entre os lugares, pensava que o corpo o puxaria de volta para o cavalo. Ele sentiu o puxão, como se sua alma estivesse sendo puxada em duas direções ao mesmo tempo. Então, o puxão se foi, e ele estava em pé no parapeito da muralha com o sol reluzindo em sua armadura de prata emprestada.

Zhihao pulou na passarela de pedra atrás do parapeito, onde uma linha de arqueiros fazia chover morte sobre o exército rebelde. O arqueiro mais próximo, que olhou para ele com os olhos arregalados, finalmente ergueu seu arco em uma fraca tentativa de defesa, mas a espada do Príncipe de Aço o cortou como um graveto. Então, Zhihao seguiu com um segundo golpe, que tirou a cabeça do homem de seus ombros. Zhihao se virou, avançou e perfurou o peito de outro arqueiro com a espada. Eles não usavam armadura, apenas um uniforme de pano preto com chapéus altos que, por sua vez, faziam suas cabeças parecerem altas. Sem dúvida, era para facilitar o movimento, mas apenas os tornava mais fáceis de matar.

Zhihao atravessou o mundo novamente, assim que os arqueiros da esquerda e da direita se viraram para ele e dispararam. As flechas atravessaram a imagem deixada, e os dois homens foram derrubados, um pela flecha do outro. Então, Zhihao estava atrás de outro arqueiro. Ele cortou as costas do homem e o chutou por cima do muro. Era possível que o golpe da espada não o tivesse matado, mas a queda certamente o fez.

Ele olhou para o centro da cidade, e teve um vislumbre do que esperava os rebeldes no segundo nível de Jieshu. Uma cidade afluente e ordenada, com prédios de dois ou três andares em fileiras estruturadas. Cada um tinha um telhado inclinado, para deter a chuva e os ladrões. Mais para o centro, os prédios eram ainda maiores: armazéns para guardar alimentos e suprimentos, armas e máquinas de guerra. Dispostos em uma grande praça aberta logo à frente do muro, centenas de soldados, talvez mil, estavam alinhados em quadrados voltados para o portão. Não havia gente o suficiente. Daiyu disse que Wu tinha cinco vezes mais homens que a rebelião. Porém, os soldados que defendiam o portão eram talvez metade da quantidade de rebeldes. Havia também um estranho sino de metal, virado de lado, com uma equipe de soldados com tochas ao lado. Tochas pareciam uma coisa estranha de se carregar tão cedo, sob o sol novo e brilhante.

Um arqueiro próximo lhe bateu com arco enquanto Zhihao olhava para os soldados de Wu. O arco ressoou em seu ombro, e Zhihao deu um soco no homem, bateu sua cabeça contra a pedra do parapeito e o jogou por cima do muro sob um coro de aplausos vindo lá de baixo, dos soldados da rebelião. Ele não teve tempo para decifrar o baixo número de soldados de Wu. Mais arqueiros no muro estavam se voltando para ele. Zhihao atravessou o mundo novamente assim que o portão abaixo deu um estalo estremecedor.

Cho ouviu o portão rachar. Ao mesmo tempo, o aríete gemeu. Seu grande tronco balançou para o lado, enquanto as cordas se romperam e os suportes cederam. Ele caiu no chão e prendeu ao menos um soldado, que gritou sob tamanho peso. E mesmo assim o portão ainda não estava aberto.

Chen Lu rugiu em frustração, concentrou sua força no aríete e o removeu de cima do soldado que gritava. Então, ele se aproximou do portão, ergueu sua clava, e a balançou com toda a força. Agora, a vanguarda inteira estava cantando, mas não era o nome de Chen Lu em seus lábios ou nos dele. "*Vento Esmeralda!*" era o que gritavam, e cada balanço de sua clava, cada rachadura do portão, só servia para tornar o canto mais alto.

Com Zhihao mantendo os arqueiros no topo da muralha ocupados e Chen Lu colocando todo o seu poder sobre o portão, Cho rompeu as fileiras, arrastando Ein com ela, e confiando que Bingwei Ma a seguiria. Era importante que passassem pelo portão antes que a luta de verdade começasse. Ela puxou o menino mais para dentro e se espremeu entre os soldados até ficar com as costas contra o arco do portão. Chen Lu estava lá, com a clava no chão e empurrando o portão com todo o seu peso.

— Eu. Sou. Chen. Barriga. de. Ferro! — gritou Chen Lu, com aquela voz estridente pairando sobre as dos soldados que cantavam.

Ele empurrou e se inclinou sobre o portão com tudo o que tinha. Houve um estalo final quando a barra quebrou, e o portão começou a se abrir sob os aplausos triunfantes ao redor.

Ao mesmo tempo que Ein, Cho viu um enorme canhão apontado diretamente para o portão. Sua boca era um tigre rugindo, assim como os estandartes de Wu. Ao lado, um soldado de Wu baixou uma tocha no topo da gigantesca monstruosidade de ferro.

— Não! — gritou Ein em um sussurro, e Cho o arrastou para longe quando um som como um trovão sacudiu o mundo.

E então, Cho estava de joelhos e com os ouvidos zumbindo. Seu peito estava dormente, formigando com a sensação do menino que ela agarrou. Soldados da rebelião passaram cambaleando, como se estivessem bêbados, e caindo uns sobre os outros. Outros estavam feridos, com membros faltando e bocas escancaradas. Lentamente, os sons do campo de batalha voltaram para Cho, com gritos que perfuraram o zumbido em sua cabeça. Ein se contorceu contra seu peito, e ela percebeu que o estava pressionando com força contra a armadura. Ela o soltou e ele se engasgou ao se afastar e cair. Ele se sentou no chão e ficou balançando a cabeça, como se tivesse algo preso nos ouvidos.

Bingwei Ma emergiu do caos ao lado deles. Ele pegou o menino, colocou-o de pé e então estendeu a mão para Cho. Por um momento, ela o encarou de maneira estúpida e viu os lábios dele se movendo, mas não conseguia distinguir as palavras. Ela se virou para o portão. O aríete estava em ruínas, transformado em lascas de madeira e destroços, e havia corpos mutilados por toda parte. Não havia sinal de Chen Lu, apenas sangue no chão e sua clava gigante encostada na parede. Cho olhou para Bingwei Ma, e estendeu a mão para pegar a dele.

— Chen Barriga de Ferro se foi — gritou Bingwei Ma. Desta vez, as palavras a alcançaram, mesmo que abafadas pelo barulho. Bingwei Ma agarrou Cho pelos ombros, e olhou em seus olhos. Ela nunca havia notado isso antes, mas os olhos dele eram azuis, brilhantes como um oceano calmo.

— Itami, você está me ouvindo? Chen Lu está morto.

Cho se esforçou para entender as palavras. Não importava. Nada importava. Ela sorriu para ele. E então, Príncipe de Aço apareceu lá, vestindo uma armadura de prata deslumbrante e salpicada de vermelho por causa do sangue. Ela sorriu para ele também.

— O que há de errado com ela? — disse Príncipe de Aço.

— Está atordoada com a explosão — disse Bingwei Ma.

Os soldados, entrando em formação, passaram por cima dos mortos e moribundos e marcharam em direção ao portão quebrado. A horda maior atrás deles também estava em movimento. Era parte do plano, Cho se lembrava disso, mas não conseguia lembrar do plano em si.

Príncipe de Aço tirou as luvas, aproximou-se, e deu-lhe um tapa. O choque trouxe certa clareza a seus pensamentos. Então, a compreensão a atingiu. Chen Lu estava morto, reduzido a nada pela explosão. Sua pele de ferro foi posta à prova, e deixou a desejar. Cho piscou duas vezes e sacudiu a última teia de aranha de dentro da cabeça. Sua mão esquerda encontrou a bainha e tocou o punho de ambas as espadas rapidamente, para ter certeza de que continuavam ali.

— Voltou? — perguntou Zhihao.

Cho não confiava em si mesma para falar. O zumbido ainda era alto em seus ouvidos, e gritos eram perigosos, quando saíam de seus lábios.

— Bom. Atenha-se ao plano — disse Zhihao. — Leve Ein para o palácio. Encontre o imperador e mate aquele maldito.

— O que você vai fazer? — perguntou Bingwei Ma a Zhihao.

— O que o Príncipe de Aço faria?

— Lideraria o ataque — disse Bingwei Ma, com um aceno de cabeça cheio de respeito.

Os soldados de Wu estavam entrando em formação atrás do portão, e os soldados da rebelião estavam se reunindo, ansiosos para a batalha.

— Já falei que odeio esse plano? — disse Zhihao.

Ele balançou a espada de Príncipe de Aço no ar, gritou para as tropas, e avançou pelo portão quebrado; foi o primeiro a passar pela brecha. Uma enorme onda de soldados atacou atrás dele, passando por cima de seus companheiros caídos.

Bingwei Ma agarrou Ein, arrastou-o pelo portão e passou pelos soldados. Cho o seguiu, contente em deixar o Mestre do Vale do Sol liderar até que seus sentidos voltassem completamente. Ela se despiu da armadura enquanto caminhava, abandonando o truque de ser apenas mais um soldado na rebelião. Primeiro, a peça de cerâmica do peito caiu no chão; depois, o capacete. Os soldados da rebelião avançaram contra os homens de Wu que guardavam o portão, brandindo espadas e escudos, e gritando com raiva. As formações desmoronavam à medida que a batalha começava, e reforços chegavam de ambos os lados, transformando o conflito em um furioso corpo a corpo. Cho teve um vislumbre de Zhihao. Flashes da armadura de prata do Príncipe de Aço enquanto ele atacava por trás das linhas inimigas, desaparecendo e reaparecendo, e cortando os homens de Wu com golpes de luz da espada de Príncipe de Aço.

Quando chegaram aos prédios do centro da cidade, Cho, Bingwei Ma e Ein se separaram da horda principal de soldados rebeldes. A rebelião não passava de uma distração. Cho e Bingwei Ma é que eram o verdadeiro ataque.

O Mestre do Vale do Sol soltou Ein quando três soldados de Wu dobraram a esquina do grande edifício à frente. Ele tirou o capacete e o lançou nos homens. Depois, seguiu-o com um borrão de chutes e socos que desviavam lâminas e despedaçavam armaduras e ossos. Em instantes, os três soldados estavam inconscientes, ou tão feridos que desejariam estar.

— Para cima — disse Bingwei Ma. — Faremos mais progresso nos telhados.

Cho arriscou uma olhada ao redor da esquina do prédio e concordou. Uma companhia cheia de soldados de Wu vinha em sua direção. Talvez duas.

Bingwei Ma pegou Ein nos braços e o menino soltou um grito de pânico. Então, Bingwei Ma saltou para cima, agarrou o primeiro beiral com o único braço livre e se balançou para alcançar o telhado. Cho o seguiu o melhor que pôde, escalando quando não conseguia fazer os saltos impossíveis. Em pouco tempo, ela rolou para o telhado inclinado e se firmou nas telhas. Os soldados passaram lá embaixo em uma corrida de pés pesados.

Cho parou por um momento para olhar o campo de batalha. Os soldados da rebelião entravam pelo portão empurrando uns aos outros. Mais adiante, lutavam contra soldados de Wu, em formação cerrada. Porém, mais soldados de Wu, contornando as esquinas e deslizando pelos becos, marchavam em direção ao embate. Eles estavam cercando os soldados de Príncipe de Aço por três lados. Era uma armadilha.

36

Bingwei Ma saltava de telhado em telhado com o menino nas costas, e Cho o seguia. Não estava fácil acompanhá-lo, e a dificuldade não era apenas devido ao ritmo que o Mestre do Vale do Sol havia estabelecido. Ela estava distraída com a batalha acontecendo abaixo e mantinha um olho nos soldados de Wu para o caso de alguém os vir nos telhados e soar o alarme. Ninguém fez isso. Estavam muito ocupados, fechando o laço em torno de Zhihao e da rebelião do Príncipe de Aço.

Parecia traição. Chen Lu já estava morto, e eles estavam deixando Zhihao lá embaixo para morrer também. Ninguém nem saberia que era ele. Se os soldados de Wu conseguissem matar Vento Esmeralda, seu corpo seria exibido como Príncipe de Aço. Ninguém jamais entenderia o sacrifício que Zhihao Cheng fez pelo povo de Hosa. Cho parou e observou a batalha.

— O que você está fazendo, Itami?

Bingwei Ma estava no prédio ao lado, a apenas um pulo de distância. Os olhos pálidos de Ein, que estava ao lado do Mestre do Vale do Sol, espiaram Cho. Ele não parecia nada satisfeito por estar montado nas costas do homem. Porém, Bingwei Ma tampouco parecia satisfeito com isso.

— Não é certo — disse Cho, esperando que não estivesse gritando.

Seus ouvidos ainda zuniam e sua voz parecia um pouco abafada. Não iria gritar agora, mas lá embaixo, em meio à luta, gritaria. — Estamos deixando Zhihao para morrer.

— Talvez — disse Bingwei Ma. Ele esvaziou, como se tivesse acabado de admitir algo muito vergonhoso. — Porém, a menos que continuemos, o sacrifício dele será em vão. Pela primeira vez na vida, Vento Esmeralda escolheu ser um herói. Devemos respeitar isso completando nossa parte do plano.

Com tristeza, Cho disse:

— Você vai. Eu vou voltar para ajudar. Talvez nós dois juntos possamos mudar a maré.

— Não! — gritou Ein. — Você me fez um juramento, Lâmina Sussurrante. — Ele parecia zangado. E tinha todo o direito de estar. — Vai mantê-lo.

Cho tirou o olhar de Ein, então viu o borrão prateado de Zhihao, que desaparecia e reaparecia ao redor do campo de batalha.

— Tem que ser você, Itami — disse Bingwei Ma. — Eu não vou matar.

Cho cerrou os dentes, e agarrou Paz com tanta força que doeu. Ela se afastou da batalha, e saltou pelo prédio, para onde Bingwei Ma e Ein a esperavam. O Mestre do Vale do Sol sorriu para ela.

— Devemos chegar logo ao palácio. Não tenho certeza de quanto tempo mais consigo segurar o menino.

Então, eles correram e deixaram Zhihao para se defender sozinho.

O palácio, um pagode gigante com vinte andares de altura, cada um com seu próprio beiral, estava repleto de guardas. Eram duas dúzias de soldados;

alguns com arcos, mas a maioria com lanças pesadas. Ouviu-se um grito de advertência: intrusos nos telhados. Cho sabia que já não valia mais a pena tentar ser discretos. Pularam do beiral do último prédio entre eles para o pátio de pedra diante do palácio. Bingwei Ma se agachou para deixar Ein escalar até o chão. Então, disparou em direção à guarda do palácio. Cho correu atrás dele.

O Mestre do Vale do Sol era tão rápido que a luta já estava a todo vapor quando Cho chegou. Ela se esquivou de uma lança, e puxou Paz em um arco mortal, cortando a mão da espada de um guarda, e abrindo a garganta de outro, tudo em apenas um movimento. Uma flecha disparou em seu caminho, e ela a desviou com a lâmina. Outro guarda empurrou uma lança, mas ela a derrubou e enfiou a lâmina na coxa dele. Então, lançou-se contra os arqueiros. Eles eram mal treinados e não estavam prontos para um guerreiro endurecido pela batalha. Cho golpeou todos os quatro em meros segundos, encharcando Paz em seu sangue. Em seguida, voltou-se de novo para os lanceiros.

Ao redor de Bingwei Ma, homens gemiam, tentando desesperadamente rastejar para longe do mestre de wushu. Ele não tirou vidas, mas não poupou ossos. O último guarda do palácio logo pereceu. Ein se juntou a Cho e Bingwei Ma e passou por cima dos corpos, sem sequer olhar. O menino olhou para o palácio de vinte andares adiante.

— O imperador estará no topo.

Bingwei Ma já estava a caminho da entrada. Ele empurrou as portas para o lado, e uma espada brilhou para ele da escuridão lá de dentro. O Mestre do Vale do Sol se esquivou da lâmina, pegou o braço que a balançava e quebrou o osso com uma torção. O soldado caiu no chão gritando, e Bingwei Ma o chutou na cabeça, para calá-lo.

— Não devemos perder tempo. É um longo caminho para cima.

No centro do edifício, uma escada subia até o topo. Bingwei Ma se ofereceu para carregar o menino novamente, mas Ein recusou. Ele já havia sido carregado por uma distância grande demais, e precisava chegar ao destino com seus próprios pés. O fato de estarem calejados, retalhados e de deixarem um rastro de sangue para trás a cada passo não parecia incomodá-lo.

O palácio era fortemente vigiado, e eles eram atacados a cada passo do caminho. Cho derrubava os oponentes com uma eficiência brutal. Suas vítimas não encontrariam boas-vindas das estrelas, pois suas almas eram roubadas por Paz quando morriam. Bingwei Ma continuou seu caminho de misericórdia. Embora o fato de deixar inimigos vivos para trás preocupasse Cho, ela não lamentava a escolha do Mestre do Vale do Sol.

Quando chegaram ao último andar do palácio, os braços de Cho estavam cansados por causa dos homens que ela havia matado. Ein vinha atrás, cansado e sem fôlego. Seu rosto parecia pálido como cera, e a carne, afundada. Parecia que cada passo o estava levando para mais perto da própria morte. Ele subiu o último degrau, e apontou para um dos corredores.

— Por ali, para a sala do trono. É ali que iremos encontrá-lo.

— Como você sabe? — perguntou Cho.

Ein não respondeu; já estava cambaleando em direção ao corredor vazio. Seus olhos pálidos estavam fixos nas portas ornamentadas no final, estruturas grandiosas feitas de madeira vermelha com detalhes dourados de desenhos fantasiosos de tigres saltando e rosnando.

Gritos ecoaram da escada abaixo ao encontro do grupo. Eram reforços imperiais vindo checar o imperador.

— Precisamos nos apressar — disse Cho.

Ela e Bingwei Ma ultrapassaram o garoto manco e começaram a percorrer o corredor. Arrastando o pé esquerdo, Ein diminuiu a velocidade.

Duas figuras saíram de alcovas sombrias à frente deles. Um homem, esguio e vestido com um terno de tecido escuro, com duas espadas amarradas às costas e um cinto que brilhava com dardos de prata. Ao lado dele, uma mulher com um vestido preto estampado com nuvens vermelhas largo nas mangas e baixo no decote. Ela não carregava armas, pelo menos nenhuma que Cho pudesse ver.

— Os guarda-costas do imperador — disse Ein, que estava atrás deles.

— Sin — disse a mulher, com uma reverência e um sorriso selvagem nos lábios de rubi. — Meu irmão, Saint. Ele não fala muito. — O homem deu um único aceno de cabeça, com as mãos já roçando as armas presas ao cinto. — Receio que não possamos deixá-los chegar mais perto.

Os gritos da escada estavam ficando mais altos conforme os soldados subiam o mais rápido que conseguiam. Cho segurou Paz com mais força. Ela queria parar para avaliar suas melhores escolhas, pois tinha inimigos na frente e atrás. Porém, Ein continuou; ela não tinha opção, senão acompanhá-lo.

Bingwei Ma deu um passo à frente.

— Seu imperador teme um único guerreiro e um menino? — Ele olhou para Cho. — Vá, Lâmina Sussurrante. Eu manterei o resto de nossos inimigos por aqui.

Ein não parecia se importar com quem ficava ou não; ele continuava em frente como se fosse atraído por alguma força invisível.

Sin olhou para o irmão e depois de volta para Bingwei Ma.

— O Imperador dos Dez Reis não teme nada, nem ninguém. Mas por que ele deveria ficar com toda a diversão?

Bingwei Ma soltou os fechos que prendiam sua armadura no lugar e a deixou cair no chão.

— Então lute comigo. Eu sou Bingwei Ma, Mestre do Vale do Sol.

Novamente, os irmãos trocaram um olhar. A mulher se virou para Bingwei Ma, com um sorriso.

— Que assim seja. E por favor, lute à nossa altura ou teremos que ficar com a morte que seria do nosso mestre também.

Com Ein ao lado e Paz fortemente segura em suas mãos, Cho alcançou as grandes portas. Ela colocou as costas contra uma delas e empurrou. Ela se abriu com dobradiças sussurrantes. A sala estava bem iluminada, e eles não ouviram nenhum som de dentro. Ein passou por Cho e deslizou pela abertura. Ela o seguiu e fechou a porta.

37

A exaustão estava se instalando, e Zhihao conseguia sentir os membros ficando pesados, com um latejar desconfortável no peito. Havia usado sua técnica muitas vezes. Parecia que toda vez que atravessava o mundo, deixava um pedaço de si mesmo para trás, e já não restava mais muitos pedaços à disposição. A espada de Príncipe de Aço estava manchada com o sangue de uma centena de homens, e sua lâmina estava cega pelo trabalho.

Zhihao cambaleou para trás entre os soldados do Príncipe de Aço; eles o ultrapassaram para proteger o príncipe. Som de aço contra aço, gritos de dor, rosnados de raiva. Tudo estava ficando demais para Zhihao. Ele não era Príncipe de Aço. Era Vento Esmeralda. E bandidos como ele odiavam lutas como essa. Lutas perdidas. Lutas impossíveis. Batalhas suicidas. Não fazia sentido. Zhihao olhou para cima, em direção à muralha lá atrás. Com apenas mais alguns usos de sua técnica, poderia ir para longe. Poderia tirar a armadura e desaparecer nos prédios de Jieshu. Ninguém jamais seria capaz de dizer que ele não tinha feito sua parte.

Zhihao atravessou o mundo mais uma vez e apareceu no topo do muro. Ele caiu contra o parapeito, descansou a grande espada contra a pedra e gemeu de dor no peito. Os arqueiros já tinham ido embora; alguns haviam sido mortos, outros haviam fugido assim que a rebelião passou pelo portão. Ele estava quase sozinho ali, exceto pelos corvos. Era um tipo estranho de paz desapegada assistir a batalha se desenrolar abaixo, sabendo que sua parte nisso havia acabado. Zhihao suspirou, e se virou para dar um último passo para atravessar o mundo, para longe de tudo.

De repente, congelou ao perceber toda a extensão da armadilha que o imperador havia preparado para eles. Marchando pelas ruas da cidade externa de Jieshu e abrindo caminho entre as cascas incendiadas dos prédios, havia mais soldados de Wu; talvez mil, talvez mais. Havia soldados demais para as forças da rebelião darem conta, e cada soldado rebelde seria morto, ou feito prisioneiro, caso se rendesse.

Zhihao procurou uma nova via de fuga que não estivesse repleta de soldados de Wu. No campo de batalha em frente ao portão, viu Daiyu direcionando as tropas para onde eram mais necessárias. Sua máscara continuava no lugar e ela estava sentada em seu cavalo, mas suas vestes brancas estavam manchadas de vermelho. Bom, não importava mais; ela estaria morta em pouco tempo, atacada por todos os lados. A rebelião havia sido derrotada.

A espada de Príncipe de Aço parecia ainda mais pesada do que antes, como um peso morto em suas mãos que o arrastava para baixo. Porém, Zhihao poderia precisar de uma arma e, apesar de suas apreensões, a espada era de um bom metal e tinha um equilíbrio perfeito. Zhihao colocou a coisa no ombro e atravessou o mundo novamente.

Os soldados ficaram surpresos ao ver seu príncipe, onde antes não havia nada. Zhihao ignorou os gritos e os empurrou até chegar ao cavalo de Daiyu. A estrategista examinava o campo de batalha e gritava ordens. Zhihao puxou-lhe o manto quando chegou ao seu lado. Ela mal olhou para ele.

— Precisamos recuar — disse Zhihao, esquecendo-se de rosnar as palavras; estava cansado demais.

— Ainda não recebemos a notícia de que o imperador está morto. Devemos continuar a ocupar as forças de Wu.

— A luta está perdida. Há reforços de Wu atrás de nós, vindos da cidade externa. Pelo menos mil... talvez mais.

— Não! — Daiyu girou o cavalo. — A batalha está realmente perdida. Devemos salvar o máximo que pudermos, antes que não haja mais ninguém para salvar. — Ela puxou de lado um dos capitães próximos. — Vá até os tambores. Sinalize a retirada.

Zhihao quase tirou o capacete. Porém, a última coisa de que precisavam agora era que os soldados percebessem que ele não era Príncipe de Aço.

— Assim recuaremos direto para o inimigo. Não há para onde correr.

Daiyu virou sua máscara para Zhihao, e ele vislumbrou seus olhos verdes brilhantes.

— Então, precisaremos abrir caminho para a liberdade, meu príncipe.

A estrategista enfiou a mão na bolsa e remexeu por um momento antes de tirar um punhado de estatuetas brancas. Eram pequenos cães esculpidos em mármore. Ela os segurou perto da máscara e parou por um momento, como se estivesse falando com eles. Então, ela se levantou nos estribos e arremessou as pequenas estátuas, espalhando-as entre as tropas inimigas.

Seis grandes cães brancos uivaram para a vida e atacaram as tropas inimigas com dentes gigantes e garras como talões. O caos irrompeu nas fileiras de Wu. Os tambores da rebelião mudaram de ritmo, sinalizando que era hora de recuar, e bater em retirada.

— ... se for preciso usar tudo o que tenho — disse Daiyu.

Zhihao teve a sensação de ter ouvido o fim de algo que não era para seus ouvidos. Arte da Guerra voltou a enfiar a mão na bolsa, tirou mais estátuas e arremessou-as em direção às linhas inimigas ao redor. Em todos os lugares onde as estátuas pousavam, monstros feitos de pedra branca, ou soldados de ônix, ganharam vida e começaram a lutar contra os soldados de Wu. Alguns tinham a forma de um homem, mas eram maiores; outros pareciam pesados golens de pedra. E outros ainda eram verdadeiros monstros, o tipo de coisa que Zhihao tinha visto apenas em pesadelos... ou desde que conheceu Ein.

A última estátua que Daiyu tirou da bolsa era preciosa; Zhihao percebeu pela maneira como ela a segurava. Era uma estátua em miniatura de Príncipe de Aço. A estrategista apertou-a contra o peito e inclinou a cabeça sobre ela. Se disse quaisquer palavras, foram perdidas na cacofonia de tambores e aço se chocando. Então, ela saltou do cavalo, aterrissou agilmente e forçou passagem através dos soldados rebeldes em direção à retaguarda o mais rápido que conseguia. Zhihao seguiu em seu rastro, sentindo-se atordoado e imaginando o tipo de criatura que esta estátua poderia invocar.

Daiyu passou pelos últimos soldados da rebelião, que lutavam para formar uma nova linha defensiva. Zhihao estava apenas um passo atrás, e viu a mesma coisa que havia visto de cima do muro. Os soldados de Wu estavam se aproximando em uma formação compacta. Arte da Guerra rompeu com suas próprias linhas, avançou e parou no meio do caminho entre a rebelião e as forças de Wu que se aproximavam. Zhihao correu atrás dela para, no mínimo, arrastá-la de volta. Cuidadosamente, ela colocou a estátua no chão, de frente para os soldados inimigos que se aproximavam. Então, deu um passo para trás e inclinou a cabeça.

A estátua afundou e desapareceu na terra, e Zhihao sentiu um estrondo nos pés. Então, uma grande mão negra irrompeu da terra, estendendo-se e fechando-se em punho, seguida de um braço. O punho bateu no chão. Outra mão surgiu, e em seguida uma cabeça usando o mesmo elmo que Zhihao usava. O Príncipe de Pedra gigante puxou-se da terra; em seguida, voltou-se para baixo, e puxou sua enorme espada.

Os soldados de Wu pararam o avanço com olhos arregalados e bocas escancaradas. O golem estendeu uma mão de ônix para Daiyu. Ela pulou ali em cima, escalou pelo braço até o ombro e se sentou, olhando para os soldados de Wu através de sua máscara indecifrável. Então, o Príncipe de Pedra atacou, esmagando os soldados de Wu e espalhando-os entre as cascas queimadas dos prédios. Zhihao ergueu a espada de Príncipe de Aço e gritou para que seus homens o seguissem na luta.

38

O Mestre do Vale do Sol contra Sin e Saint

A mulher, Sin, era claramente uma mestra de wushu de mão aberta, e sua técnica era refinada. Ela atacava com os dedos estendidos, e tinha unhas afiadas como garras. Seu vestido varria o chão ao redor e mascarava seus pés. Ela se movia como um furacão, sempre girando sem nunca parar. O homem, Santo, atacava em torno da irmã. Suas espadas eram longas e retas, de um único fio para cortar e esfaquear. Ele manobrava em torno da irmã, preenchia as lacunas que ela deixava, sem deixar margem para fuga ou retaliação. Cada um de seus cortes tinha o objetivo de ser derradeiro e fatal. Os irmãos lutavam com tanta sintonia que Bingwei se esforçou muito para encontrar qualquer abertura para contra-atacar; claramente, eles estavam bem acostumados a lutar dois contra um. Porém, Bingwei havia passado toda a vida enfrentando probabilidades muito mais acentuadas, e nenhuma ainda havia conseguido superá-lo.

Sin se lançou para aproveitar o espaço e, com as mãos estendidas, golpeou o rosto de Bingwei duas vezes. Ele se abaixou para evitar o primeiro, e se afastou do segundo. Ela se movia em torno dos corpos dos soldados no chão e fluía como um rio que segue um curso definido. Isso a tornava previsível. Bingwei podia ver de onde ela atacaria, e se movia para colocar mais corpos inconscientes entre eles. Mais uma vez, ela se aproximou, com o vestido girando ao redor, e suas mãos sempre se movendo, o que tornava mais difícil ver de onde viria o próximo golpe. De repente, Sin se abaixou, e por cima dela veio Saint, saltando para o golpe mortal.

Bingwei saltou para a frente, mergulhou sob o ataque de Saint e rolou até se aproximar de Sin. Ela ficou claramente chocada, mas se recuperou bem. Atacou com a mão esquerda e conseguiu desferir um golpe abrasador ao longo do bíceps de Bingwei. A investida, porém, expôs seu peito, e ele a socou direto no esterno, o que a fez cair para trás em uma bagunça caótica de vestido e membros se debatendo. Bingwei virou-se bem a tempo de desviar de um golpe de espada selvagem de Saint e, logo em seguida, dançou por baixo do ataque seguinte.

Bingwei recuou alguns passos e observou Saint se aproximar com as espadas girando. Ele rapidamente localizou uma abertura nos padrões repetitivos. Se esquivou de um golpe de espada, mas sentiu o metal lhe beijar a pele. Então, deslizou para o lado, golpeou o corpo do homem com a mão e jogou para a parede próxima, cambaleando. Não deu tempo para dar sequência; Embora não estivesse mais sorrindo, Sin estava sobre ele novamente. Seu rosto tinha uma careta furiosa, à medida que o golpeava repetidamente. Bingwei evitou alguns golpes e bloqueou outros, cedendo terreno várias vezes, para se afastar mais de Saint enquanto o homem recuperava os sentidos. Bingwei ouviu mais gritos à medida que outra unidade de soldados chegava ao topo do palácio.

Ainda assim, Sin dançava em volta dos corpos no chão, recusando-se a passar por cima deles. Bingwei deslizou para a esquerda, para que ela não tivesse como alcançá-lo; por apenas um momento, ela parou, insegura. Era toda a abertura de que Bingwei precisava para se aproximar e acertá-la com a palma da mão no estômago, deixando-a sem fôlego. Enquanto afundava no chão, ele a agarrou pelos ombros e a lançou contra os soldados que se aproximavam, o que derrubou dois deles e parou o fluxo dos outros.

Bingwei se sentiu mais lento, e sua visão embaçou um pouco nas bordas. Ele afastou a sensação e, trocando a defesa pelo ataque, se lançou sobre Saint. Precisava terminar a luta de uma vez, antes que a exaustão o alcançasse. O homem menor não estava preparado para a enxurrada de golpes, e Bingwei se aproximou tanto que as espadas dele ficaram quase inúteis. Atacou primeiro nos pontos de pressão, deixando os braços de Saint moles. Depois, chutou as pernas do homem, girou e chutou-o na cabeça. O sujeito bateu no chão com força, e não se mexeu.

Bingwei tropeçou e se apoiou na parede. Sua visão se tornou caleidoscópica; o corredor parecia um túnel para o infinito. Ele fechou os olhos por um momento, e mandou a sensação para longe. Quando os abriu novamente, viu Sin correndo e rosnando em sua direção com os seis soldados restantes logo atrás. Semicerrando os olhos para minimizar os cantos borrados da visão, Bingwei começou a correr. Sin soltou um grito quando se chocaram e saltando em Bingwei, mas ele se jogou para a direita, subiu na parede e desviou da mulher para enfrentar os soldados atrás dela. Apesar de sua força minguante e visão turva, ele derrubou todos rapidamente com uma série de chutes giratórios e cotoveladas.

Sin era a última defensora de pé. Ela o encarou sobre as dezenas de corpos inconscientes ou gemendo de dor. Tudo o que Bingwei precisava fazer era incapacitar Sin, e não sobraria ninguém para interromper a batalha de Itami com o imperador. Gritando como um guerreiro, ela se lançou para ele. Ela atacou selvagemente e o atingiu com golpes de dedos retos, que afundaram garras afiadas em sua pele. Bingwei lutava para focar seus olhos cansados nela, e sua visão dobrava e triplicava, enquanto ela o atingia no rosto, com golpes e punhos. A surra doeu. A dor, porém, era superficial, destinada a desgastá-lo, então Bingwei esperou que ela se cansasse. Ele balançou sobre os pés e cobriu a cabeça com os braços. Quando ela finalmente parou, ele se lançou e a pegou desprevenida. Agarrou seus ombros e dirigiu o joelho em seu abdômen, em seguida a girou e passou o braço ao redor de sua garganta. Ela arranhou o braço dele e, agitando-se loucamente, jogou a mão em garra na cabeça do mestre, mas o aperto de Bingwei era como ferro. Ele a carregou até o chão. Uma onda de vertigem tomou conta de Bingwei, e sua força falhou por um momento. Sin deslizou o queixo sob seu braço, e mordeu a carne com força. Bingwei gritou de dor, mas manteve-se firme, enquanto ela renovava o ataque. Ele estava muito fraco, e de repente soube que os ataques de Sin eram venenosos. Sua força estava diminuindo rapidamente, e ela estava quase livre dele. Conhecia apenas uma maneira de vencer.

Com o que restava de sua força, Bingwei estendeu uma mão, e envolveu a cabeça de Sin com a outra. Então, torceu bruscamente e quebrou seu pescoço.

Bingwei soltou a mulher, e o peso morto caiu no chão de mármore. Ele estava de joelhos, balançando para lá e para cá, e sua visão havia desaparecido. Bingwei sentiu os membros tremendo, a mente vagando e o corpo falhando. Ele sabia que era tarde demais. Deu uma risada derradeira quando seu corpo finalmente desistiu, e caiu ao lado da mulher.

39

Lâmina Sussurrante contra O Imperador dos Dez Reis

A sala do trono era um espaço amplo e aberto, quase vazio, exceto pelo trono preto na parede oposta. Um único santuário ficava ao lado da porta. Havia uma estátua de um homenzinho feio, com as costas curvadas e um sorriso largo. O homenzinho não tinha sapatos. Então, Cho soube que era um santuário para o shinigami: aquele que deu ao Imperador dos Dez Reis o poder e a imortalidade. Aquele a quem Ein servia.

De pé, ao lado de uma varanda aberta com vista para a cidade de Jieshu, estava Henan WuLong, o próprio imperador. Não poderia ser mais ninguém. Ele era alto e largo, com cabelos escuros que lhe caíam pelas costas e uma túnica preta amarrada na cintura. Ficou parado com as mãos cruzadas atrás das costas. Uma espada estava encostada no trono, a dois passos do homem. Era longa e reta, o mesmo estilo de espada preferido por Lâmina Centenária.

— Sua rebelião está morta — disse o imperador.

Sua voz era grave, propagava bem e ecoava pela câmara vazia. Então, ele se virou e olhou para Cho. Ela poderia apostar que ele estava esperando Príncipe de Aço, em vez de uma mulher e um menino.

— Não pode ser. Você está morto! Eu te matei com minhas próprias mãos. Ein deu um passo cambaleante para frente.

— Sim, pai. Você me matou.

O imperador disse:

— Você está morto há vinte anos, Einrich. Não pode ser você.

Ein deu mais um passo à frente, e seu pai cambaleou um passo para trás. Cho seguiu Ein lentamente, com a mão em Paz.

— Sou eu, pai. Você me sacrificou para o shinigami. Envolveu as mãos em volta da minha garganta e espremeu a vida do meu corpo. Eu ainda carrego as feridas. — Ele puxou o lenço vermelho do pescoço e o deixou cair, revelando mais uma vez o hematoma horrível ali. Estava tremendo, de raiva, exaustão, ou de outra coisa que Cho não sabia explicar. — Você se tornou poderoso com a força que lhe foi dada. O shinigami deu a você imortalidade e técnicas além dos homens mortais. — Mais um passo. — E o que fez com isso? Conquistou Hosa e arrancou toda a riqueza e prosperidade dessas terras. Negligenciou o povo. Você se preocupa apenas com seu próprio poder. Poder esse que, agora, o shinigami me enviou para recuperar, pai.

O Imperador dos Dez Reis correu para o trono, arrancou a espada de seu lugar de descanso e a puxou, jogando a bainha para o lado.

— O que eu fiz? — gritou para Ein. — Nos vinte anos em que esteve morto, eu uni Hosa. Trouxe paz a dez reinos que só haviam conhecido a guerra. O custo foi grande, mas Hosa está mais forte do que nunca. O que fiz com o poder que me foi dado, Einrich? Criei um legado. Mas admito que o custo tem sido alto. Talvez alto demais.

Ein deu mais um passo à frente.

— O custo, pai, fui *eu*!

Os olhos do imperador foram para o santuário ao lado da porta, depois voltaram para o filho.

— E agora o shinigami mandou você destruir tudo o que construí? O fantasma do meu próprio filho?

— Nem tudo o que você construiu, pai. Só você. O shinigami só quer você.

Então, o Imperador dos Dez Reis enrijeceu e ficou com o rosto imóvel como pedra. Ele se afastou do trono e ergueu a espada.

— Ele não pode me ter. Você não pode me ter, Einrich. Vou te matar pela segunda vez, se for preciso.

Cho correu para frente e entrou na frente de Ein brandindo Paz com as duas mãos.

O imperador olhou para ela.

— Quem é você?

— Meu nome é Itami Cho, Lâmina Sussurrante. Se você pretende lutar, serei a defensora de seu filho.

Uma risada amarga irrompeu do imperador.

— Estou cercado por fantasmas. Você trouxe um de seus heróis mortos de volta à vida para me matar, filho? — Com tristeza, ele prosseguiu. — Então venha, Lâmina Sussurrante. Deixe-me mandá-la de volta para o túmulo, que é o seu lugar.

Cho avançou, com os pés calçados com sandálias deslizando sobre o piso de madeira polida. O imperador se moveu para encontrá-la e agitou a ponta da espada em pequenos círculos no espaço entre eles. Cho viu Ein mancar para trás e acomodar-se aos pés do santuário do shinigami. Isso era bom. Ela precisaria de espaço para lutar. O imperador, ereto e imóvel, tinha boa postura. Seus olhos eram de uma escuridão penetrante e estavam travados em Cho. Lentamente, eles circularam um ao outro. Nenhum dos dois queria dar o primeiro passo.

Cho considerou uma centena de ataques diferentes enquanto analisava qual poderia lhe dar a melhor vantagem. Ela mudou de postura e segurou Paz perto da cabeça com a ponta virada para cima. O imperador respondeu movendo o pé direito para a frente e virando o corpo de lado. Cho respirou fundo, e atacou.

Eles colidiram, com um uivo de espada raspando contra espada. Então, se afastaram um do outro. Haviam trocado de lugar e, mais uma vez, começaram a circular um ao redor do outro. Cho já podia dizer que o imperador era mais forte que ela, pelo menos em termos de poder bruto. Cho mudou de posição, segurou Paz nas costas e se aproximou novamente. Ela deu um golpe arrebatador e ascendente. O imperador se esquivou da lâmina, e respondeu com uma investida. Cho desviou para a direita e golpeou com Paz na transversal. O imperador bloqueou o golpe usando força para retê-lo com uma mão e se aproximou para socar Cho com a outra. Ela saltou para longe, correndo para trás com pés ligeiros.

Incapaz de esconder a alegria de seu rosto, Cho sorria. Era aqui que seu coração — ou o que restava dele — fazia morada, na batalha. Os momentos vividos entre lâminas eram os mais doces da vida. Em combate, cada decisão importava, fosse ela grande ou pequena. Um leve giro de um pé, e ela poderia tropeçar. Uma palma suada, e a lâmina poderia escorregar.

Fintar para a esquerda, em vez da direita, poderia significar o fim. Era nesses momentos, onde tudo importava, e cada decisão empurrava em direção à vida ou à morte, que Cho se sentia mais viva.

Eles se encontravam repetidamente, colidindo em uma dança gloriosa da morte que batia na porta. Dois parceiros se encontrando, com lâminas que cantam, e habilidades arduamente conquistadas. Repetidamente, Paz provava a espada do imperador, e repetidamente a desviava. Cho até a fez zunir com um sussurro, mas a lâmina do imperador sequer lascou. Quando se afastaram um do outro na vez seguinte, Cho sentiu o suor na testa e o ar nos pulmões. Ainda assim, o Imperador dos Dez Reis continuava ereto, sem nem mesmo um pouco de cor em suas bochechas.

— Conheço sua técnica, Lâmina Sussurrante. — O imperador não relaxou enquanto falava; manteve a guarda pronta. — Eu lia para Einrich, quando ele era criança. Ele ainda o carrega? Aquele livro sobre todos os seus heróis mortos.

Algo cutucava a mente de Cho, algo que ela não conseguia entender por completo. Ela se lembrava do imperador dizendo que Ein havia morrido há vinte anos. Se ele carregava um livro sobre heróis mortos, e ela estava nele... Há quanto tempo será que havia morrido?

O imperador sentiu sua confusão, e se lançou. Cho bloqueou o ataque com Paz, e a espada cantou em suas mãos. Ela sentiu a dor subindo pelos braços. Cho disparou para dentro da guarda do oponente e empurrou o ombro em seu peito, mas era como correr contra uma parede. O imperador mal se mexeu; então, posicionou os pés e jogou Cho para trás. Ela rolou pelo chão polido, e se agachou como uma guerreira, com Paz empunhada ao lado, pronta para voltar à luta.

— Você luta para o shinigami porque não tem escolha. Eu entendo isso. — O imperador avançou, golpeou duas vezes e em seguida deu uma enfiada. Cho dançava para longe de cada golpe, esperando por uma abertura. Porém, o homem não era apenas rápido, era também habilidoso. Talvez até equivalente a ela. — Vou mandá-la de volta para o túmulo, Lâmina Sussurrante. Eu lhe devolverei a paz que meu filho roubou de você.

Cho disparou novamente, abriu com um amplo arco cortante e em seguida circulou a espada ao redor para cortar as pernas do imperador. Mais uma vez, ele bloqueou os golpes com facilidade. Parecia que o homem ficava mais forte a cada momento que passava. Ele a empurrou para trás com uma rajada de golpes esmagadores. Cho entendeu, então, como o homem havia unido Hosa. Ele era um monstro, tão forte quanto Chen Lu, e tão habilidoso quanto Bingwei Ma. Nem mesmo Lâmina Centenária havia desviado dela com tanta facilidade. Porém, Cho tinha alguns truques próprios, e pelo menos um deles não estaria em nenhum livro escrito. Ela cambaleou alguns passos para trás e colocou alguma distância entre eles. Então, levantou Paz e gritou.

Paz captou a força de seu grito, e o transformou em uma ponta de faca cortante. O berro rasgou a sala do trono e repartiu a madeira tanto do piso quanto do teto. O Imperador dos Dez Reis ergueu a espada bem na hora, e pegou a explosão na lâmina. Por apenas um momento, Cho pôde ver seu próprio grito como energia empurrando o imperador, tentando forçar caminho para além da espada do imperador. Então, o homem o jogou para o lado, como se estivesse defendendo um ataque. O grito continuou seu caminho, passou pelo trono de madeira e atingiu a sacada além dele. O som de grandes pedaços de madeira se espatifando no lado de fora do palácio ecoou ao redor.

O imperador estava tremendo, com os olhos arregalados, e um toque de medo neles. Lentamente, se virou para olhar por cima do ombro e ver a destruição que o grito de Cho causara em sua sala do trono. Talvez ele só quisesse olhar, mas hesitou por um momento, e aquela era toda a abertura de que Cho precisava. Ela o atacou, lançando-se em uma corrida com pés silenciosos. O Imperador dos Dez Reis virou-se a tempo de ver Cho chegando. Ela afundou Paz profundamente em seu peito.

Por um momento, tudo ficou quieto. Cho estava tão perto que podia sentir o calor do corpo do imperador e cheirar o suor de sua pele. Então ele tossiu, e o sangue esguichou de sua boca e escorreu pelo queixo. Ele balançou um pouco no último momento, e o golpe dela errou o coração e acabou perfurando seus pulmões. De qualquer forma, foi mortal. Atrás dela, Ein se engasgou no momento que o imperador estendeu a mão e segurou na de Cho.

40

Uma após a outra, as estátuas de pedra de Daiyu caíam frente aos soldados de Wu, despedaçadas, na forma de rochas sem vida. Cada perda parecia afetar Arte da Guerra, e Zhihao conseguia percebê-la cambaleando de dor. Não que tivesse muito tempo para observá-la, porque estava ocupado liderando os homens de Príncipe de Aço, em sua tentativa de buscar segurança. O grande golem havia espalhado as forças de Wu atrás do exército rebelde, e os soldados da rebelião estavam voltando para a cidade externa. As formações haviam desaparecido há muito tempo, e a maioria estava simplesmente fugindo para salvar suas vidas por ruas e becos escurecidos pelo fogo. O golem voltou para o portão, com Daiyu ainda cavalgando em seu ombro. Ela segurou a passagem enquanto o último da rebelião escapava.

Zhihao atravessou o mundo, e apareceu atrás de um soldado de Wu que estava prestes a esfaquear um homem no peito. Um golpe titânico da espada de Príncipe de Aço, e o soldado caiu em dois pedaços e um jorro de sangue. Zhihao cambaleava, devido ao esforço de abusar de sua técnica. Ele tropeçou dois passos e caiu de joelhos na poeira, ao lado do corpo. Outro soldado de Wu pareceu surgir do nada, ou talvez a visão escurecida de Zhihao simplesmente tivesse escondido o homem. O soldado de Wu o encurralou, e Zhihao viu a morte vir em sua direção. O soldado de Wu gritou, com saliva voando de sua boca com bigode. Seus dentes eram amarelos, e os olhos, negros e furiosos. A luz da manhã brilhou na espada, quando ela atingiu o topo do arco e caiu sobre Zhihao.

A espada bateu no elmo do Príncipe de Aço. Zhihao se esparramou no chão, com os ouvidos dobrando como um sino, e sua cabeça parecendo o fim desgastado de uma semana de bebedeira. Ele se arrastou para longe, mão sobre mão, praguejando, mas ao mesmo tempo agradecendo a robustez do elmo. Um chute fez Zhihao rolar e deitar de costas no chão. Ele olhou para cima, e viu o soldado de Wu de pé sobre ele, com a espada novamente erguida. Então, uma lança atravessou o pescoço do homem. Ele gorgolejou sangue, depois caiu de joelhos e, por fim, tombou para trás, morto. O soldado da rebelião, o mesmo que Zhihao havia acabado de salvar, estendeu a mão, e ajudou a colocar Zhihao de pé. Ele semicerrou os olhos para o homem, tentando afastar a dor em sua cabeça.

— Meu príncipe? Suas cicatrizes estão desaparecendo.

As palavras penetraram na névoa ao redor de Zhihao, apenas o suficiente para ele perceber que seu elmo havia sumido, e seu rosto estava exposto. Ele segurou o soldado no braço, e apontou para a cidade.

— Vá. Corra. Saia daqui.

Ele supôs que seria mais sensato, e mais seguro, matar o homem para proteger a verdade sobre Príncipe de Aço. Porém, Zhihao não poderia fazer isso, não com alguém que havia acabado de salvar sua vida. O soldado saiu correndo e olhou para trás algumas vezes.

Zhihao olhou de volta para o portão. O golem de Daiyu tinha feito um bom trabalho ao segurar os soldados Wu, e a rebelião tinha praticamente fugido inteira para a cidade. Enquanto observava, o golem enfiou sua enorme espada no chão, bloqueando a passagem pelo portão. Então, ele se virou, e partiu atrás dos soldados da rebelião em fuga. Era um bom impedimento, e certamente atrasaria os homens de Wu que os estavam perseguindo, mas Zhihao sabia uma maneira de tornar isso ainda melhor. Ele atravessou o mundo, reapareceu no topo do muro e olhou para o interior da cidade e para o exército reunido diante do muro.

— Soldados de Wu — gritou Zhihao, tentando desesperadamente ignorar a distorção da visão à medida que uma onda de vertigem o invadia. — Meu nome é Guang Qing, o Príncipe de Aço. — Ele viu dois arqueiros prepararem flechas, e decidiu que talvez fosse melhor agir rapidamente. — Seu imperador está morto. Não há razão para continuar esta luta. Não há ninguém por quem lutar. Agora, Hosa pode começar... — Um dos arqueiros atirou uma flecha, e Zhihao desviou. — Então fodam-se!

Ele voltou a ficar em pé, afastou-se da cidade de Jieshu, e atravessou o mundo, reaparecendo no pesado golem de Daiyu.

A dor o atingiu como uma espada no peito. Uma agonia tão intensa que removeu a força de seus membros. Zhihao se esparramou no ombro do golem, tentando desesperadamente se agarrar à rocha negra de seu elmo, e sentindo a força de sua mão ir embora.

— Meu príncipe, você está ferido? — era a voz de Daiyu, em pânico e distante.

A dor penetrou mais fundo, trilhando em direção ao coração de Zhihao. Naquele momento, Zhihao percebeu o que era. Os arqueiros não o haviam acertado com um tiro de sorte; a ferida fatal que Lâmina Centenária lhe dera estava reabrindo. Ao longe, Zhihao viu o palácio de Wu erguendo-se além da cidade. Foi ficando cada vez mais distante. Ein estava se afastando. Ele precisava atravessar o mundo novamente, para voltar. Porém, não tinha mais forças.

— Não — chiou Zhihao. — Fui longe demais.

Ele sentiu o coração parar e a mão escorregar. Por apenas um momento, Zhihao soube que estava caindo. E então, ele se foi.

41

O Imperador dos Dez Reis respirou fundo e tossiu mais sangue, mas não caiu. Em vez disso, agarrou a mão esquerda de Cho e a esmagou no punho de Paz. Ela tentou gritar, mas nenhum som conseguiu superar a dor. Lentamente, o imperador se afastou de seu corpo e, centímetro por centímetro, puxou Paz do peito até que a lâmina saísse de sua carne. E continuava segurando a mão de Cho, erguendo-a acima de sua cabeça. Ela sentiu os pés saírem do chão, e seus dedos estalaram quando o imperador a levantou, ainda esmagando a mão no punho de sua própria espada.

O Imperador dos Dez Reis levantou sua espada, e a agonia afastou todos os pensamentos. Cho desabou no chão da sala do trono, ainda ofegante e incapaz de gritar. O imperador ficou ali, segurando seu braço esquerdo decepado acima do cotovelo, com Paz ainda presa no aperto de sua mão mutilada. Ela estava sangrando. Vermelho vazava do toco que uma dia havia sido seu braço e encharcava suas roupas. Cho se afastou, deslizando com os pés, lutando para colocar alguma distância entre eles. Porém, ela sabia que era inútil. Havia sido derrotada. O Imperador dos Dez Reis havia vencido, e ela já estava morta, só que o corpo ainda não havia percebido.

Houve um som como o de um trovão, e algo atingiu o imperador. Ele caiu para frente, deixou cair o braço decepado de Cho, e se esparramou no chão de madeira. Cho continuou se empurrando para trás com os pés, e sua bunda escorregava pelo chão de madeira polida. Então, Ein apareceu ao lado dela, segurando o que restava de seu braço, e a dormência que se espalhou por aquele toque a fez pensar mais uma vez. Seu braço esquerdo tinha desaparecido; apenas carne sangrenta pingava acima do cotovelo. Sua visão escureceu. A dor a suprimia e ela continuava perdendo sangue, mas, mesmo assim, se agarrou à pouca sanidade que lhe restava.

— Não consigo curar isso — disse Ein, com a voz em pânico. — Não consigo.

Cho se esforçou muito para ficar de joelhos, com a mão direita toda desajeitada, se atrapalhou com a guarnição em torno da segunda espada.

— Ein, me ajude a soltar a espada.

— Você não pode. Fez um juramento de nunca a sacar e liberar o mal de dentro dela.

Cho se virou para encarar Ein e notou que os olhos pálidos do garoto estavam cheios de medo.

— E, durante minha vida, mantive esse juramento. Mas não estou mais viva, estou? Você não me trouxe de volta. Você não trouxe nenhum de nós de volta.

O medo sumiu dos olhos de Ein e seu rosto ficou quase dormente. Lentamente, muito lentamente, ele balançou a cabeça.

— Não. Você é um yokai. Um dos espíritos vingativos que criei para me ajudar.

Deveria ter sido um choque, mas Cho já havia adivinhado. Ficou ponderando há quanto tempo estava morta, e se realmente era ou não ela mesma, ou apenas algum demônio envolto nas memórias de Itami Cho. No fim das contas, não fazia a mínima diferença. Se fosse realmente Lâmina Sussurrante, ou apenas algum yokai, faria o que qualquer guerreiro faria. Manteria seu juramento.

— Em vida, mantive meu juramento de nunca desembainhar esta espada. Mas na morte, escolho manter um diferente.

Com as mãos remexendo sua pequena mochila, Ein puxou a tesoura, e cortou a tira de couro que prendia a segunda espada de Cho à bainha.

Fraca, exausta e morrendo, Cho tremia. Ela ainda conseguia sentir o braço esquerdo. O que era estranho, considerando que podia vê-lo no chão, deitado sem vida do outro lado da sala. O Imperador dos Dez Reis se levantou, e enfiou o dedo em um novo buraco no peito e cavou dentro do próprio corpo, até tirar uma bala de metal. Cho esperava que Roi Astara estivesse assistindo. Ela esperava que ele pudesse ver o que sua distração havia trazido a todos.

Cho empurrou Ein para longe e o derrubou de bunda. A dor voltou, ameaçando varrer seus últimos vestígios de consciência. Porém, ela se manteve firme e lutou para ficar de pé. Estava tonta por causa da perda de sangue, assim como por tudo o que tinha dado para a luta. Porém, Cho se firmou e assumiu uma postura ampla. Sua mão direita encontrou o punho da segunda espada, e ela se agachou, pronta para sacar. O Imperador dos Dez Reis examinou a bala por mais um momento, depois a jogou de lado e arrancou sua própria espada do chão. O ferimento de bala já estava cicatrizando, e a carne, se fechando.

— Chega. Vou matar vocês dois pela segunda vez, e desta vez nenhum voltará.

Ele então atacou com a espada nas duas mãos.

Lâmina Sussurrante foi em direção ao ataque do imperador, e sacou Guerra.

A lâmina se soltou da bainha, e com ela vieram todas as almas que Cho havia matado desde que Ein a trouxe de volta. No momento em que as almas humanas dos homens de Punho Flamejante, dos bandidos, e até mesmo dos soldados de Wu irromperam, uma luz branca fluiu para a sala do trono. Eles atingiram o imperador como um golpe de martelo e pararam seu ataque. Em seguida, vieram os yokai menores; o *jikininki*, o *inugami*, o *kiyohime*, e todos os outros. Saíram da espada negra em uma onda de luz azul pulsante que envolveu o imperador, cravou-se em sua carne e abriu feridas. Cho ouviu o imperador gritar, e sua própria voz juntou-se à dele. A dor de seus ferimentos era a única coisa que ainda a prendia ao mundo.

Uma luz esmeralda brilhante irrompeu da espada, quando o mizuchi se libertou de sua prisão de aço. Ele correu através do imperador, minou sua qi e o enfraqueceu. Sem qi, suas feridas não cicatrizavam mais. Seus gritos então pararam, e Cho pôde ver os olhos do homem revirando na cabeça. A agonia do homem, porém, não havia acabado. Seu corpo ainda se agarrava à vida.

Por fim, o *oni* foi solto, em um clarão de luz vermelha que deixou Guerra fumegando na mão de Cho. O ancestral yokai desapareceu dentro do peito do imperador. Por um momento, a sala do trono ficou quieta. Cho caiu de joelhos, exausta. Estava morrendo e nada poderia impedir. Então, a barriga do imperador explodiu — suas pernas caíram para um lado; seu torso caiu para o outro. A luz vermelha piscante do *oni* desapareceu da sacada destruída e escapou para o mundo mais uma vez.

Guerra caiu no chão da sala do trono. Sua carga estava esgotada, e ela voltou a ser apenas uma espada. Sentindo a vida escorrer para longe, Cho se ajoelhou no chão. Estava tão cansada, que seus olhos se fecharam contra a sua vontade, e era necessário muito esforço para manter a cabeça erguida. Ela a deixou cair para a frente e apoiou o queixo no peito.

— Você conseguiu. — Era a voz de Ein, longe, ou talvez perto. Já não importava mais.

Cho forçou os olhos a se abrirem mais uma vez. Encontrou o garoto ajoelhado na frente dela, encarando-a com aquele olhar pálido. Ele estava tão vazio; não passava de uma concha. Cho se perguntou como não tinha percebido antes. Ela era um yokai, criado para servir ao propósito do shinigami. Só que Ein também era. Eles eram, todos, nada mais do que peões fantasmagóricos, em um jogo maior.

— Uma vez, você disse que se perguntava qual teria sido seu nome, caso tivesse se tornado um herói — disse Cho. Ela não tinha nem forças para levantar a cabeça, mas sorriu. — Eco da Morte.

— Como você sabia? — perguntou Ein.

Mas Cho não soube responder. Sentiu as palavras escaparem e tudo ficou escuro.

42

Roi Astara — Eco da Morte

*Em algum lugar entre o estrondo do trovão e o
martelo batendo na bigorna, está o Eco da Morte.
Aqueles que o ouvem têm meros momentos
para descrever o som, pois já estão mortos.*

Roi desceu pelo corredor, como um fantasma. Corpos jaziam ao seu redor, alguns mortos, mas muitos ainda vivos. Obra de Bingwei Ma. Os soldados de Wu encontraram nele um adversário muito mais do que equivalente. Ele realmente viveu de acordo com sua lenda, com as histórias que Roi tinha lido quando menino. Usando o fuzil como muleta, Roi abriu caminho entre os corpos até encontrar o Mestre do Vale do Sol, e se agachar ao lado do homem para prestar as últimas homenagens.

Bingwei Ma estava deitado ao lado de uma linda mulher. O pescoço foi quebrado e sua cabeça estava em um ângulo condenatório. Eles estavam tão próximos que quase pareciam amantes, mas a verdade estava tão longe desse pensamento quanto poderia estar. Bingwei Ma estava morto, com uma dúzia de pequenos cortes marcando sua pele; nos braços, peito e até mesmo no rosto. Não era o suficiente para matar um homem assim, a menos que houvesse algo mais sinistro envolvido. Sin, então. A guarda-costas do imperador. Ela era bem conhecida por usar veneno, assim como habilidade, para derrubar seus oponentes. Seu irmão, Saint, sem dúvida estaria por perto. Esses dois nunca ficavam longe um do outro.

— Você finalmente aprendeu a abandonar seus princípios pelo bem maior, Bingwei Ma — disse Roi, enquanto se agachava ao lado do homem. — Você morreu há quase sessenta anos. Nunca foi derrotado. Nenhuma vez sequer depois de ter recebido o título de mestre. Mas confiou demais em seu parceiro. — Roi sorriu ao se lembrar da história. — Você foi morto por um espião Cochtan que se recusou a executar, mesmo quando ele tinha sido apanhado. O homem voltou e assassinou você durante o sono. Espero que esta morte lhe traga alguma paz. O Último Mestre do Vale do Sol.

Roi inclinou a cabeça por um momento. Então, se levantou e encontrou Saint espremido contra uma parede. Vazava sangue de um ferimento na cabeça, que pintou grande parte de seu rosto de vermelho. Ele ainda tinha pulso, mas apenas um pouco. Roi não podia deixar o homem vivo para se vingar pelo seu imperador caído. Ele havia aprendido essa lição com a história de Bingwei Ma. Pegou uma das espadas de Saint, e a afundou no peito do homem, perfurando seu coração.

A porta da sala do trono era pesada, mas se abriu fácil e silenciosamente quando Roi a empurrou. A sala além da porta estava um caos e repleta de destroços. Mesmo à distância, conseguiu reconhecer dois corpos no centro do recinto. Um era de um homem alto, partido em dois na cintura. O outro era uma mulher, ajoelhada diante do corpo, com um braço pendurado ao lado, e o outro decepado no cotovelo. Atrás deles, o trono permanecia intocado. Porém, à direita dele, o chão e o teto estavam rasgados, levando a um abismo que descia abruptamente, onde costumava ficar uma sacada. Roi avançou lentamente, com seu rifle e sandálias de madeira batendo no chão a cada passo.

Ele parou em frente a Lâmina Sussurrante e a encarou. Ela estava em um estado lastimável, pálida como um fantasma e bem morta. Sangue ainda pingava de seu braço decepado, e coagulava no chão. Mesmo assim, ela sorria. Seus olhos estavam fechados, e seu cabelo desgrenhado e emaranhado pendia sobre o rosto, mas ela estava sorrindo na morte. O cheiro de cabelo queimado era forte; na frente dela, havia um pequeno nó carbonizado de restos mortais. Roi se agachou na frente de Itami e pegou a espada preta que estava a seu lado. Ele também pegou a outra espada dela, soltando-a da mão mutilada do braço decepado. Colocou as duas espadas na frente da moça. Uma dupla e dela, como sempre haviam sido.

— Lembro-me de ver Kaishi a caminho de Long há vinte anos, pouco antes de meu pai me matar. — Roi soltou um suspiro; eram lembranças difíceis. — O saque da cidade por Punho Flamejante tinha apenas alguns meses, e as pessoas ainda estavam se recuperando. Elas mencionavam seu nome como uma bênção, Lâmina Sussurrante. O seu e o de Lâmina Centenária, embora vocês não os tenham protegido. Estou feliz que na morte você reivindicou a justiça que não pôde fazer em vida. Obrigado, Itami Cho.

Ele fez uma reverência com a cabeça, e ficou em silêncio durante um tempo. Era o mínimo que ela merecia.

Roi a deixou lá, ajoelhada no centro da sala do trono. De alguma forma, parecia apropriado. Ele contornou o corpo de seu pai e parou apenas por um instante para olhar o cadáver. Não pretendia falar e nem prestar qualquer respeito, mas as palavras vieram espontaneamente.

— Eu nunca quis isso, pai. Você me matou. E há muito tempo aceitei isso. O poder tem um preço, e você estava disposto a pagá-lo. Eu respeito isso. Mas gostaria de ter lhe contado sobre minha vida. Gostaria de ter tido tempo para lhe contar o quanto estes últimos vinte anos têm sido doloridos, com meu corpo em decomposição. Você me matou, e o shinigami me trouxe de volta, e colocou minha alma em um corpo que não sabe se está vivo ou morto.

— Eu não te odeio, pai. Não te culpo. — Roi então tossiu, sentindo a dor no fundo do peito, e o sangramento que vinha com ela. — Embora devesse. — Ele parou, e olhou nos olhos sem vida do pai. Havia medo ali, aquele olhar de terror de quando uma pessoa sabe que encontrou o fim e não pode fazer nada para detê-lo. Roi mexeu a cabeça lentamente. — Adeus.

O trono estava vazio, e Roi havia esperado o suficiente. Mancou em direção a ele, virou-se e desabou, recebendo seu esperado abraço. Seu corpo era pequeno, pouco maior que o de um menino, e o trono havia sido construído para um homem muito maior. Porém, Roi se sentou, tão majestosamente quanto pôde. O assento era virado para a sala, e ali, sentado em uma mesinha que deveria conter um santuário, estava o menino. Ele sorriu para Roi, largo e lupino, e seus olhos eram pálidos e penetrantes.

— Você precisa continuar usando minha velha pele? — perguntou Roi, enquanto o menino pulava da mesa.

Ele não demostrou a dor que havia sentido nos últimos dias, e seus pés, embora ainda descalços, não sangravam mais. Porém, isso não surpreendeu Roi. O que se aproximou dele agora não era realmente o menino que ele estava seguindo. O shinigami parou diante do trono, e esboçou uma reverência zombeteira.

— Gosto muito dela — disse o shinigami, em uma voz muito parecida com a de Roi. — Todo mundo me subestima neste corpo. Assim como fizeram com você, há muito tempo.

— É um insulto — disse Roi. Ele colocou o rifle contra o lado do trono. Não precisaria mais dele. — Nós somos os únicos que sobraram. Não há mais ninguém para enganar.

Isso também o fazia lembrar de uma época, antes da doença ter causado estragos em seu corpo. Uma época em que a dor debilitante não era uma companhia constante.

Roi piscou, e onde seu corpo mais jovem havia estado, agora havia um homem velho. Ele tinha os ombros curvados, pernas atarracadas, e um rosto que tinha muita pele. Seu nariz era comprido e gordo, e o sorriso, cruel. Não havia nada de humano nos olhos pálidos através dos quais o velho olhava. Não havia nada de humano nele.

— Você tem perguntas. Deve fazê-las, enquanto ainda estou de bom humor.

A voz do shinigami soava como insetos zumbindo no que restava dos ouvidos de Roi.

— Está feito — disse Roi. — Ele morreu. Agora, você vai me curar como prometeu?

O shinigami balançou para frente em seus pés, e riu.

— Está feito. Seu corpo não vai mais apodrecer, se decompor e desmoronar como a coisa morta que era. Parabéns pela sua saúde.

Roi não se sentia saudável. Se sentia mais forte, mais longe da morte, mas não saudável. Ele então percebeu que o shinigami pode ter curado sua necrose, mas nunca restauraria a verdadeira saúde de seu corpo. Ele ficaria para sempre preso a um corpo devastado pela doença. Era um lembrete. Um lembrete de onde Roi veio, e a quem ele devia tudo o que tinha. Então, ele soltou uma risada amarga que, por incrível que pareça, não o fez ter um ataque de tosse. Ele percebeu que, pela primeira vez em quase dez anos, podia respirar facilmente.

— Obrigado.

O shinigami riu.

— Vou embora logo. Melhor fazer suas perguntas.

— Por quê? Por que decidiu matar meu pai? Por que agora?

— Vinte anos — disse o shinigami, com uma gargalhada. — Parecia um pouco demais para um sacrifício tão insignificante quanto você. Mas vinte anos foi o que dei a ele. Vinte anos de imortalidade e poder. — O shinigami parou, e olhou ao redor da sala do trono. — Ele não desperdiçou.

Roi concordou. Ele sabia que era toda a resposta que receberia. Há vinte anos, o shinigami havia dado a ele uma resposta tão vaga quanto essa, quando trouxe Roi de volta da morte que seu próprio pai o havia dado.

Gritos ecoaram de longe, das profundezas do palácio; eram soldados de Wu, vindo verificar o imperador. Roi só podia imaginar o que fariam quando encontrassem o imperador cortado ao meio.

— Não havia outro shinigami, havia? — perguntou Roi, rapidamente. — Foi você que mandou os yokai atrás de nós.

Novamente aquela risada cacarejante.

— A cabra não era minha. Talvez fosse de meu irmão. Eu precisava manter vocês todos seguindo adiante, e precisava carregar aquela espada terrível, tanto com o mizuchi quanto com o *oni*. — O velho virou a cabeça para olhar para Lâmina Sussurrante, e as duas espadas diante dela. — Era a única coisa que poderia matá-lo.

— Você poderia ter matado meu pai quando quisesse.

O shinigami riu, nem concordando, nem discordando.

— Por que mentir para todos eles? Por que dizer que ainda estavam vivos? — perguntou Roi.

— Quase vivos. — O shinigami bateu palmas, e riu. — Eles precisavam acreditar que não estavam mortos. Lâmina Sussurrante e Vento Esmeralda foram os mais difíceis. Precisei mostrar a eles as consequências do ataque de Punho Flamejante a Kaishi. Precisei mostrar a eles o passado. Precisei mostrar a morte de Lâmina Centenária. Uma ilusão difícil de tecer.

Roi questionou isso.

— Por que não trazer de volta Lâmina Centenária? Certamente ele...

— Homens como ele não podem ser controlados. Eles seguem seu próprio caminho, não o caminho de qualquer outro. — Um sorriso cruel se espalhou pelo rosto enrugado do shinigami. — Escolhi-os porque sabia como controlá-los. Para Lâmina Sussurrante, eu só precisava de um juramento. Eu insisti, até que ela cedeu; então, era minha. Vento Esmeralda era ainda mais fácil: tudo o que ele precisava era de uma recompensa. A promessa de uma segunda chance na vida que desperdiçou. Uma recompensa impossível. Porém, homens como ele acreditarão em qualquer coisa, se o preço for justo. Tudo o que Chen Barriga de Ferro precisava era de uma chance de glória. Eu balançava o reconhecimento do nome na frente dele, e ele estava disposto a ignorar todos os sinais, que diziam que ele havia sido esquecido há muito tempo. E depois havia o Último Mestre do Vale do Sol. Bingwei Ma passou a vida inteira sem deixar o Vale do Sol, esperando que uma causa digna aparecesse, algo que lhe desse uma morte gloriosa.

O shinigami parou de falar, e abriu bem as mãos.

— E eu? Você me prometeu um alívio da doença que plantou dentro de mim. Me deu isso e muito mais. Mas em vinte anos você vai vestir minha velha pele de novo? Ou talvez outra? Em vinte anos virá me matar, como fez com meu pai?

O shinigami se virou e cambaleou em direção à mesa que ficava ao lado da porta. Subiu nela e se agachou ali com um sorriso zombeteiro no rosto. Roi não sabia dizer o momento em que a carne se tornou pedra. Em um momento, ele estava engajado em uma troca de olhares com um shinigami; no momento seguinte, este era apenas uma estátua.

As portas se abriram com dobradiças silenciosas, e uma dúzia de soldados Wu entrou correndo. O choque do que viram os fez parar. Roi viu mais homens atrás no corredor, alguns verificando os companheiros caídos e outros lutando para entrar na sala do trono. Era agora ou nunca.

Roi Astara levantou-se do trono, ergueu-se em toda a sua altura e varreu o único olho que ainda tinha sobre os homens reunidos adiante. Ele respirou fundo, e gritou.

— O imperador Henan WuLong está morto. Meu nome é Einrich WuLong, e eu sou o Imperador dos Dez Reis.

ASSINE NOSSA NEWSLETTER E RECEBA
INFORMAÇÕES DE TODOS OS LANÇAMENTOS

WWW.FAROEDITORIAL.COM.BR

CAMPANHA

Há um grande número de portadores do vírus HIV e de hepatite que não se trata.

Gratuito e sigiloso, fazer o teste de HIV e hepatite é mais rápido do que ler um livro.

Faça o teste. Não fique na dúvida!

ESTE LIVRO FOI IMPRESSO
EM AGOSTO DE 2022